La tierra del silencio roto

CRISTINA FORNÓS

La tierra del silencio roto

Grijalbo

Papel certificado por el Forest Stewardship Council®

Penguin
Random House
Grupo Editorial

Primera edición: marzo de 2023

© 2023, Cristina Fornós Sanz
Autora representada por Sandra Bruna Agencia Literaria, S. L.
© 2023, Penguin Random House Grupo Editorial, S. A. U.
Travessera de Gràcia, 47-49. 08021 Barcelona

El fragmento de la página 9 pertenece a la obra *El murciélago*, de Jo Nesbø,
Barcelona, Reservoir Books, 2015. Traducción de Mariano González Campo y Bente Gundersen

Printed in Spain – Impreso en España

ISBN: 978-84-253-6279-8
Depósito legal: B-731-2023

Compuesto en La Nueva Edimac, S. L.

Impreso en Black Print CPI Ibérica
Sant Andreu de la Barca (Barcelona)

GR 6 2 7 9 8

Para mi hijo Roger, luz de mis días, motor de mi vida.
Porque todo es siempre por y para ti

En cuanto a las ideas delirantes, Harry... no debería subestimarlas. Son valiosas para cualquier cultura. Pongamos como ejemplo la suya. El cristianismo habla abiertamente de lo difícil que es creer, cómo la duda a veces carcome al sacerdote más sabio y piadoso. Sin embargo, ¿el reconocimiento de esa duda no es precisamente lo mismo que admitir que la fe que uno elige para guiar su vida es una idea delirante? Harry, uno no debe renunciar a sus ideas delirantes así por las buenas. Tal vez haya una recompensa en el otro extremo del arcoíris.

JO NESBØ,
El murciélago

Prólogo

Montsant,
año 1194

La tierra que pisaban las dos yeguas era más escarpada y asilvestrada con el paso de las horas. De la misma manera que los jinetes que los montaban, los animales empezaban a acusar las extenuantes jornadas de viaje y las largas semanas de búsqueda. Los dos caballeros lo percibían, y por ello no forzaban a sus cabalgaduras a acelerar el paso. Se limitaban a seguir los caminos marcados por los vecinos de las aldeas que dejaban atrás, que en los últimos días habían menguado notablemente.

Los ropajes de los jinetes acumulaban una copiosa mugre que les sería difícil eliminar. El polvo de las sendas, la lluvia, el barro y el sudor habían deslucido unas vestimentas dignas de su rango, que partieron relucientes de la capital del reino y ahora parecían propias de los más menesterosos. Llevaban demasiadas jornadas sin asearse, salvo por esporádicas paradas en los riachuelos que salían a su paso, como ofreciéndose a favorecerles. Lucían largas cabelleras, grasientas y apelmazadas. El mayor de ellos, de poca estatura, con cabello y piel morena, no veía la hora de reencontrar a su barbero para poner orden a la pelambrera que pendía de su rostro, en la que intuía que anidaban liendres, pues sentía el mismo picor que en su testa. El otro, rubio, alto y delgado pero vigoroso, era, por fortuna para él, barbilampiño, por lo que soportaba un poco mejor la falta de higiene.

El caballero de mayor edad estaba más curtido en esos lances, pues a sus cuarenta años se acercaba ya a la vejez prematura de quienes han participado en mil guerras y batallas, en las cuales había tenido que soportar peores condiciones que las que en ese momento vivían sus carnes. Su compañero, por el contrario, gozaba de la juventud que le impelía a afrontar desafíos y a desenvainar rápido la espada, y se sentía honrado con la misión que acometía, pese a las molestas moscas que desde hacía semanas le rondaban y las ganas de sumergirse en una tina de agua caliente en sus aposentos de Barcelona.

Se adentraban en una zona prácticamente deshabitada. Apenas habían transcurrido cuatro décadas desde que el ejército cristiano de Ramon Berenguer IV, conde de Barcelona, Girona, Osona y Cerdanya y príncipe de Aragón, dirigido por el noble Bertran de Castellet, consiguió asediar y conquistar la villa de Siurana, ocupada por los musulmanes. La recuperación de Siurana, sita en lo alto de un risco con forma peninsular que parecía inexpugnable, sobre un río y junto a un temible acantilado, había sido pospuesta durante largo tiempo debido a la dificultad de la misión. Pese a que la reconquista cristiana de territorios musulmanes había constituido la prioridad de los monarcas catalanoaragoneses, hasta cuatro condes habían preferido centrarse en la liberación de ciudades con mayor relevancia política y económica, como Tarragona, Tortosa y Lleida, que habían sucumbido a dichas cruzadas con relativa sencillez. En cambio, Siurana, principal posición defensiva del islam en la zona y codiciada por los caudillos de la reconquista por su situación estratégica privilegiada, había sido rodeada por las fuerzas del conde de Barcelona en 1151, pero tuvieron que pasar dos años hasta que los hombres de Bertran de Castellet la arrebataran de las manos musulmanas. Se convirtió así en el último bastión sarraceno de Cataluña, que resistió hasta el final bajo el mandato de Abdelazia, la bella y beligerante reina mora que prefirió despeñarse montada en su caballo por el acantilado que se alzaba junto a su palacio antes que ver sus dominios rendidos a los cristianos. Consumada la expulsión de los infieles de tierras catalanas tras la caída de Siurana, esa abrupta y montañosa región de la Catalunya Nova se convirtió en un territorio despoblado, señoreado por elevados muros de roca impenetrables que parecían proteger los bosques de alcornoques, robles y pinos que se extendían a sus pies.

Los jinetes frenaron sus monturas y observaron el imponente risco del sur del Montsant hacia el que se dirigían. Se admiraron de su belleza y sus formas erosionadas, semejantes a las que ya habían contemplado en el macizo de Montserrat, que rodearon en su bajada desde la capital del reino. La montaña santa parecía llamarles. Con su silencio acariciaba sus almas y reconfortaba sus cuerpos exhaustos. Parecía susurrarles que bajo su cobijo encontrarían descanso y al fin podrían cumplir el encargo que el rey les había confiado.

Ya habían perdido la cuenta de las semanas transcurridas desde que fueron llamados a la corte de Barcelona para encomendarles una misión de suma importancia para Sus Majestades, el rey Alfonso II el Casto y la reina Sancha de Castilla. Había llegado a sus oídos que desde hacía un siglo existía en la vecina Francia una nueva orden religiosa, la de los cartujos, de la cual tan solo se hablaban excelencias y que había alcanzado la fama de fervorosa y ejemplar.

La Orden de la Cartuja nació en Grenoble por obra del venerado Bruno de Colonia, un sacerdote que fue testigo de un milagro que le hizo reflexionar sobre la voluntad divina y su servicio al Creador. En 1084, Bruno asistió en París al funeral de un ciudadano ilustre, conocido en la urbe por su sabiduría y virtudes de buen cristiano. Sin embargo, el cadáver del hombre se alzó en pleno responso y habló con voz grave y fría para anunciar a los presentes que debía ser juzgado y condenado por Dios, puesto que, según confesó, no era más que un pecador. Al presenciar tal prodigio y percatarse de que toda la ciudad había errado en sus opiniones respecto al insigne parisino, Bruno meditó sobre la banalidad del mundo terrenal y concluyó que nada escapa al juicio del Todopoderoso. No en vano, pocos años atrás, siendo Bruno rector de la escuela episcopal de Reims, había descubierto que el arzobispo de la ciudad comerciaba con los sacramentos y con beneficios eclesiásticos.

Todo ello lo condujo al desengaño respecto a la existencia secular que llevaba y lo determinó a consagrarse a una vida semieremítica, en pos de la perfección espiritual y de la entrega y el acercamiento a Dios. Fue así como poco después de observar el aterrador milagro, y acompañado por seis discípulos, se encaminó a Grenoble y se instaló en el lugar conocido como Chartreuse, donde creó la Orden de la Cartuja, que por primera vez fusionaba la vida solitaria y contemplativa de los eremitas con la convivencia en comunidad religiosa, y fundó el primer monasterio de la orden, al cual se le dio el nombre de «cartuja».

La nueva congregación se caracterizaba por cumplir rigurosamente con su estricta norma, basada en la soledad, el silencio y la oración. Los monjes cartujos dedicaban por completo su vida a Dios, renunciando a todo contacto con el mundo terrenal, y habían conseguido fama de virtuosos y ejemplares en su retiro espiritual. Pronto fue conocida allende las tierras francesas, hasta los límites de la cristiandad. Por ello, los monarcas de Cataluña y Aragón y de Castilla habían decidido ceder un espacio de sus reinos a dicha orden para que monjes enviados desde Francia pudiesen instalarse y construir un monasterio y, de esta manera, contribuir a la difusión de la obra y la palabra del Señor. Pero Sus Majestades tenían serias dudas acerca de cuál sería la ubicación adecuada para semejante cometido, así que hicieron venir a dos caballeros de su entera confianza y les encargaron recorrer el reino de norte a sur y de levante a poniente para dar con el lugar que tendría que acoger a esa orden religiosa de tan alto prestigio.

Y en ello andaban los dos hombres. Habían visitado tierras norteñas con un clima demasiado severo para la vida monacal; habían considerado lugares próximos a un mar en exceso bravío para unos hábitos silenciosos y tranquilos; habían conocido valles cercanos a ciudades que ofrecían demasiadas distracciones e incitaban a pecar de muy variadas formas… Y en ese instante, ante los impresionantes riscos del Montsant, presentían que su camino pronto llegaría a su fin.

Después de dejar atrás un riachuelo, donde rellenaron sus odres, siguieron cabalgando por una estrecha senda mientras el calor de la tarde hacía estragos en caballos y jinetes. Los vientres de las cabalgaduras se hinchaban con una respiración dificultosa y sus ollares expulsaban con rapidez un aire muy cálido. Los caballeros sentían las gotas de sudor resbalando por su columna vertebral y notaban la boca y la garganta secas como el esparto. Racionaban el agua en previsión de no encontrar un nuevo río o fuente durante el resto de la jornada, y los víveres empezaban a escasear. Pronto tendrían que buscar alguna aldea en la que reabastecerse.

Mientras planificaban sus siguientes pasos, con el sol cada vez más bajo y más cercana la noche, avistaron a un pastor que guiaba a su rebaño de ovejas entre los arbustos y matorrales de una zona agreste hacia el camino por el que ellos se aproximaban. Se congratularon por encontrar al fin un alma en tan áspera región y decidieron esperar al hombre para averiguar dónde podían adquirir algunas viandas y proseguir así con su viaje. Cuando los vio ataviados como caballeros, pese a la astrosa planta que presentaban, el pastor los miró con recelo con su único ojo sano, el izquierdo, pues el otro permanecía cerrado como una cicatriz marcada a fuego. Se aferró a su gayata y se acercó a los jinetes. El moreno, que por edad y experiencia ostentaba el mando de la misión, se dirigió al pastor sin apearse siquiera de la yegua:

—Buen hombre, andamos de camino a poniente y escasean nuestras provisiones. ¿Sabes decirnos dónde podemos procurarnos algunas más?

El pastor negó con la cabeza.

—Muy tarde es ya para conseguir viandas por aquí. La aldea más cercana es La Morera de Montsant, que habréis evitado sin saberlo, pues se encuentra en lo alto de ese monte que os tapan los bosques —dijo señalando hacia la derecha del elevado risco que los escoltaba—. Pero, si os place, yo voy a pasar la noche por estos lares y llevo en mi zurrón suficiente comida para los tres. Algo de queso y cecina, frutos secos y pan.

—Pues ya posees más que nosotros, que solo contamos con dos hogazas de pan duro y restos de pescado en salazón.

—¡No se hable más, pues! Seguidme, caballeros, y compartiremos cena y conversación —los animó con semblante divertido. Su cara estaba surcada de unas arrugas que demostraban la dureza de su oficio y confirmaban su avanzada edad.

Los dos hombres guiaron a sus yeguas detrás del rebaño y lo siguieron durante media hora por un camino cubierto de piedras resbaladizas y restos de heces, hasta que por fin llegaron a un claro rodeado de pinos, robles e higueras.

—Podéis atar a vuestras monturas en esos árboles de ahí —les indicó el ovejero señalando unos robustos robles—. Luego descansaremos bajo estos pinos, que nos darán cobijo para la cena.

El pastor se movió ágilmente por el claro y volvió con un haz de ramas secas. Las colocó dentro de un círculo de piedras y prendió la pequeña hoguera que les prevendría del frío, que amenazaba con adueñarse de sus cuerpos cansados.

—Si vuestro propósito es continuar hacia poniente, deberéis tomar el camino que parte desde nuestra siniestra. Pasaréis junto a unas masías ubicadas en lo alto de una loma. Deberéis dejarla a vuestra diestra y proseguir hasta la villa de Falset. Allí podréis reabasteceros —detalló el pastor mientras los otros dos comían pan y queso a dos carrillos.

—En verdad te agradecemos tu ayuda —dijo el caballero rubio antes de echarse al coleto varias almendras que había tomado ansiosamente del zurrón del pastor.

Su compañero llevaba unos minutos observando en silencio el magnífico paisaje que los rodeaba.

—Antes has mentado la aldea de La Morera de Montsant. Debo suponer, entonces, que esta es la sierra del Montsant —aventuró el caballero—. Un lugar solitario desde la reconquista de la cercana Siurana. No debe de ser fácil laborar por estos lares. Sin duda se trata de un lugar de excepcional belleza, pero también escabroso y escarpado, difícil de recorrer —añadió—. ¿Por qué no buscas pastos de mejor acceso para ti y tus animales?

—Para mi cuerpo y mi alma no hay mejor paraje que el macizo del Montsant —aseguró el buen hombre—. En estas tierras nací y aquí moriré. Tengo lo que necesito para vivir en paz. Dios y esta su magnífica creación, que es la naturaleza, todo me lo ofrecen: comida, agua, refugio para mí y mis ovejas... Y sobre todo tengo silencio, tranquilidad y la bendición de Nuestro Señor, pues los ángeles no me visitarían si así no fuera.

—¿A qué te refieres? —preguntó con palpable curiosidad el joven caballero, a la vez extrañado y sorprendido ante tal afirmación.

—¡Bien sabe el Creador que no miento! —exclamó el pastor, que, ofendido por sus miradas de desconfianza, se sumió en el mutismo.

—Dices que los ángeles te visitan, mas callas cuando te preguntamos al respecto —intervino el caballero de más edad en un tono conciliador, para enfriar los ánimos del pastor—. Nos placería conocer tu historia. No receles de nosotros, pues cristianos de bien somos.

El hombre vaciló.

—No vais a creerme. No deseo que me tratéis de loco, como ya han hecho las pocas personas a quienes he confiado mi secreto. ¡Una de ellas, un párroco! —profirió, escandalizado.

—Poco te conocemos, mas no creemos que seas un demente —medió el jinete de poblada barba—. Y, después de tantas jornadas de viaje infructuoso, bien recibiremos cualquier relato proveniente de un fiel cristiano como tú.

El ovejero miró a los dos hombres que inesperadamente se habían convertido en sus compañeros de cena, y concluyó que, si eran caballeros de la corte, ciertamente debían ser devotos del Señor. Pensó que, si se abría a ellos, quizá llegaría al rey la grandeza de lo sucedido en el Montsant y Su Majestad otorgaría su gracia a su amada sierra, como él creía de ley, puesto que, en su humilde parecer, lo que allá acaecía merecía ser protegido y honrado por un monarca fiel servidor del Todopoderoso, como el Casto atestiguaba ser. Finalmente, se giró y señaló con su cayado un enorme pino que sobresalía de los demás.

—En este mismo árbol es donde mi pobre ojo ha contemplado en varias ocasiones la escalera de Dios por la que los ángeles bajan y suben al cielo. Es una escalera con reflejos dorados y luminosidad infinita, la puerta hacia el paraíso celestial, y Nuestro Señor ha elegido situarla en el Montsant. ¿Seguís preguntándoos por qué deseo permanecer en este lugar para pasar los años que me queden de vida?

Los caballeros se miraron, confundidos. Quizá, después de todo, el pastor sí estuviera fuera de sus cabales. Aun así, decidieron seguirle la corriente, pues su locura no era óbice para demostrarle su agradecimiento por haberlos auxiliado en su viaje.

—¡Gran prodigio es este que nos confiesas! —exclamó el jinete moreno—. Lo comunicaremos a Su Alteza y haremos lo posible porque tome las medidas oportunas para conservar este pino y su escalera celestial. Y ahora, si nos disculpas, dormiremos unas horas, pues al alba reemprenderemos nuestro camino.

El caballero rubio miró a su compañero conteniendo una sonrisa, pues sabía que regalaba los oídos al pastor para cortar la cháchara y poder descansar.

El hombre chascó la lengua y dio un manotazo al aire, demostrando que poco se creía las palabras del jinete, dando por zanjada la conversación. Sin mediar palabra, se alejó hacia sus ovejas y se acostó junto a ellas, en la fresca hierba que empezaba a empaparse por la humedad de la noche. Por su lado, los caballeros se acurrucaron junto al fuego envueltos en unas roídas mantas. En pocos segundos, todos roncaban.

Pasaba poco más de una hora desde que el sueño se había apoderado de los tres hombres, cuando un resplandor cegador les obligó a despertar y a mirar a su alrededor. Sobre la copa del pino que había señalado el pastor se abría una brecha en el cielo por la cual emergía una luminosa escalera. Era tal su fulgor que les obligaba a entornar los ojos para ver lo que estaba sucediendo. Aun así, pudieron advertir con claridad cómo una hilera de ángeles, ataviados con blancas túnicas y enormes alas níveas, bajaba y subía por la resplandeciente escalinata.

El pastor brincó y se aproximó raudo al pino, frente al cual se postró de rodillas mientras las lágrimas inundaban su único ojo.

—¿Seguís pensando que soy un perturbado? —interpeló a los caballeros—. ¡Acercaos y admirar la escalera de Dios! —los animó a la vez que empezaba a rezar.

Los jinetes corrieron hacia el pino y cayeron sobre sus rodillas sumándose a las oraciones del pastor. Sintieron flotar en el aire el aroma floral más embriagador que jamás habían percibido. Notaron que se les erizaba el vello, pese a la calidez que emanaba de la escena que estaban presenciando. Permanecieron inmóviles contemplando el milagro, hasta que pocos minutos después los mensajeros de Dios desaparecieron en lo alto de la escalera llevándosela consigo, y el cielo volvió a cerrarse. La noche recuperó su frío y oscuridad.

Mientras el pastor seguía orando, esta vez con las lágrimas rodando por su mejilla izquierda, los dos caballeros cruzaron sus miradas y supieron que compartían el mismo pensamiento. Se trataba de una señal divina. Sin duda, habían alcanzado su objetivo.

Tres jornadas más tarde, los dos jinetes cruzaron con inquietud las puertas de Barcelona, ansiosos por explicar al rey el descubrimiento. Las calles de la ciudad, cada vez más extensa y próspera, estaban repletas de gente que trajinaba con mercancías y animales, ofrecía sus productos a gritos y paseaba con la tranquilidad de quien no tiene nada mejor que hacer. Tal algarabía molestó a los oídos de los jinetes, que ya se habían acostumbrado al silencio de los campos y las montañas. Volvieron a ellos los olores variados de la urbe: el dulzor de las frutas y las hortalizas, el humo del metal ardiente de los herreros, el hedor de los restos de pescado podrido y de los ríos de excrementos… Impacientados, los caballeros hicieron cuanto pudieron por esquivar a la muchedumbre desde lo alto de sus monturas.

Una vez llegados a la corte, tuvieron que esperar en una antesala grande y sobria a que Su Majestad despachase asuntos inaplazables con una delegación de aristócratas venida de Languedoc. Alfonso el Casto, que también ostentaba el título de marqués de Provenza, había visto peligrar su dominio en Occitania desde que el conde de Tolosa, Raimundo V, invadió Narbona y el hermano del monarca, Ramon Berenguer IV de Provenza, fue asesinado. También había perdido la alianza del trono inglés cuando el rey Ricardo Corazón de León dio un giro a la política de pactos de su padre, Enrique II de Inglaterra, y se unió al conde de Tolosa en contra de Alfonso. Desde entonces, el regente del *Casal* de Barcelona buscaba la manera de revertir la situación y estaba en tratos con nobles occitanos que habían dado la espalda a Raimundo para mejorar su posición en Languedoc. Según se decía en la corte, el rey quería casar a su hijo Alfonso con Gersenda de Sabrán, hija del señor de Caylar y Ansius y sobrina nieta del conde de Forcalquier, con el fin de conseguir nuevos aliados contra el conde de Tolosa y afianzar su dominio en el norte de su reino.

Junto a los dos caballeros recién llegados del Montsant, una decena de aristócratas e ilustres personalidades de la capital del reino soportaban estoicamente la larga espera. La frialdad de la piedra de las paredes que les rodeaban y la previsible demora en su encuentro con el monarca aumentaron el nerviosismo de ambos.

Dos horas más tarde, cuando los occitanos abandonaron el palacio, por fin pudieron entrar en la sala de audiencias. Era una estancia alargada y señorial, con gruesos muros de piedra cubiertos de estandartes reales y de tapices con escenas de batallas y de caza. Al fondo, el rey Alfonso II el Casto los esperaba sentado en su trono, ubicado junto a una chimenea que caldeaba la sala, escoltado por un fornido caballero que apoyaba su mano en la empuñadura de una larga espada y por el obispo de la ciudad, confesor y amigo íntimo del rey.

Los caballeros se sintieron avergonzados por presentarse ante el monarca con tan desaliñado aspecto, al que había que añadir la hediondez que desprendían sus cuerpos, cosa que el soberano pareció advertir, ya que dibujó una mueca de desagrado en su rostro. No obstante, los jinetes consideraban que sus noticias eran tan relevantes que no podían permitirse demorar su charla con el rey ni tan siquiera para asearse.

Postraron sus rodillas ante el Casto, quien los animó a informarle sobre su encargo:

—Hace meses que espero vuestra llegada. Imagino que, por fin, habréis cumplido con vuestro cometido. Decidme,

¿habéis localizado ya las tierras que Nuestras Majestades debemos ceder a la Orden de la Cartuja para honrar a Dios Nuestro Señor?

—Así es, majestad —respondió el caballero más joven—. Hemos hallado en el Montsant un paraje de inhóspita belleza en el que reina un silencio sobrecogedor, adecuado sin duda para una orden religiosa de tales virtudes.

—Pero no es eso lo que nos ha convencido, alteza —continuó el otro—. Nos place comunicaros que en ese lugar hemos presenciado un milagro con nuestros propios ojos. Hallamos a un pastor de la zona que nos habló de una visión divina que él mismo tenía a menudo. Al principio no le creímos, pero en mitad de la noche, en un pino ubicado a los pies de unos imponentes riscos, vimos cómo los cielos se entreabrían y emergía de ellos una larga y luminosa escalera que conectaba el reino de Dios con nuestra tierra. Una preciosa escalinata dorada y reluciente por la que ascendían y descendían los ángeles de Nuestro Señor.

El rey se inclinó con interés hacia los caballeros, sin poder ocultar la sorpresa que le causaba su relato.

—No puede ser más que una manifestación divina, alteza —añadió el veterano caballero—. ¿Por qué, si no, se nos habría mostrado? Por otro lado, se trata de una zona altamente deshabitada desde la reciente expulsión de los musulmanes y el justo triunfo de la cristiandad, de manera que los cartujos podrían contribuir a repoblar esa región con hombres y mujeres de la única y verdadera fe. ¿Quién mejor para cumplir con tan sagrada encomienda?

Alfonso permaneció en silencio, asombrado y sobrecogido, analizando las explicaciones del caballero y sopesando los beneficios de otorgar esas tierras a la Orden de la Cartuja. Razonó también la idoneidad de traer al Montsant a una nueva orden religiosa que, aparte de encargarse de la colonización y cristianización de sus tierras, acabase con el monopolio de la Orden del Císter en la zona, que ya contaba con los cercanos monasterios de Poblet y Santes Creus.

Pasados unos minutos, sentenció:

—Sois hombres de mi completa confianza. Por ello, debo desechar la posibilidad de que estéis fantaseando, y me inclino a creer vuestro alegato. Debéis consideraros afortunados por haber presenciado semejante prodigio. Si, tras semanas de búsqueda, el Creador os ha enviado esa señal en ese rincón de nuestro reino, no cabe más explicación que el Omnipotente ha señalado el Montsant para que creemos ahí nuestra gran obra. Si es en ese lugar donde deben levantar los cartujos su monasterio, que así sea.

1

Si hubiese viajado de copiloto, ya habría estado mareada. Habría bajado la ventanilla para que el aire de la montaña le secase el sudor frío de su frente. Habría fijado la mirada en las curvas y contracurvas de la angosta carretera para evitar que su agobio aumentase y rehuir las ganas de vomitar. Pero, por suerte, y como de costumbre, Lara conducía su destartalado automóvil, esta vez en un trayecto sinuoso que la llevaba al corazón del Montsant. Estaba convencida de la sabiduría de su cuerpo, que siempre le enviaba las señales correctas y oportunas para prevenirla de situaciones indeseadas. Porque a Lara le gustaba conducir. Le satisfacía notar sus manos sobre el volante y sentir que tenía el control de la máquina. Y sabía que conducía bien. Lo supo desde el día en que ganó una carrera de karts organizada por su colegio, cuando cursaba quinto de primaria, para asombro de la sección masculina de la escuela y alborozo de la femenina. Creía que era algo innato, quizá un don que su padre le había legado, porque su madre siempre había dicho que los coches los cargaba el diablo. Lara había hecho caso omiso a sus súplicas y se sacó el carnet recién cumplidos los dieciocho, cuando pudo pagárselo gracias a las muchas horas de servir copas en un bar de su barrio. Le hubiese encantado poder conducir un deportivo biplaza que cogiese las curvas como si fuesen de mantequilla, pero su sueldo no daba para tanto, así que tenía que conformarse con un pequeño turismo de segunda mano que, por suerte, obedecía sus órdenes y jamás la había dejado en la estacada. Esa era una de las ventajas de su trabajo. Aunque nunca se alejaba demasiado de su ciudad, podía viajar por caminos nuevos, conocer paisajes ignotos situados a pocos minutos de casa, recorrer carreteras de provincias para acumular nuevas sensaciones. Y como su cuerpo sabía que disfrutaba detrás del volante, cuando no lo hacía, la obsequiaba con unos mareos que la dejaban KO durante todo el día.

Para hacer más placenteras las muchas horas que pasaba conduciendo, Lara necesitaba música. Buena música, por supuesto. A sus treinta y tres años, joven y vital, extrovertida, le encantaba conocer gente nueva y se adaptaba a todas las situaciones, pero aborrecía los ritmos mecanizados de los nuevos géneros que llenaban las pistas de pubs y discotecas. A ella le gustaba lo artesanal. Le apasionaba el rock. Aunque, para su desgracia, muy pocas emisoras de radio ofrecían ese tipo de música, lo que hacía que, cuando perdía su frecuencia en carreteras como la que entonces transitaba, maldijese el gusto musical de la mayoría y se enfadase con el mundo durante un breve lapso de tiempo. Para reanimar su humor, puso uno de los CD que ella misma grababa con sus canciones favoritas. En esos momentos, después de haber pasado ya el pueblo de Cornudella de Montsant, sonaba *Stairway to Heaven*, de Led Zeppelin, y Lara sonrió. Se sorprendió con la casualidad y lo interpretó como un buen augurio del universo sobre el día que le esperaba. Porque Lara se dirigía al pueble-cito de Escaladei, en el centro de la comarca del Priorat.

Lara Peña vivía en Reus, su ciudad natal. Llevaba varios años como inquilina en un pequeño piso del barrio del Carme, antiguo y mal distribuido, pero ella se había esforzado en convertirlo en un hogar confortable y acogedor. Aunque sus amigos intentaban convencerla de que se mudase a uno más moderno y funcional, Lara se negaba en redondo porque ya sentía el apartamento como suyo. Además, era muy céntrico y eso le permitía disfrutar más de su ciudad. Le había costado mucho alcanzar esa independencia y estabilidad de las que ahora gozaba. Por eso, y por mucho que le apasionase su profesión, cada vez se decantaba más por un hedonismo mo-derado, que básicamente consistía en saborear sus horas li-bres paseando por el casco antiguo adoquinado o tomando uno de los afamados vermuts de Reus en la plaza del Merca-dal, sintiendo el sol en la cara y escuchando cómo el murmu-llo de la gente sentada en las terrazas reverberaba entre los muros que la cercaban.

Trabajaba como periodista *freelance* para la agencia de no-ticias ImMedia, que vendía su contenido a los medios de co-municación suscriptores, básicamente emisoras de radio y rotativos digitales y en papel, aunque también algunas cade-nas de televisión. Su ámbito laboral era la provincia de Ta-rragona, de manera que daba cobertura a un amplio territo-rio y tenía cierta libertad a la hora de elegir los reportajes en los que trabajar, siempre priorizando los temas de elevado interés general y las noticias relevantes de última hora. Al ejercer de autónoma, también colaboraba con un diario di-gital como articulista y dedicaba algunas horas a proyectos de comunicación corporativa, en los que tenía como clientes a pequeñas empresas para las que desempeñaba el rol de

27

responsable de comunicación y *community manager*. Pero, sin duda, lo que más le gustaba de su trabajo era pisar la calle. Estar en contacto con la gente, buscar las noticias, reflejar lo que sus ojos veían, explicar historias. Aunque a menudo le tocaba escribir sobre temas bastante más triviales, sentía que su profesión contaba con un componente social inherente muy marcado. Sabía que no iba a salvar a la humanidad, ni tampoco aspiraba a hacerlo, pero le satisfacía aportar su granito de arena denunciando injusticias y sacándolas a la palestra, retratando así públicamente al causante del abuso en cuestión y obligándole indirectamente a enmendar o paliar su error.

Sin embargo, eso sucedía en contadas ocasiones, para frustración de la Lara más idealista, y ese lunes de octubre iba a recabar la información necesaria para elaborar un reportaje sobre la vendimia en el Priorat. Así que se resignó a la tediosa jornada que le esperaba de caminar entre viñedos, espantar moscas y respirar el fuerte aroma de la uva recién prensada. No era la primera vez que redactaba una crónica sobre la cosecha y la elaboración del vino. De hecho, se trataba de un tema muy manido para los periodistas de los medios locales en los últimos coletazos del verano. Cuándo se ha empezado a vendimiar, cómo se trabaja la recogida de la uva en esa zona, qué producción se prevé para ese año o cuáles han sido las condiciones climatológicas durante la temporada. Esas eran algunas de las recurrentes preguntas que Lara formularía al propietario de la bodega de Escaladei a quien iba a entrevistar después de visitar su finca y sus instalaciones.

El coche gris pizarra había dejado ya atrás La Morera de Montsant, municipio que agrupa dos núcleos urbanos, el propio de La Morera y el de Escaladei, separados por unos cinco kilómetros de carretera tortuosa y empinada como pocas en la zona. Ambas poblaciones son pequeñas y cuentan con alrededor de una cincuentena de vecinos cada una. Su economía se basa en dos sectores: la enología y el turismo. Pese a que La Morera es un poco mayor y alberga edificios comunes como el ayuntamiento o el cementerio, Escaladei es el pueblo más transitado y conocido, sobre todo gracias a las ruinas ahora visitables de su cartuja, que estuvo activa entre los siglos XII y XIX, ejerciendo de señor feudal de un territorio extenso y próspero. Con la desamortización de Mendizábal de 1836, el antiguo monasterio fue expropiado y los monjes que lo habitaban tuvieron que abandonarlo. Muchos de ellos se escondieron y refugiaron en pueblos de la comarca, donde se dedicaron a ejercer de sacerdotes. La cartuja fue abandonada, saqueada e incendiada. Pasó de ser un magnífico monasterio a un complejo religioso casi destruido del todo. Lo que de él quedó, así como sus vastas tierras y bienes, fue vendido en subasta pública y repartido entre cuatro familias acomodadas de Barcelona, más interesadas en el rédito que les aportarían las fincas que en la asolada cartuja, y esta quedó en el olvido. Los nuevos terratenientes se centraron en trabajar las tierras e impulsar la viticultura que habían iniciado los monjes cartujos, y consiguieron dar nombre y fama a los vinos del Priorat. Después de un siglo y medio de abandono del conjunto monumental de la cartuja, que bien poco había interesado a sus primeros dueños ya en la década de los ochenta, y gracias a la iniciativa privada de una de las herederas de los propietarios barceloneses, el monasterio pasó a manos de la Generalitat de Catalunya, que finalmente reparó en la importancia histórica del monumento y lo declaró Bien de Interés Nacional. Ahí empezó su proceso de restauración y conservación, que seguía ejecutándose fase a fase, a la vez que la cartuja se abría al público para ser promovida como foco de interés cultural.

Mientras giraba en el cruce de entrada al pueblo, Lara organizaba mentalmente su plan de trabajo. Al tratarse de una materia sobre la que había escrito en ocasiones anteriores, ya tenía interiorizada su lista de tareas. Grabaría en vídeo la entrevista con el empresario, tomaría planos del trabajo en el cultivo de las vides, de las plantas y su fruto, así como de las zonas más atractivas de la bodega, y haría fotografías de todo ello. «Otro reportaje más sobre la vendimia», pensó con resignación mientras su vehículo se acercaba a las puertas del establecimiento, ubicado junto a la antigua era del municipio y al riachuelo de Escaladei.

Al igual que muchas empresas vinícolas del Priorat, que en los últimos años habían diversificado su actividad enfocándola en mayor medida al enoturismo, la bodega se había subido al carro de la modernización y se asemejaba más a un hotel rural con encanto que a una productora de vinos. El edificio se integraba en el entorno. En el pasado había sido una masía del pueblo, que quedó abandonada y fue reformada por los bodegueros. En Escaladei estaba prohibido construir edificaciones nuevas porque todo el término municipal había sido declarado Bien de Interés Cultural. La bodega estaba erigida en piedra y tenía ese toque rústico y añejo que tanto atraía a los turistas. Dos enormes tinas flanqueaban la entrada al establecimiento, un portalón en arco de madera maciza que daba a un minúsculo patio decorado con antiguos utensilios de labranza. Y ahí acababa lo tradicional, ya que, una vez traspasado el umbral, el visitante podía divisar a través de unas imponentes cristaleras un diáfano espacio ocupado por la tienda de la bodega, en la que, en esos momentos, una solícita dependienta atendía a unos turistas y les ofrecía consejo sobre los vinos que mejor se adaptaban a su paladar. Las paredes estaban recubiertas con estanterías de madera lacada en blanco sobre el fondo de piedra, que mostraban en un casi obsesivo orden las botellas de los diferentes caldos que elaboraba y vendía Di-Vino. En el centro del comercio se situaban dos mesas altas con seis esbeltos taburetes, lugar donde los visitantes podían realizar catas de vino a demanda. Las relucientes copas de cristal que había sobre ellas, junto a un llamativo cartel con esmerada caligrafía vintage, así lo recordaban. Potentes focos de led iluminaban la estancia mientras el hilo musical emitía suavemente temas instrumentales de jazz.

Lara rompió tanta armonía cuando irrumpió en la tienda cargada con las bolsas en las que guardaba la cámara de vídeo, el trípode, el micrófono, los cables y la cámara de fotos, además de su bolso. Ese era uno de los inconvenientes de su labor para ImMedia: al ofrecer el contenido informativo en diferentes formatos (vídeo para las televisiones, audio para las radios, fotografías y texto para la prensa escrita), siempre tenía que grabar su trabajo en diferentes registros y, por ello, debía llevar colgando varios bultos a la vez. Algunos compañeros de profesión, redactores en periódicos o emisoras de radio, bromeaban con ella y la llamaban «la mujer orquesta», cosa que la hacía reír, aunque su maltrecha espalda le recordaba que no tenía ninguna gracia.

Mientras dejaba con cuidado las bolsas en el suelo y recogía su larga melena castaña en una coleta, la empleada de Di-Vino se excusó ante los forasteros y los dejó degustando tres vinos distintos para acercarse a la reportera y preguntarle qué necesitaba.

—Soy Lara Peña, periodista de la agencia de noticias Im-Media. Tengo concertada una entrevista con el señor Jaume Folch.

—Aguarde un momento, por favor.

La joven, vestida de riguroso negro, se dirigió a un pequeño mostrador esquinero y realizó una llamada telefónica.

—Enseguida la atenderán. Espere aquí, por favor —pidió a Lara, y volvió de nuevo hacia los turistas, que ya habían acabado con la cata.

Mientras la periodista examinaba las botellas de crianza de uno de los estantes, una mujer de mediana edad y baja estatura apareció por la puerta situada en la parte izquierda del fondo del local, que conectaba con las oficinas del negocio. Se aproximó a Lara con los pasos enérgicos y decididos de quien se sabe con autoridad y le tendió la mano.

—Buenos días, señorita Peña. Soy Lola Grau, la esposa de Jaume y copropietaria de la bodega. Mi marido todavía no ha llegado. ¿A qué hora habían quedado? —requirió con sequedad.

Llevaba el pelo corto peinado en un perfecto desorden, vestía ropa cara y tenía unos ojos azules que perforaban a su interlocutora. A Lara no le gustó. Vio en ella a una mujer altiva y arrogante. Todos los poros de su piel emanaban soberbia y superioridad. Para Lara, era un contratiempo no poder empezar a trabajar ya y tener que quedar a merced de la dueña del establecimiento.

—A las diez en punto, como me sugirió él. ¿Sabe si va a tardar mucho? —preguntó con toda la amabilidad que pudo.

—Espero que no —respondió la mujer con desgana—. Tengo mucho trabajo en la oficina, lamentablemente no puedo acompañarla. Si quiere esperarle por aquí...

—¿Le importaría si voy adelantando faena y empiezo a

grabar planos de los viñedos más cercanos a la bodega? Así, cuando llegue el señor Folch, no le entretendré durante mucho rato —replicó la periodista.

Lola Grau pareció dudar durante un segundo, pero aceptó la propuesta e invitó a Lara a seguirla. La reportera recogió rápidamente los bártulos al ver que la propietaria ni siquiera hacía amago de esperarla, y la siguió hasta una puerta situada a la derecha de la tienda que conducía a la bodega. De camino se cruzaron con otra mujer de unos cincuenta y pocos años, rubia y de rasgos agradables.

—Esta es mi cuñada, Elvira Sentís, también copropietaria del negocio —dejó caer Lola sin frenar el paso. Luego señaló a Lara por encima del hombro, sin parar de andar, y añadió con desdén—: Ella es la periodista que ha venido a entrevistar a Jaume. Ya sabes, por la vendimia, como cada año.

Lara se mordió la lengua para no soltar ninguna de las impertinencias que acudían de forma atropellada a su cabeza y ofreció su mano a Elvira.

—Un placer.

—Lo mismo digo. Siéntase como en su casa, por favor. Pregunte lo que quiera y muévase libremente por nuestras instalaciones.

Lara se lo agradeció y trotó tras Lola, que ya se encontraba al final del pasillo. Dejaron atrás salas de diferentes tamaños que acogían, entre otros, el almacén, la cava de botas, los depósitos de fermentación y la prensa, y llegaron hasta la zona donde entraba la uva, en la parte posterior del edificio. Una puerta metálica de enormes dimensiones estaba abierta de par en par, permitiendo el paso de aire fresco del exterior, y comunicaba la bodega con las fincas anejas.

Lola le señaló con una mano las tierras moteadas de vides y, con un gesto teatral, le dio acceso a ellas.

—Es todo suyo. Tan solo le ruego que tenga cuidado de no dañar ninguna planta y, por supuesto, que no importune a los trabajadores.

—Descuide. No es la primera vez que entro en un viñedo —respondió Lara, un tanto molesta. Tanto desaire empezaba a agotarle la paciencia.

Mientras la señora Grau regresaba a su despacho, Lara continuó caminando y se adentró en la blanda tierra de la parcela más cercana. Antes de empezar a pasear entre las vides, dejó las bolsas en el suelo y sacó las herramientas necesarias para empezar a trabajar. Cogió el trípode y fijó en él la videocámara, metió el teléfono móvil en un bolsillo trasero de los vaqueros y se colgó al cuello la cámara de fotos. Miró hacia donde los jornaleros recogían la uva y le complació comprobar que se encontraban en una zona alejada, de manera que podría trabajar con mayor tranquilidad.

La finca que pisaba era bastante plana, lo cual agradecieron sus piernas y su espalda. Advirtió que, a medida que se alejaban de la bodega, las tierras de Di-Vino iban cambiando de nivel. Las parcelas colindantes parecían bailar en una combinación de subidas y bajadas, que con la perspectiva semejaban un ondulante mar de cepas. Las que tímidamente se acercaban a los riscos de la majestuosa Sierra Mayor del Montsant se dividían en costeros y terrazas, que sin duda dificultarían el trabajo de los vendimiadores.

Desde la calma de su emplazamiento, Lara admiró la sierra calcárea de paredes rocosas, prácticamente desnuda de vegetación, que parecía abrazar el pueblo de Escaladei y todo su entorno agrícola. Respiró hondo el aire puro de la montaña y sintió un estremecimiento. No pudo evitar emocionarse ante la belleza del paisaje que tenía enfrente. Por primera vez en todo el día, se alegró sinceramente de haber pactado ese reportaje porque, aunque fuese tan solo durante unos pocos minutos, podría disfrutar de unas vistas privilegiadas y de un contacto directo con la naturaleza.

Lara conocía el Montsant. Había realizado algunas rutas de senderismo con amigos por el Parque Natural, e incluso en una ocasión se atrevió a escalar una inacabable pared rocosa en la zona oeste, próxima al pueblo de Margalef. Aun así, y aunque no era muy dada a sentimentalismos, siempre que volvía a esa sierra sentía que algo se le removía por dentro. Era como si el interior del monte albergase un colosal imán que la empujase a permanecer allí. Que la obligase a no abandonarlo. «El Montsant es mágico», pensaba cada vez que se sentía bajo su influjo.

Volvió a la realidad al cargar con el pesado conjunto de trípode y cámara. Tal y como la periodista se había informado, en esa zona de la comarca las variedades de uva más tempraneras —las blancas— se recogían a partir de mediados de septiembre, mientras que las que ella veía ahora, que servirían para elaborar distintos tipos de vino tinto, empezaban a recolectarse en octubre, aunque todo podía variar en función de las condiciones climatológicas.

Decidió buscar una mejor panorámica de las fincas desde un área más elevada y empezó a subir una cuesta mientras aprovechaba para ir tomando planos de las plantas y las uvas negras aún por vendimiar. «Desde arriba tendré buenas vistas de las fincas, la bodega y la cuadrilla de trabajadores». Sus botas trastabillaban con las piedras que llenaban la estrecha senda por la que ascendía, que se alineaba en el lateral del campo de cultivo. «Con esta distancia, también puedo grabar y sacar buenas fotos de la sierra». Las abejas se acercaban animadas a los rebosantes frutos de las vides. Lara se paró para fotografiarlas y coger aire.

En cuanto alcanzó terreno llano, dejó la videocámara a buen recaudo y se dirigió hacia una alberca cercana. Quería rodearla para llegar a la parcela aneja, que iniciaba un descenso que garantizaba una buena perspectiva. Iba mirando a sus pies, para evitar resbalones y tropiezos, a la vez que repasaba en la pantalla de su cámara las fotografías que había tomado hasta entonces, para hacer otras con diferentes planos y elementos. Su pie izquierdo se escurrió ligeramente hacia delante. «Mierda, ya he pisado barro», se lamentó pensando en sus botas de montaña nuevas. Pero cuando volvió a bajar la mirada hacia la tierra vio una sustancia muy oscura y viscosa bajo la suela.

Un enorme grito salió de su garganta. Un alarido tan descomunal que llegó a los oídos de los jornaleros, e incluso del personal de la bodega. A sus pies yacía un hombre muerto en medio de un charco de sangre, con un profundo corte en el cuello y la parte delantera de la camisa también ensangrentada. Lara retrocedió instintivamente para apartarse del cuerpo y se puso de espaldas a él. Le sobrevino una náusea, pero se forzó por contener el vómito. Empezó a temblar, paralizada junto al cadáver. Pensó en salir corriendo a pedir auxilio, aun cuando sabía que de bien poco serviría. Valoró no volver a girarse para que su retina no retuviese esa imagen, aunque era consciente de que quizá ya era demasiado tarde. Ella, que amaba la vida, jamás habría imaginado que la muerte le fuese a dar tal bofetón. Su aprensión y su cobardía la empujaban a huir hasta su coche, arrancar el motor y volver a la seguridad de su sofá y su mantita.

Inspiró aire hasta llenar los pulmones y espiró lentamente. Armándose de un valor del que creía carecer, dio un trémulo paso hacia el cuerpo y se inclinó para observar su rostro. Unos ojos sin vida la miraban desde muy lejos. El olor férreo de la sangre la llenó hasta lo más hondo y el miedo cedió su lugar a la lástima. Conmovida, imaginó los últimos instantes de vida de aquel hombre, al que reconoció por las fotos que había visto en internet, y pensó en la crueldad de su muerte.

Era evidente que el señor Jaume Folch no podría concederle ninguna entrevista.

2

Escaladei,
7 de octubre de 2019

Lara estaba impresionada. Nunca había visto un cadáver tan de cerca, y menos aún de una persona asesinada. Observando todavía al señor Folch, le sobrevino un mareo, pero la adrenalina ganó la batalla y al instante se recompuso. Su mente empezó a funcionar a mil por hora. No tardarían en llegar los primeros trabajadores de la bodega, alertados por su grito. Disponía de poco tiempo. Su instinto de periodista tomó el control. Sabía que, al ser ella quien había encontrado el cuerpo, los Mossos d'Esquadra la interrogarían a fondo y querrían comprobar si había tomado imágenes del crimen. Por eso, y por consideración al hombre muerto tendido a sus pies, decidió no grabar ni sacar fotografías. No le iba el periodismo escabroso y sensacionalista. A diferencia de algunos de sus compañeros, creía que siempre había un límite en las informaciones y las imágenes que se publicaban, y no era otro que el dolor ajeno y el respeto por los muertos. Sin embargo, como reportera que era, iba a explicar lo ocurrido. El cuerpo sin vida de Jaume Folch parecía haber estado esperándola, y

Lara tenía claro que el mejor reportaje sobre el caso lo iba a escribir ella. Así que empezó a observar y a tomar nota mental de todo.

Dejó en el suelo su cámara de fotos y, libre de cargas, se acercó al empresario fallecido. Yacía boca arriba, los ojos y la boca abiertos, con una expresión de sobresalto y dolor que estremeció a Lara. «¿Quién te ha hecho esto?», pensó. Debajo, un espeso charco de sangre se extendía hacia la cercana alberca. Un corte seccionaba su cuello, que mostraba chorretones sanguinolentos ya secos, y su camisa azul celeste aparecía rasgada y llena de manchas de sangre.

Lara no tocó nada. Nunca había estado en el escenario de un crimen, pero había visto muchas series de televisión y películas policiacas y sabía que no debía hacerlo. Además, era de pura lógica. Se apartó más del cuerpo y miró a su alrededor por si había algún objeto que pudiese ser de relevancia en el homicidio, y lo único que encontró fue una cartera de piel abierta por la mitad; seguramente había resbalado del bolsillo de los pantalones del empresario. La periodista no pudo resistirse a agacharse para echar un vistazo a su contenido, siempre desde una distancia prudencial y con las manos alejadas, y descubrió que solo asomaban algunos papeles y tíquets de compras. También se distinguía el anverso del DNI del señor Folch, metido en el compartimento plastificado interior de la cartera. En un acto reflejo, Lara sacó su teléfono móvil del bolsillo de los vaqueros, lo acercó al documento identificativo de la víctima y sacó una fotografía. Después de asegurarse de que tenía cobertura, se la envió por correo electrónico a sí misma, y al ver que la recibía en su bandeja de entrada, movió el e-mail a su bandeja de *spam* para que no quedase a primera vista, cerró la aplicación de correo y borró la foto de la galería. No supo por qué lo había hecho, pero algo le dijo que el DNI de Jaume Folch podría serle útil.

Hecho esto, arrancó a correr en dirección a la bodega mientras gritaba pidiendo auxilio y rogando que llamasen al teléfono de emergencias. Antes de salir de la finca, constató que dos trabajadores ya se acercaban a ella preguntando qué había pasado. Lara se paró frente a ellos con cara de angustia y logró articular unas pocas palabras:

—¡Está muerto! ¡Junto a la alberca!

Los hombres no acababan de entender a qué se refería, pero se movieron rápido hacia el lugar que les indicaba la periodista. Tras ellos llegaron varias personas más provenientes del edificio de la bodega; entre ellas, Lola Grau, Elvira Sentís y un chico joven que guardaba un gran parecido con esta última. Lara les señaló el sitio hacia donde se dirigían los jornaleros y fueron todos juntos tras ellos. Cuando llegaron al llano, encontraron a los dos trabajadores dando cortos pasos, de un lado a otro, con expresión de tristeza e incredulidad. Uno de ellos, conmocionado, se llevó las manos a la cabeza y se dejó caer junto a unas vides, mientras que el otro se apresuró hacia los recién llegados para impedir que se aproximasen al cuerpo de Jaume Folch.

—No, no os acerquéis. Por favor, quedaos aquí. No os acerquéis —suplicó el hombre mientras Lola y Elvira empezaban a adivinar lo que había sucedido y el muchacho intentaba zafarse del jornalero que le impedía el paso.

Lara seguía expectante los acontecimientos desde un segundo plano.

—¿Es Jaume? ¿Es él? ¡Déjame verle, Jordi! ¡Apártate! —imploró el joven mientras se le anegaban los ojos de lágrimas.

—¡No te acerques, Miquel! ¡No pases! —gritó el hombre procurando que no avanzase más.

Sin embargo, la fuerza de la juventud se impuso y el chico logró librarse del abrazo del jornalero. Cuando llegó a la balsa, rompió a llorar aullando de dolor y cayó de rodillas a un lado del llano. Giró la cabeza entre unos arbustos y vomitó, mientras Elvira, su madre, sollozaba entre hipidos, y Lola, la esposa de Jaume, permanecía inmóvil y dejaba aflorar un atisbo de pesar en su impávido rostro.

La zona posterior del edificio de Di-Vino se convirtió en un hervidero de gente. En menos de una hora habían aparecido una ambulancia del SEM y dos patrullas de los Mossos d'Esquadra, una de ellas de la cercana comisaría de Falset, capital de la comarca del Priorat, que fue la primera en llegar al lugar, y una segunda de la Unidad de Investigación Criminal del Baix Camp-Priorat, procedente de Reus. Los agentes de Falset enseguida dispersaron al grupo y les obligaron a esperar en las instalaciones de la bodega. Los *mossos* de Reus acordonaron el escenario del crimen para evitar que nadie lo contaminara. También tomaron los datos de todos los presentes y empezaron a interrogarlos para saber quién había encontrado el cadáver, quién se había acercado al cuerpo, qué relación tenían con la víctima y otras cuestiones de relevancia para la investigación. Como ya se imaginaba, Lara fue la primera persona a la que interrogaron al ser ella la que había hecho el macabro hallazgo. El cabo Ventura, de Investigación Criminal, fue el encargado de formularle todas las preguntas, mientras un agente tomaba notas y el sargento Josep Moreno, jefe de la comisaría de Falset, no perdía ripio de cuanto explicaba la periodista.

—¿Está segura de no haber tocado nada? —insistió Ventura.

—Ya le he dicho que sí —reiteró Lara con cansancio, después de media hora de interrogatorio; poco esperaba ser ella la entrevistada ese día—. Lo único que he hecho ha sido meter el pie en el charco de sangre sin darme cuenta. Cuando he visto el panorama, me he separado de inmediato.

—¿Y qué me dice de las cámaras? Usted es periodista. ¿Ha tomado fotos o imágenes de vídeo?

Lara pensó en la fotografía que se había enviado a su correo electrónico.

—Por supuesto que no. Trabajo para una agencia de noticias, pero tengo ética periodística. No me gusta publicar imágenes morbosas. Y, por si lo está pensando, tampoco quiero perjudicar la investigación policial. No soy tonta. Sé que se decretará el secreto de sumario —replicó con seguridad.

—Bien —añadió el policía—. De momento, déjeme su teléfono móvil, quédese por aquí y no hable con los demás testigos, ¿de acuerdo?

La reportera se llevó la mano a la sien en un gesto de «a sus órdenes» y, tras desbloquear su smartphone, se lo entregó a regañadientes. El cabo Ventura se alejó de ella meneando la cabeza con resignación, seguido del sargento Moreno. Lara imaginó que no les gustaba ni un pelo que fuese una periodista quien hubiese encontrado el cadáver de Jaume Folch. Seguramente los policías intuían que no serían solo los Mossos quienes trabajarían en la resolución del caso, pero tendrían que lidiar con ello. La redactora maldecía al cabo por no poder llamar a su jefe de ImMedia para explicarle lo sucedido, pero evidentemente el *mosso* no quería que el suceso apareciese en las noticias antes de la llegada del juez.

Otro vehículo de la policía autonómica apareció en escena. Siguiendo el protocolo, la unidad de Reus había avisado del homicidio al Área de Investigación Criminal del Camp de Tarragona, que desde la capital de la provincia centralizaba y lideraba el trabajo de investigación de las muertes violentas sucedidas en un total de cinco comarcas. Lara distinguió a cuatro agentes bajando del vehículo. Dos de ellos se dirigieron a hablar con los *mossos* de las unidades de Reus y Falset, y los otros dos, de la Policía Científica, sacaron unos maletines y empezaron a vestirse con unos monos blancos.

Desde la distancia, sentada en un escalón a las puertas de la bodega, Lara vio cómo Ventura y Moreno charlaban con los dos agentes de Tarragona. Seguramente los estaban poniendo en antecedentes de lo ocurrido, pues señalaban con las manos la zona de la alberca e iban aportando datos sobre las personas allí congregadas: la familia de la víctima, los trabajadores y la periodista intrépida que sin quererlo se había convertido en la persona de interés número uno. Todos ellos aguardaban en distintos lugares, separados unos de otros, para que sus versiones de los hechos no se viesen condicionadas por las de los demás. Uno de los *mossos* se aproximó a Lara y se presentó:

—Señorita Peña, soy el inspector Robert Vidal, del Área de Investigación Criminal del Camp de Tarragona. Necesito hacerle unas preguntas antes de que pueda irse.

Lara puso cara de fastidio por tener que explicar lo mismo una y otra vez, pero el policía hizo caso omiso a su mueca y prosiguió:

—¿A qué hora ha encontrado el cuerpo?

—Como ya les he detallado antes a sus compañeros, hacia las diez y cuarto. La señora Grau me había dejado ir a grabar unos planos y hacer fotos de las fincas y las labores de vendimia mientras esperábamos a que llegase Jaume Folch, con quien había quedado para entrevistarle.

—¿Cómo estaba cuando lo ha encontrado?

—Tumbado boca arriba, en medio de un charco de sangre. No he tocado nada. Solo he resbalado con su sangre.

—¿Cómo ha resbalado con su sangre?

—Estaba andando hacia la finca de al lado mientras repasaba las fotos de mi cámara y no lo he visto. Entonces he patinado con algo. Primero he pensado que era barro, pero entonces he mirado al suelo y… allí estaba.

—¿Quiénes han acudido al lugar donde ha encontrado a la víctima?

La reportera miró al inspector. Era alto y delgado, muy serio, aunque de rasgos amables. Tenía el pelo corto y la amplia frente despejada. Debía de rondar la cuarentena. Hablaba en un tono muy profesional. Imaginó que formularía esas mismas preguntas a los testigos de cada caso de homicidio.

—Primero he llegado yo. Luego dos trabajadores de la bodega. No sé sus nombres, pero he oído que a uno de ellos lo llamaban Jordi. También se han acercado Lola Grau, su cuñada Elvira Sentís y un chico joven, supongo que es el hijo de la señora Sentís.

—¿Ha hecho fotos o vídeos del cadáver o su entorno?

—Ya les he dicho a los otros agentes que no.

—¿Me permite mirar sus cámaras, la de fotos y la de vídeo? ¿Y su teléfono?

—Claro, todas suyas. Pero mi móvil deberá pedírselo al cabo Ventura, que me lo ha quitado y me tiene incomunicada —se quejó, enfurruñada como una niña pequeña.

—Señorita Peña, tiene que entender que nada de esto debe trascender, por ahora —se explicó el inspector—. Cuando llegue la jueza, decretará el secreto de sumario. Si usted publica alguna cosa, entorpecerá la investigación y hará mucho más difícil nuestro trabajo, porque podría poner al autor del crimen sobre aviso de lo que sabemos o no sabemos. Incluso podría incurrir en un delito —argumentó mientras repasaba las fotografías de la cámara de Lara. Entonces el cabo Ventura se acercó y le entregó el móvil de la periodista. El inspector le dio las gracias y lo revisó. A continuación, cogió la videocámara e hizo lo mismo—. Por eso le pido que por ahora no haga público nada de lo que ha visto u oído. Ni una palabra.

El inspector Vidal estuvo unos minutos visionando las imágenes grabadas por Lara y, cuando estuvo conforme, le devolvió las cámaras y el teléfono.

—Descuide —añadió ante la cara visiblemente disgustada de la periodista—. Si colabora con nosotros, usted será la primera en tener datos que publicar.

El humor de Lara cambió al oír esas mágicas palabras, y el inspector, imperturbable, regresó junto a sus compañeros mientras hacía una llamada de teléfono. Lara lo vio alejarse y, a pesar de no despedirse de ella, pensó que parecía un buen tipo. Recogió sus bolsas y se encaminó hacia su coche. Desde la lejanía distinguía a los *mossos* de la Científica situándose junto a la alberca.

Una furgoneta oscura aparcó junto a la puerta por donde descargaban la uva, en la parte posterior de la bodega. El inspector Vidal se acercó y saludó formalmente a la elegante mujer que descendió del vehículo. Aunque pasaba de los sesenta años, la jueza Pilar Samaniego, titular del juzgado de Falset, seguía manteniendo una esbelta figura. Vestía un traje chaqueta gris perla y caminaba sobre unos altísimos tacones que le hacían parecer mucho más alta del metro y medio escaso que medía. La seguían el secretario judicial, un tipo insulso que pasaba totalmente inadvertido al lado de la estilosa magistrada, y el doctor Iván Díaz, el médico forense que se encontraba de guardia en el juzgado de Reus y que daba servicio a la comarca del Priorat.

—¿Dónde lo han encontrado? —preguntó la jueza al inspector sin ni siquiera devolverle el saludo.

—Junto a la balsa, señoría. A primera vista, corte profundo en el cuello y heridas en el torso —concretó Vidal mientras guiaba a la comisión judicial hasta el escenario del crimen.

El inspector se sorprendió al ver que Pilar Samaniego ascendía por las terrazas de viñas sin perder el equilibrio y con tanta soltura que parecía llevar zapatillas deportivas. Aun así, su refinamiento hacía que desentonase en un entorno tan rural.

Los dos agentes de la Policía Científica se encontraban dentro del cerco señalado con cinta policial y estaban realizando fotografías del cadáver de Jaume Folch y de los alrededores. A un gesto de la cabeza de la jueza, el doctor Díaz entró en la zona perimetral, dejó su maletín sobre un pañuelo y se acercó al cuerpo. Los *mossos* de la Científica se apartaron y todos siguieron con atención el trabajo del forense.

—Corte en el cuello, herida de arma blanca, posiblemente un cuchillo grande —comentó—. Parece profundo, puede que haya afectado a los vasos sanguíneos y la vía aérea. La autopsia lo concretará, aunque, visto el charco de sangre, es muy probable que sea así.

A continuación, señaló la camisa rasgada de la víctima, la cogió suavemente con ambas manos y la separó en dos como si se abriese el telón de una macabra obra teatral. Todos los presentes se sobrecogieron al ver las heridas que le había infligido el asesino. El abdomen de Jaume Folch mostraba una puñalada y su pecho exhibía una extraña inscripción grabada en su piel: una letra «T» mayúscula encerrada dentro de un triángulo.

—Vaya, esto sí que no me lo esperaba... —confesó el médico forense, desconcertado—. Ambas heridas parecen también de arma blanca, quizá la misma que causó el corte en el cuello. Tendremos que ver si la del estómago fue mortal o no. Pero la del pecho... Obviamente es premeditada y deliberada. Quienquiera que haya hecho esto tenía intención de dejar un mensaje. Será difícil determinar en qué momento lo hizo, probablemente sea *post mortem*.

El inspector Vidal se llevó las manos al rostro y se restregó los ojos. En los quince años que llevaba en el cuerpo de los Mossos, jamás había visto un cadáver profanado de un modo semejante. Eso le preocupó y rezó para que se tratase de un crimen aislado. Lo último que deseaba era tener que lidiar con un asesino en serie o algo por el estilo.

El doctor tomó la temperatura al cuerpo y pidió ayuda a un agente de la Científica para apartar mejor su ropa y comprobar sus lividences.

—Posiblemente cayó y murió aquí —explicó—. La posición es compatible con la sangre del suelo. Hay salpicaduras, pero no regueros que sugieran que el cuerpo fuera movido o trasladado. También hay rigidez, de manera que pudo haber fallecido entre la medianoche y las cinco de la madrugada. Aun así, tengo que confirmar que la rigidez esté desapareciendo, y no instaurándose. A primera vista, no se aprecian heridas defensivas. Pero hasta la autopsia no me aventuro a decirles nada más —concluyó Díaz, que acto seguido cogió dos bolsas de papel para tapar las manos de la víctima y proteger así posibles pruebas.

—¿Habéis encontrado algo significativo? —preguntó el inspector Vidal a los agentes de la Policía Científica.

—Aparte de las salpicaduras de sangre en el suelo y en las hierbas y vides cercanas, hay multitud de huellas de zapatos, pero sabemos que por lo menos seis personas pisaron la escena. En todo el perímetro no hemos encontrado ningún arma. Tampoco hay colillas, papeles ni otros elementos reseñables. Lo único que hemos localizado ha sido la cartera de la víctima. Estaba en el suelo junto al bolsillo de sus pantalones, probablemente se le resbaló al caer. El DNI confirma que se trata de Jaume Folch. Hay tarjetas, dinero… No sabemos si falta algo —resumió el *mosso* repasando sus notas en una libreta.

—Bien, gracias. Por si acaso, ampliad el perímetro y seguid buscando el arma.

La jueza autorizó el levantamiento del cadáver y el secretario judicial avisó a los empleados de la empresa funeraria que los habían traído en la furgoneta para que se encargasen del cuerpo. La magistrada y el inspector regresaron a la bodega mientras comentaban en voz baja sus primeras impresiones. Ambos se mostraban confundidos por las heridas de la víctima.

—No me gusta ese símbolo grabado a cuchillo, Vidal. Espero que no sea más que una maniobra de despiste, porque no me apetece tener a una secta o a un perturbado o Dios sabe qué campando por esta tranquila comarca.

—Lo mismo digo, señoría. Lo mismo digo.

3

Sierra de Collserola, Barcelona,
7 de octubre de 2019

Oculto tras un denso matorral, agachado y con los cinco sentidos alerta, Sagi creía estar fuera de peligro. Sin embargo, notaba su presencia demasiado próxima y no quería confiarse. Cerró de nuevo los ojos y aguzó el oído. Una rama seca crujió tras él, a una distancia de unos diez metros, calculó. Huyó hacia delante. Traspasó el follaje, que arañó su chaleco antibalas y su casco. Sabía que se arriesgaba demasiado si se levantaba, pero no le quedaba otra opción que correr hacia un árbol cercano de tronco grueso. Aceleró hasta llegar a él mientras notaba cómo un tiro pasaba rasando su costado derecho. La protección del pino le permitió asomarse para divisar la figura que se acercaba a él. Sin dudarlo, Sagi disparó, pero erró; su objetivo se había agachado antes de recibir el impacto y se refugió tras la pared semiderruida de una caseta abandonada.

Su mente discurría a toda velocidad valorando cuál iba a ser su siguiente paso. Tenía poco tiempo antes de que le alcanzaran. Entonces, un fuerte punteo de guitarra eléctrica resonó en el bosque. El potente tono de llamada del teléfono móvil de Sagi lo reclamaba. Entre maldiciones, buscó en los bolsillos laterales de sus pantalones, pero los guantes le impedían obrar con soltura. La música de Iron Maiden seguía reverberando entre la espesura y Sagi supo que era hombre muerto. Por fin, pudo coger su smartphone y vio que le llamaba su superior, el comisario José Antonio Bonet.

—Buenos días, jefe —respondió de mala gana después de quitarse el casco—. Lo siento, pero no es un buen momento.

—Me importa tres carajos. Te necesito.

Sagi se apoyó contra el árbol que lo cobijaba y suspiró largamente.

—¿Dónde está el cadáver?

—Vente para la central y te explico. —El comisario no dio más explicaciones y colgó sin despedirse, como de costumbre.

Sagi salió de su escondite y se expuso por completo al enemigo.

—Está bien. Has ganado. ¡Se acabó el juego! —gritó hacia el bosque.

Justo cuando terminó de hablar, notó un impacto en su pecho. Bajó la mirada y vio un manchurrón verde en su chaleco, junto al esternón. La figura que le perseguía salió de su escondrijo y se dirigió hacia él, rifle en mano. Se quitó el casco y la pantalla transparente que le protegía la cara y se sacudió el cabello castaño de corte Amélie.

—Si solo llevamos media hora... —se quejó Marta.

—Ya lo sé, y lo siento muchísimo, pero tengo que irme. Ya sabes cómo es esto... Te prometo que lo retomaremos muy pronto. Quiero la revancha. No creas que vas a ganarme.

—Por supuesto que sí —replicó enfadada, y lanzó una

bala de pintura verde que impactó de pleno en la frente de Sagi—. *Game over, baby.*

Sagi dejó a Marta en su portal de la calle del Comerç, muy próxima al mercado del Born. La joven seguía molesta porque el día libre que ambos habían planeado había acabado al poco de empezar, pero no le quedó más remedio que disfrutarlo en soledad. Sagi continuó con su coche hasta su apartamento de la calle Pujades. Vivía cerca del parque de la Ciutadella, el gran pulmón verde de la Barcelona marítima, donde solía hacer ejercicio. Cuando llegó a casa, se dio una ducha rápida para eliminar de su cuerpo el sudor y los restos de pintura verde de la frente, que se resistían a desaparecer. Se cambió de ropa, cogió su placa y su arma reglamentaria y volvió al aparcamiento para encaminarse hacia el complejo central de Egara, situado en la cercana ciudad de Sabadell, donde se dirige a la Policía de la Generalitat.

El inspector Víctor Sanz Gimeno trabajaba desde hacía seis años en la Comisaría General de Investigación Criminal de los Mossos d'Esquadra, ubicada en el complejo. A sus cuarenta y dos años, se había convertido en una pieza fundamental de su división gracias a su profesionalidad y a una intuición privilegiada que siempre le guiaba y ayudaba en la resolución de los casos que le encomendaban. De carácter serio y moderado, obraba con resolución y convencimiento, con una gran seguridad y confianza en sus capacidades, aunque solía tener un aire ensimismado que hacía que sus compañeros lo percibiesen como alguien distante y frío, en ocasiones incluso altivo. Saberse bueno en su trabajo provocaba que algunos en la comisaría lo vieran como un tipo prepotente. No obstante su valía profesional, dentro del mismo cuerpo policial, o incluso en algunas esferas políticas, a veces se le ponía en entredicho por ser hijo de quien era. Su padre, Francesc Sanz, era un abogado de reconocido prestigio en la capital catalana y entre sus amistades se contaban algunos *consellers* de la Generalitat, altos cargos de la Administración autonómica y del Estado, empresarios ilustres, intelectuales de postín y diversos miembros de la alta sociedad barcelonesa. Incluso el mismo jefe de Sagi.

Con los años, el inspector había aprendido a vivir con ello. Se había acostumbrado a que cuchicheasen a su paso o le señalasen con el dedo por ser un enchufado que había ascendido a golpe de llamadas telefónicas de su padre. Pero nada más lejos de la realidad. Y aunque era plenamente consciente del sambenito con el que tendría que cargar toda la vida, seguía siendo una espina que llevaba clavada en lo más profundo y que, con el paso del tiempo, se había ido enquistando e infectando, con lo que la grieta que lo separaba de su padre desde la adolescencia se había abierto tanto que hoy ya era kilométrica. Si su relación siempre fue difícil, la influencia paterna en su trabajo la había convertido en impracticable.

Lo cierto era que nunca había querido vivir bajo el ala protectora del gran Francesc Sanz y por ello se había esforzado en cuerpo y alma para ser autónomo y llegar hasta donde había llegado. Pese a su buena cuna, y en contra de la voluntad de su padre, que le conminaba a seguir con la tradición familiar y estudiar Derecho en una universidad privada, o tal vez precisamente por eso, optó por estudiar Psicología en una pública. Después de licenciarse, buscó trabajo por su cuenta y durante un año estuvo en tres empresas de *headhunters*, donde realizaba perfiles y seleccionaba personal para otras compañías. Pronto se dio cuenta de que su ocupación no le apasionaba lo más mínimo y volvió a la universidad, de nuevo pública, esta vez para estudiar Criminología. Siempre le había atraído el trabajo policial, sobre todo el relacionado con la psicología criminal, y se sintió como pez en el agua. A los veintiséis años entró en el cuerpo de los Mossos d'Esquadra y a los treinta pasó a formar parte del Área de Investigación Criminal Metropolitana Sur de Barcelona. Estaba convencido de que, en los seis años que trabajó allí, aprendió prácticamente todo lo que sabía. Su oficina comprendía zonas con un alto índice de criminalidad, como el Raval o la Barceloneta. Pese a la dificultad de su labor, o quizá gracias a ella, se curtió como agente y pudo demostrar sus aptitudes y su talento como investigador y líder de equipo.

Pasaban unos minutos de la una de la tarde cuando aparcó en la central. Al entrar en el edificio, se cruzó con una agente de la División de Delitos Económicos, que lo saludó con una sonrisa en los labios. Aunque no solían trabajar juntos, se llevaban bien. Sagi sabía que le gustaba, aunque no alcanzaba a comprender por qué, ya que nunca se había considerado especialmente atractivo. Su metro ochenta y dos de estatura y su obligado entrenamiento como policía le conferían un buen porte, pero, por otro lado, siempre le habían acomplejado su nariz chata, que parecía de boxeador apaleado, y sus mandíbulas demasiado marcadas, que le daban un aire de pitbull que imponía respeto a más de uno.

El ascensor lo plantó frente al despacho del comisario Bonet. Llamó con los nudillos a la puerta y entró sin esperar respuesta. Su jefe estaba consultando unos papeles.

—Pasa, Víctor. Siéntate.

Junto a sus padres, el comisario era el único que le llamaba por su nombre de pila. Desde su infancia, sus amigos, familiares y compañeros de trabajo lo apodaban «Sagi» como resultado de la unión de las dos primeras sílabas de sus apellidos y porque, habiendo nacido el dieciocho de diciembre, su signo zodiacal era el de Sagitario.

—Cuéntame —le pidió a su superior.

—¿Qué narices llevas en la frente? —le espetó Bonet al detectar un leve rastro de color verde.

—Es una larga historia —respondió—. Dime por qué me has hecho venir.

—Un hombre muerto en un pequeño pueblo del Priorat. Dueño de una bodega de vinos. Por lo visto, buenísimos. Degollado, con un símbolo extraño grabado en el pecho a cuchillo.

Sagi resopló.

—¿Y por qué me quieres enviar allá? Imagino que ya se habrán encargado los de Investigación del Camp de Tarragona.

—Así es, pero la jueza se teme que haya algo raro y desea resolverlo ya. No quiere alarmismo ni que la prensa alborote el gallinero. Además, tú conoces la zona, ¿no?

—Hombre, yo no diría tanto…

—Me da igual. Te necesito allí. Pregunta por el inspector Robert Vidal. Te está esperando.

Sagi no pudo ocultar su desacuerdo con la decisión que Bonet había tomado. El comisario le miró por encima de las gafas y le preguntó:

—¿Algún problema, Víctor? Sé que hoy librabas, pero esto es primordial. Quiero el caso cerrado lo antes posible, ¿de acuerdo?

—Claro, jefe.

El inspector se levantó y salió del despacho. Mientras caminaba cabizbajo hacia su coche, pensó que visitar el Priorat quizá no era tan mal plan. Esperaba poder resolver pronto el asesinato, pero seguramente tendría que pasar allí un par de días como mínimo. Sagi conocía a una mujer muy especial que vivía cerca de Falset. Hacía ya unas semanas que no la veía y estaba convencido de que se mostraría encantada con darle cobijo.

4

Cartuja de Scala Dei,
año 1410

Cuando el visitante se marchó, el prior Enric Martí se dirigió a su celda, cerró la puerta y sonrió. Se arrodilló en su oratorio y, en silencio, rezó para agradecer a Dios las buenas noticias que acababa de recibir. El papa Benedicto XIII había autorizado la modificación del testamento del ciudadano de Lleida Berenguer Gallart para que pudiesen continuar las costosas obras de construcción del cuarto claustro del monasterio y de seis nuevas celdas, que permitirían a la cartuja catalana llegar a albergar a un total de treinta monjes. Ya hacía siete años que Gallart, fiel y acaudalado devoto de la orden, había donado a Scala Dei numerosas propiedades y una cuantiosa suma de dinero para erigir estas construcciones, pero el prior pronto se dio cuenta de que resultaban insuficientes para unas obras de tal envergadura. Al morir el generoso leridano, el padre prior tuvo que dirigirse a sus albaceas testamentarios para solicitar más fondos que posibilitasen finalizar dicha empresa, a lo cual se negaron. De esta manera, al prior Enric no le quedó otro remedio que rogar a

Su Santidad que consintiese este cambio en las últimas voluntades del fallecido. Ahora, Dios mediante, los trabajos del nuevo claustro y las celdas, situados en la parte posterior al ábside de la iglesia, podrían continuar y llegar a su fin.

Por fortuna, la cartuja de Scala Dei había contado desde sus inicios con numerosos benefactores, entre ellos, los sucesivos monarcas e infantes de la Corona. Nació gracias al impulso real de Alfonso el Casto. A principios del siglo XIII, Pedro II el Católico otorgó al monasterio del Montsant la propiedad absoluta y exclusiva de la mayoría de las tierras que hasta el momento gobernaba, incluyendo sus aguas, pastos, bosques y caza, aunque la orden siguió sujeta a la jurisdicción real y a la protección militar del conde de Prades. El monarca Jaime I el Conquistador confirmó y amplió la concesión dispensada por su padre, aumentando el dominio territorial de la orden y consintiendo que esta pasase a ostentar una mayor autoridad para gobernar civil y eclesiásticamente a sus siervos. Más tarde, el infante Juan de Aragón, arzobispo de Toledo y patriarca de Alejandría, ordenó y sufragó la construcción de doce celdas, que se sumaron a las doce inicialmente erigidas, lo que permitió que se duplicase el número de monjes que moraba en la cartuja del Montsant. De hecho, Juan de Aragón siempre sintió predilección por Scala Dei, donde fue educado de niño, de manera que cuando ocupó posiciones de poder en la jerarquía eclesiástica favoreció en numerosas ocasiones al que consideraba su hogar espiritual. Ahora, la generosidad de un devoto gentilhombre posibilitaría que Scala Dei alcanzase las treinta celdas.

Por la gracia real y por generosas donaciones como la de Berenguer Gallart, Scala Dei se había convertido en rico y próspero, que veía ampliados sus dominios y privilegios a medida que las décadas se sucedían. Sin embargo, la cartuja no dejaba de formar parte del reino y, como el resto de los territorios, padecía dificultades y adversidades. La última y de mayor relevancia había sido la peste negra, que en 1348 había asolado la zona, mermando su población y conduciendo a una crisis demográfica y económica de la que en esos momentos el Montsant empezaba a recuperarse.

Unos suaves golpes en la puerta requirieron al prior Enric. Completó la oración que estaba recitando mentalmente y al abrir se topó con el frío viento de enero y el rostro del padre Guillem Rius, que ocupaba el cargo de maestro de novicios. Sin mediar palabra, ambos se dirigieron hacia la portería del monasterio, donde los esperaba un grupo de seis personas formado por dos matrimonios con sus respectivos hijos. El padre Guillem hizo una seña con las manos a uno de los dos hombres, ataviado con buenas vestiduras, de finos modales y barriga prominente, pidiéndole que se explicara.

—Mi señor padre prior, mi nombre es Bernat Vila y estos son mi esposa Isona y mi hijo Ferran. Residimos en Reus, me dedico al comercio de telas... —El hombre dudó sobre cómo proceder ante los dos monjes, pues sabía de su voto de silencio e ignoraba si debía esperar algún tipo de respuesta. Ante el mutismo de los religiosos, prosiguió—: Veréis, desde su más tierna infancia, mi hijo menor, aquí presente, es un fiel devoto de la Madre de Nuestro Señor y ha mostrado sin duda alguna un gran fervor religioso. Y más recientemente ha insistido en su voluntad de profesar en la Orden de la Cartuja. Para nosotros sería un motivo de alegría que así lo aceptarais, y para ello os ofrecemos una donación de mil sueldos como dote.

El comerciante calló y esperó una respuesta que no llegó, ya que el maestro de novicios animó entonces a hablar al otro hombre con idéntico gesto de las manos. Este, con ropas más humildes y piel curtida por el trabajo, titubeó antes de hacer las presentaciones.

—Padre prior, yo soy Joan Ferrer. Me acompañan mi esposa María y nuestro hijo Oleguer. Soy herrero en Poboleda... Para nosotros es un honor servir fielmente a la cartuja de Scala Dei, que nos brinda su protección y guía nuestras almas para ser buenos cristianos... —Miró al otro hombre y continuó—: Nosotros no disponemos de tantos recursos como estos vecinos nuestros, pero Oleguer, mi primogénito, también dice estar decidido a dedicar su vida a Dios y renunciar a todo lo demás... incluso a su familia —reconoció con un gesto de profunda tristeza que intentó disimular sin éxito—. Por ello, hemos acudido a vuestras mercedes para que lo acojáis en el monasterio y pueda profesar los votos. Os ofrecemos tres sueldos y nos comprometemos a entregaros cuantas herramientas y enseres de herrería necesitéis de ahora en adelante, como pago por la manutención de nuestro hijo —añadió con voz más baja y visiblemente ruborizado, sabedor de que su dote era mucho menor que la proporcionada por el mercader reusense.

El prior Enric examinó a las dos familias, poniendo especial atención en los muchachos. Ambos habían cumplido ya los dieciocho años, edad mínima para entrar en la cartuja. Ferran era alto y robusto, de ojos verdes y cabello negro azabache. Su rostro mostraba determinación y seguridad. Había algo en él que transmitía fortaleza de espíritu y carácter recio, rasgos que le serían de ayuda en la vida monacal. A su lado, Oleguer se veía empequeñecido. Era más bajo y delgado, de mirada suave y cálida. Enric le imaginó un carácter más dócil y tranquilo. Pero el joven no dejaba de admirar el cenobio que se alzaba tras los dos monjes, con una permanente sonrisa de felicidad que le era imposible evitar.

Parecía que estuviese presenciando un milagro o una aparición celestial. «En verdad desea que esta sea su casa», pensó Enric, quien se debatía entre seguir la norma de la orden, según la cual era aconsejable admitir solo a postulantes provenientes de familias nobles o acaudaladas, y la devoción que veía en los ojos del muchacho. Antes de ser acogidos, los dos jóvenes deberían pasar una serie de pruebas ante el prior para acreditar sus conocimientos en distintas materias y demostrar que tenían dominio del canto para las celebraciones litúrgicas. Si las superaban, Enric tendría que proponer a los dos aspirantes ante la comunidad de Scala Dei para que toda la congregación tomase la decisión de admitirlos o no.

Finalmente, se inclinó por darles una oportunidad. El prior volvió la mirada al padre Guillem, que esperaba atento su reacción, y tras asentir con la cabeza, se dirigió de nuevo hacia su celda.

Las voces de los monjes resonaban al unísono en la iglesia de la cartuja y reverberaban entre los sólidos muros de piedra, produciendo un efecto multiplicador que hacía que pareciesen cientos los clérigos que cantaban las vísperas, en lugar de los casi treinta que eran. Ferran y Oleguer entonaban las oraciones en latín con una entrega que fascinaba a sus compañeros del monasterio. Tan solo llevaban cinco meses de postulantado y ya habían demostrado una pasión y un fervor religiosos dignos de los más piadosos cartujos. En la iglesia, el prior Enric los miraba de reojo y a cada hora que pasaba estaba más convencido de haber tomado la decisión correcta al admitirlos en la comunidad. El padre Guillem estaba realizando un magnífico trabajo con ellos, ya que les inculcaba con firmeza la regla de la orden y los guiaba en su adaptación a la vida religiosa. Aun así Enric pensaba que, sin la férrea voluntad y la firme convicción que anidaban en los chicos, no todo sería tan fácil. El maestro de novicios cumplía bien con su cometido, eso era innegable, pero el padre prior creía que además estaba regando una semilla sólidamente arraigada en las almas de los dos jóvenes, que día a día iba creciendo y dando sus frutos.

Cuando finalizó el oficio, los monjes regresaron pausada y ordenadamente a sus respectivas celdas, en las que pasaban en soledad dieciocho de las veinticuatro horas del día, dedicados principalmente a la lectura, la meditación, la oración y la contemplación. Ferran y Oleguer cerraban el grupo, con el padre Guillem a la zaga. El silencio que imperaba en la cartuja impedía a los muchachos comunicarse con los demás como lo habían hecho hasta su entrada en el monasterio. Por eso se hablaban con la mirada y con pequeños gestos que habían llegado a adquirir significados fundamentales para el trato entre ambos.

Los primeros días no habían resultado fáciles. A pesar de haber fijado ya en sus casas una rutina de rezos y de dedicar tiempo al contacto con el Creador, estaban acostumbrados a hablar con sus familiares y conocidos, como lo hacía cualquier persona seglar. Sin embargo, entre los muros de la cartuja los monjes cumplían los votos de pobreza, castidad y obediencia y la regla se respetaba estrictamente. «Solo con el silencio podremos alejarnos de la vida y los placeres terrenales. Solo en silencio podremos sentir la presencia de Dios, ya que Él siempre está con nosotros. El silencio es el mejor sonido de todos. Tenemos que rechazar los pensamientos transitorios de nuestra imaginación y vaciarla de contenido para consagrarnos solo a Él», les inculcaba el padre Guillem en su formación. Únicamente podían romper ese mutismo durante la reunión semanal del domingo y el paseo extramuros de los lunes, aunque no estaba permitido hablar más allá de lo indispensable para comunicarse. El maestro de novicios solía recordarles las palabras de Bruno de Colonia, el fundador de la orden: «Cuando habléis, procurad que vuestras palabras sean mejores que el silencio».

En las primeras semanas, los postulantes confirmaron la fama de dureza que se atribuía a la vida en la cartuja. Pasaron hambre, pues la dieta era vegetariana y frugal y se realizaban varios ayunos a los que no estaban habituados. Se enfrentaron a la larga soledad en sus celdas, que al principio parecía imposible de sobrellevar. Nunca habían pasado tantas horas sin compañía alguna. Por mucho que rezaban, meditaban o leían, siempre acudían a sus mentes imágenes o recuerdos de la vida exterior, y eso hacía flaquear su voluntad. Además, sabían que el noviciado se prologaría hasta que cumpliesen los veinticinco años de edad, cuando toda la comunidad de Scala Dei, juzgando el comportamiento, la entrega y la rectitud mostrados por los muchachos desde su ingreso, debería votar si, por fin, eran admitidos para profesar los votos. Tanto Ferran como Oleguer llegaron a dudar que ese fuese su destino: vivir en soledad y en silencio dentro de una comunidad de monjes que apenas se relacionaban entre ellos, por mucho que compartieran morada. Echaron de menos a sus familias y amigos, se sintieron huérfanos, desamparados, aislados.

Mientras seguían andando, Ferran miró de reojo a su compañero, que caminaba con la cabeza gacha. Oleguer se sintió observado, descubrió la mirada de su amigo y le sonrió con cariño. Estaba en deuda con él y creía que jamás podría agradecerle suficientemente su ayuda. Porque unas pocas noches atrás, Oleguer se había roto.

Ferran se encontraba acostado en su *cubiculum* tras el oficio de maitines y laudes. En el completo silencio que se adueñaba de la madrugada monacal, escuchó un tímido sollozo proveniente de la celda contigua, ocupada por Oleguer. Se levantó raudo y salió al jardín para confirmar que sus sentidos no le habían engañado. Inmóvil, oyó el llanto contenido de su compañero y, sin vacilar, saltó los muros traseros que los separaban.

Lo encontró encogido en el suelo, con la vista fija en el inmenso cielo que los cubría.

—Eh, eh, Oleguer —le llamó mientras lo tomaba de las manos y le acariciaba la mejilla—. ¿Qué te sucede? —preguntó angustiado.

El joven lo contempló con pesadumbre en la mirada. Se limpió el rostro con la manga del hábito y tragó saliva.

—Creo que no voy a poder conseguirlo, Ferran. Extraño sobremanera a mi familia y me invade la culpa cuando pienso que mi padre debe necesitar mis dos manos para poder llevar un plato a la mesa cada día. Por momentos siento enloquecer. Esta quietud supone una losa demasiado pesada para mí. Tal vez me creí escogido para una vida pía y virtuosa que no merece un pobre hijo de herrero como yo. He sido un egoísta y un vanidoso.

Ferran le cogió la cara con las manos y le obligó a mirarle.

—¡Deja de decir sandeces! Eres uno de los hombres más devotos que conozco. Nuestro Señor acudió a ti. Sentiste la llamada y, como el mejor de los cristianos, acudiste a servirle en esta sagrada cartuja. Sin embargo, no dejamos de ser simples mortales y, como tales, tenemos dudas y somos débiles. Yo también me siento desfallecer en algunas ocasiones, pero recuerdo dónde me hallo y me reconozco afortunado. Dios me da el ánimo necesario para seguir este camino que Él ha escogido para nosotros. ¿Imaginas un sino mejor que dedicar nuestra vida a la grandeza del Creador? Yo no puedo, y sé que tú tampoco.

—Tú eres más fuerte que yo, Ferran. Creo que mis dudas reafirman que debo volver con los míos, que debo auxiliar a mi padre en su duro trabajo.

—Debes alejar esas ideas. Recuerda lo que nos enseña el padre Guillem. No hay mayor obra que la de servir a Dios, y eso es lo que hacemos aquí y lo que haremos el resto de nuestra existencia. Le amamos. Le buscamos y le encontramos. Le ofrecemos todos nuestros actos. Nos rendimos a Él y nos esforzamos en prepararnos para la verdadera vida, cuando estemos a su lado en el paraíso celestial. Solo unos pocos hombres pueden gozar de tal dignidad. Tu dilema reside en tu misma alma. Debes empezar a admitir que tú eres también uno de ellos, que Dios te señaló, de la misma forma que honró esta tierra. A Él nos debemos, y no hay mayor flaqueza que renunciar a su llamada. Eso no es soberbia. Es un compromiso con nuestro deber.

Oleguer asintió y vio partir a Ferran mientras reflexionaba sobre sus palabras. Pasó la noche en vela, discurriendo sobre su vida y sus elecciones, recapacitando sobre sus deseos e inquietudes. En la misa de la mañana en la iglesia, que se celebraba en comunidad, se situó junto a Ferran, quien, con un rápido movimiento de sus cejas, se interesó por su estado. Oleguer le ofreció una sonrisa que denotaba determinación, esperanza y, sobre todo, agradecimiento. Ferran no le preguntó más sobre ese asunto, y Oleguer no volvió a llorar en la soledad de su celda.

Después de ese encuentro, ambos prosiguieron con la rutina del monasterio y las enseñanzas del padre Guillem. Empezaron a adaptarse al sosiego y la clausura, y no tardaron en descubrir que eran precisamente ese retiro y la separación los que les facilitaban el contacto con Dios y les permitían sentirlo con ellos en sus celdas. Solamente así podían vivir sin prisas y confiar su espíritu a la vida contemplativa, a la espera de que la muerte los reuniese con Él. Y llegaron a conocer una felicidad inesperada, hasta entonces nunca imaginada, que les empujó a no cejar en su propósito de renunciar a todo lo mundano y esforzarse para alcanzar los cuatro peldaños de la escala espiritual de los cartujos.

Esos recuerdos rondaban por la cabeza de Ferran cuando llegó a su celda. Se dirigió al estudio y se sentó ante el escritorio para dedicar unas horas a la lectura espiritual. Los minutos transcurrieron raudos mientras se concentraba en las letras que pasaban ante sus ojos y que hablaban del camino a la contemplación. El novicio ya apreciaba el espacio que se le había asignado dentro de la comunidad cartuja. En verdad, su celda era mucho mayor que sus aposentos en la casa familiar. Aunque era de buen tamaño, en Reus solo disponía de una habitación con chimenea y escritorio. En cambio, en Scala Dei las celdas eran amplias y estaban formadas por diferentes espacios, como el estudio-oratorio, el jardín y el *cubiculum*, donde los clérigos comían y dormían. Antes de cenar, el joven postulante se dirigió al jardín, que para los cartujos representaba el paraíso que les esperaba tras la muerte. Regó los árboles y plantas que había enfrente del escritorio: un limonero y un manzano, dos rosales de un rojo terrenal y dos blancos lirios, símbolo de la pureza, que crecían como queriendo alcanzar prematuramente el cielo. Contempló las cumbres de la sierra del Montsant que asomaban por encima del muro de su celda, cerró los ojos y escuchó el silencio, tan solo perturbado por el zumbido de algunas abejas y zánganos. Y se sintió afortunado por vivir allí, en el corazón del monte sagrado, la tierra señalada por el Creador, donde hacía siglos un pastor vio un pino con una escalera que transportaba a los ángeles desde el paraíso a la tierra y viceversa. Un pino que había estado en el mismo lugar en el que ahora se erigía el altar de la iglesia que hacía unas horas Ferran había abandonado. Donde cada día los monjes, novicios y postulantes de Scala Dei se entregaban a Dios.

5

Escaladei,
7 de octubre de 2019

El inspector Robert Vidal colgó la llamada que acababa de recibir de la central de los Mossos. Faltaban pocos minutos para las dos de la tarde y la batería de su móvil ya estaba a punto de agotarse. Le contrariaba tener que buscar un enchufe cuando le quedaba tanto trabajo por delante. Le desconcertaba la aparición del siniestro símbolo en el cadáver del empresario. Y, para más inri, le fastidiaba enormemente la orden que le había llegado desde arriba.

Buscó al cabo Ventura y al sargento Moreno, que hablaban con otros *mossos* de las comisarías de Reus, Falset y Tarragona, y se dirigió hacia ellos con paso decidido.

—Me han llamado de la central —les dijo—. Ventura, Moreno, os agradecemos todo el trabajo que habéis hecho los dos equipos al llegar aquí y parar el golpe, pero, como ya sabéis, el caso pasa a nuestra área. De todas formas, sargento, seguiremos contando con vosotros porque necesitaremos ayuda mientras dure la investigación. Espero que no sea mucha molestia pediros un despacho en la comisaría de Falset para poder trabajar más cerca de Escaladei. Por otro lado, tengo la inmensa alegría de informaros de que nos envían un refuerzo desde la central —comentó con ironía. Los agentes murmuraron. Todos sabían que el equipo de Investigación Criminal del Camp de Tarragona era suficientemente válido para cerrar el caso con eficiencia y premura—. Quieren solucionar el asesinato pronto y sin hacer mucho ruido, y por lo visto el inspector Víctor Sanz Gimeno colaborará con nosotros para que así sea.

Algunos policías movieron sus cabezas en señal de desacuerdo, incluso de indignación. Y unos pocos incluso protestaron airadamente.

—Todos sabemos quién es. El niño bien del cuerpo que ha ascendido gracias a su padre, que es íntimo de Bonet —dijo uno de los *mossos*.

—Yo conozco a un agente que ha trabajado con él en la Metropolitana Sur y solo habla maravillas. Afirma que es muy competente y que tiene mucho instinto —se atrevió a decir otro.

—Pero ¿qué pinta él aquí? —expuso un tercero, abiertamente contrariado.

—Haya paz, agentes —terció Vidal—. Nosotros llevaremos la investigación. El inspector Sanz Gimeno viene a apoyarnos, no a relegarnos. Así que basta ya de cháchara y pongámonos a trabajar.

El grupo se dispersó y los agentes de Falset y Reus se dirigieron a sus vehículos acompañados de Vidal, que quería despedirse de ellos. En cuanto partieron, el inspector se acercó a sus compañeros de Tarragona para organizar las tareas. Los agentes de la Policía Científica continuaron reconociendo el perímetro del escenario del crimen y ampliaron sus notas para redactar los informes con el máximo detalle. Vidal y uno de sus subordinados, el agente Durán, entraron en las oficinas de la bodega donde los esperaba Lola Grau.

—Le acompaño en el sentimiento, señora —empezó el inspector—. Pero, como se imaginará, estamos aquí para averiguar quién es el responsable de la muerte de su esposo, y para ello necesitamos su ayuda. Tengo que hacerle unas preguntas.

—Por supuesto —contestó la mujer.

A Vidal le extrañó su actitud serena. Se mostraba tan entera que nadie hubiese dicho que acababa de quedarse viuda.

—¿Cuándo vio a Jaume por última vez?

—Ayer por la tarde. Estábamos los dos aquí, en la oficina. Yo me quedé hasta más tarde, pero él se fue a casa pronto. Serían las cinco de la tarde, más o menos —aseguró, luego abrió su bolso, sacó un cigarrillo de la cajetilla y se lo encendió.

—¿Y no coincidió con él por la noche? Me refiero a si no le vio en casa.

—Verá, inspector... Jaume y yo teníamos una relación un tanto especial. Estamos... Estábamos casados, sí, pero nuestro matrimonio era más bien un acuerdo comercial. Nuestras familias siempre han sido propietarias de un importante número de hectáreas de viñedos en el Priorat. Con nuestra boda fortalecimos el negocio. Nos teníamos cariño, pero no se puede decir que sintiésemos mucho amor el uno por el otro. Ni siquiera nos habíamos llegado a plantear jamás la posibilidad de tener hijos —confesó mientras expulsaba el humo de la primera calada.

—Vivían juntos, ¿verdad?

—Sí. Compartíamos vivienda en La Morera de Montsant, pero cada uno iba por su lado. Hacíamos vidas separadas. Lo que nos importaba era el negocio. Trabajábamos juntos. Yo me encargo de la gestión administrativa y él se centraba en las exportaciones y las relaciones con los proveedores. Nuestra vida es la bodega, las tierras y el vino, aunque yo siempre estoy aquí y él solía ausentarse, por viajes o reuniones. Por eso compró el piso de Barcelona, para estar más cerca del aeropuerto. Aunque, bueno, me imagino que también lo utilizaría como picadero. Ah, y Jaume también tiene... tenía un restaurante en Barcelona. El Priotast. Exclusivamente de su propiedad.

El agente Durán subrayó en su cuaderno que debían indagar sobre la vivienda y el negocio de restauración que la víctima tenía en la capital catalana.

Vidal se sorprendió por el aplomo mostrado por la viuda y por la singular relación que tenía con el difunto. Sus conexiones neuronales le decían que el relato de Lola Grau era un móvil evidente para el asesinato, ya que, por lo que dejaba entrever, se escaqueaba del trabajo y le era infiel. Intrigado, continuó con el interrogatorio:

—¿Sabe si su marido había otorgado testamento?

Lola Grau adivinó las sospechas del policía y sonrió con desdén mientras buscaba un cenicero.

—Inspector, yo no he matado a Jaume. No soy una esposa celosa. Me da igual que tuviese sus líos. Yo también los tengo y estoy segura de que él lo sabía. Aun así, tampoco nos lo explicábamos. Yo no los llamaría «infidelidades» porque nunca sentimos el compromiso de serle fiel al otro.

—¿Sabe dónde estuvo anoche su marido? —continuó Vidal, desconcertado por unas informaciones que no esperaba.

—No tengo ni la más remota idea. Solo sé que no tenía previsto irse a Barcelona. Yo llegué a casa hacia las once de la noche y ni siquiera me percaté de su ausencia. Dormimos en habitaciones separadas.

—¿Y dónde estuvo desde las cinco de la tarde hasta que llegó a casa?

—Aquí, en la oficina. Me quedé hasta tarde porque quería repasar unos pedidos. Ahora, con la vendimia, no damos abasto. Y antes de que me lo pregunte, desde las siete de la tarde, cuando se fueron mi cuñada Elvira y los trabajadores, estuve sola. Cené aquí.

«Sin coartada», pensó Vidal.

—¿Tenía Jaume algún problema con el negocio o fuera de él? Clientes o proveedores enfadados, alguna denuncia o amenaza...

—Que yo sepa, no. La bodega funciona muy bien y nunca hemos tenido problemas con nadie. Pero fuera de aquí... Ya le digo que Jaume y yo tampoco nos comunicábamos mucho.

—Entonces no sospechará quién ha podido hacerle esto.

—Pues no. Si lo supiese, se lo diría. Que Jaume y yo no tuviésemos un matrimonio al uso no significa que no le tuviera cierta estima. No soy una desalmada, inspector —aseguró fría como un témpano.

—Está bien, señora Grau. Sepa que no debe salir del pueblo y que debe tener su teléfono siempre disponible. También necesitaremos echar un vistazo a la bodega y al lugar de trabajo de Jaume. Y más tarde, a su casa.

—Lo que dispongan.

Lola señaló una mesa de oficina situada en una esquina e informó a los dos policías de que era la de su marido. Recogió sus cosas y se marchó de la oficina, dejando tras de sí una mezcla de caro perfume e insoportable soberbia.

Vidal sabía que, aunque quizá no encontrasen nada, debían registrar todo el edificio, ya que presuponía que era el último lugar en el que había estado Jaume Folch antes de que alguien lo asesinase junto a la alberca. Los agentes de refuerzo que había pedido ya se hallaban enfrascados en la inspección de la tienda, las zonas de elaboración del vino, los almacenes y otros espacios de la acogedora bodega.

Por su parte, el inspector y el agente Durán examinaron la oficina que compartían Jaume Folch, Lola Grau y Elvira Sentís. Había tres mesas con sus respectivos ordenadores, bandejas de documentación y enseres de papelería. Dos de las paredes contaban con estanterías que iban desde el suelo hasta el techo y que albergaban decenas de archivadores y dosieres. Echaron un vistazo a los estantes y las mesas de Lola y Elvira, luego otros agentes se encargarían de inspeccionarlos minuciosamente, y se acercaron al escritorio de Jaume. Permanecieron más de una hora leyendo los documentos desparramados y en un considerable desorden, la mayoría de ellos presupuestos, contratos y folletos informativos en diferentes idiomas. También hallaron facturas de hoteles, restaurantes y compañías aéreas.

—Nada significativo —reconoció Durán con desilusión.

—Nos llevaremos el ordenador, a ver si nos cuenta algo interesante —apuntó Vidal.

El inspector empezó a remover los objetos de la pequeña cajonera que Jaume tenía junto a la mesa y descubrió un teléfono móvil de última generación. Se lo enseñó a Durán.

—Está apagado —confirmó—. Es curioso que no llevase el móvil encima, ¿no?

Mientras los *mossos* seguían trajinando en la bodega, Lara paró el coche junto al cruce de entrada a Escaladei. Cuando se fue de Di-Vino, paseó por el encantador pueblecito durante un buen rato. Necesitaba calmarse y pensar en lo que acababa de vivir. Todavía estaba impactada por la muerte de Jaume Folch y, más aún, por haber sido ella quien encontrase el cadáver. Al marchar de la bodega, la adrenalina dejó de socorrerla y le dio un bajón que hizo que su cuerpo temblara por el impacto de lo sucedido.

Respiró hondo y llamó a su jefe de la agencia para explicarle lo que había ocurrido, pero sin entrar en demasiados detalles. Le justificó que la jueza había decretado el secreto de sumario, que ella era una testigo principal y que tenía prohibido dar información al respecto. Su jefe la tranquilizó diciéndole que lo entendía y que desde la agencia llamarían al Área de Comunicación de los Mossos d'Esquadra para que les dijesen qué datos podían hacerse públicos por el momento. Lara se lo agradeció y le anunció que se iba a casa a descansar.

Sin embargo, en cuanto colgó, cerró los ojos y le vino a la mente la cara desencajada del cadáver, con el corte en el cuello y la sangre a su alrededor. Miró las suelas de sus botas y reconoció las manchas oscuras. La invadió un inmenso sentimiento de culpabilidad por haber llegado tarde, por no haber podido evitarlo. Su yo más racional le decía que seguramente el señor Folch llevaba varias horas muerto, que en ningún caso hubiese podido salvarle, pero la voz de su conciencia le insistía en que estaba en deuda con él por haberlo descubierto tan vulnerable, por haberle robado unos minutos de una intimidad que merecían tan solo quienes más le querían, por muy funesta que fuera. Porque, tal vez, si no hubiese pactado esa entrevista, Jaume Folch hubiese estado de viaje, o bajo la protección de su casa, o tomando unas cañas con unos amigos. Su molesto y absurdo Pepito Grillo le repetía que parte de la culpa de ese asesinato era suya.

Entonces supo que, a su pesar, no podía ser la pusilánime que había decidido ser, la que ansiaba volver a su piso y compadecerse de sí misma con un té caliente entre las manos y una película mala de fondo. Tal vez no le debía nada a Jaume Folch, pero sus ojos muertos y la sangre de sus botas la obligaban a sacudirse la autocompasión y actuar.

Arrancó el motor y giró el volante. Aparcó a la entrada de Escaladei, junto a los árboles de la estrecha carretera que conducía a la cartuja. Cogió el bolso, la libreta y un bolígrafo, y se dirigió hacia la plaza del Priorat, la única de la aldea, siguiendo la Rambla. Vio a unos vecinos que asomaban por el umbral de la puerta de una de las casas y, ni corta ni perezosa, se acercó a ellos.

No sabía cómo ni en qué medida, pero iba a ayudar a resolver el asesinato de Jaume Folch.

6

Barcelona,
7 de octubre de 2019

Mientras metía ropa en una gran bolsa de deporte, Sagi recibió otra llamada de la central. El comisario Bonet había hablado con el inspector Vidal y este le había puesto al corriente de la relación entre la víctima y su esposa. También le informó sobre las propiedades que Jaume Folch tenía en Barcelona, de manera que, antes de partir hacia Escaladei, Sagi debía registrar el piso del fallecido acompañado por otros agentes de su unidad, por si encontraban algún indicio de interés para el caso.

Entró en el baño y abrió un pequeño armario bajero para coger su neceser. Sin pensarlo mucho, guardó en él los enseres de aseo personal que creyó que utilizaría en los pocos días —eso confiaba— que iba a estar fuera de casa. Se miró en el espejo y apreció unas leves ojeras que evidenciaban una noche de poco sueño. Sonrió al pensar en Marta y volvió de nuevo a su habitación. Cogió también una chaqueta y lo puso todo en la bolsa. Cerró la cremallera y se la colgó al hombro. Junto a la puerta de entrada, tomó las llaves de un pequeño estante vacío, y entonces le vino a la memoria el recibidor de su antiguo piso, lleno de fotos suyas y de Anabel.

Anabel.

Anabel en la playa.

Anabel en un estudio fotográfico.

Anabel en París.

La conoció en su primer día en la facultad de Psicología y sintió lo más parecido a un flechazo que había sentido en su vida. Algo semejante a esas mariposas en el estómago y esa ansiedad por su presencia de la que tanto hablaban los poetas.

Sagi se había sentado en una de las filas de en medio del aula (ni muy cerca del profesor, para no parecer un empollón, ni demasiado lejos, para no parecer un liante), junto al pasillo que daba a la puerta de entrada, y estaba tan nervioso como sospechaba que estaría en el inicio de su vida universitaria. Aún no se había presentado a ningún compañero, simplemente había cruzado cuatro palabras con los que se habían sentado junto a él.

La primera clase era Psicofisiología, y cuando el profesor ya había empezado a anotar en la pizarra un resumen de lo que sería la asignatura, la puerta se abrió tímidamente y una muchacha de larga melena rubia entró con sigilo, sonrojada por saberse observada por todos al haber llegado tarde el primer día y haber interrumpido el ritmo de la clase. Para evitar mayores molestias, optó por sentarse en el primer asiento a su alcance, en primera fila, y se apresuró en sacar unos folios y un bolígrafo para copiar todo lo que el profesor había escrito antes de que lo borrase.

Sagi se armó de valor para hablar con ella ese mismo día. La abordó durante un descanso, en la cafetería de la facultad, y bromeó sobre su «gloriosa» irrupción ante la desdeñosa mirada del maestro. Enseguida descubrió que era una chica divertida e inteligente, soñadora, aunque un tanto ingenua, y pese a que ambos crearon diferentes grupos de amigos, buscaban momentos para hacerse los encontradizos. No sabía muy bien qué era lo que sentía Anabel, pero a Sagi le costaba horrores separarse de ella.

Tres sesiones de cine y cinco cortados con cruasán más tarde, empezaron a salir juntos. El joven Sagi se enamoró de su forma de ver la vida, de la bondad que ella presuponía en el ser humano y de sus ganas de cambiar las cosas. Fueron unos años muy felices para los dos. Además, sus familias, ambas de buena posición social, veían con buenos ojos la relación.

Mientras iba al volante, a Sagi le pareció que habían pasado varios siglos de eso, y de pronto sintió que su estómago se encogía y que una oleada de calor le subía a la cabeza. «Ahora no», se conminó a sí mismo. Bajó dos dedos la ventanilla y dejó que entrara el aire fresco de octubre. Apretó el volante con fuerza, abrió bien los ojos y se concentró en el tráfico fluido, que le llevó por la cuadrícula de Barcelona hasta el piso de Jaume Folch.

Los cuatro agentes que el comisario Bonet había enviado registraban por separado las habitaciones. Sagi advirtió que, pese a las reducidas dimensiones del apartamento, contaba con todos los detalles necesarios para vivir confortablemente. Imaginó que los negocios del señor Folch iban viento en popa y le reportaban unos beneficios nada desdeñables. No en vano le habían permitido adquirir ese piso situado en la calle Còrsega, cerca del cruce con Aribau, una zona inasequible para la mayoría de los bolsillos. «No muy lejos del que fue mi apartamento», evocó con cierta nostalgia. También presumió que el empresario pasaba en Barcelona más tiempo del que en un principio habían imaginado. Los cajones de los muebles y los armarios guardaban ropa, documentación y todo tipo de objetos necesarios para el día a día. Aun así, el aire estaba algo viciado por falta de ventilación. Eso y la fina capa de polvo en el mobiliario indicaban que hacía algún tiempo que el señor Folch no se dejaba caer por el piso.

El inspector supervisaba el trabajo de los *mossos* y examinaba los objetos que le llamaban la atención. Por sus manos habían pasado ya multitud de papeles, facturas y recibos, todos ellos relacionados con su trabajo en la bodega, sus viajes como exportador de vinos y la gestión de su restaurante. Cuando Sagi empezaba a sentir cierto fastidio por no haber hallado ningún dato de interés para el caso, un agente requirió su presencia en el dormitorio. Detrás de un cuadro —una versión impresionista de la fachada marítima de la Ciudad Condal— descubrieron una pequeña caja fuerte. Sagi sonrió y llamó a la central de Egara para solicitar la orden de apertura y el equipo necesario para hacerlo. Una hora más tarde, mientras los *mossos* continuaban con el registro, un técnico forzaba la caja de seguridad y la abría ante los ojos ansiosos del inspector.

Sagi sacó un pequeño estuche y comprobó que contenía un reloj de oro de hombre. Lo dejó sobre la mesa de noche y tomó otra cajita, esta de cartón, que pertenecía a un teléfono móvil. Sin embargo, era tan solo eso, un envase vacío, ya que el dispositivo no estaba. Por desgracia, tampoco había ningún papel o etiqueta que indicase el número del móvil. Volvió a introducir la mano en la caja fuerte y cogió un sobre de papel que contenía lo que parecían ser las escrituras de compra de ese piso y varios documentos fiscales del restaurante.

Por último, Sagi distinguió tres objetos al fondo. Uno era un hatillo de fotografías antiguas que mostraban a diferentes personas de distintas décadas —tal y como se deducía de sus ropas, así como de la textura y la impresión de las fotos— en campos, bosques y masías que en un primer momento el inspector no supo ubicar. Las últimas, sin embargo, eran de un monasterio en ruinas, que conjeturó sería la cartuja de Escaladei. Una búsqueda rápida en Google se lo confirmó. Imaginó, pues, que las otras imágenes habrían sido tomadas en varios puntos del mismo municipio.

De debajo de las fotos, Sagi extrajo una factura, que estaba guardada con celo dentro de una funda plastificada. Leyó con atención las palabras escritas con máquina de escribir. Era de Muebles Biarnés, en Falset, y mostraba un rudimentario y anticuado logotipo junto al nombre de la empresa. Se fijó en la fecha de emisión: 15 de mayo de 1994. «Cliente: Sr. Folch Vives. Bodega Di-Vino, Escaladei». Pero lo que más le llamó la atención fue el concepto: «Cajonera con grabado». Aparte del precio, que no era precisamente barato para esa época, no había nada más.

El último objeto era una extraña llave con una letra «R» mayúscula forjada en su cabeza. La miró con curiosidad y empezó a elucubrar sobre qué abriría esa singular pieza. Lo primero que pensó fue que la R no se correspondía con las iniciales del empresario ni las de su mujer. Luego pidió a los agentes que buscasen una cajonera por el apartamento, pero solo encontraron una pequeña cómoda en la habitación, llena de prendas de invierno y ropa de cama, y un mueble con cajones en el salón, con una cubertería, manteles y otros objetos de poco interés. No apareció ningún grabado por ningún lado. Tampoco hallaron ninguna cerradura que abriese esa llave.

Finalizado el registro, el inspector pidió a los policías que llevasen a la central las fotos que habían tomado y los objetos de interés que habían etiquetado y guardado en cajas. Aun así, decidió quedarse con la factura, que estudiaría más a fondo, además de las fotografías y la llave, para indagar sobre ellas y enseñárselas a la señora Grau y ver si conseguía de esta forma desentrañar ese nuevo misterio.

Antes de partir hacia tierras tarraconenses, Sagi se acercó junto a un par de agentes al restaurante del señor Folch, el Priotast, ubicado en la calle Mallorca, a solo tres manzanas del apartamento. El local era estrecho pero profundo y estaba decorado con grandes cuadros y vinilos que retrataban la comarca que le daba nombre, y con un denominador común: la uva y las viñas. Junto a la larga barra, un enorme refrigerador guardaba montones de botellas de vino que, según sus características, se conservaban a diferentes temperaturas.

Una decena de comensales, que departían animadamente, conformaban ese día el primer turno de la comida. Entre ellos, un aniñado camarero entregaba y recogía platos mientras que otra camarera estaba pendiente de que no le faltase vino a ninguna de las mesas. Sagi se acercó a ella y, tras presentarse, le pidió hablar con el encargado.

—Yo soy la encargada —respondió con extrañeza—. ¿Pasa algo?

—Lamento comunicarle que el señor Jaume Folch ha aparecido muerto esta mañana en Escaladei.

La mujer palideció.

—Dios mío... ¿Qué ha pasado? ¿Le ha dado un infarto? Se encontraba muy bien desde la operación...

—No ha sido eso —la interrumpió, sin saber a qué se estaba refiriendo—. Quisiera preguntarle si el señor Folch solía venir a menudo por el restaurante. ¿Pasaba mucho tiempo en Barcelona?

La empleada se sentó frente a una mesa vacía y sacudió la cabeza con brío para confirmar que no estaba soñando, que ese tipo que tenía enfrente acababa de decirle que su jefe estaba muerto.

—Cuando abrimos el Priotast apenas le veíamos el pelo —empezó—. Solo se presentaba de vez en cuando para hacer números y repasar las cuentas. De los pedidos y los suministros siempre me he encargado yo. Somos medio familia, confiaba totalmente en mí. El restaurante siempre ha ido bien y él se centraba en las exportaciones de Di-Vino. Pero desde hace un año, más o menos, pasaba muchas semanas aquí. Venía al Priotast a comer o a cenar, estaba más pendiente de la gestión, aunque tampoco se quedaba muchas horas. Luego desaparecía, pero no sé decirle adónde iba. Creo que algún día bajaba a Escaladei, pero luego volvía a Barcelona.

—¿Dice que son familia?

—Más o menos. Soy prima de Lola, su mujer. Vivo aquí, en la ciudad, y cuando abrió el restaurante, yo estaba en el paro. Siempre he trabajado en la restauración, así que me hizo una oferta y acepté encantada. A mí me vino de perlas, y él estaba más tranquilo teniendo a alguien conocido al cargo de todo.

—¿Sabe si tenía amigos aquí? ¿Traía gente al Priotast?

—Nunca. Supongo que tendría amistades, pero siempre venía solo.

—¿Alguna vez tuvo algún problema con alguien relacionado con el restaurante? Clientes, proveedores...

La mujer se detuvo a pensar.

—Creo que no —respondió al fin—. Puede que alguna vez tuviese que ayudarme a echar a alguien que había bebido demasiado vino. Lo normal. ¿Por qué lo pregunta? —quiso saber, extrañada, pero al poco dibujó una gran «O» en la boca al caer en la cuenta—. ¿Le han matado?

—Por el momento estamos investigando las circunstancias de su muerte —replicó Sagi—. Si no le importa, quisiera que me señalase todos los muebles con cajones que tienen en el local.

La encargada se extrañó ante tal petición, pero enseñó a los dos agentes que iban con Sagi todo el mobiliario con cajones del Priotast. Después de unos minutos de espera, los *mossos* volvieron junto al inspector negando con la cabeza.

—Gracias por su atención —se despidió Sagi.

Salieron del local dejando a la mujer entre sorprendida y afligida. Sagi anotó en un pequeño bloc los datos que acababa de aportarle y volvió a su coche, mientras los otros dos policías subían a otro vehículo para regresar a la central de Egara.

Tomó la autopista en sentido sur y repasó mentalmente todo lo que sabía hasta entonces de la víctima y su entorno. Por un segundo, su mirada reparó en las bolsas de plástico transparente que ocupaban el asiento del copiloto y que mostraban la factura, las fotografías y la insólita llave. No conseguía imaginar por qué el empresario asesinado las guardaba en su caja fuerte. Quería respuestas a sus preguntas, y todo apuntaba que las encontraría en Escaladei.

7

Falset,
7 de octubre de 2019

Robert Vidal examinaba informes y notas a la vez que realizaba y atendía llamadas telefónicas en el despacho que los compañeros de Falset le habían cedido en su comisaría. Llevaba horas tratando de poner en orden toda la información que el inspector Víctor Sanz Gimeno, por un lado, y su equipo y él, por el otro, habían recabado hasta el momento. A lo largo de la tarde habían interrogado brevemente al resto de los testigos. Elvira Sentís, su sobrino Miquel Folch y los trabajadores de Di-Vino se habían mostrado conmocionados por la tragedia. El joven incluso parecía estar en *shock*. Ninguno de ellos pudo explicar qué hacía Jaume Folch en la bodega a medianoche. Ninguno mencionó enemigos ni imaginaba quién había podido matarle. Vidal había decidido no importunarlos más y dejar pasar la noche antes de hacerles más preguntas. Todos merecían asimilar lo ocurrido en la intimidad, llorar su pérdida y calmar los ánimos.

El único que le pareció un poco más entero y decidido a

hablar fue Jordi Castells, el encargado de la bodega, que había sido el primero en ver el cadáver del viticultor después de la periodista. A pesar de la cercana relación que tenía con su jefe, Jordi había demostrado un aplomo admirable y una total predisposición hacia los Mossos para lograr atrapar al culpable del crimen. Vidal le había formulado las mismas preguntas que a los demás y había coincidido con ellos en que no encontraba un motivo para que Jaume acudiese a la bodega tan tarde. Pero también le había aportado más datos.

—En el mundo de los negocios siempre tienes a algún cliente o proveedor que quiere más de lo que tiene, o que se queja por alguna tontería, pero nunca nadie ha amenazado a Jaume ni nada parecido —explicó—. Me refiero a que era un tío legal que intentaba cumplir con todos. En la bodega tenemos un buen ambiente de trabajo. Era atento con todo el mundo, aunque también pasaba tiempo fuera. Viajaba mucho.

—¿Cómo era su relación con su mujer? —indagó Vidal.

—No era un matrimonio normal, la verdad. Aquí todo el mundo sabe que no se soportaban, pero tampoco le dimos mayor importancia porque siempre ha sido así.

—¿Puede ser más concreto, por favor?

—En la comarca los llaman «los Reyes Católicos», porque se casaron para ampliar su «imperio». Sus familias tenían muchas tierras y, cuando sus padres fallecieron, unificaron el patrimonio. Vamos, que se casaron por interés. No creo que se quisieran como una pareja normal. Pero tampoco los he juzgado nunca. A los dos les parecía bien estar así. Cada uno hacía su vida sin interferir en la del otro. Si ellos estaban conformes, no hay más que decir.

—¿Cree que la señora Grau puede tener algún motivo para

querer que el señor Folch muriese? Quisiera entender mejor esta relación —aclaró el inspector ante la cara de asombro del encargado.

—No creo a Lola capaz de algo así. Ya le digo que no se querían, pero se respetaban. Lola es una mujer fría y cortante, incluso se podría decir que antipática, pero tampoco es mala persona. Está claro que ahora será más rica y podrá vender la finca, pero no me creo que haya podido asesinarlo.

Una luz roja se encendió en la cabeza del inspector.

—¿Qué es eso de la finca?

—Jaume tenía una parcela de un par de hectáreas en Escaladei, a unos dos kilómetros al oeste de la cartuja, con una gran masía en ruinas. Hay una importante empresa que lleva años queriendo comprarle esa finca a Jaume para reformar el *mas* y construir un complejo hotelero a lo bestia, centrado en el mundo del vino pero con spa, pistas de tenis, hípica y todas esas pijadas. La compañía ya tenía apalabrada la finca contigua, pero Jaume siempre se había negado a vender la suya, y se ve que necesitan las dos para poder construir todo el tinglado. Lola se había mostrado más favorable a este negocio, pero las tierras eran de Jaume, así que él tenía la última palabra. Por eso digo que igual ahora sí las vende.

—Ya veo... ¿Y por qué la señora Grau sí quiere venderlas?

—Por dinero, claro. Ella le ha echado el ojo a una parcela de Poboleda situada junto a otras fincas suyas y quiere comprarla para ampliarlas, pero el dueño le pide un dineral. Si Jaume hubiese vendido la suya, Lola le habría convencido para invertir en esta otra.

—¿Por casualidad no sabrá el nombre de esa empresa hotelera?

—Sí. Se llama Enhoteles. Ya tiene complejos como el que

quieren construir aquí en otras zonas que viven del vino, como La Rioja o el Penedés.

—¿Y sabe quién es el propietario de la finca aneja? El que sí quiere vender, digo.

—Es un vecino de La Vilella Alta, el pueblo de al lado. Se llama Santi Roig. Es un tío muy raro. Muy cerrado. Alguna vez ha venido a la bodega a hablar con Jaume, supongo que para intentar convencerle de que vendiese las tierras.

Ya había oscurecido. Vidal recordaba estas palabras del encargado cuando un *mosso* le avisó de que el inspector Víctor Sanz Gimeno había llegado.

Sagi entró por una puerta que daba al pasillo de la planta baja de la comisaría y se chocó con una joven que salía mirando su móvil. En el encontronazo, el teléfono cayó al suelo y ambos se agacharon a la vez para recogerlo.

—Tranquilo, ha sido culpa mía. No miraba por dónde iba —se disculpó Lara tras comprobar que el dispositivo seguía intacto.

—Suele pasar. Últimamente todos vamos más pendientes de la tecnología que de nuestros propios pasos —se solidarizó el inspector.

Ambos permanecieron unos segundos mirándose en silencio. Parecía que cada uno de ellos intentaba adivinar quién era el otro. Lara empezó a sentirse incómoda y pensó qué hacer para romper el silencio. Lo primero que se le ocurrió fue presentarse y acabar así con el misterio.

—Me llamo Lara Peña —dijo tendiéndole la mano—. Soy periodista de la agencia de noticias ImMedia.

Sagi cayó en la cuenta y por fin puso cara a la descubridora del cadáver.

—Así que es usted quien ha encontrado el cuerpo del señor Folch. Soy el inspector Víctor Sanz Gimeno, del Área de Investigación Criminal de la central de los Mossos.

Se dieron un apretón de manos.

—Debe ser un caso importante si envían refuerzos —apuntó la reportera mirando nerviosa a su alrededor—. Yo ya me iba. He venido a firmar la declaración.

—Bien. Imagino que ya le han explicado que no puede publicar nada de lo que ha visto u oído.

—Sí, descuide. Ya me lo han remarcado unas cuantas veces —dijo Lara—. Pero el inspector Vidal también me ha prometido que me irán pasando información a medida que pueda hacerse pública. Podrá imaginarse que no ha sido plato de buen gusto hacer semejante hallazgo. Prometo portarme bien, pero no se olviden de mí, por favor —añadió en tono profesional.

Sagi sonrió con resignación.

—Claro. Qué menos.

Mientras la mujer salía de la comisaría, Sagi pensó que, como en todos los homicidios, se verían obligados a lidiar con la prensa. Pero esta vez había una periodista que disponía de información privilegiada, y eso podía suponer un problema, uno grande. De todos modos, algo le decía que la reportera cumpliría su palabra, así que decidió confiar en ella.

Caminó por el pasillo y un hombre salió a su encuentro.

—Bienvenido. Soy el inspector Robert Vidal, del Área de Investigación Criminal del Camp de Tarragona —lo saludó con cortesía mientras le tendía la mano.

—Gracias. Como ya le habrá informado el comisario Bonet, estoy aquí para ayudar, no para mandar ni entorpecer su trabajo. Sé que es tarde, pero creo que deberíamos intercambiar información y organizar el trabajo de mañana —respondió Sagi con amabilidad.

—Coincido con usted.

Vidal convocó al sargento Moreno, al agente Durán y a otros *mossos* más de su equipo en la sala de reuniones de la comisaría de Falset. Los dos inspectores fueron desgranando de forma detallada todos los datos de que disponían mientras Durán los iba apuntando con un rotulador negro y distribuyendo en varias columnas en una pizarra blanca.

—Bien, empecemos por la víctima —comenzó Vidal—. Jaume Folch. Propietario de la bodega Di-Vino y del restaurante Priotast. Residente en La Morera de Montsant, aunque últimamente pasaba más tiempo en su apartamento de Barcelona. Viajaba mucho. No se le conocen enemigos, pero hay varias personas a quienes podríamos considerar perjudicadas por la víctima porque se niega a vender una finca a una empresa hotelera.

—La viuda, Santi Roig y la empresa Enhoteles —recapituló el sargento Moreno.

—Tenemos que situarlos en el centro de las primeras líneas de la investigación —enfatizó Sagi, que quiso mantenerse en un segundo plano para ceder el liderazgo de la reunión al inspector Vidal.

—Así es. Sigamos con el entorno familiar de la víctima. Su mujer, Lola Grau. Copropietaria de Di-Vino y dueña de muchas otras tierras en el Priorat. Tenían una peculiar relación matrimonial. Se casaron por interés. Me cuesta ver algo de amor o afecto —reconoció Vidal mientras el agente Durán subrayaba dos veces el nombre de la viuda en la pizarra—. No se ha mostrado muy afligida por su asesinato y quería convencer a la víctima de que vendiese la finca para poder comprar así otra parcela que le interesaba.

Los *mossos* fueron nombrando a Elvira Sentís, a Miquel Folch y a Jordi Castells, y los añadieron a la lista.

—Me jugaría el cuello a que Castells no ha sido. Se hacía el fuerte, pero está hecho una mierda. Quiere pillar al asesino tanto como nosotros —dijo Moreno.

—A mí tampoco me parece sospechoso, pero no nos precipitemos —repuso Vidal.

—Hay que hablar a fondo con la cuñada y el sobrino —recalcó Sagi—. Hoy los hemos dejado tranquilos por el mal trago que han pasado, pero debemos recabar información sobre ellos. Si la viuda no le quería, quizá ellos sí. Y veremos qué nos cuentan sobre Lola Grau.

—Mañana les haremos una visita. Y a Lola también —anunció Vidal—. Tenemos que preguntarle por las fotos y la llave que habéis encontrado en Barcelona, y quiero que me dé su opinión sobre ella.

Sagi asintió con la cabeza.

—¿A quién más tenemos? —Vidal repasó unas hojas y se dirigió a Durán, que seguía de pie frente a la pizarra—. Santi Roig, el vecino interesado en vender la finca. Y la empresa Enhoteles. Hay que investigarlos a los dos. Saber quién hay detrás de esta marca. Indagar en las negociaciones por la venta de la parcela.

Todos lo avalaron con murmullos de asentimiento.

—Lara Peña, la periodista —prosiguió el inspector—. Mucho me equivocaría si tuviese algo que ver con todo esto. Estaba en el lugar inadecuado y en el momento inoportuno. Aun así, su papel en este caso es fundamental precisamente por su profesión. Hay que atarla en corto, no puede filtrar nada.

—No creo que lo haga —aseguró Sagi—. Es muy consciente de que se juega una imputación si termina publicando cualquier detalle del caso que solo pueda saber ella.

—Por si las moscas, tengámosla en cuenta. Le iremos dando algún caramelito cuando podamos, así no incordiará.

Continuaron la reunión elaborando una cronología de los hechos y debatiendo acerca de los objetos de interés encontrados hasta el momento, como el teléfono móvil de la víctima, la factura de Muebles Biarnés, las fotos antiguas y la llave con la letra «R» forjada.

—Se ve vieja, pero bien conservada. ¿Qué narices abrirá? —se preguntó el sargento Moreno mientras la miraba a través de la bolsa de plástico transparente.

—La cuestión es si tiene relevancia o no para la investigación —comentó uno de los agentes del equipo de Vidal.

—Estaba en la caja fuerte del piso de la víctima en Barcelona, a la que solo él podía acceder —recordó Sagi.

—Por el momento, dejémonos de elucubraciones y busquemos respuestas y hechos probados —ordenó Vidal—. Mañana a primera hora tenemos la autopsia. Si os parece bien, iremos el cabo Ortiz, de la Policía Científica, que ha estado en el escenario, y un servidor. Mientras yo estoy en Tarragona, vosotros, inspector Sanz Gimeno y agente Durán, podéis acercaros a La Morera a interrogar a Lola Grau. Yo ya he hablado con ella. Quiero conocer su impresión y conclusiones, inspector.

—Por supuesto.

Nadie añadió nada más.

—Pues vamos, todo el mundo para casa. Ya hemos tenido suficiente por hoy, y mañana os necesito descansados y bien frescos.

Dos horas después del inicio de la reunión, el equipo abandonaba la comisaría y se repartía en varios coches para volver a casa.

—¿Se hospedará en Falset, inspector? —preguntó Vidal.

—No. Dormiré en Móra d'Ebre. Mi abuela vive allí y está a pocos minutos. Y, por favor, dejemos las formalidades. Tutéame y llámame Sagi, como todo el mundo —le pidió con una sonrisa franca.

—Entonces tú también llámame Vidal a secas —repuso el inspector—. Hasta mañana.

Mientras Sagi se encaminaba en dirección contraria a la suya, Vidal reflexionó sobre la profesionalidad, la agudeza y la competencia que el inspector había mostrado en la reunión desde el primer momento. Pensó que quizá su apellido no había tenido tanto que ver en su ascenso en el cuerpo como todos decían, así que le ofreció el beneficio de la duda y partió hacia Tarragona convencido de que trabajar con él le iba a gustar más de lo que en un principio había creído.

Lara llegó a su piso muerta de cansancio. La impresión de haber descubierto el cadáver y la ronda de entrevistas a vecinos de Escaladei la habían dejado exhausta. Guardó todas las bolsas en su pequeño despacho y se sentó en el sofá, frente a una televisión apagada. Miró el móvil y se encontró con tres wasaps de Xavi. Suspiró y los leyó.

18:53
Hola guapa, q haces?

18:53
T apetece una birra en el Harrison's?

18:58
Si quieres, ahí estaré ;)

Lara resopló. Temía que Xavi se hubiese hecho ilusiones sobre algo que nunca sucedería. El chaval era simpático y no estaba nada mal, pero ella no tenía intención alguna de faltar a su promesa por él. Desde que seis años atrás rompió con la que había sido su última pareja, se había jurado a sí misma que jamás tendría una relación estable con ningún hombre. Sus fallidas experiencias amorosas le habían enseñado que los noviazgos solo le restaban independencia y le traían innecesarios quebraderos de cabeza. Nunca nadie le había aportado tanto como para querer vivir día y noche a su lado. Así que se limitaba a tener rollos de fin de semana cuando le venía en gana, y poco más. Xavi había sido el último en regalarle una noche de risas y sexo, del bueno y abundante, pero ahí quedaba todo. Ahora se arrepentía de haberse acostado con el amigo de una amiga, ya que eso suponía que probablemente iba a encontrárselo a menudo por los bares que frecuentaban, y si seguía insistiendo en verla, no le quedaría más remedio que tener con él una conversación que ya se había aprendido de memoria y que no le apetecía volver a recitar.

Lanzó el móvil sobre el sofá sin responder a la proposición de Xavi. Encendió la tele, puso el volumen al mínimo y seleccionó un canal al azar, que en esos momentos mostraba a un grupo de herreros que en un plató-forja se esforzaban por templar el acero y darle la forma del cuchillo que los jueces les habían pedido. Lara se acurrucó en el sofá, hipnotizada por las chispas que saltaban sobre los yunques con los golpes de los martillos. Cerró los ojos y siguió pensando en cuchillos, cortes y sangre, hasta que, agotada, cayó dormida.

Antes de llamar al timbre, miró hacia arriba y vio que las luces del comedor estaban encendidas. Eran como un faro en medio de la oscura noche otoñal. La abuela nunca faltaba a su palabra, y si le había dicho que le esperaría despierta, por muy tarde que fuese, le esperaba despierta.

La casa familiar de Móra d'Ebre, antigua, recia, dividida en cinco plantas y situada en una calleja del casco antiguo, era su particular remanso de paz. Pese a que nunca había vivido allí, la sentía como su verdadero hogar. Con ganas de cruzar el umbral, mientras buscaba las llaves en los bolsillos de los pantalones, un pitido en su teléfono móvil le avisó de que acababa de recibir un e-mail. Se extrañó por la hora. Pensó que podía tratarse de alguna documentación importante enviada desde Egara, y lo abrió. Se equivocaba.

De: Francesc Sanz
Para: Víctor Sanz
Asunto:

Sé que te han mandado al Priorat. Resuélvelo pronto y deja a Garrido al margen. Traslada un saludo a la abuela.

Sagi se puso frenético. Aunque debería estar acostumbrado, nunca dejaba de sorprenderle. Para mal, por supuesto. ¿Era normal que un padre enviase ese tipo de mensajes a su hijo? El e-mail le exasperó por varios motivos. En primer lugar, odiaba que se comunicase mediante correos electrónicos. Le parecía la forma más impersonal y menos afectiva de hacerlo. Era la misma que utilizaba para hablar con sus clientes o para presentar una reclamación ante cualquier compañía telefónica. Por otro lado, parecía que, otra vez, Francesc estaba al corriente de su trabajo y acechaba cual depredador para asegurarse de que su hijo cumplía con las expectativas que todos —incluso él— tenían sobre el inspector en el nuevo caso que le ocupaba. Ya sabía que estaba en el Priorat y había supuesto que se alojaría en casa de la abuela. Además, demostraba una vez más su poca confianza en él, en su competencia y aptitudes. «Resuélvelo pronto» no era precisamente una palmadita en la espalda. La mención al tal Garrido le dejó indiferente, pues no sabía de quién le hablaba, pero revelaba una orden explícita que tarde o temprano acabaría tomando sentido, y su padre sabía que Sagi se enfurecía con sus intromisiones. Por último, y lo que más le enojó, Francesc le pedía que trasladase un saludo a la abuela. Como si lo solicitara a través de una carta formal de compromiso. A su propia madre. A la que no veía desde hacía años. A quien había dejado en el olvido.

El inspector guardó el móvil en el bolsillo, respiró hondo y contó hasta diez antes de abrir la puerta. La abuela no se merecía que se presentase enfadado en su casa después de semanas sin verla.

Subió los escalones de dos en dos, abrió la portezuela que daba a la primera planta y encontró a Teresa sentada frente a la pequeña mesa del comedor, jugando al solitario con una baraja española que había comprado hacía décadas sobre un hule decorado con rosas rojas y moradas.

La abuela se giró al oírle a su espalda y, pese a sus ochenta y nueve años, saltó de la silla y corrió a abrazarlo.

—¡Rediós, sí que has tardado, hijo! ¿A quién se han llevado por delante esta vez? ¿A un ministro?

Sagi rio ante su ocurrencia y estrechó a la pequeña mujer con fuerza mientras le daba sonoros besos en la coronilla.

—¡No me aprietes tan fuerte, joder, que me vas a dejar tiesa! Cada día estás más fortachón, niño. Ya te digo yo que eso del gimnasio no es bueno. —Le miró con desconfianza y añadió—: Espero que no me tomes *asteroides* de esos, que son puro veneno.

—Tranquila, abuela, que yo soy un chico sano, ya lo sabes —la tranquilizó riendo mientras se sentaba a la mesa.

—¡Más faltaría! Que con tu oficio tienes que estar bien robusto, pero sin porquerías. Te veo más *gordico* que la última vez. Eso es bueno. Señal de que tienes salud. Estás *guapismo*. Anda, sube las bolsas a tu cuarto, que te caliento la cena.

—¿Qué me has preparado hoy que huele tan bien?

—Eso es el hambre que traes. Como es bien de noche, cosa ligera. Ya sabes lo que te digo siempre: desayuno de rey, almuerzo de príncipe y cena de mendigo. Pero tan mal no voy a tratarte, *criaturica*. Tienes ensalada y carne rebozada de esa que tanto te gusta. Todo magro, que le he quitado las *grasicas*.

A Sagi le encantaba el deje aragonés de la mujer.

—¡Cómo te quiero, abuela! —le gritó mientras ella ya se adentraba en la cocina.

—¡Y qué zalamero que eres...! Yo sí que te quiero, hijo. Más que a mi vida entera.

Sagi tomó la bolsa con su ropa y subió por la escalera hacia el segundo piso, donde se encontraban los dormitorios, y entró en su cuarto, el que había utilizado desde niño. Aunque la casa era grande y contaba con otras habitaciones, él no había querido renunciar a la suya. Era estrecha, tenía una cama individual pegada al tabique que la separaba de otra alcoba de mayor tamaño, y las cuatro paredes estaban recubiertas de un papel *kitsch* con figuras geométricas. Recordó con cariño que, cuando era pequeño, se dormía resiguiendo esas formas con su dedito índice.

Dejó la bolsa sobre un enorme baúl repleto de sábanas y toallas, se sentó en la cama y, satisfecho, pensó: «Por fin en casa».

8

Cartuja de Scala Dei,
año 1410

Los domingos siempre eran motivo de alegría para todos los religiosos de Scala Dei, ya que al ser el día del Señor el trabajo físico estaba prohibido. Además, los monjes celebraban juntos las oraciones canónicas en la iglesia y a mediodía comían en comunidad en el refectorio, en vez de hacerlo solos en sus celdas.

Dicha estancia era amplia y un alto tabique la dividía en dos, separando a los monjes de los hermanos o frailes legos. Estos últimos, pese a vivir también en la cartuja, se alojaban y movían por dependencias distintas a las de los padres y postulantes, ya que se trataba de religiosos que no habían recibido el sacerdocio y que estaban sometidos a unas normas menos estrictas que las de los monjes. Eran ellos también quienes se encargaban de las labores manuales del monasterio junto a los donados, el último escalafón en la jerarquía cartuja, formado por hombres que no profesaban ningún voto religioso pero que se donaban de por vida a la orden y trabajaban para ella a cambio de comida y techo. No obstante, estos pisaban el suelo del monasterio en pocas ocasiones, pues vivían y faenaban en la procura, un edificio situado un cuarto de legua al sur de la monjía y que albergaba los talleres, los molinos, los hornos y demás instalaciones necesarias para que Scala Dei pudiera abastecerse. La procura estaba alejada de la monjía para no perturbar el silencio y la paz de los clérigos con los ruidos diarios del trabajo manual que realizaban frailes y donados, bajo las órdenes y la supervisión del padre procurador.

Después de la misa, Ferran entró en el refectorio por la puerta de uso exclusivo para los monjes y tomó asiento en uno de los duros y fríos bancos de piedra adosados a las paredes de forma perimetral. Los religiosos fueron accediendo uno a uno a la sala y colocándose frente a las mesas de madera, a la espera de que les fuese servida la comida. Oleguer, siempre sonriente, se situó junto a él. Detrás del tabique divisorio podían oír el rumor de los pasos y el roce de los hábitos de los frailes, que entraban por otra puerta y también se preparaban para comer en la zona habilitada para ellos, esta con unos bancos de madera un poco más cómodos. Los dos postulantes vieron cómo el prior, el maestro de novicios y el procurador se sentaban en el otro extremo del refectorio y los observaban desde la distancia.

Una vez tomaron asiento todos, se instaló en la sala un silencio sepulcral. Uno de los monjes, el padre orador, subió al púlpito por una escalerilla portando un pequeño libro y empezó a leer los textos religiosos del día mientras otros monjes llevaban la comida a las mesas. En esta ocasión consistía en una escudilla de arroz con almendras y garbanzos triturados y una pieza de pescado. La regla adoptada por los cartujos era muy restrictiva respecto a la alimentación. No se les permitía comer carne y, en algunas épocas del año, tampoco podían consumir huevos ni alimentos grasos, de manera que el pescado era para ellos un producto básico del cual no podían prescindir.

Hacía poco más de una década que el rey Martín I el Humano había otorgado a la orden el «privilegio del pescado», por el cual los monjes cartujos adquirieron el derecho a ser los primeros en comprar el pescado en la ciudad de Tarragona y otras zonas de la costa catalana, solucionando así el problema al cual históricamente se había enfrentado la comunidad de Scala Dei, que no encontraba en los ríos de sus dominios peces suficientes para abastecerse. Gracias a este privilegio, podían elegir el mejor pescado de Tarragona y el que más se ajustaba a sus necesidades, ya que posteriormente debían someterlo a un proceso de conservación para que se mantuviese en buen estado durante más tiempo y para que los viajes a la ciudad fuesen más espaciados. Además, podían negociar con los pescaderos el precio de la mercancía y estos estaban obligados a rebajarlo. Pero no solo eso. La concesión real también establecía que, respecto a cualquier otro producto que los cartujos quisieran comprar en Tarragona, los mercaderes debían comerciar con ellos con las mismas condiciones y prerrogativas que si tratasen con el propio rey. Para que los comerciantes no pudiesen alegar desconocimiento de tal medida, el monarca hizo pregonar su orden y fijó una pena de mil florines para quienes la incumpliesen. El privilegio otorgado a la orden generó recelos y descontento entre los vecinos de Tarragona, que veían cómo el clero pasaba una vez más por delante de la población seglar, que ya vivía ahogada por los impuestos y la escasez de recursos. Como no podía ser de otra manera, entre los vecinos surgió la picaresca y se las ingeniaban para adelantarse a la llegada de los monjes de Scala Dei sin ser vistos y quedarse con el pescado de mejor precio. Cuando los enviados de la cartuja se percataban de ello, el prior acudía al rey, airado e indignado, para solicitarle que pusiese orden e hiciese prevalecer su privilegio.

Los dos jóvenes postulantes habían aprendido a comer pausadamente y concentrándose en las palabras del padre orador. No devoraban los alimentos como hubiesen hecho antaño, sino que los masticaban con calma, los degustaban dando gracias al Señor por poder comerlos y repetían mentalmente las letanías que escuchaban del púlpito. Cuando todos los padres acabaron de comer, se desplazaron a la anexa sala capitular para poder hablar entre ellos unos pocos minutos. Ferran y Oleguer esperaban ansiosos este momento, que, junto a la salida de los lunes, aprovechaban para intercambiar reflexiones y opiniones que tenían prohibido expresar en voz alta el resto de horas de la semana. Se aposentaron en dos de los bancos de madera pegados a la pared y ambos reprimieron el torrente de palabras que acudía a sus bocas. El padre Guillem los miraba de reojo mientras hablaba con el prior Enric, seguramente de cómo se desarrollaba su postulando. Para cumplir la norma, los chicos debían hablar lo mínimo explicando lo máximo, así que antes de abrir la boca se cuidaban de escoger muy bien qué decir.

—¿Qué nuevas me cuentas esta semana, Oleguer? —se interesó Ferran—. Yo tan solo puedo decirte que, día tras día, veo cómo se acrecienta el gozo espiritual que siento en la soledad y el silencio de mi celda. Pronto hará un año de nuestra llegada a esta nuestra morada. Jamás lo imaginé así, pero veo que por primera vez soy en verdad feliz, pues en mi vida solo quiero a Dios, a quien dedico todo mi ser. Mas tampoco debo mentirte, puesto que ansiaba que llegase el día de poder departir contigo.

Oleguer sonrió.

—Me complace coincidir contigo, hermano Ferran. Siento la dicha de pertenecer a esta comunidad y de encontrarme cada día más cerca de Nuestro Señor. Mas, como bien sabes, mis primeros meses fueron duros y fatigosos. Creí flaquear en mi propósito y fuiste tú quien me alentaste y abriste los ojos a mi deber con el Todopoderoso. Ya no siento que mi lugar sea otro que este. Ya no temo desfallecer y abandonar esta vida que Él tenía preparada para nosotros. Ni tan siquiera le temo al próximo momento de reencontrarnos con nuestros progenitores, cuando se cumpla la primera anualidad de nuestro ingreso.

Ferran mostró su satisfacción al escuchar las palabras de su compañero, que compartía de principio a fin. Además, se alegraba de que esas dudas que le atribulaban hubiesen desaparecido sin dejar rastro alguno. Era cercana la fecha de atender la visita de sus familiares, que todos los padres de Scala Dei recibían una vez al año. Ferran había recelado que ese primer encuentro pudiese hacer zozobrar de nuevo a su compañero, mas ahora lo veía resuelto a continuar morando entre los muros de la cartuja y a destinar su existencia al servicio de Dios. Él, por su parte, afrontaba la reunión con sus padres no como un motivo de alegría, sino como un evento que, suponía, iba a perturbar su complaciente rutina por recibir nuevas del exterior, de su Reus natal y de antiguos amigos y conocidos. En definitiva, de una realidad que ya le parecía muy lejana, como de otro mundo. Sin embargo, se obligó a encarar la cita con entereza y resignación, pues el resto de los monjes ya les habían advertido del trastorno que les iba a suponer por asimilar demasiados datos en un solo día y de que necesitarían unas cuantas jornadas para volver a la tranquilidad del silencio y alejar esas nuevas que les traerían sus allegados.

—Nada me dices de la noticia que ha llegado a la cartuja —comentó Oleguer—. ¿Acaso no te lo han anunciado? ¡En breve esperamos la visita del papa Benedicto XIII!

Ferran dio un respingo en su asiento.

—¡Es una noticia magnífica! ¡Nadie me había informado todavía! —reconoció con nerviosismo.

—Me lo acaba de secretear el padre Tomás a la salida del refectorio. El Santo Padre tiene previsto viajar desde Tarragona, donde se encuentra desde hace unas jornadas, hasta Zaragoza, y nos visitará en su trayecto. Quizá pase aquí algunas noches —explicó Oleguer con regocijo.

—Entonces a nuestra comunidad le deparan días de celebración. Será un honor para todos nosotros que Benedicto XIII dirija los actos litúrgicos y nos ofrezca su guía espiritual.

Ambos volvieron al silencio ya acostumbrado disimulando a duras penas su dicha por la célebre visita que pronto recibirían, mientras el padre prior y el maestro de novicios sonreían contemplando a los dos jóvenes.

Pasada la medianoche, Ferran volvía cabizbajo a su celda después del oficio de maitines, observando cómo asomaban sus pies bajo las calzas y notando en su espalda el ondear de su capa negra de postulante. Tenía las manos cruzadas dentro de las mangas en un intento por resguardarse de los primeros fríos del otoño. Caminaba solo, puesto que se había demorado al reemplazar algunas de las velas de la iglesia ya consumidas. Para llegar a su habitáculo, debía pasar por la zona donde se llevaban a cabo las obras de construcción del nuevo claustro, que aún no habían finalizado. Tras comprobar que ningún otro monje se hallaba presente, se paró frente a un andamio de madera cubierto a medias por una tela de saco que ondeaba al viento, junto al cual se amontonaban varias herramientas de trabajo. La curiosidad le empujó a asomarse bajo la lona y comprobó que el hueco conducía a un espacio tenebroso por el que podía penetrar una persona. Volvió a asomar la cabeza a la zona común de los religiosos iluminada con cirios y, después de confirmar que nadie le veía, se aventuró por la cavidad.

Pasó entre una oquedad en las enormes piedras de un muro a medio construir, pero de repente resbaló sobre unos cascotes derramados en mitad del acceso y cayó hacia delante. En medio de la oscuridad, se sorprendió al notar que no había ido a parar sobre un suelo duro, sino que la tierra blanda por la humedad había amortiguado el golpe. Ferran se levantó y se sacudió la suciedad de sus ropajes, y decidió proseguir con su aventura.

Poco a poco, sus pupilas fueron dilatándose y empezó a ver en la negrura de la noche. Se encontraba en la parte posterior al nuevo claustro, fuera de los muros del monasterio, frente a arbustos y árboles que le acercaban a los bosques del Montsant. Le invadió un sentimiento de culpabilidad por hallarse en ese lugar, pues tenía prohibido salir solo al exterior, pero alzó la vista hacia el firmamento, regido por una hermosa luna creciente, y todo pensamiento se esfumó al instante. Cientos de estrellas moteaban el cielo otoñal sobre Scala Dei, al amparo de un viento que empezaba a arreciar y que se había llevado cualquier vestigio de nubes.

El postulante divisó un pequeño promontorio cercano a los muros de la cartuja y corrió hacia él. Se encaramó a la cima y se sentó sobre una roca plana. Desde allí pudo contemplar con una calma absoluta la magnificencia de la bóveda celeste que techaba su mundo. Se sentía conmovido ante tal grandeza. «Como toda obra de Dios», pensó. Permaneció sobrecogido por semejante belleza durante unos minutos y luego fijó la vista en el monasterio que ahora era su hogar. Apenas iluminado por candelas, Scala Dei se le aparecía como un gran recinto sagrado, construido para servir al Creador y habitado por unos devotos hombres que no tenían más ambición que cumplir con ese cometido. El ábside de la iglesia se alzaba majestuoso ante él y le recordaba que de ahí emergía la escalera que subía al cielo. «¡Cuánto daría por poder verla yo también!», deseó para sí, pero al momento se culpó por pecar de envidia y de soberbia, pues él no había sido elegido para contemplar semejante milagro, por más que le doliese. Como muchos otros novicios que a lo largo de más de dos siglos habían aspirado a profesar en Scala Dei, uno de los motivos que llevó a Ferran a querer ingresar en la cartuja era la escalera celestial. El prodigio del Montsant, que había dado nombre al monasterio, era conocido en todo el territorio de la Corona. Pese a que habían sido muy pocos los afortunados en vislumbrar la escala luminosa que transitaban los ángeles, el milagro había corrido de boca en boca por todo el reino desde que se instalaran los cartujos en esa zona de la Catalunya Nova. Por ello, muchos jóvenes con aspiraciones religiosas acudían a Scala Dei para suplicar ser admitidos, con la esperanza de ingresar en la comunidad y de que el Todopoderoso les concediera la gracia de revelarles la portentosa escalera.

El canto de un grillo lo sacó de sus ensoñaciones y volvió la cabeza hacia la derecha. Ahí se elevaba regiamente el gran risco del Montsant, que en las tinieblas parecía amenazador, pero, como bien sabía Ferran, era el majestuoso protector de la cartuja. El paisaje era tan magnífico, imponente y bello que el joven se quedó petrificado. Tenía el vello erizado, pulsantes las sienes y palpitante el pecho. Le fue imposible no sucumbir a cuanto le regalaban los sentidos. El silencio del paraje no le atemorizaba, todo lo contrario: le resultaba purificante, vital, imprescindible. Su alma ya había abandonado por completo su Reus natal. Ahora pertenecía a ese lugar perdido que tanto le estaba dando.

Se dejó caer sobre el blando suelo y se tumbó boca arriba. Respiró el aire fresco, húmedo y cargado de aromas herbáceos. Se fijó en la infinidad de estrellas que se le ofrecían, e imaginó al Señor sentado tras ese precioso escenario mundano, en el reino celestial, rodeado de los mismos ángeles que en ocasiones visitaban Scala Dei.

Enderezó el cuerpo y volvió a contemplar la cartuja. Por un instante se sintió indigno de ella, pues había cometido una grave falta al traspasar sus muros. Los remordimientos lo embargaron con fuerza y empezó a orar, en tono suplicante: «Envíame una señal, oh, Todopoderoso. Reconforta mi alma concediéndome tu gracia. No puede haber maldad en toda esta belleza. No puedo estar pecando por sentirme más cerca de ti que nunca, tocando esta tierra que elegiste para nuestra devota vida». Cuando terminó, hundió la cara entre sus manos, desconsolado.

Mas cuando alzó el rostro para iniciar el camino de vuelta, descubrió sobre el ábside una intensa luminosidad que de ninguna manera podía proceder de las pocas candelas que alumbraban el cenobio. Parpadeó varias veces y entonces vio cómo surgía la figura de un querubín de entre esa refulgencia y abría sus alas frente a él. Ferran intentó caminar hacia él, pero tropezó con las piedras y cayó de bruces, sin dejar de admirar al ángel que emitía tal fulgor. En un parpadeo, la luz se fue apagando y el serafín desapareció de su vista. Aun así, el muchacho vio en ello una respuesta a sus plegarias y sintió el mayor gozo que había experimentado en su vida. De regreso a su celda no pudo contener las lágrimas de felicidad.

Esa noche, el joven aspirante a monje dio comienzo a una rutina en la que se escabullía para contemplar la naturaleza que le rodeaba y sentirse a la vez libre y encadenado a esa pequeña parte del mundo. Para él, las salidas a la noche de Scala Dei se convirtieron en una necesidad. Nunca más sintió remordimientos ni pesadumbre. Aunque se apartase tan solo unos minutos del monasterio, era el contacto con la tierra lo que le acercaba aún más a Dios, que lo había bendecido con su señal divina. A cada paso que daba, se sentía más alejado de su vida anterior. Percibía que había llegado a la cartuja con el alma sucia de sudor y barro, y allí se había sumergido en una tina de agua caliente en la que la paz, la oración y el recogimiento habían lavado cada recoveco de su ser. Ahora se veía limpio y puro. Ahora sentía su verdadera esencia. Y empezó a amar esa tierra como si fuese suya, como si la hubiese creado con sus propias manos, tal como hizo Dios.

Unas semanas después, Ferran acudió solícitamente a los oficios y esperó deseoso la salida semanal de los lunes. Según la regla cartuja, para los monjes era importante encontrar el equilibrio entre cuerpo y mente. Por eso, al dedicar tanto tiempo a los rezos y a la lectura, a diario se les permitían unas horas de ocio en las celdas, que cada religioso empleaba en aficiones diversas como la traducción de manuscritos, la carpintería o la cerámica, y los lunes salían fuera del monasterio para realizar una caminata por los alrededores de la cartuja, sin acercarse a ningún lugar habitado. Durante el recorrido, los monjes iban de dos en dos y podían conversar brevemente entre ellos. Cada pocos minutos cambiaban de pareja, de manera que todos podían relacionarse entre sí. Ese día se dirigían a visitar el paraje de la Font, anunció el padre prior.

Ferran emprendió feliz el empinado camino. Disfrutaba del aire libre y admiraba los bosques y la vegetación de la zona. También solían cruzarse con ardillas, lagartijas y diferentes aves que les alegraban el recorrido. Después de departir con varios padres, dejando atrás algunos campos de cultivo de vides y olivos propiedad de la Orden de la Cartuja, Oleguer llegó a su lado.

—¿Cómo avanzan tus figuras de madera de olivo? —preguntó a Ferran.

—Ya he acabado el cuenco y estoy a punto de hacerlo con una figura de la Virgen María, mucho más difícil de elaborar —respondió el muchacho, satisfecho con su habilidad para tallar madera, que de hecho era su principal distracción en los ratos de ocio en su celda.

El joven miró disimuladamente hacia atrás, para comprobar que los monjes que los seguían estaban a una distancia prudencial, y tanteó a Oleguer en voz baja:

—Tú también amas esta tierra, ¿no es cierto?

—Por supuesto —aseguró el chico con extrañeza ante semejante pregunta.

—Me refiero a si te sientes dichoso de ser uno de los afortunados en habitar esta cartuja en medio del Montsant. A si ya consideras indispensables para tu cuerpo y tu alma el silencio, la paz y la espiritualidad que nos rodean.

—Claro que sí —repuso el muchacho—. En muchas ocasiones ya lo hemos compartido. Vivimos junto a la escalera al cielo, ¿qué buen cristiano no querría tal honor? Pero...

¿a qué viene esa pregunta? No entiendo adónde pretendes llegar.

Ferran miró al suelo con una sonrisa de autosuficiencia, volvió el rostro hacia su compañero y le confesó:

—Tengo algo que mostrarte.

Esa misma noche, cuando todos los monjes se encontraban ya durmiendo después del oficio de maitines, Oleguer salió de su celda en silencio y se dirigió hacia la de Ferran, que ya le esperaba con la puerta entreabierta. Al ver a su amigo aproximarse, salió con cuidado de no hacer ruido y ambos se dirigieron hacia la zona de las obras del claustro de Berenguer Gallart. Ferran puso el dedo índice sobre sus labios, indicando a Oleguer que fuese tan cauto y sigiloso como le fuera posible, y tras apartar con cuidado las telas de saco, se adentró en la oscura oquedad entre las rocas del muro en construcción. Oleguer no pudo evitar sorprenderse al ver desaparecer a su compañero y permaneció inmóvil, dudando si seguirle o volver a su celda. Miró en dirección a los pasillos que conectaban con los aposentos de los monjes y se aseguró de que nadie los había seguido. Mientras se debatía entre regresar a su lecho o saltarse la norma y acompañar a Ferran, este asomó la cabeza por la cavidad y con un gesto le animó a seguirle. Finalmente, Oleguer se santiguó y se introdujo por el estrecho paso detrás de su amigo, que le ayudó a no caerse, como le había ocurrido a él la primera vez, y salir a la superficie.

Ferran lo guio hasta lo alto de la pequeña colina y se sentaron el uno junto al otro. Oleguer sintió lo mismo que su amigo cuando aquella primera noche descubrió dónde se encontraba. El joven postulante abrió los ojos e inspiró bien hondo para alimentarse de aquel aroma fresco de la montaña. Enfrente tenía la cartuja a la tenue luz de las velas; a su izquierda, los huertos del monasterio; tras ellos, los milenarios bosques de la sierra; a su derecha, el formidable acantilado del sur del Montsant, y sobre sus cabezas, el infinito firmamento plagado de estrellas y planetas.

Ferran señaló la parte superior del ábside de la iglesia.

—Ahí fue donde se me apareció uno de los ángeles de Nuestro Señor.

Oleguer lo miró sin comprender.

—La primera noche que llegué hasta aquí —prosiguió—, cuando descubrí la salida, creí flaquear y me sentí un pecador por haber incumplido la norma de nuestra casa. Pensé que Dios me castigaría. Mas recé rogando su perdón, y cuando volvía a la cartuja para someterme a su juicio, me envió a uno de sus querubines para demostrarme que es aquí donde debo estar. Porque no tengas ninguna duda, amigo mío. Aquí es donde tenemos que estar.

Oleguer dedicó unos minutos a asimilar las palabras del devoto y abnegado Ferran; el mismo que lo había salvado de una deserción que hubiese acabado destrozándolo por dentro; el que había luchado por él más que él mismo. Su amigo acababa de confesarle que había sido honrado con una visión divina. Y ahora entendía que el Todopoderoso hubiese querido obsequiarle de tal manera, pues sin duda era digno de ello.

Con solo una mirada, Oleguer le transmitió su beneplácito, y ambos se sumieron en un deseado mutismo. La grandeza que contemplaban no merecía añadir una sola palabra. Sentían tanta dicha que, por mucho que hubiesen hablado, nada habría igualado lo que en esos momentos experimentaban sus espíritus. Entonces Ferran se apartó de las rocas donde se habían sentado y se tumbó sobre la hierba que crecía junto a ellos. Oleguer le imitó. Así permanecieron los dos durante horas: en completo silencio, absorbiendo la belleza del momento y del lugar, agradeciendo a Dios su obra y ofreciéndose a Él.

Esta fue la primera de las muchas noches que los dos aspirantes a monje de la cartuja de Scala Dei compartieron a los pies de la sierra del Montsant.

9

Móra d'Ebre,
8 de octubre de 2019

Sagi se levantó temprano, antes del alba. Se puso un chándal y se calzó sus deportivas. Sin hacer ruido para no despertar a la abuela, que dormía a pierna suelta en la habitación del otro lado del descansillo, se encaminó hacia la Illa de Saurí, un parque situado junto al Ebro con varios caminos arbolados al que los vecinos de Móra d'Ebre solían acudir a hacer deporte, a pasear al perro y, los más jóvenes, a hacer botellón. Solamente se cruzó con otro corredor, que le saludó pese a no conocerle. De fondo, el sonido del escaso tráfico que a esas horas circulaba por el cercano Pont Nou.

El inspector dio varias vueltas a la *illa.* Esa noche habían caído cuatro gotas, pero la gravilla empapada crujía con fuerza al ser pisada. La poca agua de los pequeños charcos se sumaba a la permanente humedad de la ribera, una humedad a la que los autóctonos ya estaban resignados, pero que a los forasteros mortificaba sobremanera. En invierno se incrustaba maliciosamente en los huesos, y en verano se pegaba a la piel y se negaba a abandonarla, haciendo la canícula mucho más insoportable.

Mientras corría, Sagi controlaba concienzudamente su respiración. Eso le ayudaba a aguantar más y a concentrarse en sus objetivos, que a cortísimo plazo pasaban por no hiperventilar, desprenderse de la angustia que le había generado el saberse observado por su padre y repasar mentalmente las tareas que tenía por delante, que no eran pocas.

Todavía le quemaba la aparición en escena de Francesc. Era su piedra en el zapato. La gota china que lo torturaba lenta e implacablemente. Lo imaginaba ufano en su amplio despacho de Barcelona, satisfecho por haberse hecho presente a tanta distancia, por haber enviado en diferido una clara advertencia a su hijo. «Deja a Garrido al margen». Inquieto por seguir investigando y salir de dudas, Sagi decidió no demorar más su vuelta al trabajo y volvió a casa para darse una ducha y arreglarse.

Cuando ya bajaba de camino a la calle, Teresa se asomó al hueco de la escalera, todavía en camisón.

—¿Ya te vas, hijo? ¡Si casi no has dormido!

—Tengo mucho lío, abuela. Cuanto antes empiece, antes acabaré.

—¡Y un huevo! Que haces más horas que un reloj. ¿Has desayunado algo? —preguntó preocupada mientras le seguía escaleras abajo.

—Un colacao y una magdalena. Por cierto, ¡menudo arsenal de bollería tienes en la cocina! Luego te quejarás cuando en la analítica te salga que tienes alto el azúcar...

Teresa movió las manos en el aire, como quitándole hierro al asunto.

—Bah, cuatro porquerías —dijo—. Solo las tengo para cuando vienen las amigas a visitarme.

—¡Pero si nunca las dejas entrar en casa porque dices que te cotillean todo! ¡Si siempre os vais a la cafetería a tomar chocolate caliente y a despellejar a las que no han ido! —bromeó Sagi sonriendo.

—¡Serás caradura! —le reprendió Teresa—. Anda, tira para la calle antes de que te eche, hermoso. ¡Y ten cuidado!

Sagi se giró y le dio un sonoro beso en la mejilla.

—Tus deseos son órdenes, reina mora.

El cenicero de la mesa del salón de Lola Grau ya estaba repleto de colillas. La viuda de Jaume Folch fumaba un cigarrillo de tabaco negro cuando abrió la puerta a Sagi y al agente Durán. Los invitó a sentarse en unos butacones colocados de espaldas a dos ventanas por las cuales entraban las primeras luces del día, que ya invadían toda la estancia. La casa del matrimonio se encontraba en la calle Major de La Morera de Montsant, frente a la iglesia dedicada a la Virgen de la Natividad. Era un edificio de cuatro plantas, antiguo, construido en sólida piedra. Sin embargo, su interior estaba reformado por completo para darle a la vivienda amplitud y funcionalidad.

—Perdonen el desorden. Llegué tarde y apenas he dormido —se excusó la mujer, que mostraba unas visibles ojeras. Sagi reparó en que el salón estaba bastante adecentado. El caos al que hacía referencia la señora Grau se limitaba a los objetos esparcidos sobre la mesa de centro y a unas prendas de ropa amontonadas en una silla.

—Descuide. Y discúlpenos por molestarla tan temprano, pero necesitamos consultarle unos datos —dijo el inspector—. Hemos sabido que su marido era el propietario de una finca por la que había mostrado interés una empresa hotelera, para construir un complejo en Escaladei; sin embargo, el señor Folch era reacio a venderla.

—Sí, les han informado bien —respondió Lola—. Se trata de una parcela de unas dos hectáreas, al oeste de la cartuja. La compañía Enhoteles lleva tiempo tras ella porque quiere construir un gran hotel dedicado al enoturismo, ya saben, lo que se lleva ahora por aquí. Pero a Jaume no le gustaba el proyecto.

—¿Y a usted sí?

—Yo no lo veo tan mal, la verdad. Ya existe algún hotel de este tipo en la comarca y no ha causado ningún impacto negativo. Más bien al contrario. Las edificaciones se integran en el paisaje, los empresarios son muy cuidadosos, y sobre todo atraen visitantes al Priorat, cosa que nos beneficia a todos. Pero Jaume era muy conservador en ese sentido.

—¿A qué se refiere? —requirió el inspector mientras veía cómo Lola se encendía otro pitillo. Ahora entendía a qué se debía su voz ronca.

—No les puedo explicar mucho. A veces Jaume era muy hermético. Le pregunté alguna vez al respecto, pero no me dio más explicaciones. No quería vender y punto.

—¿No le intentó convencer para que lo hiciera? Imagino que la venta les reportaría unos buenos ingresos —apuntó Sagi.

—Ya le digo que no quería hablar del tema. Sus razones tendría. Enhoteles le ofrecía una buena suma, pero él no cedía. Y la propiedad era suya, no mía.

La mujer expulsó el humo mientras estudiaba a los dos *mossos*.

—¿Y ahora la venderá?

—Eso ya se verá.

—Tenemos entendido que el propietario de la finca contigua sí quiere vender. Santi Roig. ¿Le conoce? —preguntó el inspector mientras Durán tomaba notas en su libreta a gran velocidad.

Lola pareció moderar su desfachatez.

—Sí, claro. Esto es muy pequeño, aquí nos conocemos todos. Vive en La Vilella Alta, y tiene tierras. Viñas, también. Solo sé que a él sí le interesaba el dinero que le ofrecían. Se acercó a la bodega en alguna ocasión para hablar con Jaume porque sin las dos fincas no se puede construir. Pero no llegó a persuadirle.

—¿Cree que el señor Roig pudo haber amenazado a su marido? ¿O pudo tener algo que ver con su muerte?

La viuda no disimuló su enorme hastío y los miró como si hubiesen perdido la chaveta.

—Desde luego que no —contestó—. Una cosa son los intereses económicos que uno pueda tener y otra muy distinta matar a alguien por ello. Santi Roig es un hombre un tanto extraño, introvertido, huraño incluso. Vive por y para sus tierras. Pero no le haría daño a nadie.

—La veo muy convencida de ello —la tentó Sagi.

—Inspector, el Montsant es pequeño y ya sabe lo que dicen: pueblo pequeño, infierno grande. Aunque nadie lo admita abiertamente, todos sabemos de todos. Cómo son, qué hacen, adónde van. Santi Roig no es de los que matan a alguien por dinero.

Los dos *mossos* se sorprendieron por la convicción que mostraba. Por un momento, Lola Grau pareció arrepentirse de hablar con tanta ligereza de la muerte de su marido. Apretó los labios con fuerza y se removió incómoda en el sofá, esperando la siguiente pregunta.

—¿Y qué nos dice sobre la empresa Enhoteles? ¿Cree que puede tener algo que ver en este asunto? —inquirió Sagi cambiando de tema.

—Eso deberían preguntárselo a ellos. Hablen con su director general. Sebastián Garrido, se llama.

Sagi notó un sofoco subiéndole a la cabeza. La rabia y la inquina empezaron a adueñarse de él cuando recordó el e-mail de su padre, que ahora adquiría pleno significado. Otra vez se anticipaba a sus pasos y se entrometía en su trabajo. Se obligó a disimular la cólera y guardarla para más tarde.

—Lo haremos —confirmó el agente Durán.

—También hemos sabido que una prima suya es la encargada del Priotast —continuó Sagi, un poco aturdido aún.

—Ella estaba sin trabajo y Jaume buscaba a alguien de fiar y con experiencia en el sector. ¿Por qué no?

—¿Le informaba su prima sobre las actividades de su marido en Barcelona? ¿Sobre la gestión del restaurante?

—Nunca me interesé por ello. Era el negocio de Jaume. Sabía que le iba bien. Mi prima y yo tampoco somos íntimas. Nos felicitamos las Navidades y coincidimos en alguna boda. Poco más.

—Gracias, señora Grau —dijo el inspector—. Por ahora, eso es todo.

Los dos *mossos* se levantaron a la vez y se encaminaron hacia la escalera que conducía a la calle. Sagi se giró hacia Lola.

—Por cierto, antes de irnos, quisiera mostrarle estas fotografías. —Le tendió unas copias de las imágenes que habían encontrado en la caja fuerte de la víctima—. ¿Las había visto antes?

La viuda las revisó una a una. Con algunas se le escapaba una sonrisa que rozaba el sentimentalismo; con otras se mostraba indiferente.

—Son fotos antiguas de nuestras familias en Escaladei

—explicó—. Estos son mis padres y mis suegros. —Señaló con el dedo índice a dos parejas que aparecían en una instantánea frente a un viñedo—. Y estos creo que son los abuelos de Jaume. —Se refería a un hombre y a una mujer de avanzada edad que sonreían al objetivo delante de una masía, con amplios cultivos al fondo—. ¡No las había visto nunca! ¿De dónde las han sacado?

Sagi ignoró la pregunta y le mostró otra foto, esta de la llave con la «R» forjada.

—¿Y esto? ¿Lo reconoce?

La mujer tomó la fotografía y la observó con desconcierto. Si con las anteriores imágenes había dejado entrever que, a pesar de su mala baba, la orgullosa Lola Grau tenía su corazoncito, con esta otra recuperó su altanería de siempre.

—Pues no —dijo, y se la tendió de nuevo al inspector.

—De acuerdo. Gracias por atendernos.

Lola no dijo una palabra más y se fue directa a la cocina. El sonido del hielo chocando contra un vaso fue lo último que el inspector y el agente escucharon antes de bajar por la escalera.

Mientras se dirigían a la entrada del pueblo, donde habían dejado aparcado el coche, Durán no pudo evitar preguntar a su jefe qué opinaba de la entrevista.

—¿Cree que nos miente, inspector?

—Me ha dado la impresión de que, pese a su supuesta frialdad, se ha emocionado al ver las fotografías familiares —respondió Sagi—. E intuyo que ignora de dónde ha salido la llave. No ha reaccionado al verla. En cambio, sobre la finca que la víctima no quería vender, me parece que sabe más de lo que nos ha contado.

Cuando llegaron al vehículo, el inspector arrancó y bajaron por la tortuosa y empinada carretera que los llevaba de vuelta a Falset. Tan pronto Vidal regresara de Tarragona, visitarían a la cuñada y al sobrino de la víctima.

La sala de autopsias del Instituto de Medicina Legal y Ciencias Forenses de Cataluña del tanatorio municipal de Tarragona era como todas las salas de autopsias: fría, impersonal, un tanto tétrica y escrupulosamente limpia. Minutos antes, cuando Vidal había avanzado por los pasillos que le llevaban a ella, el olor a desinfectante ya se había incrustado irremediablemente en sus fosas nasales. Volvió la vista atrás, hacia las primeras autopsias a las que asistió, y recordó haberse mareado. No tanto por el cadáver y su examen, como por el hedor del lugar. Entendía que la higiene era básica, pero le aturdían los antisépticos y demás productos químicos que flotaban en el ambiente.

El doctor Iván Díaz estaba jugando con una vieja Game Boy cuando Vidal y el cabo de la Policía Científica Óscar Ortiz, que había estado en el escenario del crimen, entraron. Al verlos, apagó la maquinita rápidamente, silenciando la reconocible musiquilla del Tetris.

—Creía que ya no fabricaban esos cacharros, doctor —dijo el inspector.

—Y no lo hacen —repuso Díaz—. Las que venden ahora son como smartphones. Esta reliquia es un preciado recuerdo de mi adolescencia. Va a pilas, pesa como un demonio y no tiene luz propia. —La miró con devoción y añadió—: ¡Una maravilla! Me he permitido el lujo de echar un par de partidas mientras no llegaban.

—Pues podría haber aprovechado para echar una cabezadita. Parece que usted tampoco descansa —constató el cabo.

—No me hubiese perdido esta autopsia por nada del mundo. —Se dirigió a un teléfono de pared e hizo una breve llamada—. Ahora viene la doctora Rodríguez y empezamos.

Segundos después apareció una mujer alta y robusta, que saludó a los dos *mossos* y se dirigió hacia el instrumental médico. Los forenses se acercaron al cuerpo inerte de Jaume Folch y empezaron a desnudarlo. Lo primero que examinaron fue la camisa rasgada.

—La prenda tiene una perforación a la altura del abdomen y un corte vertical en el centro, desde el cuello hasta abajo —apuntó el forense—. Está partida en dos. Ambos cortes son compatibles con arma blanca.

Retiraron el resto de las ropas y Jaume Folch quedó más vulnerable que nunca. Desnudo, sin vida, ante cuatro pares de ojos. Sus heridas quedaron expuestas. La doctora Rodríguez registró con cuidado la ropa de la víctima y la colocó en una bandeja.

—Las lividaces demuestran que murió donde fue encontrado. Cayó boca arriba. No fue movido ni cambiado de postura. Las rigideces también indican que, como ya apunté *in situ*, murió aproximadamente entre la medianoche y las tres o las cuatro de la madrugada. —Díaz aproximó su cara a las heridas sanguinolentas—. La herida en el abdomen no parece mortal. Quizá fue para derribarlo. En cambio, el corte en el cuello es profundo y limpio. Puede que se ahogase en su propia sangre. Más tarde lo comprobaremos. Y este extraño símbolo... —miró con detenimiento la letra «T» enmarcada en un triángulo— es más superficial. Los cinco cortes se hicieron con un arma de filo liso, probablemente la misma.

El doctor hizo un frotis bajo las uñas de la víctima y comprobó que a primera vista no se apreciaban restos.

—Las uñas están muy limpias. No parece que se defendiese.

Los forenses prosiguieron con la autopsia mientras el inspector Vidal y el cabo Ortiz miraban con atención y tomaban notas de los datos de interés. Limpiaron el cuerpo y, ya libre de sangre y tierra, continuaron con el análisis externo. Le dieron la vuelta para observar mejor las livideces de la espalda y verificar que no presentaba más heridas. Pero de pronto algo llamó la atención del doctor.

—¡Fíjense en esto! —exclamó en tanto que invitaba a los agentes a examinar la nuca de la víctima—. Una herida abrasiva. Se aprecia un patrón. Como si hubiese llevado una cadena colgada y se la hubiesen arrancado de un tirón.

—No encontramos ninguna cadena ni colgante en el escenario —apuntó el cabo.

—Ni en los registros posteriores de su oficina y de la bodega —añadió el inspector.

—No les puedo decir exactamente qué objeto era. Solo se aprecia un patrón. Pero si no encontraron nada compatible con esta herida, deberían buscarlo. En algún sitio estará.

Los forenses continuaron con su trabajo. Realizaron fotografías de las heridas y tomaron sus medidas, para luego confirmar que, por la direccionalidad de los cortes, buscaban a un asesino diestro. Observaron una cicatriz sobre el esternón de la víctima, prueba de que había pasado por quirófano. Revisaron el historial clínico de Jaume Folch y corroboraron que tres años atrás se había sometido a una intervención para la implantación de una válvula cardiaca. A continuación, procedieron a diseccionar el cadáver por planos: piel, músculos y vísceras. Abrieron el abdomen, el tórax y la cabeza; recogieron muestras de humor vítreo, sangre y orina para realizar el análisis de tóxicos; examinaron los órganos, y recortaron los tejidos alrededor de las heridas para enviarlos al laboratorio de cara a un estudio exhaustivo.

—Inspector, imagino que querrá oír nuestras primeras conclusiones antes de que redactemos y enviemos el informe —dijo el doctor Díaz.

—Por supuesto. Cuéntenos.

—Empecemos por las heridas. Como suponíamos, la del abdomen es penetrante pero no dañó órganos vitales. Estómago, hígado e intestinos están intactos. Fue una herida que desestabilizó a la víctima y que probablemente le hizo caer, lo que permitió al asesino jugar con ventaja. La herida del cuello sí es mortal. Es un corte largo y limpio. Afectó a vasos sanguíneos básicos como la carótida, de manera que la sangre salió a chorros, como un aspersor. Perdonen por la comparación tan gráfica, pero es para que lo visualicen. Eso explica las salpicaduras que se encontraron en el entorno y el charco bajo el cuerpo. También seccionó la vía aérea. Hay sangre en la tráquea y los pulmones. La causa de la muerte es un *shock* hipovolémico. Perdió gran cantidad de sangre, parte de la cual se la tragó.

—Ahogado y desangrado. ¡Qué muerte tan cruel! —se compadeció Vidal.

—Desde luego —convino el forense—. Sin embargo, el fallecido fue intervenido quirúrgicamente hace unos años. Hemos observado su cicatriz y hemos encontrado su prótesis valvular al diseccionar el corazón. Según hemos comprobado en su historial, nació con una valvulopatía aórtica bicúspide. Es decir, su válvula aórtica tenía dos valvas en lugar de tres. Esto conlleva que se pueda desgastar más rápidamente con el paso del tiempo, con el consiguiente riesgo de insuficiencia cardiaca y otros problemas vasculares. Como estos suelen presentarse en la edad adulta o en la madurez, no le operaron hasta hace tres años. La intervención fue un éxito y podía llevar una vida normal. Tan solo debía tomar medicamentos anticoagulantes de por vida, que fueron precisamente los que hicieron que este pobre hombre se desangrase aún más rápido.

—Visto así, el tormento no debió de durar mucho —comentó el inspector.

—Respecto a la herida en su piel, la del símbolo, confirmamos que se practicó con un arma blanca, también de filo liso, puesto que la línea es limpia —prosiguió Díaz—. En este caso, es difícil determinar si la herida se produjo exactamente antes, durante o después de la muerte, por lo que debemos decir que fue *perimortem*, igual que la de la nuca, cuando le dieron el tirón. De todos modos, el examen histopatológico dará más detalles. En resumen, es compatible que las tres heridas se hiciesen con el mismo objeto, posiblemente un cuchillo largo y de hoja lisa. Por otro lado, no hay hemorragia craneal ni contusiones. Tampoco tenemos heridas ni marcas defensivas. Enviaremos el frotis subungueal al laboratorio, pero no hay evidencias visibles de restos biológicos.

—Si no se defendió, quizá conocía a su asesino —especuló el cabo Ortiz.

—O le pilló desprevenido —matizó el inspector Vidal.

El doctor Díaz encogió los hombros y abrió los brazos en un signo de ignorancia.

—Eso les corresponde a ustedes determinarlo. Por lo que a mí respecta, de momento esto es todo. Remitiremos el informe al juzgado en cuanto lo tengamos.

Los agentes tomaron las huellas dactilares a la víctima, agradecieron el trabajo a los forenses y salieron del tanatorio con muchas preguntas sin respuesta. La autopsia había resuelto algunas dudas, pero había planteado otras muchas. La mente de Vidal le daba vueltas a tres elementos: el arma homicida desaparecida, el objeto que aparentemente le habían arrancado a la víctima del cuello y la ausencia de signos de defensa. Si Jaume Folch conocía a su agresor, el círculo se estrechaba.

Al llegar a la comisaría de Falset, Sagi pidió que le dejasen un despacho con ordenador para poder conectarse al correo electrónico y revisar diversa documentación. Lo alojaron en uno de la segunda planta, en una zona poco utilizada pero que contaba prácticamente con el mismo mobiliario y servicios que el resto del edificio.

Envió a un par de agentes a Di-Vino para que buscaran la misteriosa cajonera. Esperaba que le llamasen con buenas noticias. Estaba leyendo un informe cuando recibió un correo electrónico que hacía horas que esperaba. Los agentes de Egara por fin habían podido acceder al registro de llamadas y mensajes del teléfono móvil de la víctima. La lista era larga. Sagi empezó por las llamadas y se centró en las de la última semana. Nada relevante. Números del personal de Di-Vino y Priotast, proveedores, clientes, familia, amigos... Luego pasó a los mensajes. Examinó el más reciente y fue retrocediendo en el tiempo. Jaume Folch no parecía muy dado a utilizar aplicaciones de mensajería, y además era bastante escueto. Una entrada de mediados de septiembre llamó la atención del inspector por el remitente.

GARRIDO ENHOTELES 11:43
Piénsatelo bien. Todos salimos ganando

GARRIDO ENHOTELES 11:43
No seas tan terco

GARRIDO ENHOTELES 11:44
Si quieres más dinero, podemos hablarlo

JAUME FOLCH 11:56
No voy a cambiar de opinión. No insistas

GARRIDO ENHOTELES 11:57
Luego te arrepentirás

JAUME FOLCH 11:58
Adiós

Sagi se alegró de tener que desobedecer a su padre. Esta conversación era motivo suficiente para «molestar» a Garrido. Mientras se regodeaba en su suerte, recibió una llamada de Vidal, que le resumió lo más destacado de la autopsia. Sagi, por su parte, le informó sobre su descubrimiento en el teléfono móvil de la víctima.

—Vaya, vaya… Así que el empresario honrado no dejaba de picar piedra… ¡Menuda obstinación! Tendremos que hacerle una visita.

—Desde luego. Pero primero tenemos que hablar con la cuñada y el sobrino de la víctima. Ya deben de estar esperándonos.

—Estoy de camino.

10

Escaladei,
8 de octubre de 2019

Elvira Sentís estrujaba un pañuelo de papel con tanta fuerza que los dedos de la mano se le habían puesto colorados. El dolor se reflejaba en su rostro. Los ojos hinchados testimoniaban las horas de llanto que se habían sucedido con lentitud durante la noche. A su lado, en el sofá, su hijo Miquel seguía conmocionado. Parecía ausente. Sagi pensó que seguramente le habían administrado algún tranquilizante para calmar sus nervios.

—Lamentamos su pérdida —dijo—. Deben de ser unos momentos muy difíciles para ustedes, pero estamos aquí para averiguar qué le ha sucedido al señor Folch, y necesitamos su ayuda.

—Lo entendemos, inspector —repuso la señora Sentís—. Esto es una desgracia muy grande para nosotros. Les diremos todo lo que les sea útil para que encuentren al culpable de este horrible asesinato. Lo único que nos queda ahora es la esperanza de que se haga justicia —añadió con un hilillo de voz.

—En primer lugar, nos gustaría preguntarle cómo era su relación con Jaume. ¿Estaban muy unidos?

—Sí, claro que sí. Era mi cuñado, hermano de mi marido, que en paz descanse. Compartíamos la propiedad de la bodega y de las tierras, y trabajábamos juntos. Mis padres murieron hace ya muchos años y no tengo hermanos. Él y mi hijo son mi familia.

—¿Podría decir que le conocía bien?

—Bueno, creo que sí. Me refiero a su carácter, sus intereses, sus ideales... Aunque también pasaba mucho tiempo fuera, de manera que tampoco sé gran cosa de su vida lejos de aquí. En Barcelona y en sus viajes, me refiero. En eso sí era muy reservado. Nunca explicaba nada. Cuando le preguntabas qué tal le había ido, siempre te respondía que «muy bien» y poco más.

—Ha comentado que su esposo murió. ¿Le importaría explicarnos qué le ocurrió?

—Tanto mi marido Raimon como Jaume nacieron con una cardiopatía congénita. Al tener un componente hereditario, hace unos años también le realizaron las pruebas a Miquel. Por suerte, él no sufre esa enfermedad. A Raimon y a Jaume los sometieron a una operación para implantarles una válvula y corregir esa afección. Fue hace tres años. Jaume fue el primero y la superó. Pero Raimon no.

—Vaya, lo lamento —expresó Sagi con franqueza. Tras la autopsia, había comprendido a qué operación se había referido la prima de Lola Grau en el Priotast.

—Gracias. Ya ha pasado tiempo, pero sigue doliendo. Y ahora que empezábamos a recuperarnos, nos quitan a Jaume —recordó afligida.

—¿Sospechan de alguna persona que haya podido hacerle eso a su cuñado? ¿Les consta si alguien puede beneficiarse de su muerte? —preguntó Vidal con tacto.

—No conozco a nadie que pueda hacer algo tan mons-truoso. No entiendo nada. ¡Dios mío, pobre Jaume! ¡Qué muerte más espantosa! —sollozó Elvira. Se limpió la nariz, dejó el pañuelo arrugado sobre la mesa y cogió otro nuevo—. En el trabajo, mi cuñado no tenía enemigos. Era un buen gestor de nuestra empresa. Viajaba mucho porque prefería llevar en persona la relación con algunos proveedores y clien-tes, sobre todo los de fuera del país. Los cuidaba y les ofrecía un trato excelente. Desde que murió Raimon, el peso de la bodega, el día a día, lo llevamos mi hijo y yo. Lola también, pero ella se encarga básicamente de una parte de la contabi-lidad y de la administración de sus otros bienes. Tiene mu-chas tierras fuera de Di-Vino.

—¿Y aparte de la bodega? ¿Cómo era la vida de Jaume?

—Sobre eso les puedo decir poco. Era muy discreto. Es *vox populi* que su matrimonio con Lola era una farsa. Puro interés económico de las dos familias. Imagino que Jaume tendría sus aventuras extramatrimoniales, pero jamás me ha hablado de eso.

—Suponemos que estará al corriente del interés de la empresa Enhoteles por la finca de Jaume al oeste de la car-tuja...

—Claro, lo sabe todo el Montsant, no es ningún secreto. Santi Roig, el propietario de la parcela de al lado, quiere ven-der desde hace tiempo, pero Jaume siempre se ha negado. Así que nada de hotel.

—¿Y por qué no transigía? —quiso saber Sagi.

—Aunque se ganaba bien la vida, Jaume era mucho me-nos materialista que Santi. O que mi cuñada. ¿Han podido conocer el Montsant? Es una zona con unos paisajes magní-ficos. Vivimos de cultivar la tierra, y por eso mismo la respe-tamos. Combinamos naturaleza y agricultura. No queremos que esto se convierta en un destino turístico masificado. Ya hay otros hoteles en la comarca. ¿Para qué más? Además, a Jaume no le hacía falta el dinero.

—Pero ahora que ha muerto, si su viuda hereda todos sus bienes, quizá sí quiera vender las tierras.

—No sé lo que hará, pero tampoco me extrañaría. A Lola le mueve el dinero. Siempre ha sido así.

—No parece que se lleven muy bien.

—Nos llevamos. Tiene un carácter difícil, pero es mi cuñada y compartimos negocio e intereses.

—¿Cree que la ambición del señor Roig puede tener algo que ver con la muerte de Jaume? —aventuró Sagi.

Elvira frunció el ceño y pasó de la perplejidad al estupor.

—¿Piensan que Santi ha matado a Jaume?

—No hemos dicho eso. Tan solo queremos conocer sus impresiones.

La mujer se santiguó y se llevó las manos a la cara.

—¡Virgen Santísima! Espero que no. No le conozco demasiado, pero no le creo capaz de hacer algo tan monstruoso. De todas formas, yo ya no pongo la mano en el fuego por nadie. *Mare de Déu!*

Los dos *mossos* miraron a Miquel, que atendía a la conversación ensimismado y sin intervenir. Sagi se dirigió a él para sacarlo de su mutismo:

—Miquel, sé que la muerte de tu tío te ha afectado bastante. Imagino que teníais una relación muy cercana.

El muchacho se incorporó del sofá para beber agua.

—Era mucho más que mi tío. Era mi amigo. Lo he pasado muy mal desde que mi padre murió, y Jaume, pese a sufrir su propia pena, me ayudó a tirar hacia delante. Se convirtió en un segundo padre para mí.

Miquel pareció despertar de repente de un largo sueño. Se

levantó como empujado por un muelle y se plantó a pocos centímetros de los inspectores.

—No tengo nada más que añadir a lo que ha explicado mi madre. Nos han quitado a Jaume, y el responsable de este crimen debe pagar por ello —espetó, como si la ira hablara por su boca—. Encuéntrenlo.

Después se fue por un pasillo y se encerró en su cuarto dando un portazo.

Necesitaba la intimidad de su habitación, rodeado de todas las cosas que había ido atesorando en sus diecinueve años de vida: pósteres de superhéroes, CD de música electrónica y pop en catalán, cómics, figuritas de goma de sus personajes de dibujos animados preferidos... Allí el tiempo parecía haberse detenido. Allí seguía siendo un niño con un padre que le quería y un tío a quien admiraba.

Muebles Biarnés estaba ubicado en una de las principales calles de la capital del Priorat, no muy lejos de su afamada cooperativa agrícola. Era una tienda pequeña, de dos plantas, que había vivido tiempos mucho mejores y que, como tantas otras, se había visto relegada por las grandes cadenas de muebles baratos que tenía que montarse uno mismo.

Sagi y Vidal entraron y comprobaron que el establecimiento estaba desierto. Pasaron entre camas, mesas y armarios, y encontraron a un hombre de mediana edad sentado frente a un escritorio, mirando vídeos en un ordenador. Por los vítores y la locución, intuyeron que se trataba de una retransmisión deportiva. Al verlos, apretó el botón de «pausa» y les preguntó qué se les ofrecía.

—Somos los inspectores Sanz Gimeno y Vidal, de los Mossos d'Esquadra. Queremos preguntarle acerca de esta factura

—dijo Vidal mientras le tendía el documento metido dentro de una funda de plástico.

El dependiente lo miró y sopló largamente.

—Es de hace muchos años. La debió de preparar mi padre. Yo me quedé con el negocio cuando él se jubiló —aclaró.

—¿Podría decirnos qué tipo de mueble es el que vendieron? —quiso saber Sagi.

—Pues, sinceramente, no —confesó el hombre sin dejar de mirar el papel—. Es muy raro porque, aunque es de 1994, debería constar alguna referencia o número identificativo. O bien la marca o el modelo del producto. Pero aquí no figura nada. Eso me hace pensar que quizá fue una cajonera hecha a medida por encargo del cliente.

—Tal vez si pudiésemos hablar con su padre, él podría…

—Lo siento, murió hace seis años.

—Lo lamento —dijo Vidal—. ¿Y sería posible que en sus registros de contabilidad haya algo más de información respecto a esta venta?

—No guardamos los registros de hace tanto tiempo. Pero aun si los tuviésemos, dudo que encontrásemos algún dato más. Si en la factura no aparecen, en los registros tampoco estarían.

—¿Suelen hacer muebles a medida?

—Ya no, es muy raro que alguien los pida. Precisamente ahora el negocio de los muebles está pasando una mala racha, y los muebles artesanales son los más caros, como ustedes comprenderán. Antes sí era más habitual. Además, cuando era joven, mi padre fue carpintero y seguía elaborando piezas cuando se las pedían. Él disfrutaba mucho trabajando con la madera y otros materiales.

—De acuerdo. Ha sido muy amable por dedicarnos su tiempo —se despidió Sagi.

Él y Vidal salieron de la tienda decepcionados, pues esperaban averiguar algo más de la cajonera que Jaume Folch había comprado hacía veinticinco años y cuya factura aún conservaba. Por lo que el vendedor acababa de explicarles, probablemente se trataba de un mueble de madera hecho a mano. Tendrían que buscarlo en la bodega y en la casa de la víctima.

Vidal recibió una llamada que duró menos de un minuto. Sagi lo miró, interrogándole con las cejas alzadas.

—Mi equipo ha confirmado en el Registro General de Actos de Última Voluntad que Folch no otorgó nunca ningún testamento. A falta de hijos, la viuda es su heredera universal —explicó.

Sagi soltó un silbido. «La señora Grau va ganando puntos», pensó.

—Veamos qué nos dice el otro interesado en la venta, Santi Roig.

—Yo me encargo —se ofreció Vidal.

—Perfecto. De esta manera yo puedo salir ahora mismo hacia Barcelona. Interrogaré al empresario de Enhoteles y aprovecharé para pasar por mi piso a coger más ropa. Creo que mi estancia aquí va a ser más larga de lo que había previsto.

—Mantenme informado.

—Te llamo cuando haya hablado con Garrido.

Por el momento, Sagi prefería reservarse para sí mismo el detalle de que su padre conocía al director general de Enhoteles. Aunque todavía desconocía qué tipo de relación les unía, sospechaba que no tardaría mucho en descubrirlo.

11

La Morera de Montsant,
8 de octubre de 2019

Las acogedoras callejuelas de la aldea estaban desiertas. La piedra que recubría los bajos edificios irradiaba un agradable calor robado al benévolo sol de octubre. Entre los muros externos de las casas se oían tan solo el zumbido de los zánganos que cortejaban a las flores de los balcones y el piar de los pocos gorriones que se habían atrevido a construir sus nidos bajo los aleros de los tejados. En La Morera de Montsant vivían poco más de cincuenta personas y, a esas horas, todas ellas estaban trabajando o empezando a preparar la comida. Por las ventanas de la calle Major se escapaban deliciosos aromas a guisos caseros, elaborados en puchero, con verduras recogidas del huerto y carne del corral, para comer con cuchara y rebañar pan hasta dejar el plato reluciente. El estómago de Lara le recordó con un gruñido que tal vez era hora de buscar un bar donde poder comer. Mientras seguía adentrándose en las angostas entrañas de la población, tuvo que apartarse y pegar la espalda a los muros de una casa para dejar paso a un tractor conducido por un hombre de tez morena. El vehículo, rebosante de preciosa uva oscura, producía un ruido atronador. Lara lo vio desaparecer por la enorme puerta de una bodega. Luego continuó avanzando en busca de una vecina que creía que podría aportarle más información para su investigación.

Había pasado el día anterior en Escaladei. Una vez repuesta del susto y consciente del trabajo que tenía por delante, había empezado a hablar con los vecinos del pequeño municipio que había visto crecer y morir a Jaume Folch. Todos habían coincidido en que era un empresario muy querido en el pueblo. Respetado, amable, cercano. Pese a que vivía en La Morera, su bodega y la mayoría de sus tierras se encontraban en Escaladei, de manera que pasaba más tiempo ahí que en su lugar de residencia. Además, ambos núcleos pertenecían al mismo municipio y, al ser tan pequeños, todos se conocían. Nadie daba crédito a lo ocurrido. Nadie imaginaba que la vida del señor Folch iba a acabar de forma tan cruel. Nadie sospechaba de nadie.

Aparte de buenas palabras, caras de asombro y gestos de preocupación, no había conseguido muchos datos destacables. Le habían explicado que el empresario asesinado vivía en una casa de la calle Major, frente a la iglesia, pero que viajaba mucho; que tenía un restaurante y un piso en Barcelona, y que él y su mujer no se querían, que eso lo sabía toda la comarca, pero que seguían casados por el bien del negocio. Puerta tras puerta, conversación tras conversación, los habitantes de Escaladei le habían dibujado a Jaume Folch como un buen empresario, que velaba por sus intereses, pero que a la vez se mostraba como uno más en el pueblo. Sencillo, nada altivo ni ambicioso. Abierto pero también discreto. En cambio, todos hablaban de Lola Grau como de alguien que miraba por encima del hombro a sus vecinos, presumiendo de estatus y de dinero, olvidándose de que ella también venía del mismo barro.

La periodista se había sorprendido por la predisposición de los hombres y mujeres de Escaladei para hablar con ella del truculento suceso ocurrido pocas horas antes. Se imaginaba que a la gente le costaría conversar acerca del tema, sobre todo porque la mayoría de las personas que había encontrado eran de avanzada edad. Les presupuso una cerrazón y un mutismo que al final no fueron tales. Una vecina le narró con entusiasmo cómo años atrás se había producido una oleada de robos en varias casas del Priorat, algunos de ellos en Escaladei y La Morera. Según le explicó la mujer, durante semanas los residentes vivieron con miedo y desconfianza porque los Mossos no encontraban a los ladrones. «¡Incluso empezamos a mirarnos mal los unos a los otros!». Días más tarde, por fin detuvieron a los cacos, que, para sorpresa de todos, llevaban semanas ocupando una masía vacía situada en el mismo núcleo de Escaladei. «¡Y nadie se había enterado! Uno ya no sabe qué esperar de la vida. Solo rezo para que quien ha matado a Jaume no esté también entre nosotros», había implorado la mujer con temor.

Mientras charlaba en la calle con otro vecino, un bracero ya jubilado, Lara se había fijado en una mujer de mediana edad que disimuladamente atendía a la conversación a la vez que fregaba con el mocho la entrada de su casa. Tenía el pelo corto y castaño, era delgada y menuda y se movía con agilidad. La reportera quiso acercarse a ella cuando terminó de hablar con el hombre, pero al volverse hacia la otra puerta la encontró cerrada. Llamó al timbre y nadie abrió. Extrañada, había seguido con su ronda de entrevistas.

En ese momento había visto llegar al pueblo un equipo de la televisión autonómica. Una calle más abajo reconoció a un fotoperiodista y a varios redactores de otros medios con quienes solía coincidir en las ruedas de prensa. Todos ellos se dirigían hacia Di-Vino. Lara rezó para hacerse invisible, pero su ateísmo se volvió en su contra y sus colegas repararon en ella.

—¡Hombre, Lara, tú también por aquí! —la saludó la locutora de una radio comarcal.

Otros compañeros se acercaron hasta formar un corrillo.

—¿Habéis podido sacar algo? Los Mossos no sueltan prenda —se lamentó un periodista de televisión—. En la redacción hemos estado insistiendo, pero no han dicho nada nuevo. Tiene que ser algo gordo.

—Se lo han cargado por pasta, seguro. Dicen que este tío tenía mucha. Estaría metido en alguna movida rara —conjeturó un cámara.

—Anda, ya salió el peliculero —se burló la redactora de un periódico provincial—. ¿Y tú qué sabes? Igual ha sido un crimen pasional.

—Pero ¿sabéis ya cómo lo han matado? Es que no nos han querido decir ni eso —reiteró el periodista de televisión.

—Secreto de sumario, hijo.

—Ya, pero el juez siempre decreta secreto y aun así el gabinete de Comunicación suele dar más datos.

—Pues yo estoy como vosotros —dijo Lara, con falso pesar—. A ver si la cosa avanza y nos pueden proporcionar más información.

La reportera sabía que mentía fatal y que, cuando lo hacía, solía mostrar algún tic nervioso, una mueca o un gesto inusual en ella que la delataba. Sus amigos siempre se lo decían. Estaba convencida de que esta vez no era diferente y de que, probablemente, le estuviese botando un ojo o un labio se le hubiese ladeado demasiado. Tenía que escapar de allí.

—Yo ya me iba, chicos —se excusó—. Voy a dar una vuelta por el pueblo, a ver si encuentro a algún vecino que quiera hablar más que los demás.

—¿No te vienes a Di-Vino? Vamos todos para allá, queremos conseguir declaraciones de algún familiar o trabajador —anunció una de sus colegas.

—Eh… No, gracias, quizá me pase más tarde. Me apetece caminar y recorrer el pueblo. ¡Nos vemos! —se despidió mientras se alejaba del grupo.

Ya fuera de la vista de sus compañeros, se pegó un manotazo en la frente por haberse inventado una excusa tan estúpida. Lara no era de las que iban por libre.

De regreso al centro de Escaladei, se había detenido bajo la sombra de una morera para serenarse, deseando no haber levantado sospechas entre sus colegas, y tras reanudar su paseo se había topado con un vecino, Venancio Caballé, dijo que se llamaba, de noventa y un años, aunque ella le hubiese echado ochenta como mucho. El hombre había nacido en Escaladei y había trabajado toda su vida como jornalero y capataz en los viñedos. Pese a su avanzada edad, seguía valiéndose por sí mismo, conducía su viejo coche y sonreía recordando tiempos mejores.

—Esto ha cambiado mucho, hija —empezó—. Cuando yo era joven, aquí vivía mucha más gente y todos trabajábamos la tierra. Jóvenes y mayores, incluso los niños. Todos. Era un trabajo duro. Esta no es una tierra fácil, pero nos la fuimos ganando. No teníamos las herramientas que se tienen ahora, todo está mecanizado, ya no es un oficio tan artesanal. Y ahora todo se hace de cara al turista. Se ha perdido la esencia de lo que fuimos…

—Pero, señor Venancio, usted sigue viviendo aquí. ¿No ha pensado nunca en irse a otro lugar? —se interesó Lara.

—No, porque este es mi sitio —respondió el anciano—.

Mis hijos nacieron aquí, lo mismo que mis nietos y bisnietos, aunque casi todos se hayan ido a la ciudad. Mis raíces son estas y de aquí no me moveré. La vida en los pueblos es muy difícil. Ya ves que esto es muy pequeño. No tenemos tiendas, colegio, médico... Tenemos que coger el coche para todo, ¡y ya ves tú cómo están las carreteras! Estamos abandonados por todos, dejados de la mano de Dios, pero una cosa sí te digo: sin nosotros, sin los agricultores y ganaderos, sin los pueblos, las ciudades y sus gentes no son nada. ¿De dónde creen que salen los tomates y las manzanas que comen? ¿De dónde proviene el vino que beben? ¿Quién pone los huevos con los que hacen las tortillas? Nadie nos valora, a pesar de que somos los que alimentamos al país. ¡En muchos sentidos!

—Tiene toda la razón del mundo, señor Venancio —reconoció Lara, que enseguida empatizó con el vecino—. Pero parece que esto tiene difícil solución. Cada vez hay menos habitantes en las zonas rurales.

—¡Porque a los que mandan les importamos un bledo! Cuando empecemos a faltar, querrán ponerle remedio, aunque entonces será demasiado tarde. El problema existe desde hace años, pero los políticos de postín poco vienen por aquí, y cuando aparecen, solo elogian nuestros vinos y hacen promesas que se lleva el mistral. El dinero nunca llega a los pueblos y van muriendo poco a poco. Es triste, pero es así.

Lara se había conmovido por la realidad que retrataba ese anciano de apariencia frágil pero con tan admirable fuerza interior, aunque se obligó a dejar sus emociones a un lado y se centró en la muerte de Jaume Folch.

—¿Y qué me dice del empresario que ha aparecido muerto esta mañana? ¿Quién cree que pudo matarlo?

—Eso sí que no me lo explico, hija. Un chico tan normal, tan buena persona. Todavía no me lo creo. Este es un pueblo tranquilo, ¿sabes? Estoy seguro de que habrá sido alguien de fuera. Las cosas le iban bien. Igual algún envidioso de la capital, o alguien de la competencia... Vete a saber. Sea quien sea, espero que le pillen pronto y se haga justicia.

—¿Le conocía bien? ¿Puede explicarme más cosas de él?

El hombre sonrió con tristeza y negó con la cabeza.

—Verás, joven, aunque este sea un sitio pequeño, a mí nunca me ha gustado meterme en la vida de los demás, como tampoco me gusta que se metan en la mía. Si buscas más sustancia, pregunta por la señora Fina de Cal Boter. Vive en La Morera y es la cotilla oficial del pueblo. Seguro que estará encantada de hablar contigo. Pero, ¡ojo!, que si no la cortas, te tendrá todo el día pegando la hebra.

Lara sonrió y le dio las gracias por su amabilidad. Mientras se alejaba fue pensando lo mucho que le hubiese gustado tener un abuelo como el señor Venancio Caballé, ya que a uno no había llegado a conocerle y, respecto al otro, le había tocado en suerte uno demasiado serio, estricto y distante. Apenas lo veía, y mucho menos desde que su madre murió, hacía poco más de un año.

Su madre, Susana. La persona más fuerte que había conocido.

Había dejado su hogar con solo diecisiete años, huyendo de un padre autoritario y demasiado desapegado e ilusionada por las promesas de Luis, el padre de Lara, que le ofreció amor y libertad. Dos meses antes de que naciera, se largó sin dejar rastro, abandonando a su suerte a Susana y a su hija. Lara jamás había conocido a su padre. Tan solo tenía su nombre y un par de fotografías antiguas, de cuando Susana y Luis eran novios y parecían tener un futuro perfecto juntos. A pesar del abandono y de las dificultades que supuso para ella, Susana luchó con uñas y dientes para sacar a su hija adelante, trabajando como pluriempleada y contando con la benefactora ayuda de amigas y vecinas. Como no tenía intención de volver con su padre, nunca recurrió a él en busca de auxilio.

A medida que Lara se fue haciendo mayor, empezó a preguntar por su padre, a lo que Susana siempre respondía con evasivas y palabras huecas. Las amigas de su madre tampoco fueron de ayuda, ya que cumplían con la voluntad de esta de no dar información a la niña. Ya de adolescente, Lara se empecinó en saber por qué nunca le hablaba de Luis, y Susana se mostró tajante. Le confesó que se había desentendido de ambas antes de que ella naciese y le recalcó que no se merecía el calificativo de «padre». Ni tan siquiera se había ganado el derecho a que pensasen en él. A Lara no le quedó otra que cerrar esa puerta, aunque era una espinita que llevaba clavada muy adentro. ¿Por qué las había abandonado? ¿Qué empuja a una persona a hacer algo así? No obstante, la felicidad de Susana era primordial para Lara, de manera que cedió y aparcó el asunto, con la esperanza inconfesable de poder retomarlo alguna vez más adelante.

Susana intentó rehacer su vida y, tras varias relaciones fallidas, Ernesto se le presentó como un remanso de paz. Con él por fin alcanzó una felicidad que jamás había conocido. Se convirtió en el padrastro de Lara, y la llegada del pequeño Martín fue la guinda del pastel. La muchacha se sentía afortunada por ver a su madre feliz y ser partícipe del crecimiento de su pequeña nueva familia. Sin embargo, la dicha duró pocos años y la vida le volvió a mostrar a Susana su cara más malévola, azotándola con un inesperado y agresivo cáncer de mama. Susana, la luchadora, no pudo superar una enfermedad a la que se enfrentó con todo su empeño pero que la fue consumiendo lentamente.

Todavía alejándose de la casa de Venancio Caballé, Lara

había caído en la cuenta de que, con todo el lío vivido en Escaladei, se le había olvidado llamar a su hermano, que ya tenía diez años, para preguntarle cómo le había ido en la escuela. Esperaba que las cosas hubiesen mejorado. Se prometió hablar con él en cuanto pudiese.

Sin apenas percatarse, se había pasado toda la jornada charlando con los vecinos del pueblo, de ahí que hubiera pospuesto la visita a La Morera para el día siguiente.

Buscó la casa de Fina de Cal Boter, que se encontraba en la zona del pueblo que daba al risco de la Sierra Mayor del Montsant, cerca de las oficinas del Parque Natural. Segundos después de llamar al timbre, se sintió observada a través de la mirilla.

—¡Señora Fina, soy Lara Peña, periodista de la agencia de noticias ImMedia! —gritó para que la mujer la escuchase desde detrás de la puerta—. Estoy hablando con vecinos del pueblo sobre el asesinato de Jaume Folch. Imagino que ya estará enterada. Me gustaría hacerle algunas preguntas porque me han dicho que le conocía —dijo obviando el detalle de su fama de chismosa.

Oyó girar la llave y la mujer apareció en el umbral. Era bajita y regordeta. Vestía una bata de andar por casa y llevaba unas gafas de cristal grueso que delataban sus muchas dioptrías. Se apartó para franquearle el paso.

—Mucho gusto, nena. Pasa, pasa.

La guio hacia el salón de la vivienda y la obligó a sentarse frente a ella en un sillón. Lara analizó la estancia, que estaba recargada de adornos de un gusto pésimo. Decenas de figuritas de cerámica y fotografías antiguas atiborraban los muebles de la sala. Sofás, butacas y mesas estaban cubiertos de tapetes amarillentos, presumiblemente confeccionados por la propia Fina.

La mujer empezó a hablar a la carrera antes de que la periodista pudiese siquiera abrir la boca:

—¡Ay, qué desgracia más grande, chiquilla! ¡Matar a nuestro Jaume! ¿Quién puede haber hecho tal maldad? ¡Virgen Santísima! Y mira que era un chico majo, ¿eh? Pero no majo de cara y cuerpo, que también. Porque, las cosas como son, estaba de buen ver. Digo «majo» de buena persona. Siempre saludaba a todo el mundo, participaba en los actos que celebramos en las fiestas del pueblo. Preguntaba a todos qué tal la familia, y el trabajo, y esas cosas de buen vecino, ¿sabes? Era un encanto, de verdad que sí. Aunque él nunca explicaba mucho. Yo también me interesaba por su vida. No por nada, pues eso, por ser buena vecina. Pero él nunca entraba en detalles. Aunque tampoco hacía falta que hablase. Con la cara pagaba. ¡Qué matrimonio tan infeliz que tenía, pobrecito mío! Con esa estirada de Lola, que no le ha querido nunca, ¡qué va! Esa solo quiere a su cuenta corriente. Porque el negocio les va bien, claro. Eso se ve a la legua. Solo hace falta ver la ropa que llevan. Toda de marca, pero de la buena, ¿eh? Y toda auténtica, nada de imitación. En cambio, su cuñada Elvira es diferente. Ella es más normal, como tú y yo, ¿me entiendes? También debe de tener dinero, porque su marido, el hermano de Jaume, murió hace unos años. Otra desgracia, pobres. Y, claro, ella heredó todo, que no es moco de pavo. Sus familias siempre han tenido tierras, y aquí lo que da dinero es el vino. Pero Elvira es más humilde. Y su hijo, Miquel, muy majo también. Pobrecillo, ahora se queda sin tío…

Lara se vio abrumada ante la verborrea de la mujer, que apenas paraba para coger aire. Tan solo se limitaba a asentir con la cabeza y a soltar algún «ajá» para simular que atendía.

Fina empezó entonces a detallar el árbol genealógico de Jaume Folch. Lara intentó seguir las explicaciones, que incluían nombres, profesiones, propiedades y causas de los fallecimientos, pero llegó a un punto en que el asunto se enredaba tanto que perdió el hilo. Por respeto a la mujer, seguía asintiendo y murmurando palabras sueltas, aunque Fina no parecía percatarse de que la reportera había desconectado por completo.

Por el rabillo del ojo, Lara advirtió un movimiento en el pasillo. Como la mujer continuaba hablando sin cesar y no parecía preocuparle que la periodista no le prestase toda su atención, Lara miró hacia allí y descubrió a otra persona que entraba y salía de la cocina con una escoba y un recogedor. Le chocó comprobar que se trataba de la misma mujer que el día anterior se le había escapado en Escaladei, cuando quiso ir a preguntarle por el homicidio. Imaginó que sería una asistenta del hogar y que trabajaría en varias casas del municipio. La mujer volvió a dejarse ver en más ocasiones, llevando cada vez diferentes productos desinfectantes. Lara reparó en que se paraba durante un segundo y la contemplaba fijamente, antes de desaparecer de nuevo por el pasillo.

No sabía por qué, pero presintió que en esa mirada había implícito un mensaje. Una predisposición a hablar lejos de oídos ajenos. Un secreto que contar. Su intuición le decía que sería ella, y no Fina, quien por fin le explicara cosas interesantes.

12

Cartuja de Scala Dei,
año 1433

Los martillos golpeaban con fuerza el metal, que poco a poco iba tomando la forma adecuada para convertirse en los cinchos que asegurarían las barricas en las que los monjes guardaban el vino que elaboraban. La cosecha de uva había sido superior ese año, de manera que necesitaban nuevos barriles para almacenar los vinos que destinaban a la misa y a las comidas de los domingos y ocasiones especiales, siempre rebajados con agua. En realidad, la cartuja de Scala Dei disponía de pocas cuarteras de cultivo de vid, pero las lluvias inusitadas de ese verano habían hecho aumentar la producción, de manera que el monasterio contaba con vino suficiente para abastecerse e incluso para poder comerciar con algunas botas.

Pasando entre frailes y donados, enfrascados en la fabricación de las barricas con metales y maderas, el prior Ferran se adentró en la procura para dar con Oleguer, que desde hacía dos años se había convertido en padre procurador y dirigía todos los trabajos que se llevaban a cabo en estas dependencias, también llamadas «casa baja», en contraposición a la «casa alta», que constituía el edificio monacal. Cuando los monjes eligieron a Ferran nuevo prior, no dudó en ofrecer a Oleguer esa responsabilidad, relevando así al anterior procurador, que ya pasaba de los noventa años y tenía bien merecidas más horas de asueto, rezos y contemplación. Ferran y Oleguer eran buenos compañeros, compartían vocación y sentimientos, y el prior deseaba que su amigo se convirtiese en su mano derecha al frente de la cartuja.

En las últimas décadas, los recursos de la orden se habían incrementado sustancialmente y sus propiedades ampliado y expandido hacia Lleida. La llegada al trono de la dinastía de los Trastámara, con la elección de Fernando I de Aragón en el Compromiso de Caspe tras la muerte sin descendencia de Martín I el Humano, no supuso ninguna merma de las propiedades y privilegios de Scala Dei. Aunque durante su breve reinado Fernando I no pudo confirmar ni revocar dichas concesiones, por tener que centrarse en su propia consolidación dentro de la Corona, sí lo hizo su sucesor, Alfonso V el Magnánimo, quien pese a estar entregado a sus conquistas militares en el Mediterráneo, no se olvidó de la cartuja del Montsant y confirmó el privilegio otorgado por Jaume I y los sucesivos monarcas. También continuó favoreciéndola, como habían hecho sus predecesores en el trono. Un ejemplo de ello fue el nuevo privilegio que firmó a favor de la orden, por el cual liberaba a todos los vasallos del monasterio de satisfacer los impuestos de coronaje y maridaje, que debían abonar los súbditos del reino cada vez que un nuevo soberano era coronado y que una infanta contraía nupcias, para contribuir a sufragar los exorbitantes gastos que generaban dichos eventos. Con esta exención, los siervos de Scala Dei vieron disminuir la presión fiscal que sufrían y pudieron pagar las rentas al monasterio con mayor desahogo.

Desde que asumió el cargo de prior, Ferran había comprobado que administrar Scala Dei no era tarea fácil, puesto que era mucho el territorio que pertenecía a la cartuja y debía ser gestionado con atención, firmeza y rectitud. Siempre había trabajo que hacer para garantizar el mantenimiento y el abastecimiento del monasterio. Siempre había litigios que afrontar, pues eran habituales los pleitos con el conde de Prades, otros nobles y ciudadanos de comarcas vecinas, e incluso otras órdenes religiosas, todos ellos reclamando bienes o derechos que pertenecían a Scala Dei. Por suerte, el prior contaba con el esfuerzo y la eficacia de Oleguer, que gobernaba la procura con tenacidad y buen hacer, y con el instruido padre archivero, que conocía al dedillo todos los documentos que albergaba la biblioteca del monasterio y facilitaba la resolución de los diferentes juicios que, para satisfacción de los habitantes de la cartuja, siempre solía ser favorable a Scala Dei. Por si no fuera poco, también surgían rencillas entre los mismos siervos de la orden, y el padre prior debía mediar para ofrecer una solución justa y que, en la medida de lo posible, complaciese a todas las partes.

Dejando atrás el ardor de los fuegos que alimentaban el metal y el humo que producía el hierro candente al introducirse en el agua, Ferran encontró a Oleguer al fondo de la procura, en una estancia que le servía de celda y despacho, donde pasaba la mayor parte del día poniendo en orden las cuentas del monasterio, administrando los recursos y distribuyendo el trabajo dentro de la misma procura y en las diferentes villas de las que Scala Dei era señor feudal, en las cuales contaba con procuradores seglares que le ayudaban en la gestión. Además, Oleguer dedicaba tiempo a la oración y la meditación, pues no descuidaba sus ejercicios espirituales a pesar de los ruidos y las distracciones de la casa baja. Sin embargo, el padre procurador volvía a la monjía al anochecer, donde se sumaba a los rezos en la iglesia y pernoctaba en su celda. Y, a pesar de los años transcurridos, continuaba escapando a la tranquilidad de la noche con su amigo Ferran.

—Dios te guarde, Oleguer. Ponme al día, si te place —dijo el padre prior, cerrando la puerta tras de sí. Pese a verse obligado a visitar la procura a menudo para cumplir con sus quehaceres, todavía le seguían perturbando los molestos sonidos de los trabajos.

—He enviado a un fraile y tres donados a comprar pescado a Tarragona, pues empieza a escasearnos —explicó el padre procurador—. Como habrás visto, estamos fabricando más botas para el excedente de vino. Un pastor de La Morera de Montsant solicita permiso para ampliar su rebaño, comprando el de un familiar, y un vecino de Poboleda suplica licencia para abrir un molino de aceite.

A Ferran le gustaba que Oleguer fuera tan breve y preciso en sus explicaciones. Era diligente y se esforzaba por cumplir la regla. Hablaba lo mínimo posible, pero no olvidaba ningún encargo ni dejaba de atender sus obligaciones.

—Gracias. Consultaré la documentación y tramitaré las respuestas a tales peticiones. Parto de nuevo hacia la monjía. Nos veremos en la iglesia.

Oleguer asintió y, ajeno a todo cuanto lo rodeaba, volvió a enfrascarse en las operaciones aritméticas que lo ocupaban ese mediodía. Las matemáticas nunca erraban y le indicaban, una vez más, que las cuentas del mes casaban y que Scala Dei podía sumar nuevos beneficios.

Pasaban unos minutos de la medianoche y los monjes se habían reunido en el templo de Scala Dei para celebrar el oficio de maitines y laudes. En el silencio de la iglesia, el prior observaba cómo los religiosos se entregaban a sus oraciones, la mayoría de ellos con los ojos cerrados, otros mirando la abovedada cubierta del crucero. Mientras repetía los rezos de cara al altar, reparó en la cercana presencia del padre Joan Fort, que se había situado unos pasos a su derecha. Ya hacía ocho años que el joven monje, de férrea vocación y fiel devoto de la Virgen, había ingresado en la comunidad de Scala Dei procedente de Lleida y gravemente enfermo. A su llegada, los padres de la cartuja creyeron que moraría poco tiempo entre ellos y que el Señor pronto se lo llevaría, pero no fue así. Inesperadamente, su entrada en el monasterio del Montsant obró un efecto curativo en él y se recuperó de forma asombrosa, alcanzando una fuerza y un vigor que nadie hubiese esperado. La congregación atribuyó su sanación a la intercesión divina, y confirmó tal milagro cuando el mismo Fort aseguró que la Virgen María y su hijo Jesús le acompañaban a todas horas en su celda. Desde entonces, la fama de santidad del monje se extendió por los dominios de Scala Dei y mucho más allá, de manera que la cartuja adquirió un mayor prestigio y notoriedad en todo el reino.

Al pensar en su ilustre compañero, Ferran se mostraba complacido, pues consideraba un privilegio contar con tal prodigioso en su monasterio. Sin embargo, no podía evitar sentir una punzada de envidia por no ser él el elegido por la Virgen. Desde que aquella noche en su juventud vislumbrara al ángel enviado por el Creador sobre el ábside de la iglesia, Ferran no había vuelto a presenciar apariciones celestiales ni milagro alguno. A pesar de su gran devoción, que se había incrementado año tras año, en momentos de debilidad se convencía de que no se esforzaba lo suficiente por honrar al Señor, de que Él esperaba mucho más del prior de Scala Dei, y que por ello el Todopoderoso había optado por ensalzar a Joan Fort, quien, suponía, sí merecía tal dignidad. Sin embargo, desde la sensatez Ferran luchaba contra estas ideas impías y las justificaba convenciéndose de que se trataba simplemente de celos bienintencionados hacia el portentoso monje.

En estas reflexiones andaba el prior cuando finalizó el oficio y los clérigos comenzaron a retirarse en cuidadoso orden hacia sus celdas. Ferran se dirigía a la suya, la del prior, que se encontraba al inicio de la zona de clausura. Era un habitáculo más pequeño que el resto, pero Ferran entendía que por razón de su cargo, al tener que atender numerosas responsabilidades sobre la administración de la cartuja, pasaba menos tiempo en la celda y, por lo tanto, no necesitaba de tanto espacio. Además, coincidía con la premisa de que el prior, por ser el líder de la comunidad, era el monje que debía mostrar un mayor respeto a la regla y ajustarse más a los principios de austeridad y ascetismo que regían la Orden de la Cartuja.

Se dirigió al oratorio, se arrodilló frente a la cruz tallada en madera que colgaba de la pared y rezó sin prisas tres avemarías y tres padrenuestros. Ese era el tiempo convenido con Oleguer para encontrarse en la celda de este último, que se hallaba detrás del claustro de Berenguer Gallart, lindando con los bosques del Montsant. Justo en el lugar por donde escapaban de noche desde aquella primera vez. Y, como cada vez que salían, el procurador ya le estaba esperando en completo silencio. Le dejó entrar, después de asegurarse de que ningún otro religioso se percataba de esos encuentros, y tras cerrar la puerta, los dos amigos se dirigieron al jardín sin mediar palabra. Tomaron un banquillo que el procurador utilizaba para sentarse en su *cubiculum*, lo acercaron al muro y saltaron a la oscuridad del exterior.

Ambos contaban ya con cuarenta y dos años, pero sus caminatas de la casa alta a la casa baja y viceversa, las excursiones de los lunes y las cuantiosas tareas que requerían sus cargos, así como la sobria dieta de la regla cartuja, contribuían a que se mantuviesen en buena forma física. De hecho, la ya afamada longevidad de los monjes de Scala Dei se atribuía precisamente a una alimentación basada en el consumo de hortalizas, frutas, legumbres y pescado, y exenta de carnes y comidas grasas, además de incluir numerosos ayunos. Hacía ya casi un siglo, esta austeridad en la nutrición de los religiosos de la Orden de la Cartuja llegó incluso a oídos del mismo papa Urbano V, quien, al considerarla demasiado estricta y perjudicial para su salud, publicó un decreto rompiendo la abstinencia perpetua que contemplaba la regla y conminando a los monjes a ampliar su dieta. El Capítulo General de la Orden de la Cartuja se mostró disconforme con el requerimiento papal y decidió enviar a un grupo de veintisiete frailes de diferentes cartujas, entre ellas la de Scala Dei, en un largo viaje hasta la Santa Sede, para solicitar al heredero de san Pedro que se les permitiera proseguir con sus costumbres alimentarias. Cuando el Urbano recibió a la comitiva, comprobó que el más joven de sus miembros tenía ochenta y nueve años. Pasmado ante tal circunstancia, reconoció que había errado en sus conclusiones y que, contrariamente a lo que suponía, la dieta de los cartujos bien debía de ser saludable y provechosa, de manera que les autorizó a retomar sus parcas comidas y abstinencias.

Así pues, no era la exigua dieta la causante del cansancio que impedía a Ferran y a Oleguer buscar el contacto de la sierra cada noche, como hicieron antaño, sino sus numerosos cometidos en el gobierno de la cartuja. Recordaban que, en su juventud, centrados en sus oraciones y ejercicios espirituales, no acusaban la falta de sueño y sus incursiones prohibidas no afectaban al cumplimiento de sus deberes. En cambio, en la actualidad, sus respectivos cargos eran muy exigentes. Requerían de ellos muchas horas de su tiempo y muchos propósitos revoloteaban dentro de sus cabezas. Necesitaban descansar, por eso las escapadas nocturnas eran menos frecuentes, aunque ambos consideraban indiscutible seguir realizándolas porque eran un sustento esencial para sus almas.

Tumbados sobre la tierra del Montsant, fascinados por el manto de estrellas que les cubría, compartieron una vez más un momento mágico, divino. Extático. Cierto era que en sus celdas y en sus horas de recogimiento sentían la conexión con Dios y su amor hacia Él. Sabían que el Creador estaba con ellos a todas horas, lo veían en cada insignificante objeto, y experimentaban el gozo de vivir esa vida de religiosidad. Pero era en el contacto con esa tierra señalada por Dios, dotada de un aura de misticismo y espiritualidad, cuando percibían la unión real con el Todopoderoso y la elevación de sus sentidos.

Ferran abrió los dedos de sus manos para palpar la tierra sobre la que yacía y luego los cerró, aferrando pequeñas piedras, arena y algunos hierbajos.

—Esta es nuestra tierra, hermano Oleguer. El monte santo, la sierra de Dios. Scala Dei ha vivido ya guerras y epidemias, y en más de una ocasión, gente de mal corazón y peor alma se ha empeñado en usurparnos lo que por ley humana y divina es nuestro. ¿Quién sabe lo que le depararán a nuestra casa los siglos venideros? Tenemos el deber de protegerla.

—Convengo contigo, hermano —repuso Oleguer—. Temo que la desgracia tarde o temprano sacuda nuestro amado hogar. Mas ¿qué podemos hacer? En nuestra mano no está profetizar lo que acontecerá.

—Yo también recelo del porvenir, y por ello lo comparto contigo. Pero somos el prior y el procurador de Scala Dei. Dios está con nosotros. No debemos inquietarnos, porque no albergo duda alguna de que Él nos guiará.

Era lunes y los monjes de Scala Dei andaban de dos en dos por la senda de regreso al monasterio. Habían realizado un paseo de cerca de dos horas por caminos próximos a la cartuja, alejados de los núcleos habitados. Ya habían dejado atrás la procura y recorrían el último tramo de la jornada, flanqueado por una serie de cruces de piedra ante las cuales los religiosos paraban para rezar o descansar brevemente.

Al final de la hilera, el prior y el padre procurador hablaban quedamente sobre asuntos del gobierno de la cartuja. De repente, el padre Joan Fort, que iba a la cabeza de la comitiva, se salió de la fila. Se aproximó a una de las cruces, se inclinó ante ella y se postró de rodillas para orar. Ante la atónita mirada del resto del grupo, la cruz se encorvó hacia él, devolviéndole la reverencia al joven monje, y ya no volvió a enderezarse. Los religiosos de Scala Dei estallaron en loanzas.

—¡Alabado sea el Señor! —gritó el padre archivero—. ¡Milagro, milagro! ¡Bienaventurado seas, padre Fort!

—¡Ave María Purísima, bendita seáis Tú y el fruto de tu vientre, oh, Señor! —exclamó al cielo el monje que leía las oraciones en el refectorio.

—¡Aleluya, aleluya!

Todos se arremolinaron alrededor de Joan Fort y se sumaron con fervor a sus plegarias. Ferran y Oleguer, todavía pasmados ante lo que habían presenciado, dejaron su plática y se apresuraron para unirse al grupo.

—*Pater noster, qui es in caelis, sanctificetur nomen tuum.*

Adveniat regnum tuum. Fiat voluntas tua, sicut in caelo et in terra...

Permanecieron rezando hasta que el viento empezó a arreciar. De vuelta a la cartuja, los monjes seguían congratulando al monje que había obrado el prodigio, quien, en su humildad, optó por no decir palabra y responder a los elogios con un leve asentimiento.

El prior fue el último en acercarse a Joan Fort. Lo abrazó con fuerza mientras su alma pugnaba por no ceder a los celos que empezaban a atenazarle.

Ferran cerró la puerta de su celda y se dirigió raudo al *cubiculum*. Junto a su lecho, al lado del blanco hábito de repuesto, colgaban un cilicio y un flagelo. El prior se desnudó, quedando solamente en calzones, y ciñó con fuerza el cilicio a su muslo izquierdo. Las puntas de las cadenillas de hierro se clavaron en su piel, de la que empezaron a manar pequeños regueros de sangre resbalando por la pierna. Después tomó el flagelo y empezó a fustigarse mientras recitaba una oración tras otra. Las cuerdas anudadas atadas al extremo de la vara que sujetaba el monje golpeaban su espalda, primero dejando rojeces y luego abriendo heridas sangrantes en la piel.

Ferran sabía que tenía que castigarse por los pensamientos que acudían a su mente, impropios de un buen cristiano y menos aún del prior de Scala Dei. Envidiaba al padre Joan Fort por haber sido señalado por Dios. Era consciente de que no debía, pero en esos momentos se sentía más humano que nunca y deseaba haber sido él el escogido para obrar esos milagros. Creía necesario imponerse la penitencia de la mortificación de la carne y confiaba en que el Señor perdonaría así sus pecados y que, con esas torturas, él mismo lograría desechar la soberbia y el rencor que en ocasiones le cegaban.

—¿Por qué no me concedes tu gracia, Señor? —imploraba con voz mortecina—. Has elegido a Joan Fort, mas yo soy tu más fiel servidor.

El flagelo seguía horadando su piel, cada vez a mayor velocidad.

—Me enviaste a uno de tus serafines. Sabías que vivo para ti. ¿Por qué me ignoras ahora, oh, Todopoderoso?

Las gotas de sangre salpicaban los muros más cercanos. Un pequeño charco se había empezado a formar bajo su pie izquierdo.

—¿Qué más quieres de mí? —preguntó con rabia apretando las mandíbulas con fuerza.

Ferran lanzó la vara contra la pared y se dejó caer sobre su propia sangre, exhausto y jadeante. Un cúmulo de sensaciones lo aturdía. La ira, por creerse repudiado. La envidia, por haber presenciado un milagro inigualable obrado por otro monje. La tristeza, por no obtener lo deseado.

Mientras luchaba por recomponerse y poner orden a esa mezcla perturbadora, sintió una calidez en su interior que le obligó a incorporarse y a dejar los lamentos. Ya no sentía dolor. El pecho le pesaba, pero le resultaba agradable. Parecía como si algo o alguien hubiese anidado en sus entrañas.

Se levantó y salió presto al jardín, donde lo recibió el relente de la noche del Montsant. Sobre los muros, contempló la bóveda celeste y divisó una estrella fugaz, cuya estela desapareció tan rápido como había surgido.

Y entonces lo entendió todo.

Había estado equivocado desde el principio. Había sido un presuntuoso al pensar que Dios tenía que enviarle una señal para destacarlo como su elegido. Cuando le envió a su ángel, ya se lo había revelado. El milagro de Joan Fort no era un agravio hacia su persona, sino una demostración de que solo los más píos, los más entregados, eran recompensados. Ferran se había sentado a esperar una evidencia que nunca llegaba, cuando en realidad era un privilegiado por morar donde moraba. Era él quien tenía que actuar y demostrarle al Señor que era el destinatario de todos sus actos. Que todas sus obras pretendían engrandecer su gloria. Que todo su ser vivía por y para Él.

Entonces comprendió que debía llevar a cabo algún acto ejemplar para acercarse más al Creador y mostrarle que estaba a su entero servicio. Que era él, y no Dios, quien debía dar «la señal». A pesar de la vanidad que ello comportaba, en su fuero interno sabía que no había otro monje más devoto en la cartuja que él, aunque el miedo porque el Señor no lo señalase con su gracia lo había paralizado igual que una ardilla atrapada por las fauces de una víbora. Había llegado el momento de cortar la cabeza a la serpiente.

13

Barcelona,
8 de octubre de 2019

Como cada día laborable, la avenida Diagonal exhibía poder y opulencia. Los transeúntes caminaban con paso ligero, entrando y saliendo de oficinas y tiendas de categoría. Ejecutivos con maletines, pasantes café en mano, amas de casa ociosas con bolsas de marcas lujosas colgando del brazo, estudiantes que aceleraban sus patinetes hacia la zona universitaria. En medio del ajetreo de personas y vehículos, Sagi encontró la sede de Enhoteles en un elegante edificio de ocho plantas. Saludó al portero y subió hasta el cuarto piso. El pasillo, de suelo recién encerado, le llevó a una única puerta que lucía un enorme vinilo con el logotipo de la empresa.

Al entrar, se encontró con una oficina moderna, de espacio diáfano y decoración minimalista. Tras el mostrador de bienvenida se alineaban cristales translúcidos que dejaban entrever varios despachos y salas. Le recibió una recepcionista que llevaba el pelo perfectamente recogido en una larga cola de caballo y, en su oído derecho, el auricular de un teléfono inalámbrico.

—Buenos días. ¿En qué puedo ayudarle?

—Soy el inspector Sanz Gimeno, de los Mossos d'Esquadra. Me gustaría hablar con el señor Sebastián Garrido.

—¿Tiene cita con él?

—No, pero estoy seguro de que estará encantado de atenderme —contestó, mostrándole su mejor sonrisa.

La chica le correspondió el gesto exhibiendo una dentadura perfecta, probablemente resultado de años de ortodoncia, y con el dedo índice le indicó que esperara un momento. Marcó un número, habló entre susurros y enseguida devolvió su atención a Sagi.

—Puede pasar. Siga el pasillo de la izquierda hasta el final. Es la última puerta.

—Muy amable.

Sagi se dirigió hacia la oficina señalada caminando sobre un brillante parquet y escuchando cómo sus zapatos chirriaban al contacto con el suelo. Cuando llegó al lugar de trabajo de Garrido, contó seis cubículos, todos ellos ocupados, y oyó conversaciones telefónicas y el teclear de los dedos en los ordenadores. Llamó a la puerta del despacho del director general de Enhoteles y entró antes de recibir respuesta.

Garrido no estaba solo. La resolución con la que Sagi encaraba la entrevista se esfumó en cuanto se topó con su padre. Francesc Sanz se hallaba junto al empresario, hablando con él en voz baja y mostrándole unos documentos. Ambos miraron al recién llegado. El anfitrión se levantó de su butaca y se acercó a Sagi tendiéndole la mano.

—Bienvenido, inspector Sanz. Tome asiento, por favor —le pidió señalando las sillas situadas frente a su mesa.

Francesc permaneció de pie y observó a su hijo desde la distancia, con una sonrisa forzada que se asemejaba más a una mueca de desagrado. Sagi palpó una vez más la prepotencia de su progenitor, que se le clavaba en el alma como un cuchillo, y su desconfianza hacia él y su trabajo. El ilustre abogado nunca había encajado bien que su único hijo hubiese hecho caso omiso de sus consejos —más bien órdenes— y que jamás se hubiese planteado estudiar Derecho para seguir sus pasos y asegurar la pervivencia de su apellido dentro de la más selecta abogacía barcelonesa. Cuando Sagi se convirtió en agente de la policía autonómica catalana, Francesc tuvo que esforzarse en disimular la humillación que sentía al haberse decantado por una profesión que, en su opinión, no se correspondía a su estatus. A esas alturas, a pesar de que su hijo se había convertido en un reputado inspector dentro del cuerpo, él todavía no había digerido la afrenta sufrida.

El inspector examinó a su padre. Como de costumbre, el abogado vestía un carísimo traje hecho a medida y su rizado cabello estaba engominado y reluciente, peinado hacia atrás.

—Hola, Víctor. ¿Qué tal todo? —preguntó por cortesía y sin disimular su poco interés.

—Muy bien. Trabajando en un caso que casualmente me ha traído hasta aquí. Imagino que el señor Garrido es cliente suyo, señor Sanz.

—Así es. Estábamos analizando las cláusulas de un nuevo contrato cuando has hecho tu entrada triunfal. No te esperábamos.

Sagi tuvo que morderse la lengua para no gritarle lo que realmente pensaba: que, por supuesto, sí le estaban esperando porque alguno de sus amigos del Departamento de Interior ya le habría avisado de su visita.

—Estoy aquí porque su nombre ha aparecido en el caso que estamos investigando, señor Garrido, y querría hacerle unas preguntas.

—Imagino que es por el homicidio de Jaume Folch, el copropietario de la bodega Di-Vino de Escaladei. Lo he leído en la prensa. ¡Menuda tragedia! Espero que hayan conseguido atrapar a quien lo hizo —dijo el empresario con aire consternado, aunque Sagi constató que era muy mal actor.

—Estamos trabajando en ello. Por eso estoy aquí.

Francesc resopló sin disimular. Sagi le ignoró.

—Nos han informado de que usted y el señor Folch tenían algún negocio entre manos. ¿Le importaría hablarme de ello?

—Por supuesto —repuso Garrido—. Folch era el propietario de unos terrenos que me interesan para nuestra estrategia comercial. Mi empresa tiene un proyecto en Escaladei, un complejo hotelero destinado al turismo enológico como los que ya hemos construido en Oporto, Peñafiel, La Rioja o el Penedés, y estábamos en tratos con él para adquirir esa parcela. Eso es todo. Sinceramente, estoy muy afectado por su muerte. Todos en nuestra empresa lo estamos.

—Como abogado del señor Garrido, me veo en la obligación de preguntar qué tiene que ver el asesinato del señor Folch con mi cliente —requirió Francesc, borrando de un plumazo cualquier atisbo de sentimentalismo.

Sagi le observó intentando contener una rabia que empezaba a filtrarse al exterior.

—Tiene que ver, letrado, con que nos consta que Sebastián Garrido envió al móvil de la víctima un mensaje un tanto amenazador.

—Tendrá pruebas de ello, supongo —le desafió Francesc.

—Por supuesto —afirmó Sagi, y le tendió bruscamente un papel con una copia de la conversación del teléfono de Jaume Folch.

El abogado leyó detenidamente el documento y se lo entregó a Garrido.

—Esto no demuestra nada —insistió Francesc.

—Esto demuestra que su cliente me ha mentido —le retó Sagi—. Su relación con la víctima fue un poco más... intensa, podríamos decir. ¿Por qué le amenazó, señor Garrido? ¿Le molestaba que Folch no quisiera vender?

—Eso no es exactamente como usted dice, inspector —se defendió el empresario—. Es cierto que llevamos meses tras esa compra y que Jaume Folch estaba empecinado en no vender la finca. Y sin su finca no hay proyecto. El Priorat es una zona que siempre nos ha atraído. Su historia va unida a la elaboración del vino, y en Escaladei los turistas pueden encontrar, además de buenos caldos, la paz y el sosiego que buscan, sin olvidar su magnífico paisaje. El problema es que es un municipio protegido por la Generalitat y solo se puede construir sobre edificios ya existentes. Es decir, rehabilitar y restaurar. No se puede crear obra nueva. Así que empezamos a buscar inmuebles y encontramos una masía de grandes dimensiones abandonada, casi en ruinas, ideal para reformarla y convertirla en un hotel con bodega. Es la que se encuentra en la parcela de Folch. Para las instalaciones complementarias, ya sabe, las pistas de tenis, el centro de hípica y demás, tenemos apalabrada la finca limítrofe a la de Folch, propiedad de un vecino de La Vilella Alta. Santiago Roig. Mantuvimos varias reuniones con ambos y, mientras que Roig sí se animó enseguida a vender, Folch no quería ni oír hablar del tema. Como usted comprenderá, no he hecho crecer mi empresa a base de darme por vencido a las primeras de cambio, así que durante este tiempo mantuve el contacto con el señor Folch y le insistí en los beneficios que le supondría la venta, ya que se trata de una finca que no tiene en producción. Pero él nunca me lo puso fácil, todavía no entiendo por qué. Le llegué a ofrecer una buena suma de dinero, bastante más elevada que mi oferta inicial. Incluso su esposa le animaba a vender porque también se daba cuenta de que iban a recibir unos buenos ingresos, pero él repetía que no estaba interesado. Como ve, inspector, no he hecho más que intentar conseguir mi objetivo.

—¿Y suele amenazar a la gente para lograrlo?

—Yo no diría que le amenazase. Soy de los que creen que todo el mundo tiene un precio. Por eso pensé que lo de Folch era una estrategia para sacarme más dinero. Y yo no tenía ningún problema con ello. Si hubiera querido más, se lo hubiese dado.

—Entonces ¿por qué le escribió «Luego te arrepentirás»?

—Se lo dije porque creía que realmente, si seguía obcecado en no vender, iba a perder mucho dinero y, tarde o temprano, se iba a arrepentir de no haber vendido una finca que tenía en desuso. Además, estoy convencido de que nuestra inversión iba a ser positiva para el pueblo y, de rebote, para el negocio de Folch, ya que el hotel iba a atraer a turistas de alto nivel que, seguramente, también dejarían dinero en Di-Vino. No era una amenaza. Era la constatación de una realidad.

Sagi meditó las explicaciones de Garrido y vio que su padre exhibía una sonrisa victoriosa. Recordó las conjeturas que su mente había tejido en las últimas horas y decidió jugársela.

—Imagino que, a pesar de su paciencia y su buena fe, le contrariaban las negativas del señor Folch —dedujo—. Estaba muy cerca de conseguir su objetivo, pues tanto el señor Roig como la señora Grau eran favorables a la venta. De hecho, esta mañana la señora Grau ya nos ha puesto al corriente de que usted quería recompensarlos si lograban convencer a Folch.

Garrido mordió el anzuelo.

—¿Ahora también es delito obsequiar a alguien que te

ayuda a conseguir un beneficio económico? Les pedí que intentasen persuadir a Folch, porque a mí ya ni me contestaba los mensajes. ¿Qué hay de malo en eso? Además, no lo consiguieron.

—Pero ahora las tornas han cambiado. Con la muerte de Folch, la ansiada finca seguramente pasará a manos de su esposa. Su proyecto empresarial podrá tirar adelante. Comprenda que estemos interesados al respecto.

—Inspector, eso que insinúa son acusaciones muy graves. ¿Disponen de alguna prueba contra mi cliente? —contraatacó Francesc, hierático—. Por el momento, parece que tan solo cuentan con un mensaje de texto que no revela nada en absoluto. Si no va a formular más preguntas o no está en disposición de hacer una acusación en firme, le ruego que se marche. Tenemos mucho trabajo que hacer.

Sagi se levantó y lanzó una mirada desafiante a su padre.

—Gracias por su colaboración, señor Garrido —dijo ofreciéndole la mano.

—Es lo mínimo que puedo hacer —contestó el empresario mientras correspondía al saludo—. Ya saben dónde localizarme si necesitan cualquier otra cosa. Espero que encuentren pronto a quien ha cometido este crimen.

—Haremos cuanto esté en nuestras manos —aseguró el *mosso*, que miró con el rabillo del ojo a su padre y, sin despedirse de él, salió del despacho.

Desanduvo el camino por el largo pasillo de la sede de Enhoteles y bajó en el ascensor preso de una ira contenida. Ya en la calle, la dejó fluir y pegó un puñetazo a la fachada del edificio, ante el espanto de algunos viandantes. Miró sus nudillos heridos y vio cómo la sangre empezaba a brotar. Buscó su coche, se sentó frente al volante, lo agarró con fuerza y ahogó un grito de furia. Odiaba que su padre se entrometiese en su trabajo. Odiaba que Francesc Sanz siempre fuera un paso por delante. Odiaba verse obligado a lidiar con él en un caso como este, con un asesinato cruel y un símbolo grabado a cuchillo. Odiaba a su padre. O, por lo menos, esa era la elemental conclusión a la que el doctor Ríos había llegado tras años de psicoterapia. «Como dice Freud, tienes que matar al padre. No avanzarás hasta que logres alejarte de él», le repetía. «El problema es que no me deja hacerlo», se quejaba él, impotente, frustrado. La sombra de Francesc era demasiado alargada.

Antes de arrancar el coche, sintió un sofoco y el pulso empezó a temblarle. Abrió la guantera, sacó un botellín de agua y un blíster de pastillas azuladas, y se tragó una. Minutos después, más tranquilo, llamó a Vidal.

—Cuéntame, Sagi. ¿Qué tal con Garrido?

—Lo esperado. Asegura que él solo mira por el bien de su negocio y que no tiene nada que ver con la muerte de Folch. Pero he descubierto algo: ofreció dinero a Lola Grau y a Santi Roig si conseguían persuadir a Jaume para que vendiese la finca.

—Pues qué calladito se lo tenía la viuda impasible...

—¿Tú qué tal con Roig? ¿Has podido hablar ya con él?

—Me he entretenido con papeleo en la comisaría. Estoy llegando a su casa. Por cierto, los agentes no han encontrado ni rastro de la cajonera hecha a medida en Di-Vino. Nos queda mirar en la casa de la víctima. A Lola Grau le encantará tenernos allí metiendo las narices.

—Tendrá que aguantarse porque no nos queda otra. Yo ahora llamaré a la central para que investiguen a Garrido, por si hay algo turbio. Más vale prevenir. Hoy me quedo en Barcelona. Le pasaré el parte al comisario. Tú llama a la jueza y ponla al día.

Santi Roig sería un hombre de los que pasan desapercibidos si no tuviese esa mirada tan felina. Le daba un aire de persona astuta y taimada, pero, por otro lado, su presencia transmitía serenidad. Era como el depredador que espera tranquilamente a su presa y que sabe que, tarde o temprano, acabará cazándola. Cuando el inspector Robert Vidal llamó al timbre, le abrió las puertas de su casa, pero solo eso: las puertas. No le invitó a entrar. Al contrario, se plantó en medio del umbral dejando bien claro que por ahí no pasaba nadie. Vidal se presentó y Roig no soltó ni un monosílabo. Le comunicó la muerte de Jaume Folch y no se inmutó. Le explicó que tenía que preguntarle acerca de su relación con la víctima y continuó impertérrito. Daba la impresión de que no sentía ni padecía.

—Necesitamos que nos confirme unos datos que hemos recabado en nuestra investigación, señor Roig —dijo el inspector—. Nos han informado de que una empresa hotelera quiere comprar una finca suya y otra aneja de Jaume Folch, situadas al oeste de la cartuja, para construir un complejo turístico. Y de que, para poder llevar a cabo este proyecto, necesita las dos parcelas. ¿Es cierto que usted quería venderla pero que el señor Folch no estaba por la labor?

—Sí.

—Aunque la esposa de Folch, Lola Grau, sí era partidaria de la venta.

—Sí.

A Vidal le exasperaba que no pusiese un poco más de su parte. Resopló con resignación y siguió hablando:

—También hemos sido informados de que el director general de Enhoteles, Sebastián Garrido, les ofreció dinero a usted y a la señora Grau si convencían a Folch de vender. Una especie de prima.

Santi Roig arqueó levemente una ceja.

—¿Puede confirmarlo?

—Sí. Lo intentamos, pero no había manera.

—¿Pero usted seguía insistiéndole?

—A veces me pasaba por la bodega y charlábamos. Me despachaba pronto porque estaba hasta los cojones del tema. Así mismo me lo decía.

—¿Confiaba en que cambiase de opinión?

—No nos lo ponía fácil, la verdad. Garrido subió la oferta, y ni por esas. Pero nunca se sabe...

—Sabe que el señor Folch ha sido asesinado, ¿verdad?

—Algo he oído por el pueblo.

El inspector estaba perdiendo la paciencia. El pasotismo de Roig le enervaba y, además, le resultaba incomprensible. Le convenía mostrarse más colaborativo.

—Verá, señor Roig, no sé si es consciente de la importancia de esta conversación. La muerte de Jaume Folch deja abierta la venta de la finca. Tanto usted como Lola Grau van a ganar una gran suma de dinero. Hay gente que mata por mucho menos.

El hombre por fin reaccionó, aunque no como Vidal esperaba. Sonrió, se pasó la mano por la cara y se restregó los ojos en señal de aburrimiento. El inspector interpretó esa falta de respeto como una provocación.

—Yo no he matado a Jaume, inspector. Pero me alegro de que haya muerto. Era más tozudo que una mula. Ahora por fin podré firmar la venta y ganar un buen dinero. Si esto le resulta sospechoso, allá usted. Yo no he hecho nada. Y Lola, tampoco.

Vidal se sorprendió ante esa última afirmación.

—Lo veo muy convencido.

—Así es. La noche en que mataron a Jaume, Lola estaba conmigo. Aquí, en mi casa. Se fue a la suya hacia las seis de la mañana, más o menos —añadió con condescendencia.

—Y me imagino que eso solo podrá confirmarlo la señora Grau.

—Claro. Estuvimos solos.

—Entonces lamento decirle que no es una coartada demasiado sólida. Pudieron cometer el crimen los dos.

Roig sacó un palillo del bolsillo de su camisa de cuadros y se repasó los incisivos con él, sumido en sus pensamientos. Tras unos segundos que a Vidal se le hicieron eternos, siguió hablando:

—No asesinamos a Jaume. Echamos un polvo en mi casa y luego nos quedamos dormidos. Además, apuesto a que Lola hubiese acabado convenciéndole para vender los terrenos. Cuando quiere, puede ser muy persuasiva. Y si te pones a malas con ella, incluso perversa.

—Tendremos que confirmar su versión —le advirtió Vidal—. Por favor, esté localizable por si necesitamos volver a hablar con usted.

Roig le dio la espalda y cerró la puerta de casa sin mediar palabra. Vidal dejó escapar la poca paciencia que le quedaba mediante un largo suspiro y, mientras caminaba hacia su coche, llamó a Sagi.

—¿Te ha dado algo bueno el vecino codicioso?

—Más mentiras. El problema es que no sé si solo miente uno o mienten todos.

14

La Morera de Montsant,
8 de octubre de 2019

A Lara le reconfortaba la paz que se respiraba en el pueblo, aislado junto a la sierra, alejado de todo. Apenas se veían vecinos por las calles y en todo el día no había encontrado ni un solo turista. La Morera de Montsant quedaba apartado de las carreteras más transitadas del Priorat. Para llegar a la aldea era preciso ir expresamente. No era uno de esos lugares que descubres de camino a otro sitio, precisamente por eso desprendía tanta calma y placidez.

Cuando por fin la vecina chismosa liberó a la periodista de sus garras, Lara decidió dar un paseo por el camino que rodeaba la oficina de información del Parque Natural de la Sierra de Montsant, sin alejarse demasiado de la casa de Fina de Cal Boter. Las vistas a la Sierra Mayor eran cautivadoras. Las paredes rocosas de majestuosos riscos calcáreos, en los que la escasa vegetación pugnaba por hacerse un hueco, se alzaban ante Lara dominando la comarca. A sus pies, el paisaje descendía de forma irregular. Bosques indómitos resbalaban ladera abajo en busca de fuentes de agua y tierras generosas que los alimentasen. En una coexistencia armoniosa con lo silvestre, los cultivos de vides y olivos parecían los desordenados peldaños de una escalera gigantesca que se escurría gradualmente hacia los valles.

La periodista se sentó en un bordillo para contemplar la belleza del paraje. Sin embargo, no perdía de vista la puerta de la casa de Fina. Su instinto la obligó a quedarse en La Morera, y quería comprobar si había hecho bien en seguirlo.

Aprovechó para llamar a Ernesto, su padrastro, y preguntarle por Martín. El niño estaba en el colegio.

—Estate tranquila, Lara. Lleva unos días más contento. Dice que nadie le ha molestado ni se ha metido con él —aseguró.

—Menos mal, porque me tiene preocupada. Vigílale bien, Ernesto. Y si notas algo raro, avísame enseguida, por favor —le pidió.

Lara sufría por su hermano. Desde que empezó el curso, algunos compañeros habían estado burlándose de él por sacar buenas notas y por los pocos kilos de más que le hacían estar un poco regordete y ser el último en la clase de Educación Física. La periodista se enfurecía por ello y se mantenía muy al tanto de lo que ocurría, ya que, desde que su madre murió, su padrastro se había sumido en un estado perpetuo de impasibilidad y desidia que rozaba la depresión y que le hacía estar en una especie de limbo. Y eso, en ocasiones, repercutía en la atención y el cuidado de Martín.

Cuando llevaba cerca de una hora disfrutando del suave sol de octubre, vio salir a la asistenta. Se levantó y se acercó rápido a ella.

—¡Disculpa! ¿Puedo hablar un momento contigo?

La mujer se paró en seco al ver a la reportera. La miró de arriba abajo, extrañada por su presencia.

—¿Qué *hases* aquí? Ya es tarde. Mucho rato esperando —le espetó secamente, con un inconfundible acento eslavo.

Lara reparó en que debía de tener bastantes más años de los que aparentaba. Tenía el cutis terso, apenas se percibían unas leves arrugas. Era bajita y se mantenía en buena forma.

—Me llamo Lara, soy periodista...

—Ya. He oído en casa de Fina. ¿Qué quieres? —la interrumpió mientras echaba a andar hacia el centro del pueblo. Lara fue tras ella intentando seguirle el ritmo.

—Quería preguntarte si me puedes dar información sobre Jaume Folch. El empresario que han asesinado.

—Sé quién es Jaume Folch. No *hase* falta explicar. Trabajo limpiando su casa —dijo con el mismo tono antipático—. ¿No tienes *sufisiente* con lo que explica Fina? Mucho rato hablando, puedes escribir *notisia*.

—Fina habla mucho, pero dice poco. Quiero saber cosas interesantes de verdad. Quiero información de la buena y, al verte, he pensado que igual tú podrías ayudarme.

La mujer se detuvo y la miró con desconfianza sopesando si debía charlar con ella. Luego reemprendió el paso y, sin mirar a Lara, le dijo:

—Ven. Vamos a tomar café. Por *sierto*, me llamo Kateryna Markovic, pero mejor llamas Katya.

La periodista reprimió un gritito de victoria antes de seguirla. Giraron a la derecha por dos callejuelas y llegaron a una pequeña casa de dos plantas. Katya la invitó a entrar y la llevó a través de un pequeño salón, donde los apretujados muebles se rozaban unos con otros, hasta una anticuada cocina. Había pocos armarios y la encimera estaba llena de bolsas de pan de molde, patatas fritas y frutos secos. Una pequeña alacena mostraba numerosos botes de especias, cuyo cóctel de aromas impregnaba la estancia.

Lara se sentó en una vieja silla de formica y observó cómo la mujer empezaba a preparar café con una cafetera greca que debía de tener casi más años que ella. Luego se encendió un cigarrillo.

—¿Qué *nesesitas* saber?

Sin duda, iba al grano. Lara imaginó que no estaba especialmente ilusionada por ayudarla y que querría echarla pronto.

—Me has dicho que trabajas en casa de Jaume Folch. ¿Eres también su asistenta?

—Claro. ¿Qué, sino? Trabajo limpiando casas de La Morera, Escaladei y pueblos de *serca*. También cuido algunos *yayos*.

—¿Hace mucho que vives aquí?

—*Nasí* en Ucrania. Tengo *diesiséis* años en *Espania*. Primero *Barselona*, luego Girona, luego aquí. Me casé con *vesino* de La Morera. —Puso dos tazas de café en la mesa—. Pero ¿por qué tú quieres hablar conmigo? No entiendo.

Lara optó por sincerarse para ganarse su confianza:

—Te vi en Escaladei, pero me rehuiste. Y cuando te he encontrado en casa de Fina, algo en mi interior me ha dicho que debía hablar contigo. Y que quizá tú también querías hablar conmigo. Por lo menos, es la sensación que me has transmitido. —La mujer la observaba con recelo. Lara sintió que se había equivocado al explicárselo—. Perdona, igual han sido imaginaciones mías. Pensarás que estoy loca…

Katya se sentó frente a ella y la interrumpió:

—No, *ninia*. Tú no loca. Tú mucha *intuisión*. Fina piensa que sabe todo, pero solo ve la *superfisie* de las personas. Yo trabajo en muchas casas y *conosco* todo el pueblo. Pero *conosco* de verdad. —Acercó su rostro al de ella—. Todos tenemos secretos, *seniorita*. Y yo puedo verlos.

Lara se reclinó ligeramente en el respaldo de la silla, un tanto asustada por la actitud de la ucraniana. Katya lo percibió y la tranquilizó:

—¡No tengas miedo, mujer! Solo digo que tengo un don. Dios me lo dio cuando *nasí*. Puedo ver interior de personas. Soy el ojo que todo ve en pueblo. Sé cómo son solo mirando. Sé qué color tiene su alma. Tu alma *asul seleste*. Buena chica, te gusta ayudar. Pero también mucha *tristesa* y miedo a sufrir.

La periodista sintió un escalofrío al verse reflejada en las palabras de Katya, pero al momento intentó recomponerse y centrar el tema de conversación:

—Entonces, también habrás visto el alma de Jaume Folch. ¿Cómo era? ¿Qué puedes contarme de él?

—Jaume también buen *corasón*. —Bebió un sorbo de café—. Pero en últimos meses algo le preocupaba mucho. No puedo *desir* qué, pero algo importante. Había cambiado. Más nervioso, más ojeras. Ya he dicho que soy un poco bruja. Sabía que iba a pasar *desgrasia*.

—¿Y qué me dices de su mujer, Lola Grau?

Katya giró la cabeza y simuló escupir al suelo.

—Ella alma oscura. No hay amor ni *carinio* para nadie. Solo piensa en dinero. Comprar tierras y tierras. *Parese* quiere ser la más rica del *sementerio*, porque no hijos. Pero mucha *avarisia*. Creo que no le importa que Jaume ha muerto. ¡Mejor! ¡Ahora todo para ella!

—¿Crees que ha podido tener algo que ver con la muerte de Jaume?

Katya pareció medir sus palabras:

—Espero que no, pero no digo nada *sien* por *sien* seguro. No de ella.

—La verdad es que cuando la conocí tampoco me cayó muy bien. La vi demasiado estirada, muy egocéntrica.

—Sí, siempre *parese* que lleva palo metido en culo. Se piensa que es más que los demás. Se cree como estrella de Hollywood, pero solo mujer con dinero. Nada más. En realidad, su vida es triste porque creo que nadie la quiere. Aunque ella aún no se ha dado cuenta. O no quiere darse cuenta.

—¿Y el resto de la familia? Elvira, Miquel...

—Ellos sí quieren a Jaume. Ahora momentos *difísiles*. A mí mucha pena por Miquel. *Hase* unos años pasó muy mal porque murió padre, y ahora tío, que era como otro padre. Está con *medisinas* y psicólogos y todo eso, *pobresillo*. Ahora *empesaba* a estar mejor y otra *ves* destino se porta mal con familia.

—Entiendo que mantenía una relación muy cercana con Jaume.

—Sí, mucho. Ya digo, desde que Raimon muere, Jaume era como padre. Cuando iba a *Barselona*, muchas *veses* llevaba a Miquel con él. —Katya adoptó un tono de confidencia—. Le *desía* a novia que era por trabajo, pero ella se enfadaba. Y le *desía* a Elvira que iba con novia de fiesta. Yo no sé qué *hasían* en *Barselona*, pero Miquel siempre mentiras.

A Lara le sorprendió esa revelación.

—¿Y quién es la novia de Miquel? ¿Vive en Escaladei como ellos?

—No, ella de pueblo de *serca*, La Vilella Baixa. Se llama Mireia. Sus padres también muchas tierras para *haser* vino y *aseite*.

—De acuerdo, intentaré hablar con ellos, por si me explican algo más acerca de Jaume. No te entretengo más. Muchas gracias por atenderme.

Lara se levantó para salir de la casa, pero Katya la retuvo por la muñeca.

—Ve con cuidado, *ninia*. No entres en boca de lobo.

El aviso la perturbó.

—Lo tendré —respondió, con más inseguridad de la que hubiese querido mostrar.

La periodista se encaminó hacia su coche con mil ideas retumbando en su cabeza. Katya había abierto varias hipótesis y le había aportado datos que ella iba a investigar. Por lo pronto, tenía que conseguir hablar con Miquel y su novia y hacer un viaje a Barcelona. Quería averiguar qué secretos habían llevado a Jaume Folch y a su sobrino a cobijarse bajo las protectoras alas de la Ciudad Condal.

15

Barcelona,
8 de octubre de 2019

Aunque Sagi tenía una copia de las llaves del piso de sus padres, cuando llegó al portal llamó al timbre. No sabía si Francesc estaría ya en casa y no quiso arriesgarse a que descubriese que su madre, Amelia, le había devuelto las llaves a escondidas hacía un tiempo. «Por si alguna vez pasa algo, hijo», le había dicho. Cuando entró en el que había sido su hogar de infancia y adolescencia, le invadió una amalgama de sensaciones. Alegría, por ver a su madre después de tantas semanas, quizá meses, sin abrazarla. Culpa, por haber dejado a Amelia en ese abandono. Melancolía, por los momentos amargos ahí vividos. Fastidio, por tener que compartir cena con su padre horas después del tenso encuentro en su entrevista con Sebastián Garrido. Y rabia. Rabia por el continuo desprecio de su progenitor.

Porque el papel de padre siempre le vino grande.

Francesc nunca se presentó a una sola de las reuniones de padres de la escuela de Sagi, a las que acudía solo Amelia, inventando una y otra vez excusas inverosímiles para justificar que su marido no asistiera, observada con suspicacia por la tutora de su hijo y otros padres de alumnos.

Sagi recordaba con absoluta nitidez las ausencias de Francesc en los momentos importantes de su niñez, que evidenciaban el poco interés que en toda su vida había mostrado por su único hijo. Al volver a esa casa, rememoraba la severidad, el desapego y las exigencias de su padre, que jamás reparó en que él mismo nunca hacía lo que su hijo esperaba de él. En que, precisamente él, el impecable abogado Francesc Sanz, era quien más decepcionaba a quien más le necesitaba.

—Pasa, hijo. ¡Cuántas ganas tenía de verte! —le dijo Amelia mientras le estrechaba con fuerza, haciendo que olvidara por un momento los sentimientos angustiosos que le embargaban.

—Siento no haber podido venir antes, mamá. He tenido mucho trabajo y ya sabes que mis horarios…

—No hace falta que te excuses, lo entiendo. Venga, que la cena ya está lista.

Sagi entró en el elegante comedor y vio la mesa dispuesta como si fuese Nochebuena. Su madre se había esmerado. Un centro floral destacaba en medio de un aperitivo de elaborados canapés dispuesto en varios platos. Francesc estaba sentado en la cabecera mientras se servía una copa de vino tinto. El inspector le saludó con un escueto «buenas noches» y ocupó su lugar junto a su padre y enfrente de su madre.

—Me alegro de volver a verte, hijo. Aunque habría preferido que el encuentro de esta mañana hubiese sido distinto.

Sagi dejó en su plato el volován de salmón que acababa de coger.

De pronto evocó la función de teatro que representó en cuarto curso de primaria sobre la leyenda de Sant Jordi. En el estreno estaba feliz, pero también muy nervioso, porque le habían asignado el papel principal. Él interpretaba al valiente caballero. Recordó a su madre, en segunda fila, aplaudiendo emocionada junto a una silla vacía. Recordó su decepción y cómo tuvo que reprimir las ganas de llorar de pie en el escenario.

—Y eso me lo dices tú, que eres quien se ha metido en mi trabajo —replicó intentando mantener la calma—. Ayer ya sabías que iría a hablar con Garrido y, cómo no, has querido estar ahí para marcar territorio.

—Tú haces tu trabajo y yo el mío. No tengo por qué rendirte cuentas de nada. Hoy he querido proteger los intereses de mi cliente.

Esta vez el inspector se acordó del torneo de ajedrez en el que participó cuando tenía doce años. Durante semanas compitió con alumnos de otras escuelas de Barcelona y fue pasando ronda. Francesc no había asistido a ninguna de las partidas. «Por favor, papá, ven a verme a la final», le pidió. «Lo intentaré», fue su respuesta. Pero no se presentó. Sagi dejó que su rival le hiciese jaque mate en tan solo cuatro minutos. Ya no quería ningún trofeo porque su padre ni siquiera se molestaría en felicitarle por el mérito de haber ganado.

—No, papá. Has intentado obstaculizar mi trabajo. Has pretendido controlarme y limitarme. Y, como siempre, has querido dejarme en evidencia —saltó elevando el tono.

—Vamos, Víctor, no eres el centro de mi universo —espetó Francesc riendo.

—En eso tienes razón. Nunca lo he sido.

—¡Basta ya! —estalló Amelia poniéndose en pie—. ¿Podríais por una vez, una sola vez, dejar de discutir y cenar en paz?

Los miró alterada, y ambos comprendieron que debían

zanjar la cuestión si no querían que Amelia diera la cena por terminada y se fuera disgustada a su habitación.

Francesc y Sagi firmaron una tregua y la velada transcurrió sin más sobresaltos, casi toda en silencio, salvo por la charla trivial que mantuvieron madre e hijo. Francesc optó por un mutismo forzoso que evidenciaba su incomodidad.

—El lenguado te ha quedado buenísimo, mamá.

—Gracias, cariño. He sacado la receta de un blog de internet que me recomendó una amiga. ¿Y tú comes bien? Seguro que pasas con cualquier cosa…

—No te preocupes. Cuando estoy fuera, busco restaurantes de comida casera. Creo que cogeré unos cuantos kilos.

—¿Y dónde te hospedas? ¿Ya has encontrado algún hotel decente?

—Estoy en casa de la abuela Teresa.

Amelia enarcó las cejas y miró a su marido.

—Vaya… No sabía nada. ¿Tú lo sabías, Francesc?

—Lo intuía —comentó el padre.

—Pues podrías habérmelo dicho —le reprochó su mujer—. Víctor, hijo, ¿cómo está la abuela?

—Bien, igual que siempre —respondió Sagi—. Parece que los años no pasen por ella. Ya sabes cómo es. No para quieta.

—Me alegra saberlo. Dale recuerdos de mi parte cuando la veas.

—Se los daré. De hecho, ya le trasladé un cordial saludo de parte de papá —dijo con retintín.

—No sigas por ahí, Víctor —le advirtió Francesc.

—¿Qué me he perdido? —preguntó Amelia, desorientada.

—Pues que a tu marido, sabiendo que yo estaba con la abuela, lo único que se le ocurrió fue enviarme un e-mail metiéndose en el caso que investigo y pidiendo que la saludase. No, exactamente escribió: «Traslada un saludo a la abuela».

Como si fuese una extraña. —Y mirando fijamente a su padre añadió—: ¿Cuánto hace que no te dignas a llamarla por teléfono? Porque ya no digo visitarla… Es mayor, vive sola, no tiene a nadie más que a nosotros… ¡Pero tú te has olvidado de ella! ¿Te has parado siquiera a pensar en cómo debe sentirse?

Francesc dejó sobre la mesa la copa de cava de la que bebía y se encaró a él:

—Pero ¿tú quién te crees que eres para echarme nada en cara?

—¡Es tu madre, joder! ¡Y para ti es como si no existiese! No alcanzo a comprender cómo alguien puede esfumarse y dejar a su propia madre desamparada. ¡Eres el único hijo que le queda! Ella jamás te lo dirá, porque su pena es demasiado grande, pero yo sí.

—¡No te atrevas a juzgarme! —le amenazó con el dedo índice.

—Y, en tu opinión, ¿qué es lo que puedo y no puedo hacer, papá? Ya estoy cansado de todo esto. Siempre me has dejado de lado. Solo he recibido frialdad e imposiciones por tu parte. Nunca he formado parte de tu vida. Tu trabajo y tu posición han sido lo único importante para ti. Mamá y yo apenas hemos sido meros espectadores de todo. Un recordatorio de que tenías una familia. Y la abuela, ni eso. Te has olvidado de ella, pero ella se acuerda de ti cada día.

Amelia cogió la servilleta para limpiarse las lágrimas que empezaban a acumularse en sus ojos y evitar que se le corriese el rímel.

—Ya va siendo hora de que en esta casa se digan las verdades a la cara, papá. Ya no soy un niño, ya no tengo por qué callarme. Ya no te tengo miedo. Ni siquiera respeto.

—Eres un desagradecido, Víctor. ¡Eso es lo que eres! —exclamó mirando encolerizado a su hijo.

—¿Desagradecido? ¿Qué es lo que tengo que agradecerte? Dímelo, porque te juro que no lo sé.

—Eres un egoísta. Solo ves lo que quieres ver. ¡Te lo he dado todo! ¡Todo! Jamás te ha faltado de nada. Siempre has hecho lo que has querido. Y estás donde estás gracias a mí.

—No te equivoques, papá. Estoy donde estoy porque me lo he ganado. Porque siempre me he esforzado y he trabajado como el que más. Soy un buen policía, te guste o no.

Francesc soltó una carcajada histérica.

—Te olvidas de las veces que levanté el teléfono para conseguir que ascendieses.

—¿Acaso te pedí yo que lo hicieras? ¿Te crees que así me has ayudado? —Sagi lanzó su servilleta sobre la mesa y se levantó. Le enervaba que su padre fuese incapaz de comprender que él jamás había querido su influencia. Que eso solo le había perjudicado porque, por su maldito apellido, había tenido que demostrar su valía mucho más que otros.

—¿Cómo te atreves…? Estás en Egara gracias a mí. Gracias a que tu padre quiere que llegues a ser alguien.

Sagi le lanzó una mirada de decepción.

—Ese ha sido siempre el problema. Que para ti nunca he sido lo suficientemente bueno. Tú esperas que llegue a mayor de los Mossos, o tal vez apuntas más alto y deseas verme de *conseller* de Interior. Pero aún no has entendido que yo no tengo tus aires de grandeza. Para ti siempre seré un don nadie. —Miró a su madre con pesar—. Lo siento, mamá. La cena estaba riquísima. Te llamo mañana.

Sagi se levantó de la silla mientras la mujer empezaba a recoger la mesa llorando en silencio. Francesc se atusó el cabello y se frotó la cara con las palmas de las manos. Luego se giró hacia el mueble que tenía detrás, abrió un cajón y extrajo un habano. Rellenó su copa de cava y continuó bebiendo.

Cuando salió del lujoso edificio tenía los ojos anegados en lágrimas, pero se cuidó mucho de derramar una sola de ellas por un hombre que, estaba convencido, jamás haría lo mismo por él.

Sacó su móvil del bolsillo interior de la chaqueta e hizo una llamada.

—¿Estás ocupada esta noche?

Teresa apartó las agujas de punto y el ovillo de lana azul marino y abrió y cerró los dedos de las manos varias veces. La artritis no le permitía tejer a la misma velocidad que antes y de vez en cuando se saltaba algún que otro punto, lo que la ponía de mal humor al tener que repetir las últimas puntadas. Le estaba tejiendo unos patucos a Sagi, para que durmiese con ellos y se quitase así el frío de los pies. «Siempre ha sido un friolero», se decía para sí. Como su nieto calzaba un cuarenta y cinco, le estaba costando lo suyo. Ya era tarde, así que decidió dejar la labor para el día siguiente.

Alcanzó una revista que había a un lado de la mesa, buscó la programación de televisión y le echó un vistazo. Para variar, esa noche tampoco ponían nada que le gustase. Todos los canales emitían programas demasiado modernos, o vulgares, o ambas cosas, y ya quedaban demasiado alejados de sus intereses. Añoraba las películas de Clark Gable o Elizabeth Taylor, y la televisión amena y familiar de antaño. Puso de fondo un concurso de preguntas y respuestas al que apenas prestó atención, pues le resultaban muy difíciles de acertar, y fijó la mirada en la estantería del salón, donde tenía libros, carpetas con documentación y varios álbumes de fotos.

Se levantó del sillón y cogió un par de ellos. Los dejó sobre la mesa con cuidado y se sentó enfrente, dubitativa. Hacía mucho tiempo que no los ojeaba, porque le dolía demasiado. Airear esas páginas era como abrir la caja de Pandora, solo que, en vez de dejar salir todos los males del mundo, ella dejaba emerger los suyos propios. Siempre que lo hacía, se prometía que no volvería a ver esas fotografías que la rompían por dentro. Pero, tarde o temprano, acababa cayendo en la tentación con la excusa de que le servían para recordar viejos tiempos y momentos de felicidad efímera. Sin embargo, sabía que al final tan solo quedaban la melancolía y la aflicción, y se maldecía por esa parte suya que la empujaba a recrearse en su dolor.

Abrió la primera página, y al instante se arrepintió. Un rostro apuesto y bondadoso la miraba desde un primer plano en blanco y negro. Su esposo Manuel, con esa sonrisa encantadora que la encandiló desde el primer momento, posaba ante la cámara en una postura forzada. Al lado, la fotografía de ambos el día de su boda. Teresa tuvo que casarse vestida de negro, obligada por el luto tras la muerte de un tío suyo. Aun así, se los veía exultantes por haber podido contraer matrimonio con la persona que amaban. No tuvieron luna de miel, ni regalos, ni fiesta, pero contaban con la aprobación de sus familias y tenían lo necesario para empezar una vida juntos, lo cual, en los primeros años de la posguerra, ya era mucho.

Había pocas imágenes de Teresa y Manuel solos. Las siguientes ya eran de sus hijos: Francisco y Pablo. El día de su comunión, en la boda de unos parientes de Zaragoza, de romería en su juventud. Teresa acarició con mimo las dos fotos oficiales que le enviaron cuando hicieron el servicio militar, ambos vestidos de uniforme, con bigotillo juvenil y tocados con la gorra. Recordó que al poco de regresar Pablo de Cartagena, Manuel sufrió un infarto y murió con solo cuarenta y tres años. Y ahí empezó su desgracia.

Antes de dejar que el torrente de infortunios vividos acudiese en masa a su memoria, cerró el álbum de golpe. Suspiró y guardó los dos volúmenes en su sitio regañándose por haber sucumbido a la añoranza. Por esa noche ya había tenido suficiente. No quería seguir ahondando en heridas todavía abiertas. Subió el volumen de la televisión y se concentró en entender qué les estaba diciendo el presentador a los espectadores. No lo consiguió. Sin embargo, pensó que, a veces, es mejor no entender que ser plenamente consciente de la realidad.

Lara se sentó junto a Martín en el sofá y ambos se pusieron a ver un programa infantil de la tele. El niño se divertía con las ocurrencias de una esponja y una estrella de mar a las que parecían faltarles un par de primaveras, y la periodista sonrió al ver feliz a su hermano. Ernesto estaba acabando de fregar los platos, después de que los tres hubiesen cenado juntos en la casa de ellos. La joven abrazó a Martín y lo besó en la coronilla.

—Sabes que te quiero, ¿verdad?

—Claro que sí —contestó el crío, más pendiente de la serie de dibujos animados que de su hermana.

—Y que puedes contar conmigo para cualquier cosa que necesites.

—Ajá.

—Y que, si te ocurre algo malo, debes contárnoslo a mí y a papá.

Martín se separó de ella y la miró con el ceño fruncido.

—Que sí, pesada. No te preocupes por mí, estoy bien. Y descuida, que si alguien vuelve a meterse conmigo, os avisaré enseguida.

La respuesta complació a Lara y a Ernesto, que acababa de sentarse en su butaca.

—Bien. Así me gusta.

—Y ahora déjame ver la tele, anda —le pidió haciéndose el ofendido.

Lara se rio y empezó a recoger sus cosas para volver a su piso.

Ernesto miró a su hijo con ternura y suspiró largamente. Era un niño muy listo, cariñoso y responsable. Hacía poco que había perdido a su madre, pero había demostrado una entereza y una valentía que ya quisiera Ernesto para sí. Aunque a veces sentía que el suelo desaparecía bajo sus pies, y deseaba abandonarse a ese abismo, Martín era el ancla que lo unía al mundo real y su razón de seguir adelante. Notaba la ausencia de Susana como una pesada losa, pero Martín le necesitaba y no quería fallarle.

Antes de despedirse, Lara pudo leer los pensamientos de Ernesto en su mirada. Era un buen padre. Quería a Martín sobre todas las cosas y sabía que iba a conseguir salir de la depresión y volver a ser el de antes, por el bien del niño. Eso era lo que haría, estaba segura. Eso era lo que hacían todos los padres. O casi todos.

La espinita que tenía clavada por dentro se movió un milímetro y le recordó que seguía ahí. Esperando. Paciente. Aletargada. «¿Sigues sin querer saber, Lara?», la retaba. De camino a casa, no pudo dejar de pensar en Luis y en Susana. En los padres que se tienen y se quieren. En los que no están y se necesitan. En los que se fueron para mal. O para bien. «¿Por qué? ¿Por qué? ¿Por qué?», seguía preguntándose cuando se metió en la cama. El sueño la alcanzó imaginando que era una niña con un padre y una madre. Vivos, presentes, que la colmaban de atenciones. Una familia feliz como las de las películas. Cuando despertase, ya volvería a ser una mujer con una madre muerta y un padre a quien no conocía.

Pese a ser un martes, el parque de la Ciutadella acogía a centenares de noctámbulos que lo llenaban de vida. El camino que desembocaba en el paseo de Lluís Companys, coronado por el Arco del Triunfo, refulgía con las luces de antorchas instaladas alrededor de una tarima baja decorada con varias sábanas blancas. Mientras esperaban el inicio del espectáculo, los asistentes bailaban al ritmo de una música cuyo estilo Sagi no supo definir. Una extraña mezcla de electrónica y new age que parecía desatar a los más entregados. El inspector no veía ninguna barra de bar, pero muchos llevaban vasos de plástico con bebidas. El humo de las teas se enredaba con el que salía de los cigarrillos de los fumadores a su alrededor, ya fueran de tabaco normal o de otras sustancias.

Sagi no veía a Marta por ningún lado. La buscó sin éxito entre los distintos grupos de gente. Se sentía como un pez fuera del agua, allí, solo, en un ambiente muy distinto de los que él solía frecuentar en sus ratos de ocio. Cuando fue a sentarse en un banco cercano, los focos situados sobre el escenario, antes invisibles, cegaron al público en un baile de haces de colores. La música electrónica cesó para dar paso a otra mucho más pausada y relajante. Una silueta se situó tras los lienzos y empezó a danzar enmarañándose entre ellos. En el mismo instante en el que la melodía paró, Marta se abrió camino entre aplausos hacia la parte delantera de la tarima, frente al público. Lucía un ligero vestido blanco, corto y vaporoso que mostraba sus perfectas piernas y dejaba entrever sus firmes pechos. Se agachó y tomó una brocha. Un nuevo ritmo sonó por los altavoces y, sin mediar palabra, la joven volvió hacia las sábanas y fue introduciendo la escobilla en distintos botes de pintura. Mientras bailaba espasmódicamente, moviendo sus extremidades con desorden, los lienzos iban adquiriendo colores en formas caóticas. La música iba *in crescendo* y, a su vez, Marta aceleraba sus pasos coloreando a diestro y siniestro. Pese a la extravagancia del espectáculo y la anarquía en su desarrollo, el hermoso cuerpo de Marta lo dotaba de una sensualidad que tenía al público completamente absorto. Entre las luces y las sombras, Sagi distinguía cómo salían disparados por el aire los chorretones de pintura. Los focos blancos, que monopolizaban el escenario durante algunos instantes, concedían a la escena un aire fantasmagórico y permitían ver cómo el vestido de la artista iba perdiendo su blancura, adivinándose en él manchas oscuras. A Sagi le recordó a las salpicaduras de sangre en la ropa de un cadáver, y un estremecimiento le recorrió la espina dorsal. La canción acabó abruptamente entre luces irisadas mientras Marta, esta vez bien coordinada, finalizaba su *performance* cayendo sobre sus rodillas frente al público, con la cabeza gacha y empapada de una lluvia de arcoíris. Los espectadores estallaron en vítores y la chica se levantó para hacer una reverencia de agradecimiento. El DJ encargado de amenizar la noche volvió a la música electrónica y los asistentes se disgregaron en pequeños grupos.

Sagi se acercó a Marta cuando empezaba a recoger los botes de pintura. Parecía un hermoso lienzo de Jackson Pollock.

—Bonita actuación.

La joven se sorprendió al verle.

—¡Muchas gracias! Parece que mi espectáculo ha gustado, ¿no?

—Sí, ya lo creo. Tienes un público muy entregado.

—¿Y a ti qué te ha parecido?

Sagi no entendía mucho de arte contemporáneo, así que para no meter la pata buscó con cuidado las palabras.

—Muy vanguardista —respondió—. Me ha gustado que hayas creado tu obra en directo, delante de la gente.

La respuesta pareció satisfacer a Marta.

—Me alegro. Sé que todo esto está a años luz de tu trabajo, pero te agradezco que aprecies el mío.

Se apartó de él un momento para charlar con un chico con rastas que le llegaban hasta la cintura, y luego se juntó a ellos otra muchacha. Cuando terminaron de hablar, Marta regresó junto a Sagi.

—¿Nos vamos?

—¿Ya? ¿Y tu fiesta? Hoy es tu noche. Esta gente ha venido a verte. Además, tendrás que recoger y...

—Tranquilo —le interrumpió—. Ellos se encargan, trabajan para mí. Y el *show* ya ha acabado. El público seguirá la fiesta mientras tengan con qué bailar, beber y fumar. Ni siquiera notarán que no estoy —le susurró al oído de forma sugerente.

El inspector sonrió. Marta le tomó de la mano y fueron a pie hasta su casa, que no estaba muy lejos de donde se encontraban.

Entraron en el portal besándose con urgencia. Mientras subían las escaleras, empezaron a quitarse la ropa. Marta acertó con dificultad a introducir la llave en la cerradura de su piso. La pasión los condujo hasta la cama sin hacer, que desordenaron aún más con sus enérgicos movimientos.

Sagi la besó por todo el cuerpo. Quería empaparse de ella, inhalar su dulce aroma, acariciar su lisa piel. Marta se había convertido en un oasis en el desierto de su vida, y esa noche estaba muy sediento. Esa noche, el sexo con ella era el bálsamo que iba a sanar las heridas infligidas por su padre. Marta le hacía olvidarse de todo. Le hacía sentirse vivo, fuerte, deseado. Le aportaba una seguridad que a menudo se desvanecía.

La madrugada los alcanzó con sus cuerpos entrelazados y, extenuados, sucumbieron a los brazos de Morfeo.

Por la mañana, el inspector se despertó con las caricias de Marta en su cabello.

—Buenos días, inspector. ¿Has dormido bien?

—Como un niño.

Sagi se percató de que ella seguía llena de pintura. Se miró las manos y el pecho y vio que él también parecía un colorido cuadro humano. Las sábanas estaban llenas de manchurrones. Ambos se echaron a reír.

—Lo hemos puesto todo perdido —constató él.

—No te preocupes.

Sagi la observó embobado, le apartó con cariño un mechón de delante de los ojos y se decidió a hablarle de un asunto que le suscitaba curiosidad y dudas desde que la conoció:

—Oye, cuéntame más sobre tus exposiciones y tus *shows*. ¿Cómo funciona todo este mundillo? ¿Vas por libre? ¿O tenéis una cooperativa de artistas o algo así? La verdad es que es un sector que desconozco por completo.

—Bueno... —titubeó la joven—. Yo soy bastante independiente. Me gusta autogestionar mi trabajo, pero a veces contrato a gente de apoyo. Por supuesto, siempre estoy en contacto con otros artistas y a menudo montamos cosas juntos.

—Pero organizar todo esto no tiene que ser fácil. Vale, dices que dispones de ayuda, pero me imagino que también te dejarás un buen dinero para poder montar cada *show*.

—Hombre, sí, pero luego recupero lo invertido. Tengo

clientes que compran mis obras, y algunos de ellos son muy fieles. Me pagan por mi trabajo, como a todo el mundo. También cuento con algunos patrocinadores que me ayudan en mis espectáculos, como el de anoche, y contribuyen a financiar mis proyectos artísticos. No tengo un sueldo fijo, como tú y la mayoría de los asalariados, si es a lo que te refieres. Pero hago lo que me gusta, y lo hago cuando y como quiero. Eso me merece mucho más la pena que una nómina a final de mes.

Sagi pensó en lo distintos que eran él y Marta. Si al inspector le satisfacía la vida estable, planificada y tranquila que llevaba, la artista vivía el día a día, sin saber qué sucedería mañana ni cuánto dinero habría en su cuenta corriente la semana siguiente. Sus ingresos dependían de la entrega y la predisposición de sus clientes y patrocinadores.

—Me voy a la ducha —dijo Marta.

Le plantó un beso en los labios y se fue desnuda al baño. Sagi se deleitó con el contoneo de sus caderas, que hacía unas horas le habían tenido atrapado. Se tumbó boca arriba y se relajó. Miró el reloj del móvil. Eran las seis y media de la mañana. Empezó a organizar mentalmente su jornada laboral en el Priorat.

Sin embargo, el germen de la duda había anidado ya en su interior. Pensó en los mecenas que financiaban las exhibiciones de la artista. Calculó el dinero que la joven necesitaría para poder pagar el alquiler de su piso en el Born y mantener aquel ritmo de vida, y no pudo evitar malpensar. Quizá él no era el único que ensuciaba de colores y sudor las sábanas de Marta.

16

Montsant,
año 1433

Una pequeña comitiva formada por el prior, el procurador, el monje abogado y dos frailes de Scala Dei regresaban al monasterio montados en cinco robustos asnos. La cartuja contaba con una numerosa yeguada, famosa en todo el reino por la buena casta de sus animales, todos ellos fuertes y vigorosos. Los monjes y hermanos, siguiendo el principio de austeridad, viajaban en borricos, que no por ser tales eran menos recios que los caballos. Habían visitado la localidad de Falset, donde residía la condesa Joana de Prades y Aragón, para realizar gestiones diversas. Mientras el prior y el letrado habían acudido al castillo para asistir a un litigio interpuesto por un noble de Tarragona de baja estofa, que reclamaba unas tierras del municipio de Ulldemolins pertenecientes a la Orden de la Cartuja, el procurador se había animado a acompañarlos junto a los dos frailes para aprovechar el día de mercado en la capital del condado y comprar telas e hilos para la confección de nuevos hábitos.

Ferran y Oleguer dejaron que los asnos del padre abogado y los hermanos legos se adelantasen unos metros para poder hablar con mayor discreción sobre los asuntos de la administración del monasterio.

—Otro pleito que Scala Dei gana, Dios mediante. Los nobles nunca tienen demasiadas posesiones. La avaricia es su principal pecado —dijo el padre prior.

—Gracias a Nuestro Señor, que intercede con su justicia divina. No hay mayor juicio que el de Dios, quien todo lo sabe y manda. Él protege a la cartuja y a quienes vivimos en ella —añadió el padre procurador.

—Y nosotros, Oleguer, y nosotros. También somos los encargados de proteger y cuidar el monasterio. De su mantenimiento y pervivencia. Hemos sido llamados a una labor de vital importancia. Debemos defender Scala Dei y el Montsant en los tribunales, frente a los eventuales usurpadores y donde seamos llamados a hacerlo. Solo así seremos dignos de la encomienda que Nuestro Señor nos ha confiado. Y no debemos cejar en el empeño. Estoy resuelto a acometer mayores obras para alcanzar tan glorioso propósito a ojos de Dios, y confío en que tú también lo estés.

Los dos monjes prosiguieron su camino en silencio. Ambos se sentían llamados a realizar una extraordinaria obra para Dios y Scala Dei, pero todavía desconocían cuál iba a ser. No obstante, una vaga idea había anidado en la mente de Ferran, quien había empezado a darle forma poco a poco. El paseo de los cipreses que anunciaba la llegada a la monjía los sacó de sus ensoñaciones.

La tarde sorprendió a los monjes de Scala Dei con la muerte del padre Ramón. Su ausencia en el oficio de vísperas confirmó lo que algunos ya presagiaban. A sus noventa y siete años, en las últimas semanas el anciano monje había ido perdiendo fuerza. Le costaba moverse y necesitaba de la ayuda de otros religiosos para acudir a la iglesia. También se excusó para no participar en el último paseo por el exterior. Fue esta falta de vigor, y no su avanzada edad, lo que hizo pensar a sus compañeros que el Señor no tardaría en llevarlo a su lado.

Los padres velaron al difunto durante toda la noche y oraron a su alrededor. Sin embargo, no lo hacían entristecidos, como bien sabían que era natural entre los vecinos de las villas y aldeas del reino cuando moría un allegado. Los monjes de Scala Dei celebraban la defunción de su compañero con alegría, pues sabían que la vida terrenal era solamente un trámite, un paso para alcanzar la verdadera existencia junto a Dios tras la muerte.

Con las primeras luces del día, envolvieron con una sábana el cuerpo del religioso, que seguía vistiendo su blanco hábito, y el séquito, con el padre prior a la cabeza, se dirigió al claustro mayor del monasterio, donde se encontraba el cementerio. Los monjes ya habían cavado una fosa para acoger los restos de su compañero y lo colocaron con cuidado en la hondonada, en contacto con la tierra. Mientras el sacristán recitaba varias plegarias en latín, otros clérigos se encargaron de rellenar la fosa con la tierra que cubriría para siempre la figura de su hermano. Finalmente, colocaron sobre ella una sencilla cruz de madera, sin inscripciones. Los cartujos creían en el anonimato tanto en la vida como en la muerte, ya que todos eran iguales ante el Señor y Él los recibía en su seno fuese cual fuese su nombre, edad o condición.

El padre prior rezó en silencio ante la tumba del hermano Ramón. «De la tierra venimos y a la tierra volvemos», pensó. Se alegró al presentir que su alma ya habría entrado en el cielo. Se lo imaginó subiendo poco a poco los peldaños de la escalera que le conducía hasta Dios, acompañado y ayudado por los ángeles, en esa escalinata que nacía en el mismo monasterio que todos ellos habitaban. Nuevas reflexiones afluyeron a su mente: «Este es sin duda un lugar sagrado. No existe en el reino semejante conexión entre nuestro mundo y el de los cielos. Nada ni nadie deberían amenazar jamás nuestra escalera. Debe preservarse hasta la eternidad». Ferran finalizó las plegarias por el alma de su compañero y volvió a su celda.

En la intimidad de sus aposentos, rememorando el milagro sobre el cual se había cimentado Scala Dei, tomó una determinación: «Soy el prior de la cartuja del Montsant y es mi deber defender este monasterio y esta tierra para que jamás sean destruidos. Y juro ante Dios que así lo haré».

Dos días después del fallecimiento del anciano monje, prior y procurador habían vuelto a escabullirse hacia las lomas cercanas a la cartuja.

—La muerte del padre Ramón me ha hecho meditar, Oleguer —dijo el prior mientras se incorporaba y se sentaba sobre una roca al amparo de la estrellada noche estival.

—Yo me siento dichoso, pues ya se encuentra con Nuestro Señor. Ahora ha empezado su verdadera vida —repuso el padre procurador.

—Coincido contigo, por supuesto, mas hay algo que perturba mi paz.

—¿De qué se trata? —demandó Oleguer con gesto de preocupación alzando el torso y apoyando los codos en la blanda hierba.

—Veo que este monasterio, el nuestro, es una obra extraordinaria de Nuestro Señor. Aquí es donde se unen cielo y tierra. En mi mente he podido ver al padre Ramón subiendo los peldaños hacia la vida eterna y sé que no lo he imaginado, sino que esa es la verdad. Recuerda que el Señor ya me mostró a uno de sus ángeles a los pies de esta escalera celestial. Sin embargo, hay otro asunto que me inquieta, y es el futuro de nuestro hogar. ¿Cuántas guerras más vendrán? ¿Cuántas enfermedades lo asolarán? ¿A qué enemigos deberá enfrentarse? Nosotros ya no estaremos en la tierra para presenciarlo y poco podremos hacer desde el paraíso celestial. En definitiva, me corroe la incertidumbre sobre la pervivencia de la cartuja y del Montsant, y siento de forma inequívoca que esta es la labor que debemos emprender para honrar al Señor y hacernos merecedores de los cargos que con gozo ocupamos.

—Te comprendo, hermano, pero... ¿qué podemos hacer nosotros al respecto? Será lo que Dios haya dispuesto. No podemos conocer el futuro.

—Lo sé, pero sí podemos obrar para contribuir en la medida de lo posible a la conservación de Scala Dei. Nuestro mundo no puede permitirse la desaparición de este espacio de espiritualidad y conexión con Dios. Demasiada maldad existe ya en los propios hombres... —Ferran se sentó junto a Oleguer y le habló con más convicción aún—: Creo que, como prior y procurador, nuestro cometido debe ser precisamente ese: garantizar el futuro de Scala Dei.

Oleguer lo miró asombrado y articuló las únicas dos palabras que acudieron a sus labios:

—Pero... ¿cómo?

—He estado discurriendo profundamente y he considerado que existe una encomienda que tú y yo podemos llevar a cabo. Pero solo nosotros dos, Oleguer. Nadie más debe tener conocimiento de ello. Te confío esta misión porque me consta que amas estas tierras y esta cartuja tanto o más que yo, y sé que convendrás conmigo en la labor de protegerlas. Debemos asegurar la pervivencia de Scala Dei, de su escalera divina y de las tierras que nutren la cartuja con todos los medios de que dispongamos, sin temor a nada y con la ayuda de Dios, y protegerlas de las amenazas y los enemigos que se presenten en los años venideros.

El padre procurador quedó en silencio, asimilando y considerando las palabras de su amigo. El prior lo observó ansioso, a la espera de una respuesta a su propuesta.

—Tu plan me resulta comprensible y plenamente justificado —dijo Oleguer tras reflexionar unos minutos—. Comparto contigo el amor por estas tierras y tu desazón por lo que ha de llegar. Sin embargo, no atisbo a comprender cómo podemos tú y yo lograr tal objetivo. Somos dos simples monjes, con cuantiosas responsabilidades en este monasterio que requieren de nuestro tiempo, además de las horas de oración y meditación que alimentan nuestras almas... ¿Cómo vamos a defender Scala Dei siendo dos humildes hombres de Dios?

Ferran asintió a su alegato y susurró:

—Esa es la cuestión. Que no seremos solo dos.

El silencio inundaba la celda de Oleguer, que en la penumbra se dirigió hacia su camastro y se acurrucó en él. Pese a que intentó sucumbir al sueño con todas sus fuerzas, las ideas de Ferran retumbaban en su cabeza y lo mantenían desvelado. Al principio creyó que su amigo había enloquecido, pero este había argumentado sus propósitos y eso había desconcertado a Oleguer.

La conversación que habían mantenido minutos atrás resonaba sin cesar en su interior.

—¿Pretendes crear un linaje de guardianes de Scala Dei?

¿Una saga de protectores? —preguntó el padre procurador, incrédulo—. ¿Y cómo vamos a hacerlo, si solo nosotros conoceremos esta urdimbre?

—Necesitaremos descendientes de nuestra propia sangre, que alcancen a comprender la trascendencia de esta misión y se comprometan a continuarla cuando nosotros ya estemos al lado de Nuestro Señor.

—¿Descendientes? ¿Nosotros? —se escandalizó Oleguer—. ¡¿Cómo vamos a tener vástagos, si estamos sometidos a los votos de castidad y obediencia de la regla cartuja?!

Ferran lo miró muy serio. Estaba convencido de su plan.

—Lo he meditado durante largo tiempo y esta es la única manera de garantizar la pervivencia de la escalera celestial, la cartuja y sus cuantiosas propiedades.

Oleguer soltó una risotada llena de escepticismo.

—Estoy conforme con tus objetivos, hermano. Yo también deseo un buen porvenir para Scala Dei, pero dudo que ese fin justifique tales medios.

—¿Es que no lo ves, amigo mío? Tarde o temprano, nosotros moriremos y quizá nuestro hogar sufra el infortunio de contar con monjes menos preocupados que nosotros por lo que ha de llegar. Y menos valerosos. ¿Cómo sabremos, entonces, que todo por lo que hemos luchado está en buenas manos? ¿Cómo tendremos la certeza de que habrá alguien con nuestra devoción y entrega, con nuestra resolución y osadía, para salvaguardar Scala Dei?

Oleguer seguía recelando.

—Tus intenciones son nobles, Ferran, y me consta que responden a un amor por Dios y por su obra en el Montsant, pero se me encoge el alma al imaginar las acciones que deberíamos acometer para lograr tal meta. Yo no tengo tu arrojo. No sé si podría…

—Es por un bien supremo, Oleguer. Es nuestra ofrenda a Dios, pero también nuestro sacrificio.

—¿Y cómo tienes tan cierto que el Señor lo aprobará? ¿Apreciará el valor de nuestros actos para alcanzar este objetivo superior o nos condenará por ello? —le preguntó mientras caminaba nervioso de un lado a otro.

Ferran lo retuvo por los hombros y le habló desde el total convencimiento que sentía:

—Deja a un lado tus temores y estímalo como hago yo. Tengo por seguro que el Creador considerará nuestras acciones un proceder inevitable para entregarle la pervivencia de Scala Dei. ¿Acaso puedes imaginar una empresa con mayor gloria que esta?

Tras horas de debate en su fuero interno, Oleguer cayó en un duermevela en el que las pesadillas le impidieron descansar. Soñó con el dedo acusador de Dios, que le señalaba mientras la tierra se abría bajo sus pies y caía por un abismo. Soñó con las calderas del infierno, que abrasaban su cuerpo entre gritos de dolor. Y soñó con la cartuja de Scala Dei envuelta en llamas, con los monjes escapando despavoridos y los muros desplomándose a su paso. Con el altar de la iglesia del monasterio prendido de un fuego asolador y unos ángeles de rostros agónicos precipitándose por una escalera cuyos peldaños se convertían en cenizas.

La campana de la hora prima despertó al monje sobresaltado y cubierto de sudor. Sus demonios le habían atormentado durante horas, pero por fin salió de las tinieblas y creyó ver la luz celestial. Scala Dei no podía sucumbir a futuros enemigos impíos. Ellos dos se encargarían de que así fuera.

17

Escaladei,
9 de octubre de 2019

Lara caminaba por las desiertas calles de la localidad. Se había propuesto entrevistar a Miquel Folch para indagar en su relación con su tío Jaume. Era temprano y Di-Vino acababa de abrir. Le había chocado saber que la bodega seguía con sus actividades normales pese a lo ocurrido. Por lo visto, Lola Grau había decidido que la tragedia perturbase lo mínimo posible al negocio. A juicio de la periodista, la entereza de la viuda rayaba en la impasibilidad. Entendía que Katya y muchos otros vecinos la viesen como a una mujer fría e insensible.

Sin embargo, la prensa había impedido que en el pueblo reinase la paz deseada por la empresaria. Los medios seguían plantándose frente a la puerta de Di-Vino a la espera de alguna declaración de los familiares de la víctima. A pesar de que los Mossos habían hecho pública una mínima parte de los detalles del crimen, pronto había trascendido que el asesinato había sido atroz y espeluznante. Habían surgido rumores de todo tipo que la policía autonómica se había afanado por desmentir. Aun así, algunos periodistas intuían que ahí había mucho más de lo que se había contado y se resistían a abandonar Escaladei.

Lara saludó a la redactora de una radio local y entró en la bodega por la puerta trasera, la misma que había cruzado minutos antes de encontrar el cadáver del empresario. Se topó con Jordi Castells.

—Hola, Jordi. Supongo que te acuerdas de mí. Soy...

—Sí, la reportera de ImMedia. Cómo olvidarte. A pesar de la situación, de las prisas y de todo el lío con los Mossos por aquí, jamás olvidaré tu cara —reconoció mientras cargaba con unas cajas—. ¿Tú también vienes buscando carroña? Me caes bien, bastante tuviste con el marrón que te encontraste, pero los periodistas nos tienen hasta las narices.

Lara suspiró.

—Imagino que no te resulta fácil, pero entiende que es nuestro trabajo.

—Ya... —murmuró el encargado de Di-Vino—. Venga, dime qué es lo que quieres. Como puedes ver, aquí seguimos currando.

—Busco a Miquel.

—Pues hoy no ha venido a trabajar. Estará en casa.

—Gracias. Y disculpa las molestias. Espero que todo pase pronto y por fin podáis estar tranquilos —dijo con sinceridad.

—Ojalá.

Cuando Lara se aproximaba a la casa que Miquel compartía con su madre, vio que una cara conocida se acercaba a ella.

—Buenos días, señorita Peña. Muy pronto para estar merodeando por aquí, ¿no le parece?

Lara pensó que el inspector Vidal cada vez le parecía más encantador.

—Solo estoy trabajando. Supongo que igual que usted, ¿verdad?

—Cierto. Pero parte de mi cometido es evitar que los periodistas fisgones interfieran en mi trabajo —le reprochó Vidal—. ¿A quién busca?

Lara maldijo el encuentro. El *mosso* empezaba a dejar de caerle bien.

—A Miquel Folch. Me gustaría hacerle algunas preguntas sobre su tío.

—Señorita Peña, ya le dije que usted será la primera en tener la información que se pueda publicar. Debe comprender...

—Sí, sí, ya lo sé. Pero no me estoy inmiscuyendo en su investigación. Tan solo busco datos, y le puedo asegurar que si obtengo algo de relevancia para el caso, los avisaré.

Vidal la observó con los brazos en jarras y la duda dibujada en la mirada.

—¡Vamos, inspector! ¡Que me estoy portando bien!

—Hoy no es un buen momento, señorita Peña. La familia sigue muy afectada. Además, este mediodía se celebrará el funeral. Deje pasar unos días, después tendrá vía libre. Eso sí, manténgase siempre en contacto con nosotros.

Lara asintió.

—De acuerdo. ¿Y a qué hora es el sepelio?

—Señorita Peña... —El inspector empezaba a estar cansado de su insistencia—. Hoy no, por favor. A nadie le gusta tener a la prensa encima cuando entierra a un ser querido que ha sido brutalmente asesinado.

La reportera admitió su derrota con resignación y regresó caminando hasta su coche, que había aparcado en la entrada al pueblo, bajo unas moreras junto a la carretera. Le fastidiaba haber hecho el viaje a Escaladei en balde. Además, creía que la conversación con Miquel Folch era básica para empezar a atar cabos. Cuando llegó a su vehículo, se quedó paralizada. Una sustancia líquida y oscura resbalaba desde lo alto del parabrisas en la parte del conductor. Lara miró a su alrededor, pero no vio a nadie. Se acercó y un escalofrío le recorrió la columna al comprobar que se trataba de sangre.

De repente sintió que se ahogaba, y las advertencias de Katya resonaron en su cabeza. Flexionó la espalda y apoyó las manos sobre sus rodillas. Respiró con lentitud, intentando calmarse. La invadía una mezcla de terror y furia, y se dijo que por ahí sí que no iba a pasar.

Como no quería que nadie viese lo que le habían hecho a su coche, sacó una botella de agua que siempre llevaba en el bolsillo trasero del asiento del copiloto, y que por suerte estaba casi llena. La vació sobre la sangre, que se diluyó y se tornó más clara. Seguidamente, subió al coche, arrancó el motor y activó repetidamente la palanca que tiraba agua y jabón al parabrisas.

Si buscaban asustarla, habían conseguido el efecto contrario. Si el asesino quería enviarle un mensaje para que dejase de indagar en el crimen de Jaume Folch, desde luego se equivocaba. No conocía a Lara Peña, porque a terca no la ganaba nadie. Fue ella quien encontró al empresario muerto a sus pies, de modo que se había convertido en algo personal.

El hecho de que pretendieran amedrentarla significaba que iba por buen camino. Ahora, más que nunca, seguiría investigando.

Vidal tosió con solo poner un pie en la oficina de Lola Grau. La ventilación era mala y, encima, la viuda había optado de nuevo por saltarse la normativa que prohibía fumar en el lugar de trabajo. Tal vez creyera que la fatalidad que había sufrido la autorizaba a ello. Vidal se adentró en la nube de humo y saludó a la mujer.

—¿Otra vez aquí, inspector? Bastante tengo con la prensa... ¿No me van a dejar tranquila ni el día del funeral de mi marido?

—Señora Grau, si vengo a importunarla es porque necesito hablar con usted para avanzar en la investigación.

—Podrían llamarme por teléfono. Parece que les guste verme —le recriminó.

—No le robaré mucho tiempo.

Lola le miró fijamente, analizando sus intenciones, y dejó que el *mosso* siguiese hablando.

—Hemos tenido una breve conversación con Santi Roig y nos ha explicado cosas muy interesantes.

Ella intentó escuchar impasible lo que le decía, aunque su turbación fue evidente para el inspector.

—Nos ha confesado que son amantes.

—¿Y?

—Es un dato demasiado relevante para haberlo omitido, ¿no le parece? Su marido no quería vender la finca, usted lo veía con buenos ojos y, además, tiene una relación sentimental con el otro interesado en la venta.

—Solo nos acostamos, tampoco es para tanto.

—Sí lo es, si usted y el señor Roig tienen intereses comunes.

—El sexo con Santi no está mal, pero tampoco lo calificaría así.

—Me refiero a la prima que les prometió Sebastián Garrido si convencían a su esposo de vender la parcela.

Lola se humedeció los labios con la lengua y se cruzó de brazos.

—No nos ha pagado nada porque no lo conseguimos. Garrido se lo habrá confirmado.

El inspector estaba cansado de dar rodeos y fue al grano:

—Señora Grau, ¿por qué tengo la impresión de que nos esconde cosas?

—Como dice, esa es su impresión, pero lo cierto es que no tengo por qué hablarles de mi vida privada.

—Pero sí del dinero que el señor Garrido les había ofrecido.

—Ni Santi ni yo matamos a Jaume, inspector.

—¿Dónde estuvo realmente la noche en que su marido murió?

Lola suspiró y cedió ante la evidencia. Dejó a un lado su soberbia y empezó a hablar en un tono más rebajado.

—Estuve en casa de Santi. Dormí con él, regresé a casa hacia las seis y no entré a comprobar si Jaume estaba o no en su habitación.

—Pudieron urdir esta coartada entre los dos.

—Le repito que no matamos a Jaume.

—¿Y por qué debería creerla ahora cuando ya nos ha mentido antes?

—Porque Jaume iba a vender.

—¿Cómo lo sabe? —preguntó Vidal, incrédulo.

Lola sacó otro cigarrillo de la cajetilla.

—Lo sé, y punto.

—Eso no me sirve.

La viuda calló y se puso a mirar fijamente el techo.

—Señora Grau, tiene que darnos toda la información de que disponga. Esto no es ningún juego —le advirtió el inspector.

La mano que sujetaba el cigarrillo empezó a temblar. Las murallas de la impertérrita Lola Grau empezaban a derrumbarse.

—¿Por qué está tan convencida de que su marido finalmente quería vender la finca? —insistió—. Le repito que...

—Porque yo le estaba chantajeando —le cortó, y viendo lo pasmado que se había quedado el inspector, se explicó—: Le dije que si no vendía la maldita finca le contaría a Miquel que él era su verdadero padre.

Vidal se pasó la mano por el cabello y cerró los ojos.

—A ver si lo entiendo... ¿Miquel es hijo de Jaume?

—Sí.

—¿Y Miquel no lo sabe?

—No.

—Entonces, ¿su marido y su cuñada tuvieron una relación?

—Sí. Fue hace muchos años. Cuando todos éramos muy jóvenes, Jaume y Elvira estuvieron enamorados, pero vivían su idilio a escondidas porque ambas familias se odiaban a muerte. Estaban enfrentadas por la propiedad de unos viñedos. Como ve, inspector, aquí todo gira en torno a las tierras y el vino. Ellos se querían de verdad, y mucho, pero como sucede en todas las historias de amor que se precien, sobre todo en las secretas, sus familias se enteraron y los obligaron a alejarse el uno del otro. Así que rompieron. Sin embargo, años más tarde los padres de Elvira murieron y ella llegó a un acuerdo por las parcelas con los de Raimon y Jaume. Por aquel entonces, Jaume ya tonteaba con otras chicas de la comarca y Raimon empezó a festejarla. Elvira estaba convencida de que Jaume la había olvidado y se casó con su hermano. Más tarde nuestros padres nos animaron o, mejor dicho, nos presionaron a Jaume y a mí para que hiciéramos lo propio. Por el bien del patrimonio familiar, nos dijeron. Pero las cosas no eran como Elvira pensaba. Jaume nunca había dejado de quererla y sé de buena tinta que tuvieron de nuevo una relación a espaldas de Raimon. Aunque algo me dice que él lo sabía y miraba hacia otro lado, porque amaba con locura a Elvira y a su hermano, e imagino que no querría desencadenar un cisma familiar. Ya ve... Dos hermanos enamorados de la misma mujer, malos entendidos y dos matrimonios infelices...

Vidal no salía de su asombro.

—Así que esa fue su baza para convencer a Jaume.

—Exacto.

—Pero ¿cómo sabe que Miquel es hijo de Jaume? También podría serlo de Raimon.

—Porque lo sé. Por cómo Jaume le ha tratado siempre, sobre todo desde que murió Raimon.

—Perdóneme, pero eso no es concluyente.

—Piense lo que quiera, inspector. La cuestión es que, cuando amenacé a Jaume con explicárselo todo a Miquel, su actitud cambió. Se volvió más dócil y empezó a replantearse la venta.

—Sin embargo, la transacción no llegó a materializarse.

—Cierto. No dio tiempo a acabar de encauzar el asunto. Alguien ha matado a Jaume y ustedes deberían estar haciendo su trabajo para encontrar al culpable, en vez de molestar a la familia.

—Lo que no entiendo es por qué usted querría sacar a la luz esa información —reflexionó Vidal obviando la pulla que le había lanzado la empresaria—. Si hablamos en términos económicos, al tener su esposo un hijo, usted saldría perjudicada.

Lola expulsó el humo del cigarrillo en un largo suspiro, lo apagó en el cenicero y bajó la vista al suelo.

—Jaume jamás iba a dejar que Miquel lo supiese. Lo quería muchísimo y nunca hubiera deseado causarle más dolor.

Hubiese hecho lo que fuese para protegerlo, como, por ejemplo, callar su mayor secreto. Y yo hice lo que tenía que hacer para conseguir la venta de la parcela.

—Así que se trata de una cuestión de autoestima. ¿Su ego puede más que su integridad, señora Grau?

La mujer dibujó en sus labios una sonrisa turbada.

—No me siento especialmente orgullosa de ello. Pero los negocios son los negocios.

Vidal contuvo el discurso moral que le hubiese apetecido soltar. Negó con la cabeza y optó por cambiar de tema:

—¿Sabe si Jaume llevaba alguna cadena colgada del cuello?

—Le puedo asegurar que cuando nos casamos no. Ahora creo que sí llevaba una, pero no estoy segura. Inspector, hace años que no veía a Jaume desnudo y tampoco solía fijarme ni en su ropa ni en sus complementos.

—Tan solo una cosa más —insistió Vidal—. Necesitamos visitar su casa. Estamos buscando algo que tal vez Jaume guardaba allí. Le prometo que no revolveremos nada, será un vistazo rápido.

—Dentro de media hora estaré en casa. Mándeme a sus hombres y les dejaré pasar. Pero le pido que no se demoren mucho. Y ahora, si me disculpa, tengo que acabar de organizar un funeral.

Cuando Vidal se dirigía hacia la puerta, se volvió hacia la viuda.

—¿Le importaría apuntarme en un papel su número de teléfono? Es para tenerlo más a mano y así no importunarla con más visitas de las imprescindibles.

Lola cogió un pósit amarillo del escritorio, tomó un bolígrafo y anotó unos dígitos. Luego se lo tendió al inspector con una sonrisa falsa y regresó a sus tareas. «Es diestra», pensó Vidal.

Al salir de Di-Vino estaba abrumado por toda la información nueva que acababa de conocer. Cada vez le resultaba más enmarañada la historia de la familia Folch y sospechaba que iban a tener que tirar de muchos hilos para poder desentrañar la verdad que se ocultaba en el interior de la madeja.

18

Falset,
9 de octubre de 2019

—Pero ¿cómo puede estar tan segura de que Miquel es hijo de Jaume? Elvira y él pudieron tener una relación extramatrimonial, pero eso no es garantía de nada —expuso Sagi.

—Lo mismo le dije yo, pero ella está muy convencida, y no se baja del burro —le aseguró Vidal.

El inspector había informado a Sagi de su conversación con la viuda cuando llegó desde Barcelona. Ambos analizaban los avances del caso en un despacho de la comisaría de Falset. Tanto desde la central de Egara como desde Tarragona, donde trabajaba la mayor parte del equipo de Vidal, les habían comunicado que no se había encontrado ningún nuevo elemento sospechoso en el ordenador, el móvil y los documentos de Jaume Folch. Ningún cliente enfadado, ningún proveedor descontento. Sin dejar de lado los intereses de Sebastián Garrido y a la vista de las últimas revelaciones, los dos inspectores intentaban diseccionar las relaciones entre los distintos miembros de la familia de la víctima y analizar los posibles móviles para el asesinato.

—Me parece increíble que Lola Grau sea tan mezquina como para amenazar a su marido con sacar a la luz su posible paternidad solo por dinero. Sabemos que no le quería, pero no deja de ser ruin.

—El dinero mueve el mundo, Sagi.

—Pero llegar a ese extremo... Y, encima, sin tener pruebas fehacientes. No hay ningún documento médico que confirme que Jaume fuera el padre de Miquel. No hay ninguna certeza.

—Aun así, tenemos que tratarlo como una posibilidad. Lo que me sorprende es que la víctima reconsiderase su negativa a vender solo porque Lola lo amenazase. Tal vez sí sea verdad.

—O tal vez, como apuntó Lola, Folch solo se replanteó la venta para que las patrañas de su mujer no causasen más daño a su pobre sobrino, que lo ha pasado muy mal desde la muerte de su padre. ¿Te fijaste en él cuando fuimos a su casa? Estaba como abstraído. Juraría que está tomando alguna medicación fuerte. Ansiolíticos, tranquilizantes, ya sabes.

—Sí, ya lo vi. Otra cosa a tener en cuenta es que Elvira omitió la relación sentimental que tuvo con Jaume en el pasado. Imagino que no nos lo explicó porque estaba su hijo delante, pero creo que deberíamos hablar con ella a solas.

—Estoy de acuerdo. Podemos acercarnos a su casa por la tarde, pero avisémosla primero para que Miquel no esté presente. Por cierto, los agentes que han ido a casa de la víctima tampoco han encontrado una cajonera con ningún grabado o algo similar. ¡No sé dónde narices debe estar!

El móvil de Sagi sonó con una potente canción de heavy metal.

—Como para no oírlo... —bromeó Vidal.

Antes de descolgar, Sagi ya estaba contento al ver quién le llamaba. Salió al pasillo para hablar con más intimidad.

—¡Buenos días, preciosa!

—¡Déjate de leches, anda! Que aún estoy esperándote con la cena en la mesa —le recriminó su abuela.

El inspector se llevó la mano a la boca al darse cuenta de que se había olvidado de avisarla de que dormiría en Barcelona. Los desencuentros con su padre le habían aturdido.

—¡Lo siento muchísimo! Tuve que volver a Barcelona y ya me quedé a dormir en mi piso. Con todo el ajetreo de la investigación, se me pasó por alto llamarte. ¿Me perdonas? —suplicó.

—Si ya lo he hecho, *criaturica*. Yo ya me hago a la idea de que tu trabajo es complicado. Con tantos muertos y tantos locos sueltos por ahí, lo menos que puede pasarte es que te olvides de llamar a tu abuela.

—Eres la mejor.

—Y tú un pelotillero. ¿Por dónde andas, hijo?

—Estoy en Falset. Hoy no me moveré del Priorat, así que nos vemos por la noche. Palabrita del Niño Jesús.

—¡No mientas al Señor en vano! Que si luego incumples, le harás enfadar. Y no te conviene tenerlo de culo. Bueno, no te molesto más. Te espero para cenar. Ve con cuidado. Un *besico*, hijo.

—Otro para ti, abuela.

Sagi dejó pasar unos segundos antes de colgar para escuchar a su abuela intentando dar con la tecla que concluyese la llamada. Era ya una costumbre. Los problemas que le planteaba a Teresa la tecnología moderna le hacían desternillarse. Pese a disponer de un teléfono móvil con números gigantes y pocas teclas, que él mismo le había regalado, la anciana no lograba aclararse.

—Y ahora a ver qué cojones tengo que tocar para colgar esto —oyó que decía la mujer para sí—. El *botoncico* rojo, creo que es. —Y al fin colgó.

Llevaba toda la mañana pasando a su portátil los datos recabados acerca de Jaume Folch y su asesinato: transcripciones de entrevistas, fotos de Escaladei y sus vecinos, secuencias de vídeo... Lara había hablado con tantas personas distintas y había visto tantas cosas espantosas y sorprendentes, que necesitaba vomitar toda esa información por escrito para ponerle un mínimo de orden e intentar analizarlo de forma objetiva.

Por eso, y porque ansiaba desconectar un poco de todo lo sucedido, tomar cierta distancia y asimilar los hechos, había decidido quedarse en casa a trabajar y posponer un día más su visita a Barcelona.

Cuando estaba decidiendo qué prepararse para comer que fuera rápido, sonó su teléfono móvil. Se sobresaltó al ver que el número correspondía al colegio de Martín.

—¿Diga?

—Sí, hola, eres la hermana de Martín, ¿verdad? Soy Asun, su tutora. Verás, es que ya pasan veinte minutos de la hora de salida y su padre no ha venido a buscarle. Le hemos llamado, pero no nos coge el teléfono.

Lara disimuló su angustia.

—Vaya... Debe de haberle surgido algún imprevisto. Ahora mismo voy hacia la escuela. Y, de camino, intentaré averiguar qué ha pasado.

—Está bien, gracias. Aquí la esperamos.

Lara maldijo a Ernesto y, mientras se calzaba unos botines y cogía el bolso al vuelo, marcó su número. Nadie respondió.

—Vamos, Ernesto. No me la líes —suplicó para sí mientras avanzaba a paso ligero por las calles del centro de Reus.

Siguió llamándole sin parar, pero con el mismo resultado. A dos manzanas de distancia del colegio, la voz soñolienta de Ernesto por fin contestó.

—¿Sí...?

—¡Ernesto! ¿Dónde estás? ¿Estás bien?

El hombre tardó unos segundos en hablar.

—Sí, estoy en casa. Creo que me he dormido —dijo desorientado.

—¡¿Que te has dormido?! —bramó Lara—. ¡¿Tú sabes qué hora es?! Martín lleva media hora esperando que lo recojas del cole para comer. ¡Me han avisado a mí porque no les respondías!

—Yo... Lara, lo siento... Anoche apenas dormí, y esta mañana me he tomado unas pastillas...

—Me da igual. No me digas nada más. Ahora me llevo a Martín a mi casa y le preparo algo de comer. Métete en la ducha y júrame que irás a buscarle cuando acabe las clases de la tarde.

Silencio al otro lado de la línea.

—¡Ernesto! ¡¿Me estás escuchando?!

—Sí, sí. Luego iré. Lo siento, Lara, de verdad.

—Ya hablaremos. A ver qué excusa me invento para su tutora...

Colgó el teléfono con la sangre hirviéndole en las venas. Antes de asomar por la puerta de la escuela, respiró hondo, forzó una sonrisa en su cara y cruzó la reja. Martín estaba sentado en los escalones de la entrada, junto a su maestra. La tristeza de sus ojos le encogió el corazón.

—Ey, Martín, ¿qué tal, amor mío? —le preguntó, dándole un cariñoso beso en la mejilla derecha—. Tranquilo, todo está bien. Disculpa, Asun. Ernesto ha sufrido un pequeño desmayo y ha perdido por completo la noción del tiempo. He conseguido hablar con una vecina, que está cuidándole hasta que se recupere del todo. Parece que solo ha sido un pequeño susto.

La tutora la miró sin acabar de creérsela.

—¿Papá se ha desmayado? —se alarmó el niño.

—No ha sido nada, cariño. Ahora ya está mejor. ¿Nos vamos?

Martín asintió. Se levantó y la cogió de la mano.

—Hasta la tarde, Asun.

—Hasta luego, Martín —se despidió la maestra, recelosa del pretexto que le había dado su hermana.

Cuando ya estaban en la calle, Lara intentó animar al niño:

—Venga, alegra esa cara. Hoy comes conmigo, ¿sí?

—¡Sí! ¡Qué bien! —gritó Martín, feliz por el imprevisto de compartir unas horas con su hermana mayor—. ¿Qué vas a prepararme?

—Hoy estás de suerte. Te dejo elegir.

Sagi y Vidal esperaron a la comitiva fúnebre a las puertas de la iglesia de La Morera de Montsant. Prefirieron quedarse en la calle mientras los asistentes al funeral, tanto de La Morera como de Escaladei, se despedían de uno de sus vecinos más queridos. La ceremonia eclesiástica duró poco más de media hora. Cuando la gente empezó a marcharse, los inspectores subieron al coche y aparcaron a las puertas del cementerio, situado a la salida del pueblo.

Poco después, el féretro con los restos mortales de Jaume cruzaba el portalón en arco del camposanto, seguido de sus familiares más cercanos. Algunos pocos vecinos se aproximaron al entierro, aunque la mayoría prefirieron respetar la intimidad del momento.

Los inspectores permanecieron a la sombra de unos frondosos árboles, alejados de la zona de nichos donde se disponían a enterrar a Jaume, junto a su hermano Raimon y a sus padres. Su misión era analizar desde la distancia el comportamiento de los asistentes, por si algún detalle les pudiese resultar revelador.

Lola Grau estaba frente al nicho, seria e impávida. Distante e inconmovible. Parecía que para ella el entierro de su esposo era un mero trámite por el que irremediablemente tenía que pasar. A su lado, Miquel Folch lloraba en silencio con la cabeza gacha. Sin duda era quien se mostraba más afligido, casi desolado. Su madre, Elvira Sentís, le cogía del brazo intentando infundirle ánimos. Aunque ella tampoco podía evitar que las lágrimas resbalasen por sus mejillas, se esforzaba por mantener el tipo y exhibir fortaleza frente al desconsuelo de su hijo. También estaban presentes los trabajadores de Di-Vino, algún que otro vecino que los inspectores no supieron identificar y una chica joven que de vez en cuando acariciaba el cuello de Miquel. Supusieron que sería su novia, Mireia Camps.

Cuando finalizó el sepelio y todos empezaban a salir del cementerio, pasaron por delante de los dos inspectores. Lola los miró con la cabeza erguida. Miquel apenas percibió su presencia y los vio sin verlos, mientras que Elvira pareció suplicarles con la mirada que encontrasen al causante de tanto dolor.

La señora Sentís sirvió dos vasos de agua en la mesa del salón y se sentó frente a ellos en el sofá. Parecía enojada por la nueva visita de los inspectores, pocas horas después de haber enterrado a su cuñado.

—Espero que lo que tengan que decirme sea importante, porque esto ya es el colmo. No nos dejan llorar nuestra pena y encima he tenido que echar a mi hijo de casa. Suerte que Mireia está muy pendiente de él.

—Lo sentimos, señora, pero necesitábamos hablar con usted a solas.

Elvira se extrañó.

—¿Y eso por qué?

—Estamos analizando el entorno más cercano de Jaume para conocer su vida y los pasos que dio en sus últimos días, y, evidentemente, sus familiares directos son los primeros en la lista de las personas con quienes tenía relación. Es pura rutina, pero hemos descubierto algunos detalles que queríamos contrastar con usted —se explicó Sagi.

—Nos han informado de que usted y su cuñado tuvieron una relación sentimental —añadió Vidal.

Al instante, Elvira rompió de nuevo a llorar. Se secó los ojos enrojecidos con un pañuelo y cogió aire antes de hablar.

—Eso fue hace muchos años, cuando éramos unos críos —empezó—. Estuvimos muy enamorados, pero nuestras familias estaban a la greña y se opusieron a lo nuestro desde el momento en que lo supieron. Nos obligaron a separarnos, fue muy duro. El tiempo pasó, Jaume conoció a otras chicas… Cuando mis padres murieron, decidí hacer las paces con la familia Folch. Les cedí unas tierras que reclamaban y les vendí otras. Entonces Raimon empezó a pretenderme y yo me dejé querer. Nos casamos, luego Jaume lo hizo con Lola… En fin, ya saben el resto de la historia.

—Pero lo de Jaume y Lola fue más bien un enlace por motivos comerciales. Si no me equivoco, en el Priorat se los conoce como «los Reyes Católicos». Juntaron fuerzas y fortuna —apostilló Vidal.

Elvira sonrió con tristeza.

—Los chismes corren rápido por la comarca. Sí, así los llamaban. Lola tuvo a Jaume, pero jamás le quiso. Y dudo que él la llegase a amar nunca. A veces la vida es muy injusta. No me malinterpreten, yo fui muy feliz junto a Raimon y me dio a mi hijo Miquel, que es lo mejor que me ha pasado en la vida. Pero con Jaume... Nuestro amor sí fue de verdad, pero tuvo que acabarse. Las cosas podrían haber sido muy diferentes si nos hubiéramos enamorado en otro momento.

—Perdónenos si insistimos tanto en saber sobre su vida privada, pero necesitamos conocer bien las circunstancias familiares de su cuñado. Nos va a ayudar mucho en la investigación, aunque solo sea para descartarles —se justificó Vidal.

—Lo entiendo, no se preocupen.

—Sin embargo, también ha llegado a nuestros oídos un dato que queremos confirmar o desmentir con usted. —Sagi buscó la manera de exponerlo lo más delicadamente posible—. Me refiero a que Miquel podría ser hijo de Jaume, no de Raimon.

Elvira se quedó petrificada, y en milésimas de segundo pasó del asombro a la ira más visceral.

—¡¿Quién les ha contado semejante embuste?! —estalló—. ¡Por supuesto que Miquel es hijo de Raimon!

—Nos han explicado que usted volvió a mantener una relación íntima con Jaume cuando ambos ya estaban casados.

—¿A eso han venido a mi casa? ¿A acusarme de cosas inciertas? ¿A causar más daño? ¿Quién les ha ido con esta mentira? —Se levantó del sofá y empezó a dar vueltas por el salón como una leona enjaulada... hasta que cayó en la cuenta—. Ha sido Lola, ¿verdad? No me lo puedo creer. Es una embustera, una manipuladora. Miquel es hijo de Raimon, y ni ella ni nadie pueden decir lo contrario. ¿Qué pruebas tienen? Ninguna, ¡porque no es cierto!

—No estamos asegurando que Miquel sea hijo de Jaume, pero si lo fuera, y a falta de testamento, con su muerte todos sus bienes pasarían al chaval, y no a Lola —recordó Sagi.

—¡Pero es que no es cierto!

—Entienda que si esta información se verificase, las sospechas se dirigirían hacia ustedes. Miquel sería el beneficiario de la herencia y, evidentemente, como haría cualquier madre, usted velaría por los intereses de su hijo.

—Esto no puede ser verdad. No puede estar pasándonos a nosotros... —musitó Elvira mientras volvía a sentarse—. Lola es mala. Perversa. Haría cualquier cosa para dañarnos. Nunca ha querido a Jaume, pero tampoco me ha perdonado que yo sí lo hiciese. Y que él me amase a mí. Para ella, el qué dirán es muy importante. De cara a la galería siempre se ha mostrado cordial con nosotros, pero en el fondo de su podrida alma nos odia. Debe de creer que Miquel es hijo de Jaume porque sus celos y su inquina la ciegan. Solo hay una cosa que de verdad le importa: el dinero. Y no busquen más en ella porque no lo encontrarán.

Los dos *mossos* se percataron de que Elvira se encontraba cada vez más nerviosa, así que decidieron echar el freno.

—Está bien, señora Sentís. Lamentamos haberla alterado, pero necesitamos hacer nuestro trabajo. Ya nos marchamos —dijo Vidal.

—Perdónenme a mí. Hace pocas horas que hemos enterrado a Jaume y todo parece desvanecerse a nuestro alrededor.

Los dos inspectores salieron de la casa de Elvira y Miquel con nuevos interrogantes. Tenían la sensación de que, en este caso, a cada pregunta que formulaban, en vez de obtener una respuesta, solo lograban cientos de preguntas más. Subieron al coche y pusieron rumbo a la comisaría de Falset. El tortuoso trayecto transcurrió entre dudas y desconcierto.

—Algo me dice que Elvira no miente —comentó Sagi—. Que Miquel no es hijo de Jaume. Se ha agitado mucho. Si todo ha sido un teatro, la verdad que es muy buena actriz.

—Entonces ¿por qué Lola se inventaría todo esto? —preguntó Vidal—. Al fin y al cabo, le perjudicaría. Tú mismo lo has dicho, el heredero de Jaume sería Miquel.

—Pues precisamente por eso. Para desviar la atención a su cuñada y a su sobrino. Para que alejemos nuestras sospechas de ella.

—Elvira también es diestra, ¿te has fijado? Cuando se secaba las lágrimas y se sonaba la nariz.

—Sí, me he dado cuenta. Podríamos tropezarnos con algún zurdo para ir descartando sospechosos, ¡joder!

—No lo sé, pero no veo nada claro en todo esto. ¿Y si nos estamos equivocando? ¿Y si no es más que un enredo familiar y la muerte de Jaume tiene que ver con otro asunto? Dinero, negocios... Hemos dejado muy de lado a Garrido —apuntó Vidal.

—Pedí que le investigasen. Hace unas horas me han llamado de la central. Está limpio. No creo que haya querido mancharse las manos de sangre por un hotel en el Priorat, por muy cabrón que sea.

El teléfono móvil de Sagi emitió un pitido.

—Un e-mail de la central —anunció, y lo abrió mientras Vidal se concentraba en la carretera—. ¡Por fin! Es sobre el símbolo grabado en el pecho de la víctima.

Lo leyó con atención y, al acabar, chascó la lengua.

—¿Y bien? —se interesó Vidal.

—Nada. No han encontrado coincidencias con ningún símbolo conocido. Ni sectas, ni grupos satánicos, ni logias ni nada que se le parezca. No tenemos nada.

—Desde el primer momento he pensado que ha sido una maniobra de despiste. Algo que el asesino ha inventado para desviarnos del motivo real del crimen.

—Crucemos los dedos para que así sea, porque si no estaríamos ante algo nuevo y eso querría decir que estamos bien jodidos.

Una vez hubieron llegado a Falset, continuaron especulando sobre las diversas líneas de investigación que estaban abiertas. Plantearon móviles para diferentes sospechosos, desmontaron coartadas, descartaron hipótesis. Se preguntaron por las posibilidades más remotas y se dieron las respuestas más variopintas. Estuvieron horas desmenuzando el caso, organizando datos, planteando nuevas dudas que habría que resolver. Incluso estudiaron la alternativa de que hubiese más de un asesino. Pero no sacaban nada en claro. Apenas descansaron para comer un tentempié y volvieron al trabajo.

El sargento Moreno entró sin llamar en el despacho en el que se encontraban. Traía cara de circunstancias.

—Perdón, pero hemos recibido un aviso que creo que va a interesarles. Nos ha llamado la alcaldesa de La Morera de Montsant para informarnos de que ha habido un acto vandálico en el cementerio.

Sagi y Vidal resoplaron al unísono.

—Pero si hemos estado allí hace unas horas... ¿Qué ha pasado?

—Según ha explicado, pintadas, profanación de tumbas y un gato abierto en canal.

—Joder, lo que nos faltaba —se quejó Sagi.

—¿Estará relacionado con el caso?

—No lo sé, Vidal. Solo hay una manera de saberlo. Avisa a la Científica y a tu equipo. Vamos para allá.

Una mujer con una larga cabellera rizada los esperaba en la puerta del pequeño cementerio municipal, junto al trabajador del ayuntamiento que ya habían visto antes en el entierro de Jaume Folch. La alcaldesa se acercó a ellos con el susto metido en el cuerpo.

—Gracias por venir tan rápido, inspectores —dijo, y señaló al hombre que la acompañaba—. Joan ha vuelto aquí hace una media hora para guardar el material después del sepelio y se ha encontrado con el desastre.

—No he tocado nada —aseguró el operario.

Sagi y Vidal se adentraron en el recinto. Era de reducidas dimensiones y pronto pudieron evaluar los destrozos. Las losas de los nichos de la parte derecha aparecían pintarrajeadas en color negro. Las del lado izquierdo, donde habían enterrado a Jaume Folch, estaban tachadas en rojo. La lápida de una de las escasas tumbas situadas en el suelo estaba partida en dos. Pero lo que más llamaba la atención era la escena dispuesta a las puertas de la pequeña ermita del camposanto. En el suelo, el cadáver de un gato rajado de arriba abajo ensuciaba de sangre los peldaños de acceso al templo. En el centro de la doble puerta, pintada en blanco, aparecía una letra «T» enmarcada en un triángulo.

Vidal se acercó a la siniestra estampa y apoyó sus manos en las caderas mientras afirmaba con la cabeza.

—Pues sí, Sagi, sí. Estamos bien jodidos.

Martín jugaba con el teléfono móvil de Lara sentado en el sofá de su piso. Concentrado, movía sin cesar los dedos sobre la pantalla, intentando matar a unos alienígenas que pretendían hacer lo mismo con él. Lara lo miraba con sentimientos encontrados. Por un lado, le encantaba tenerlo con ella, en su casa, y sabía que el niño también disfrutaba de sus cuidados y su compañía. Por otro, cada día que pasaba estaba más inquieta por el estado de Ernesto.

Cuando dejó a Martín en la escuela después de que ambos se zampasen unos sabrosos espaguetis carbonara, supo que Ernesto no acudiría a recogerle dos horas más tarde. Aunque se lo había prometido, había días en los que su padrastro vivía en una fulminante caída libre de la que nadie podía salvarlo, ni siquiera su propio hijo, a quien amaba con locura, algo de lo que Lara estaba convencida. Y ese era uno de esos días. Así que la reportera fue a buscar al crío a la escuela, merendaron por el centro y luego se dirigieron al piso, a hacer los deberes y a esperar a que Ernesto saliese de su pozo y volviese a ser cuando menos la sombra del padre atento y cariñoso que siempre había sido.

Lara quería ayudarle, y ya lo había intentado en varias ocasiones y de formas muy diversas, pero nada parecía funcionar. Ella también había perdido a su madre, pero se comprometió a salir adelante y a luchar, sobre todo por su hermano pequeño. Aunque de nada sirve echar una mano a quien no quiere cogerla.

Eran más de las nueve de la noche y seguía sin saber de su padrastro.

Un pitido, seguido de la voz de Martín, la sacó de su desazón.

—Lara, te están llamando —le dijo el niño tendiéndole el teléfono.

—¿Diga?

—¿Lara? Soy Paco, del bar. Bájate, anda. Creo que por hoy ya es suficiente.

La periodista avisó a su vecina, Rosa, para que se quedase con Martín hasta que volviese. «Si tardo, que se acueste en mi cama», le pidió. Rosa, una dicharachera divorciada con hijos ya independizados, se ofreció encantada. No era la primera vez.

Salió en dirección al barrio de Horts de Miró, donde vivían Ernesto y Martín. Buscó el bar que quedaba justo al lado de su portal. Cuando entró, vio a Ernesto sentado en un taburete frente a una máquina tragaperras. Tenía la mirada perdida y tocaba los luminosos botones sin tan siquiera mirarlos. En la mano izquierda, un botellín de cerveza. La musiquilla de la máquina y los destellos de la pantalla amenizaban su particular ritual.

Lara se acercó y apoyó su mano en el hombro de su padrastro.

—Ernesto, venga, vámonos a casa.

Ante la apesadumbrada mirada de Paco, Ernesto salió de su estado hipnótico, dejó la botella en una mesa y se dejó guiar por Lara como si se tratase de un niño chico. Caminó cabizbajo hasta la calle, aferrado al brazo de su hijastra.

Lo acompañó hasta su piso y, una vez estuvieron en el dormitorio, le ayudó a ponerse el pijama y a echarse a dormir. Apagó la luz de la habitación y salió en silencio.

Volvió a su casa con el corazón en un puño. Se conminó a no llorar porque no quería que Martín la viese hacerlo. «Mañana será otro día», pensó. «Tal vez mañana, Ernesto decida cegar de una vez por todas el maldito pozo para no volver a caer en él».

Sagi cerró con cuidado la puerta de la casa. Era tarde y no quería despertar a su abuela. Se quitó los zapatos y subió sigiloso la escalera, pero descubrió luz en el comedor. Teresa estaba frente a la mesa con su añeja baraja de cartas, jugando al solitario y renegando al ver que no salían los naipes que ella esperaba. A su lado aguardaban un vaso vacío, una servilleta de papel y unos cubiertos sin usar.

—¿Todavía despierta, abuela?

La mujer se asustó y pegó un pequeño brinco en la silla.

—¡Joder, hijo, siempre tan silencioso! Un día de estos me mandas al otro barrio. —Se levantó y le dio un sonoro beso en la mejilla—. Me tienes preocupada. No son horas estas de ir por el mundo.

—Los malos nunca descansan, yaya.

—Y a los buenos os tocan los cojones. Por su culpa estás *eslomao*. Venga, que te traigo la cena. Debes de estar muerto de hambre.

Sagi devoró la ensalada de cebolla dulce, tomate del huerto del vecino y ventresca de atún que Teresa le había preparado. De segundo, unas costillas de cordero que sabían a gloria. Y de postre, un flan que apuró con ganas.

—¡Qué gusto da verte, chiquillo! Siempre has sido de buen comer. No como tu padre, que siempre hacía bolas con la carne, las guardaba en los mofletes y luego las escupía. Se pensaba que no me enteraba, pero a mí no se me escapaba una.

—Anoche cené con él y con mamá.

Silencio.

—Te mandan recuerdos.

Más silencio. Teresa se puso seria y suspiró pensativa.

—Gracias por inventártelo, cariño, pero a mí no me la das con queso. De tu madre aún me lo creo, pero de tu padre...

Sagi la tomó de la mano.

—Eh, alegra esa cara, preciosa. Lo siento, debería haberme callado.

—¡Como si tú tuvieses alguna culpa! —Su semblante se entristeció—. Es que no es fácil que el único hijo que te queda se olvide de ti.

—No digas eso, mujer. Claro que piensa en ti.

—No me tomes por tonta, que estaré vieja pero sigo en mis cabales.

Teresa acarició la mejilla de Sagi.

—Suerte que te tengo a ti. Que aunque vives lejos y tienes mucho trabajo, vienes a visitarme a menudo.

—¿Y los primos?

—Bah, esos andan con malas compañías. Hace mucho que no los veo, pero, según me han explicado, mejor que no vengan.

—Vaya… No sabía nada. Hace siglos que no sé de ellos.

—En vez de salir a tu tío, han salido a tu padre. Solo se acuerdan de su abuela en Navidades. Y no lo digo porque vengan a comer o a cenar conmigo, como hacen todas las familias, sino por los regalos. Por el dinero que les doy, vamos. Se ve que les hará buena falta.

—Pues no les des más, abuela. Y menos si andan metidos en líos.

—Pero no dejan de ser mis nietos, Víctor. Son lo único que me queda de tu tío Pablo —evocó con melancolía.

Sagi pensó en la triste situación de su abuela. Viuda desde hacía décadas. Con su hijo Pablo, el menor, que vivía en el pueblo y la trataba como a una reina, muerto en un accidente de tráfico. Y con el otro hijo, afincado en Barcelona y con una carrera de éxito, desapegado y renegado. Incluso había llegado a repudiar sus orígenes humildes cambiándose su nombre de pila. Ahora ya no era Francisco, sino Francesc. El adalid de la nueva burguesía barcelonesa. La impotencia se le atascó en la garganta. El rencor hacia su padre volvió a aflorar.

—Anda, ven. Dame un abrazo. Pero de los fuertes, ¿eh?

—Ay, vida mía, ¿qué haría yo sin ti? —dijo Teresa dejándose querer.

«Eso mismo me pregunto yo, abuela», pensó, y apretó el frágil cuerpo de Teresa contra el suyo, le acarició el cabello y la hinchó a besos en la coronilla. «¿Qué haría yo sin ti?».

Minutos después, los dos subieron las escaleras hacia sus habitaciones y se dieron las buenas noches. Sagi se desnudó, se metió bajo las sábanas y, sintiendo cómo sus raíces se fortalecían, invadido por una plenitud que pocas veces experimentaba, empezó a reseguir con el dedo índice las figuras geométricas del papel de pared hasta que, exhausto, cayó dormido.

19

El Priotast se le antojó a Lara como un trocito del Priorat incrustado entre el cuadriculado Ensanche barcelonés. Era un local pequeño y acogedor. Estaba decorado con gusto y las joyas de la corona eran, como no podía ser de otra forma, las incontables botellas de caldos de la comarca en la que se inspiraba su nombre. Tintos y blancos. Crianzas y jóvenes. Un exquisito escaparate para los amantes del vino. Lara se había animado a viajar hasta Barcelona cuando Ernesto se presentó a las siete y media de la mañana en su piso, recién duchado y afeitado y, lo que era más importante, despejado y lúcido. Se ofreció a preparar el desayuno a Martín y llevarlo al colegio.

—Siento lo de ayer, Lara. No sé qué me pasó… Pero hoy estoy bien, ¡mírame! Vete tranquila a Barcelona y haz lo que tengas que hacer.

La periodista se subió a su coche todavía debatiéndose entre quedarse en casa por si Ernesto volvía a sucumbir a su estado ausente, o arrancar y continuar con una investigación que parecía llamarla a gritos. Optó por confiar en su padrastro y dejarse llevar por su intuición, que le decía que no debía demorar más su visita a la capital catalana.

Estaba examinando las etiquetas de las elaboraciones de Di-Vino, iluminadas por los focos led situados dentro de las mismas estanterías, cuando una mujer se acercó a ella. Se presentó como la encargada del restaurante.

—Querría hacerle unas preguntas acerca del señor Folch —dijo Lara—. ¿Venía mucho por aquí?

La encargada resopló, y la periodista enseguida se percató de que no tenía una actitud muy colaborativa.

—Bueno, a veces... ¿Para qué medio me ha dicho que trabaja?

—¿Tenía buena relación con los trabajadores del restaurante?

—Por supuesto que sí, pero creo que no debería...

—¿Sabe si alguna vez tuvo algún rifirrafe con alguien? —insistió Lara, que no quería darse por vencida.

—Verá... Todos los que trabajamos en Priotast estamos muy afectados por la muerte de Jaume y no creo que sea apropiado hablar con usted —le dijo con recelo—. No sé si él vería con buenos ojos que hablemos con periodistas.

—La entiendo, pero solo le hago estas preguntas para conocer un poco mejor a su jefe y, quién sabe, quizá así ayudar a los Mossos a resolver su asesinato. Colaboro con ellos —se arriesgó a decir—. ¿Sabría indicarme dónde tenía el señor Folch su piso?

—Lo siento, debo volver al trabajo —se excusó la encargada y, en un visto y no visto, desapareció en la cocina.

Lara no se rindió. Cuando se cercioró de que la mujer no la veía, se acercó a un joven camarero.

—Disculpa, soy una agente externa de los Mossos d'Esquadra. Estoy cooperando en la investigación del homicidio del señor Folch —mintió con aplomo.

Al oír las palabras «Mossos d'Esquadra», el muchacho se paró en seco a escucharla.

—Ya he hablado con tu encargada, pero he olvidado anotar la dirección del piso del señor Folch. ¿Podrías confirmarme en qué calle se encuentra? —Lara dudaba de que semejante excusa resultase creíble, pero cruzó los dedos.

El camarero vaciló, pero la seriedad que mostraba Lara y las ganas de quitársela de encima cuanto antes lo convencieron.

—Vivía aquí cerca, en la calle Còrsega, pero no recuerdo el número.

La periodista vio cómo la encargada del restaurante reaparecía en el comedor y la miraba con enfado.

—Muy amable —contestó antes de salir disparada del establecimiento.

Se alejó un par de calles y se sentó a pensar en el escalón de un portal. Esperaba sacar algo más de su visita al restaurante de Jaume. Además, había miles de pisos en la calle Còrsega. No quería volver a casa con las manos vacías.

Entonces se acordó de la foto que hizo al DNI del empresario asesinado. Miró en el móvil su correo electrónico y examinó la imagen. La había tomado junto al cadáver, con las botas manchadas de su sangre. Ella había sido la primera en verle con el cuello cortado y el rostro desencajado. Desde que lo encontró, la perseguía un sentimiento de culpabilidad por no haber evitado el crimen, aunque sabía que esa posibilidad jamás había estado en sus manos. El asesino podría haberlo cometido ese mismo día, a cualquier otra hora, o al día siguiente, o al cabo de una semana. «Pero si no hubiésemos quedado para la dichosa entrevista, tal vez te habrías quedado en tu piso de Barcelona», pensaba sin cesar. Se veía en la obligación moral de ayudar a encontrar al homicida. Se lo debía. Por otro lado, le fastidiaba que los Mossos no la dejasen avanzar. «Vas a tener que echarme un cable, Jaume, porque estoy muy perdida».

Una idea acudió a su mente. Volvió a mirar la foto y confirmó que se distinguía el número completo del documento de identidad. Buscó en internet el teléfono de atención al cliente de una compañía eléctrica y lo marcó. Después de unos minutos escuchando una voz grabada que le pedía que seleccionara con el teclado el motivo de la consulta, consiguió hablar con un teleoperador.

—Buenos días, le atiende Marcos, ¿en qué puedo ayudarle?

—Buenos días. Los llamo porque desde hace unos meses no recibimos por correo la factura de la luz y creo que pueden tener una dirección errónea en su base de datos.

—¿Es usted la titular del contrato?

—No, es mi marido.

—Entonces tiene que llamar él. Es por la Ley de Protección de Datos.

Lara puso su voz más afligida.

—Verá... Mi esposo falleció recientemente y ahora me encargo yo de realizar todas estas gestiones...

—Lamento su pérdida, señora. En ese caso, debo consultar con mi encargado cómo debe hacer la tramitación...

—Es que necesito que me envíen con urgencia una copia de la última factura —le interrumpió— porque estoy viviendo una situación delicada y, la verdad, no sé si podré pagarla. Voy a tener que pedir ayudas públicas. Debo reorganizar muchas cosas ahora que me he quedado sola y la burocracia no agiliza nada.

El chico calló, meditando qué hacer. Finalmente, cedió:

—Deme el número de DNI de su esposo.

Lara se alegró y le facilitó el dato.

—Lo siento, pero no nos consta como cliente.

«¡Mierda!». Lara colgó antes de que el joven le dijese una palabra más. De nuevo buscó en internet el número de teléfono de otra conocida empresa eléctrica y repitió el mismo guion. Se sintió muy ruin, pero pensó que su papel digno de un Goya estaba justificado porque era por una buena causa. Como en el caso anterior, convenció a la teleoperadora y, tras facilitarle el DNI de Jaume, le dijo:

—Veamos, aquí me salen dos domicilios. ¿A cuál se refiere?

Lara sintió que su corazón se aceleraba.

—Las facturas que no recibimos son las del piso de Barcelona. Está en la calle Còrsega. ¿Me puede decir qué número les consta, por favor?

La empleada de la eléctrica le facilitó la dirección completa.

—Vaya, pues sí que es correcta —dijo Lara fingiendo extrañeza y memorizando el número y el piso que acababa de escuchar—. Entonces no entiendo por qué no recibimos sus facturas. ¿Podrían reenviar las dos últimas, por favor?

—Por supuesto, señora. Ahora tramito la solicitud. ¿Le puedo ayudar en algo más?

Cuando colgó, no pudo evitar dar saltos de alegría en medio de la calle. Algunas personas que la vieron se mostraron sorprendidos, y otros directamente le dedicaron una amplia sonrisa. Lara buscó en la aplicación de mapas de su móvil dónde se encontraba el piso de Jaume y el alborozo fue en aumento al descubrir que estaba a tan solo tres manzanas del Priotast. Sin perder un segundo, dirigió sus pasos hacia allí.

La fachada del edificio era elegante, como prácticamente todas las de esa zona del Ensanche barcelonés. La portería era estrecha, profunda y bastante oscura, como pudo comprobar aprovechando que la puerta estaba abierta. Al fondo alcanzó a vislumbrar una pequeña lámpara sobre un escritorio, y sentado enfrente vio a un hombre que leía un periódico con la radio encendida. Lara decidió acercarse para entablar conversación. El portero vestía unos pantalones impecablemente planchados y una camisa con chaleco de punto, de cuyo bolsillo salía un pañuelo colocado con mimo. Lara pensó que estaba delante de un señor de los de antes. Distinguido y educado. Presintió que debía de llevar muchos años trabajando en porterías de acomodados barrios de Barcelona y se preguntó por qué todavía no se habría jubilado.

—¡Buenos días! —lo saludó—. ¿Cómo anda el mundo hoy?

—Peor que ayer y mejor que mañana —contestó cortésmente el portero—. No soy adivino, pero le aseguro que no me equivoco, señorita.

—Pues sí… Las cosas no marchan muy bien.

—Y ustedes, los jóvenes, son los más perjudicados. Si toda la cuadrilla de ineptos que nos gobiernan viviese en sus propias carnes las estrecheces que pasan muchos, quizá las cosas cambiarían. Da igual unos que otros. Son los mismos perros con distintos collares.

—¡No vaya usted a chafarme el día, hombre! ¡Con lo contenta que estaba yo hoy!

—Si no es por menguarle el ánimo, pero las cosas son como son. Y usted tiene cara de chica lista, así que no le estoy diciendo nada que no sepa ya. Lo que es bien cierto es que ni usted ni yo podremos arreglar el estropicio en el que vivimos, así que mejor dejárselo a las mentes pensantes del país. A ver si nos toca el Gordo y algún día aparece un político que se merezca el sustancioso sueldo que le pagamos entre todos. Por cierto, ¿qué se le ofrece, señorita? ¿Viene a visitar a alguien?

Lara intuyó que el hombre se cerraría en banda a hablar con ella si la pillaba en un renuncio, así que optó por decir la verdad:

—En realidad, busco a algún vecino del señor Jaume Folch, del quinto segunda. No sé si estará usted al corriente de lo ocurrido.

—Pues lamento comunicarle que no. Si no le importa iluminarme...

—El señor Folch fue asesinado hace tres días. En su pueblo del Priorat, donde residía habitualmente. —El portero ahogó un grito de espanto y se santiguó—. Podría decirse que, sin quererlo, me he visto envuelta en la investigación del crimen. Soy periodista y estoy colaborando con los Mossos.

—Una vecina del cuarto me explicó que había venido la policía a registrar un piso, pero en esos momentos yo no me encontraba aquí. Había salido a una visita médica. Los demás inquilinos también estaban ausentes, ya sabe, trabajando, y nadie supo concretarme nada. Aunque otra señora, del tercero, sospechó que se trataba del domicilio del señor Folch. No me pregunte por qué, porque no lo sé. Ahora veo que tenía razón. Pero ¿qué ha sucedido exactamente?

—No le puedo dar muchos detalles porque el caso se encuentra bajo secreto judicial y con una investigación policial abierta. Pero lo hallaron muerto cerca de su bodega. Es indudable que no fue una muerte natural.

—Virgen santísima... ¿En qué mundo de locos vivimos? ¿Quién ha podido acabar con la vida del señor Folch? Tan amable, tan cordial... —El portero se acercó a Lara buscando una mayor intimidad, como si hubiese alguien más allí que pudiese escuchar lo que iba a contarle—. El señor Folch tenía un restaurante aquí cerca y viajaba mucho. Un día me explicó que se había comprado este piso para no tener que estar siempre de hotel en hotel, cada vez que venía a controlar el restaurante o cuando llegaba de algún viaje. Para mí, era un empresario honrado y un vecino ejemplar. Jamás dio ningún problema ni tuvo ningún mal roce con nadie. Era un tanto introvertido, pero eso se agradece cuando estás acostumbrado a los chismorreos. Porque este es el deporte nacional, ¿sabe usted? Por muy potentado que sea uno, la lengua siempre trabaja, y hablar mal de los demás es un entretenimiento generalizado. Pero con el señor Folch nunca ha habido habladurías. Igual es porque no siempre vivía aquí, aunque a veces pasaba semanas enteras.

Lara no quiso interrumpirle ahora que había cogido carrerilla.

—Algunas veces, sobre todo en fin de semana, venía con un jovencito. Su sobrino, creo que era. Yo por las noches no estoy aquí, aunque en alguna ocasión les vi llegar ya de día. Imagino que sus juergas se correrían. No sé si estaba casado. En mis años mozos eso era sagrado, pero hoy en día ya poco importa. Lo que quiere la juventud es divertirse, vivir el día a día, porque a saber dónde estaremos mañana. El *carpe diem*, el *tempus fugit*. Si lo sabré yo... Aquí donde me ve, si tuviese unos años menos, seguramente haría lo mismo, porque ya ve usted cómo está el percal.

—Así que Jaume Folch se traía a su sobrino a disfrutar de la noche barcelonesa... —apuntó Lara viendo que el hombre empezaba a desviarse del tema.

—Ya le digo que yo, en horario nocturno, estoy en mi casa con mi santa esposa, pero en alguna ocasión sí les vi volver a plena luz del día. Y un poco perjudicados. Ahora que lo dice, otras veces regresaba el señor solo. Entre semana, digo, y también cuando ya era de día. Una vez estaba yo barriendo la acera, que se me pone perdida con la pelusa amarilla que cae de los árboles, y le vi apearse de un taxi. Saludé al señor y luego al taxista, porque para mí, la educación y los buenos modales están por delante de todo, y el taxista me dio palique. Se conoce que llevaba toda la noche aburrido y se había animado porque ya acababa el turno. Me dijo que le traía de un burdel —susurró avergonzado.

Lara fingió escandalizarse.

—¿Qué me dice?

—Lo que oye, joven. Que la cabra tira al monte. El taxista me contó que era una mancebía de alto copete donde, por lo visto, trabajan unas señoritas preciosas. «Yo no lo podría pagar ni con lo que gano en toda la noche», me soltó el muy bruto. Le seguí escuchando porque no quise ser descortés, pero la verdad es que me incomodó. Y él venga a hablar. Que si estaba al lado de una coctelería muy famosa de la calle Aribau, el Palate se llama. Que si era un prostíbulo de lujo y, como tal, no se anunciaba con neones. Que tenía no sé qué nombre en chino mandarín o japonés. Que si iba a ahorrar para pasar una noche allí. En fin, que al final le di los buenos días y si te he visto no me acuerdo. Pero mire, ahora al hablar con usted, he caído en la cuenta de que si el señor Folch a veces volvía a casa poco después de amanecer, igual resulta que era un asiduo del lupanar. Si es que uno nunca conoce de verdad a las personas, ¿no le parece? No hubiese pensado de él que tenía esos vicios. Aunque, bien mirado, hay otros mucho peores...

—Sí, lamentablemente así es —le cortó Lara en tono monjil—. Le agradezco su amabilísima atención, pero se me está haciendo tarde y tampoco quiero robarle más tiempo. Siempre es interesante charlar con alguien tan instruido como usted.

—Gracias por el halago, pero ya será menos. Es solo que

a un servidor le gusta mucho leer. Antaño trabajé en una editorial, cuando los libros aún eran todos en papel y la tinta de las letras ensuciaba los dedos al pasar las páginas. ¡Cuántos libros habrán desfilado ante mis ojos...! Incluso me atreví a hacer mis pinitos como poeta amateur y participé en recitales en *petit comité*, aunque la cosa no pasó de ahí. Pero eso ya es harina de otro costal.

—Vaya... ¡Es usted una caja de sorpresas! Otro día vuelvo y me cuenta más, que me ha dejado con las ganas.

—Por supuesto, cuando guste. Aquí tiene a un servidor para lo que le convenga. Ha sido un placer charlar con usted, joven.

El portero se despidió con una respetuosa inclinación de cabeza y volvió a su lectura. Lara dejó atrás a ese «poeta con aires de portero» y miró el reloj del móvil. «¿A qué hora deben empezar a trabajar las prostitutas de lujo?», se preguntó. Supuso que no antes de comer, así que buscó un bar para zamparse un bocadillo y dirigirse más tarde hacia el Palate.

Sagi observaba cómo las torres del castillo de Falset sobresalían de las casas del núcleo antiguo del municipio. Detrás de él, Vidal gruñía por haberse quemado los dedos con un café demasiado caliente. La mesa de la sala de reuniones de la comisaría estaba llena de fotografías y documentos del caso. Los dos inspectores habían reunido al sargento Moreno, al agente Durán y al cabo Ortiz. Este último había estado la tarde anterior con los de la Científica documentando los daños en el cementerio de La Morera. Querían analizar conjuntamente las diferentes líneas de investigación del caso, examinar todos los detalles, valorar a los sospechosos. Comprobar que no habían omitido nada importante.

—Tenemos que indagar en el dichoso símbolo con la «T» —reiteró el sargento Moreno, frunciendo su escaso entrecejo—. No puede ser casualidad que nos lo hayamos encontrado dos veces.

—Yo sigo pensando que es una maniobra de despiste —insistió Vidal.

—Pero ¿por qué? Apareció en el mismo cadáver. Quizá le hemos dado demasiada poca importancia —sugirió Ortiz.

—En la central lo investigaron y se documentaron a fondo, y no encontraron nada. El símbolo es nuevo, no podemos relacionarlo con nada ni con nadie —recordó Sagi.

—Pues entonces busquemos de dónde ha salido. Alguien ha tenido que inventarlo. Lo que está claro es que el asesino quiere enviarnos un mensaje, ya sea una pista falsa o algo que todavía desconocemos. Pero tenemos que averiguarlo. Lo último que deseo es tener a unos zumbados adoradores de Satán por el Priorat. Esta es una comarca tranquila, jamás habíamos visto nada así —argumentó el sargento.

—Si al final resulta que solo nos quieren confundir, perderemos un tiempo valiosísimo —receló Vidal—. Lo del cementerio es muy raro, sí. Y muy siniestro. Joder, ¡si hasta sacrificaron a un gato! Pero eso no significa que la víctima estuviese metida en una secta, o que le hubiesen lanzado un mal de ojo, o cualquier brujería o superstición.

Sagi seguía observando por la ventana, pensativo. De repente se dio la vuelta y miró, uno a uno, a sus compañeros.

—Quizá los árboles no nos dejan ver el bosque. O, mejor dicho, el bosque no nos deja ver los árboles.

Todos le miraron entre extrañados y escépticos, y aguardaron a que se explicara.

—Estamos analizando el símbolo en su conjunto, pero no sus elementos de forma individual. ¿Qué significa el triángulo por sí solo? ¿Y la «T»? Quizá ahí encontremos alguna respuesta.

—Me pongo a ello —se ofreció el agente Durán, que empezó a teclear frenéticamente en su ordenador portátil.

—Bien. También tenemos las cuentas de Jaume Folch. Vidal, ¿qué habéis encontrado?

—Aparte de lo relacionado con sus propiedades conocidas, es decir, bodega, casa, restaurante, etcétera, hemos visto que hace aproximadamente un año sacó grandes cantidades de dinero con pocos días de diferencia. Dos retiradas de treinta mil euros y una de cuarenta mil. En efectivo —explicó el inspector—. No sabemos para qué porque no consta. Además hemos detectado varias retiradas periódicas desde entonces. Unos dos mil euros cada mes. También en efectivo y tampoco sabemos para qué. He pedido a mi gente de Tarragona que siga indagando en este tema, a ver qué conseguimos.

—Qué extraño... —murmuró Sagi—. Es mucho dinero, y está claro que lo utilizó para algo. Bien, a ver si lo descubrimos. ¿Qué más?

—De momento, propongo repasar de nuevo los posibles móviles de los sospechosos —propuso Vidal—. Empecemos por Lola Grau.

—Móvil económico clarísimo. Jaume Folch muere, ella hereda sus bienes y por fin puede vender la finca de las narices. O pudo enterarse de que su marido se había gastado una fortuna en todavía no sabemos qué y la rabia le pudo —resumió Moreno.

—Es evidente, porque ya lo confirmamos, que la víctima no dejó ningún testamento, y la señora Grau pedirá que se la reconozca como heredera de todos sus bienes, como le toca por ley, pero también veo una motivación personal —apuntó

Sagi—. Jaume siempre quiso a su cuñada Elvira y no a Lola, aunque acabase casándose con ella. Pudo no haberle perdonado nunca. Quizá nos ha mentido más de lo que pensamos y resulta que ella también le quería, aunque fuese hace mucho tiempo. Pudo haber un detonante que hiciese saltar la chispa —conjeturó.

—Lo veo factible. Pasemos a Santi Roig —dijo Vidal.

—También beneficios económicos por la venta de la parcela y la prima de Garrido —apuntó el sargento.

—O motivación personal —replicó Ortiz—. Se acuesta con la mujer de la víctima. La quiere para él solo y se carga al marido. Será que no lo hemos visto veces…

—Bien. Ahora, Sebastián Garrido.

—Móvil económico. No debemos olvidar que la construcción del complejo hotelero le podría reportar unos ingresos nada desdeñables a largo plazo —advirtió el cabo.

—A Garrido dejémosle de lado. Al menos, por el momento —dijo Sagi.

—¿Cómo? —preguntó Vidal, molesto por la petición.

—Hoy a primera hora me ha llamado el comisario Bonet. Ha recibido órdenes de no molestar al director general de Enhoteles. Por lo visto, tiene buenos amigos en las altas esferas. Es íntimo de un *conseller* de la Generalitat, así que nos prohíben que le toquemos las narices.

—Pero es uno de los principales sospechosos. Aunque no haya cometido el crimen con sus propias manos, podría haberlo ordenado. Medios no le faltan —se quejó Ortiz.

—Sí, lo sé. Y tened por seguro que si los próximos pasos nos conducen a él, le investigaremos más a fondo. Pero en la central ya fisgonearon en sus cuentas y movimientos y no encontraron nada anormal. Personalmente, tampoco creo que se arriesgase a tanto. Si no construye el hotel aquí, lo hará en otro lugar. En cualquier caso, son órdenes de arriba y ya os digo que, por el momento, hay que acatarlas.

Todos asintieron.

—Sigamos. Elvira Sentís.

—Aquí podría haber dos posibilidades: motivación personal o móvil económico, pero ambas solo en el caso de que Jaume Folch fuera realmente el padre de Miquel —propuso Sagi—. Si la paternidad se confirmase, Elvira podría temer que Jaume sacase el secreto a la luz y acabase de hundir a Miquel. Entonces, lo mata para silenciarlo. O, en cambio, si le interesa más el dinero, lo asesina, deja que se sepa la verdad y Miquel hereda todo, como único hijo de la víctima. Si Jaume no era el padre, me cuesta más ver un posible móvil. Y Elvira insiste en que el padre de su hijo era Raimon.

—Dejemos esa opción como un interrogante en el que profundizar más adelante —dijo Vidal mientras tomaba notas en un papel—. ¿Quién nos queda?

—Miquel Folch.

—Me resulta difícil verle como sospechoso —comentó Sagi—. No le imagino matando a su tío.

—Yo tampoco —convino Vidal—. En todo momento le hemos visto muy afectado.

—Puede ser un buen actor —sugirió Moreno.

—Pero ¿qué motivación tendría? —preguntó el cabo Ortiz.

—Tal vez supiera que Jaume era su padre…

—Si es que lo es —insistió Sagi.

—… y estaba resentido con él por no haberle reconocido como su hijo. Así que decidió cargárselo para cobrarse lo que era suyo. Es decir, su parte de la empresa, sus propiedades, su dinero —elucubró Moreno.

—No lo veo, pero tampoco le descartemos del todo —propuso Vidal.

El agente Durán alzó el brazo para pedir la palabra. Quería explicarles sus hallazgos más significativos sobre el extraño símbolo aparecido en el cadáver de la víctima y en el cementerio.

—El triángulo tiene muchas interpretaciones —empezó mientras les enseñaba la pantalla de su ordenador—. Es la figura geométrica que representa el número tres y la trinidad en varias religiones, es decir, el Padre, el Hijo y el Espíritu Santo. Se asocia a lo sagrado y lo divino, a la unión del cielo con la tierra. En el judaísmo es el símbolo de Dios o de su ojo divino. Seguramente lo habréis visto en varios sitios, el ojo dentro de un triángulo. Sin ir más lejos, sale en los billetes de un dólar. Simboliza la omnipresencia. El ojo que todo lo ve. También lo utilizan los masones. Para ellos, más que un triángulo, es una pirámide, que simboliza la construcción, la gran obra del gran arquitecto que es Dios.

—Sí, vale, lo entendemos, representa a Dios —resumió Vidal—. ¿Y la letra «T» en mayúsculas?

—Ahí habría más interpretaciones. Podría tratarse de la tau griega; la cruz de tau o cruz de San Antonio Abad, usada por la Orden de los Franciscanos; la representación del número áureo 1618, que tiene multitud de propiedades matemáticas; también representa elementos relacionados con la naturaleza, la química... En fin, hay millones de posibilidades.

—Quizá solo sea eso. Una «T» mayúscula —dijo Sagi con cierto cansancio.

—O una inicial. O la primera letra de una palabra con un significado especial para el asesino —añadió Vidal—. Lo que parece más claro es la relación directa del triángulo con Dios.

—Entonces ¿buscamos una secta o algo así? —preguntó Moreno—. Joder, lo que me temía... Y si tiene relación con

Dios, quizá también la tenga con el Diablo. ¿Algún rito satánico? Lo digo por la profanación en el cementerio, el gato muerto...

—¿Qué tenéis sobre eso, Ortiz? —preguntó Vidal.

—No mucho —respondió el cabo de la Científica—. No hallamos botes de pintura ni aerosoles. Tampoco cuchillos ni nada con lo que pudiesen pelar al gato. Recopilamos muestras de todo lo que pudimos y nos llevamos al animal, pero no creo que saquemos nada de interés. Probablemente se trate de pintura que se pueda encontrar en miles de establecimientos. Como no había armas ni elementos relacionados con la profanación, tampoco tendremos huellas. Recogimos una infinidad en el cementerio, pero seguro que ninguna relacionada con nuestro caso. Por ahí ha pasado mucha gente.

—En internet no he descubierto ninguna relación entre nuestro símbolo y el satanismo, actos diabólicos o vudú —añadió Durán.

—Si partimos de un móvil económico, o incluso personal, ¿qué cojones tiene que ver todo esto con el asesinato de Folch? El símbolo, la profanación, el gato... ¡No entiendo nada! —soltó Vidal, enojado.

—Y no olvidemos la dichosa cajonera, las fotos familiares de Escaladei y la misteriosa llave que encontramos en el piso de Jaume en Barcelona. Tampoco hemos conseguido averiguar qué demonios abre. Algo estamos pasando por alto —aseguró Sagi—. Sigamos trabajando, tenemos que dar con ello.

20

Cartuja de Scala Dei,
año 1435

La reluciente figura de la Virgen María, bañada en oro y ador-
nada con piedras preciosas, coronaba la capilla ante la cual
rezaba postrado el prior Ferran. Dedicaba sus oraciones al
alma de la condesa de Prades. Años atrás, un predecesor en
su título había sufragado el oratorio donde se hallaba el monje, con el propósito de que los religiosos de Scala Dei orasen
en él por él y su descendencia. Al tratarse del mayor título
nobiliario en la zona, esa era la capilla más suntuosa y profu-
samente decorada.

Ferran pedía a Dios que protegiese a la condesa y a sus
allegados del mal y las tentaciones mundanas. Mientras observaba el rostro de la Madre de Nuestro Señor, el padre prior
suplicaba en silencio que el Creador los condujese por la senda de los buenos cristianos y que sus decisiones de gobierno
estuvieran guiadas por la honradez y la ecuanimidad. Los
otros monjes de Scala Dei procedían de igual forma en las
capillas anexas. Tras la misa comunitaria celebrada en la iglesia, los religiosos se habían dirigido al edificio de las capillas,

situado entre el templo y el claustro mayor, que contaba con varios oratorios costeados por diferentes nobles catalanes. Allí los clérigos rezaban por el bienestar y la salud de cada uno de los benefactores, mucho menos preocupados por la vida inmaterial y por su espíritu. Así permanecieron durante más de una hora.

Al finalizar las plegarias, los monjes se encaminaron a sus respectivas celdas para continuar con sus ejercicios espirituales. Oleguer buscó aproximarse a Ferran y le hizo una señal con la cabeza para que le siguiese. Los dos monjes se separaron de sus hermanos sin causar en estos ninguna extrañeza, pues el prior y el procurador solían compartir su tiempo para trabajar en la administración de la cartuja.

Ferran siguió a Oleguer hasta el exterior de la monjía y emprendieron el camino hacia la casa baja. Ya al aire libre, los dos monjes sintieron el azote del final del invierno al enfrentarse a un fuerte viento helado. Introdujeron sus manos entre las mangas de los hábitos y prosiguieron por el sendero que conectaba con la procura.

—Al fin creo haber hallado lo que buscábamos —aseguró el padre procurador con nerviosismo.

El padre prior lo miró asombrado, con las cejas enarcadas, y asintió para que prosiguiese.

—Ven conmigo y tú mismo podrás juzgarlo.

Los dos religiosos se pararon a pocos pasos de la puerta del edificio, momento que aprovechó Oleguer para poner al corriente de la situación a su amigo.

—Ha acudido a la procura en varias ocasiones en busca de caridad y limosna para poder comer y no morir de hambre. Entremos.

Dejaron atrás a los donados y frailes que se ocupaban de distintas tareas y se aproximaron hasta el hombre que los esperaba junto a la puerta del despacho del padre procurador. Estaba sentado sobre unos sacos y se levantó raudo al verlos llegar. Era de estatura media y tez morena, y vestía ropas harapientas. Se apreciaba a simple vista que su cuerpo hacía meses que no tocaba una gota de agua limpia, y mucho menos jabón, y su rostro expresaba a partes iguales necesidad y vergüenza. Hizo una extraña reverencia cuando los dos religiosos se pararon frente a él. Con un gesto de la mano, Ferran le pidió que hablase.

—Padre prior, gracias por recibirme, bendito seáis. Me figuro que el padre procurador ya le habrá explicado mi penosa situación. Soy un pastor viudo, vivo en una casucha en Poboleda con cuatro hijos a quienes no tengo manera de sacar adelante, pues mi oficio no da para mucho y son demasiadas bocas que alimentar. Hasta ahora hemos ido pasando gracias a la caridad y la benevolencia del padre Oleguer, aquí presente, que ha tenido a bien ayudarme tantas veces como he acudido a él, y bien sabe que se lo agradezco con toda mi alma. Pero siempre es el mismo pan para hoy y la misma hambre para mañana. Mis dos hijos mayores, varones ambos, me auxilian en las labores del ganado y a menudo viajan para buscar sustento en villas vecinas y otras más lejanas, pero mis dos hijas menores poco hacen, más que intentar adecentar una casa que apenas se mantiene en pie —se lamentó al borde del llanto—. Nadie quiere desposarlas, pues ninguna dote puedo ofrecer. Yo ya no veo solución a tanta miseria y por eso solicito de vuestras mercedes que nos ayuden como puedan y de la manera que crean conveniente. No pretendo abusar más de su compasión y donativos. Nada me haría más feliz que poder servirles. El padre procurador me habló de una posibilidad... —De repente el hombre calló y miró de reojo a los religiosos que trabajaban en la procura, receloso de que pudiesen escuchar lo que estaba a punto de decir.

Ferran hizo un gesto hacia el pastor para que no se moviese de donde estaba y pidió a Oleguer que lo siguiese hasta la habitación en la que solía atender los asuntos de su cargo. Fue allí donde el padre procurador le informó entre susurros de aquello que el pobre hombre temía que fuera escuchado por oídos indiscretos:

—La última vez que vino le deslicé la posibilidad de que donase a sus hijas a la cartuja, prometiéndole que les buscaríamos buenos esposos y que trabajarían para la comunidad, así que nada les faltaría durante el resto de sus días. No acabé de concretar el trato, pero se mostró complacido con lo poco que le sugerí.

—Tenías razón, Oleguer. Es lo que buscábamos. Hazle pasar y formalicemos la propuesta.

Oleguer abrió la puerta y pidió al hombre que se sumase a la pequeña reunión. Ferran volvió a su mutismo y dejó que su amigo prosiguiera.

—El prior cree que lo mejor para tus hijas, y para el bien de tu familia, es que las dones a la orden —le dijo al pastor—. Las casaremos con fieles siervos y las emplearemos en nuestras tierras. Probablemente serán destinadas a nuestras propiedades cercanas a Lleida, donde la orden está en proceso de repoblación. Es muy posible que jamás vuelvas a verlas —le avisó.

El hombre se tiró al suelo entre lágrimas y empezó a besar ora los pies de un monje, ora los del otro.

—¡Benditos seáis! —exclamó.

Ferran le tocó el hombro para indicarle que se levantase.

—Mi corazón sufrirá por no ver más a mis hijas, pero mi consuelo será saber que están a salvo y bajo vuestra protección. Aceptándolas como vuestras siervas estáis salvando sus vidas y la mía. Jamás podré agradecéroslo lo suficiente.

—Vuelve mañana a la procura y te indicaré cómo proceder —le dijo Oleguer—. Tus hijas podrán quedar bajo nuestra guarda dentro de tres días.

—Así lo haré, padre.

El hombre salió del edificio con la ligereza en sus pasos de quien se ha quitado un gran peso de encima.

—Me conmueve su dicha —comentó Oleguer en cuanto se quedaron a solas—. En verdad le estamos ayudando, pero jamás podrá imaginar cuánto nos auxilia él a nosotros —añadió.

El prior alzó las manos hacia el cielo y abrazó a su compañero.

—¡Es una gran noticia, hermano! Por fin podremos empezar nuestra obra. La espera ha merecido la pena, el momento tenía que llegar. Ya sabes cómo obrar. Tenlo todo preparado para la fecha. Por otro lado, ahora que nuestro propósito está próximo, debemos comenzar a recabar los recursos necesarios para sacarlo adelante. Necesitamos medios para garantizar la pervivencia de nuestra obra en los tiempos venideros. Partimos con la ventaja de tenerlo todo a nuestro alcance, mas debemos obrar con tiento. No hay que dejar constancia de lo que hacemos y nadie debe advertir nada.

Ferran percibió la desazón de su amigo.

—Entiendo tu zozobra ante tal medida, pero ya lo hemos discutido en varias ocasiones. Bien sabes que es imprescindible para el éxito de nuestra divina misión. El Creador sabrá dispensarnos tal falta porque conoce nuestras buenas intenciones. Debemos empezar ya.

Los dos monjes tomaron los libros de cuentas del monasterio y comenzaron a repasarlas. Mientras cambiaban deliberadamente algunos números, el prior sonreía sin cesar. El procurador, en cambio, se reconcomía por los pecados que en ese momento empezaban a consumar.

Ferran esperaba impaciente en la masía conocida como del Oliver Gran, ubicada a menos de una legua al oeste de la procura, en una zona de difícil acceso rodeada de bosques de pinos, higueras y matorrales. El edificio era de reducidas dimensiones, pero en las proximidades contaba con un pozo y unas pocas tierras cultivables. Pese a ser propiedad de la orden, la finca estaba deshabitada y abandonada, ya que la comunidad de Scala Dei había preferido no ocuparla con siervos por el poco rendimiento que le reportaría. El prior y el procurador creían que era el lugar adecuado para llevar a cabo su sagrada encomienda.

Al cabo de unos minutos de espera, Ferran vio acercarse a Oleguer seguido de dos jóvenes. Caminaban con sigilo y sin mediar palabra, tal como esperaban los monjes. Al llegar a su lado, Ferran observó a las muchachas. Una era alta y esbelta, de piel morena y cabellos oscuros. Su mirada era profunda y causó un estremecimiento en el prior. La otra era más menuda pero también delgada, pelirroja y de ojos verdes. «No parecen hermanas, no pueden ser más diferentes», pensó.

—Padre prior, estas son Joana y Elisenda —anunció Oleguer señalando en primer lugar a la chica más morena y luego a la más pálida.

Ambas hicieron una leve reverencia y permanecieron en su sitio esperando las palabras del monje.

Ferran se percató de que Joana era la de más edad e imaginó que debía rondar los dieciocho años. Elisenda se mostraba un tanto amedrentada y se escudaba en su hermana, que la protegía asiéndole con fuerza una de las manos. Decidió, pues, tranquilizar a las muchachas.

—Bienvenidas al Mas del Oliver Gran. No temáis por nosotros, no os haremos ningún daño —dijo en un tono suave—. Somos hombres de Dios y, según lo convenido con vuestro padre, cuidaremos de vosotras y de que no os falten alimento, ropa y cuanto necesitéis para que viváis en paz en esta masía.

Los monjes notaron que las chicas destensaban los músculos y relajaban sus semblantes, agarrotados por el temor de lo que les depararía el destino.

—Aun así, vuestro trabajo para la Orden de la Cartuja va a diferir respecto a lo que inicialmente planteamos a vuestro padre —prosiguió Ferran, y sus palabras crearon en las muchachas bastante desconcierto—. Permitidme esclarecerlo. En primer lugar, viviréis y trabajaréis aquí sin que nadie os moleste. Asimismo, no os forzaremos a contraer matrimonio con ningún desconocido, pero, de igual forma, tampoco os permitiremos hacerlo por voluntad propia. Solamente el padre procurador y yo mismo os visitaremos y tendremos contacto con vosotras para asegurarnos de que disponéis de todo cuanto necesitéis y garantizar vuestro bienestar. Nadie más debe conocer de vuestra estancia aquí. Si, por azar, algún extraño llegase a vuestra casa, debéis responder que sois siervas de la cartuja y que para ella trabajáis, sin dar mayores explicaciones. Mentid diciendo que estáis desposadas y que vuestros maridos se encuentran laborando en las tierras de la masía, de este modo os sentiréis más seguras. Debéis procurar hacer siempre el mínimo ruido posible. Mañana mismo podréis empezar a cultivar un huerto para vuestro sustento. También os permitiremos cazar los animales que crucen estas tierras, pero no deberéis salir de sus lindes bajo ningún concepto. El padre Oleguer os hará llegar en breve dos cabras y unas gallinas para ayudaros a comenzar. Todo lo que consigáis de estas tierras será para vosotras. No deberéis entregarnos el diezmo ni tributo alguno.

Las dos muchachas se miraron asombradas por la propuesta, aunque Joana, la mayor, pronto imaginó que tal obsequio conllevaría alguna contraprestación. Aun así, optó por no preguntar y dejar que el monje siguiera explicándose.

—Bien, si no presentáis inconveniente a nuestras exigencias, nos complacería mostraros vuestro nuevo hogar para que podáis acomodaros hoy mismo. Eso sí... —titubeó el prior—, querríamos conversar con vosotras porque, a cambio de esta masía y estas tierras, deseamos pediros una contribución que resulta indispensable para nosotros.

Los cuatro se dirigieron en silencio al interior de la masía. Mientras la inocente Elisenda sonreía por su buena fortuna, Joana creía intuir con resignación cuál sería ese favor que llevaba a dos importantes clérigos a regalarles una vida de libertad y desahogo jamás imaginada.

21

Barcelona,
10 de octubre de 2019

Kairaku. Era japonés y significaba «placer». Lara lo había buscado en internet cuando encontró el pequeño cartel en la puerta de al lado de la coctelería. Un nombre muy adecuado, si bien poco esmerado, para un puticlub.

La periodista llevaba ya unas cuantas horas sentada en la acera de enfrente del local, vigilando quién entraba y quién salía del portal. Estaba sumamente aburrida, pero no quería ponerse a mirar el móvil ni alejarse de allí para no perder detalle de lo que pudiese suceder. Eran más de las siete de la tarde cuando empezaron a entrar en el edificio de forma escalonada varias chicas jóvenes. Todas ellas altas, esbeltas, hermosísimas. «Hora de fichar», supuso Lara. Contó diez bellezas. «Un club pequeño y selecto». Siguió atenta a la puerta y no hubo movimientos significativos. «Deben de estar acicalándose». La periodista se aproximó unos metros y simuló esperar la apertura del Palate. A las ocho y media en punto, un taxi paró frente al portal. Bajó de él un hombre de mediana edad muy corpulento, con el pelo engominado, enfundado en un carísimo traje con corbata a juego. Lara vio cómo llamaba al timbre del Kairaku. Se encendió el videoportero automático y la puerta se abrió. Mientras el hombre cruzaba el umbral, Lara arrancó a correr para evitar que se cerrase la puerta. Se pilló tres dedos de la mano izquierda, pero lo consiguió. Una vez dentro, esperó unos segundos para dar tiempo a que entrara el primer cliente, y subió las escaleras hasta plantarse frente a la puerta del club, sumida en la penumbra para salvaguardar la identidad de los usuarios. Llamó al timbre y enseguida abrió la puerta una preciosa mujer de unos cincuenta años, que se quedó sorprendida al ver a la periodista.

—Creo que te has equivocado de piso, cariño —le soltó la *madame* sin darle tiempo a hablar.

Intentó cerrar la puerta, pero Lara se lo impidió.

—Pues yo creo que no —replicó—. Me gustaría hablar un minuto con usted.

La periodista vio la perplejidad reflejada en su rostro.

—No puedo atenderte, cielo. Estoy ocupada. Sea lo que sea que vendes, no me interesa.

Lara evitó de nuevo que cerrase.

—Quiero preguntarle por un cliente, Jaume Folch.

La *madame* bufó y esta vez fue más directa en su respuesta:

—A ver, chica, aquí nadie tiene nombre ni profesión. Como podrás imaginar, la confidencialidad y la discreción son indispensables para el negocio. No sé qué es lo que quieres, pero no voy a poder ayudarte. Tengo que pedirte que te vayas. Ya.

—Sé que Jaume Folch venía aquí a menudo. Solo quiero hablar un momento con usted, le prometo que no perturbaré la actividad del... club.

La mujer empezó a inquietarse por la posible coincidencia de un cliente con aquella fisgona que no podía sacarse de encima.

—¿Cómo tengo que decírtelo? —gruñó furiosa—. Tienes que irte ya. Ahora mismo. Si no lo haces, me veré obligada a avisar a unos amigos que te sacarán de aquí en volandas.

Lara comprendió que no iba a obtener nada de la malhumorada alcahueta. Dio un paso atrás en señal de rendición y pudo vislumbrar cómo una bella joven de ojos rasgados, que supuso se habría quedado con lo que estaban hablando, emergía tras unas cortinas de terciopelo granate y se dirigía con ligereza hacia la entrada. Antes de que la *madame* cerrase de un portazo, asió con fuerza el brazo de la muchacha y la condujo de vuelta al local.

Como buena periodista obstinada que era, Lara no se dio por vencida. Volvió a apostarse frente al Kairaku, y si tenía que esperar toda la noche para conseguir algo de información, esperaría. Se sentó frente a una tienda de muebles ya cerrada y recostó la cabeza en el escaparate. Los minutos fueron pasando y se convirtieron en horas, mientras los clientes entraban y salían del prostíbulo. Lara los fue analizando y fantaseó imaginando sus vidas. «Este debe de ser juez. Casado y con dos niñas monísimas». «Este otro parece un policía, tan fuerte y musculoso. Seguro que es soltero y le va algún fetichismo raro». «Esos dos son amigos de la infancia. Deben de llevar años ahorrando para venir a un puticlub pijo y fundirse la pasta en dos polvos rápidos con dos chicas exuberantes». De vez en cuando se le cerraban los ojos, pero se forzó a aguantar y a vencer el sueño. Se arrebujó en su chaquetón mientras la noche pasaba lentamente.

La somnolencia desapareció por completo cuando vio salir del portal a dos hombres tipo armario empotrado, con el pelo rapado casi al cero y camisetas ceñidas que marcaban músculos que Lara ni siquiera sabía que existían. Los dos matones cruzaron la calle y se situaron frente a ella.

—*Seniorita*, es mejor que tú marchas —dijo el más alto en tono de sugerencia, aunque a todas luces era una orden.

El otro individuo la miraba de brazos cruzados y con el ceño fruncido, intimidante. Supuso que no tendrían inconveniente en hacer lo necesario para sacarla de allí.

—Perdonen, señores, pero solo estoy descansando en la calle. No estoy haciendo nada malo —se atrevió a responder Lara, que al momento se arrepintió de su osadía.

—Sabemos que vigilas club. Vete o nosotros encargamos de que vayas —la amenazó el otro gorila, también con acento de Europa del Este.

Lara claudicó, porque tenía todas las de perder.

—De acuerdo, ya me marcho. Díganle a su jefa que me disculpe si he perjudicado el negocio.

Se alejó del Kairaku sintiendo su mirada clavada en la nuca. Caminó otra manzana de la misma calle para que los dos matones se convenciesen de que habían cumplido su objetivo. Sin embargo, un poco más adelante dio la vuelta a la isla de edificios hasta situarse de nuevo junto a la calle del club, esta vez oculta en una esquina. Asomó la cabeza y vio que los dos gorilas habían entrado en el inmueble. Decidió permanecer escondida en ese chaflán, vigilando de vez en cuando la puerta del Kairaku para ver cuándo salían las chicas que allí trabajaban. De pie, en el frío de la noche, las horas se le hicieron eternas.

Poco después de que el reloj de su móvil marcase las siete y treinta y cinco de la mañana, empezaron a salir las chicas del

Kairaku. Lara se puso en guardia y aguzó la vista para distinguirlas. Algunas de ellas se despedían con tristes sonrisas, otras se alejaban solas en busca del refugio de sus casas. De repente, la periodista identificó a la muchacha de ojos rasgados a quien la dueña del club había interceptado cuando se disponía a acercarse a ella. Era una preciosa chica japonesa, que caminaba con una gracia digna de las más afamadas geishas. Lara se acercó a ella con cuidado.

—Perdona, ¿te puedo hacer una pregunta? —La reportera sacó su teléfono y le mostró en la pantalla una foto de Jaume Folch sacada de internet—. ¿Le conoces?

La muchacha intentó escabullirse.

—No se nos permite hablar de nuestro trabajo —afirmó sin dejar de caminar.

—Por favor, será solo un momento. Llevo toda la noche esperando a que salgas. ¿Conoces a Jaume? Lo han matado.

La delicada joven se detuvo en seco y se volvió hacia Lara.

—¿Cómo has dicho?

—Que lo han matado. Hace tres días.

Los ojos de la muchacha no tardaron en humedecerse, y pocos segundos después las lágrimas corrían por sus mejillas. Las limpió con el dorso de las manos y respiró varias veces antes de poder hablar.

—Solía venir a menudo, sí —le confesó bajando la voz—. Era un cliente habitual y siempre estaba con una compañera que ya no trabaja aquí. Hace un año que lo dejó.

—¿Y tú sabes dónde puedo encontrarla? Es importante.

Tras unos segundos de duda, la chica siguió andando. Lara se situó junto a ella.

—No puedo ayudarte, lo siento. Puedo meterme en problemas.

—Tranquila, nadie se enterará.

—Lo siento —repitió afligida mientras aceleraba el paso y miraba hacia atrás, asustada, para comprobar que nadie la observaba.

Lara intuyó que la chica quería ayudarla, pero algún motivo de peso se lo impedía. La periodista se aferró a esa duda y le tendió una tarjeta con su número de móvil y su dirección de correo electrónico.

—Por favor, piénsalo. Estaré esperando tu llamada.

Tras unos meses de tregua, el insomnio había regresado por sorpresa y esa noche había vuelto a ser angustiosa. Ni la satisfacción de saberse en su verdadero hogar ni el reconstituyente vaso de leche de la abuela —«Mano de santo, hijo»— le habían ayudado a descansar y a conciliar un sueño que se le había resistido durante horas. Había ido dando pequeñas cabezadas hasta que se durmió cuando ya casi amanecía. Pero su cerebro no quería regalarle descanso alguno y le hizo soñar con Francesc. Sagi le veía subiendo las escaleras de casa de la abuela mientras él intentaba impedírselo. Le empujaba y le gritaba, pero se había convertido en algo así como un espectro y su padre avanzaba sin inmutarse. A un lado, como una triste espectadora, Teresa lloraba amargamente. Las escaleras parecían no tener fin y Francesc subía un escalón tras otro con una malévola sonrisa en el rostro. Sagi incluso le propinaba puñetazos en la cara, pero él seguía inalterable. De repente, la infinita escalinata parecía flotar sobre la nada y, a lo lejos, los peldaños llevaban a una inquietante meta: un enorme triángulo con un gran ojo en su interior que pestañeaba. Francesc seguía avanzando mientras el ojo se transformaba en una gótica letra «T». Por fin, Sagi volvió a ser dueño de su cuerpo y lanzó una patada al estómago de su padre, que salió despedido hacia atrás, cayendo en picado por un abismo infinito. Se despertó sudado y tiritando. Miró su teléfono móvil y vio que eran las ocho de la mañana.

Se levantó con mal cuerpo. Tenía el estómago cerrado, le temblaban las manos y estaba hiperventilando. Corrió hacia el blíster de pastillas y se tragó un par. Los años de terapia con el doctor Ríos parecían no dar frutos. O los daban con cuentagotas. Según su psiquiatra, Sagi se esforzaba por verse a sí mismo como alguien profesional, sereno, autosuficiente, eficaz. Alguien que andaba por la vida pisando fuerte y con la cabeza alta. Con seguridad y autoconfianza. Pero en el fondo, y por mucho que no quisiera admitirlo, le insistía, todo eso no era más que una coraza forjada a fuego con la complicidad del tiempo que escondía sus inseguridades y debilidades. El inspector se decía que el hecho de ser policía le había encallecido el cuerpo y el alma, que le había fortalecido ante las adversidades. Y que la nefasta relación con su padre, sus exigencias y su severidad le habían hecho ser más duro y le habían ayudado a protegerse de todo y de todos. Sin embargo, el doctor Ríos creía que ser *mosso* era su perfecto mecanismo de defensa ante una realidad doliente. Por eso, cuando algo se salía de los márgenes que tan meticulosamente había calculado o cuando alguna expectativa se venía abajo, los muros de la presa se resquebrajaban y acababan explotando, dejando salir la ansiedad con toda su fuerza. «No puedes controlarlo todo. No puedes exigirte tanto», le repetía su terapeuta. «Deja atrás a tu padre, reconcíliate con él y contigo mismo, y apártalo a un lado de tu vida porque, si no, no podrás avanzar». Pero Francesc le seguía doliendo y, por muchos consejos que le diese el doctor, la única forma que encontraba de «matar al padre» era mediante sueños opresivos como el de esa mañana.

Aquel caso lo tenía atascado. Todo el equipo había estado trabajando con empeño y esfuerzo durante la tarde anterior, pero sin obtener progresos. El inspector no lograba discernir cuánto de verdad y cuánto de mentira había en cada una de las conversaciones mantenidas con los principales sospechosos del crimen. Se imaginaba que todos, de algún modo u otro, mentían. Eso era innegable. Lo malo era que el grano y la paja seguían demasiado intrincados, y eso le confundía. Al fin y al cabo, todos tenían sus motivos para matar a Jaume Folch, y mientras no encontraran el arma homicida ni tuvieran una confesión o alguna pista concluyente, seguían caminando a ciegas.

Vidal había estado en contacto permanente con la jueza Samaniego, intentando obtener las autorizaciones pertinentes para registrar los domicilios de algunos de los sospechosos, pero la magistrada no veía indicios suficientes para invadir su intimidad. «Tráeme algo más sólido y te firmo la orden», le había exigido. Sin embargo, para exasperación de los dos inspectores, solo tenían conjeturas.

Cuando optaron por hacer un receso en la reunión, había llamado a Marta y se habían echado unas risas. Pero ni el aire fresco que ella le insuflaba había conseguido quitarle de encima la sensación de ahogo y opresión por una investigación que se le resistía más de lo esperado.

Esa mañana, todavía sacudiéndose de encima la asfixiante pesadilla, al verse tan bloqueado, al no tener claros los próximos pasos y sentir que estaba fallándoles a todos, el pánico se había apoderado de él. Llamó a Vidal para avisarle de que iría más tarde a la comisaría y decidió quedarse un tiempo más bajo la protección de su hogar. No quiso preocupar a la abuela, así que permaneció en la cama, tumbado boca arriba, intentando vaciar la mente y esforzándose por frenar su acelerada respiración. Destensó los músculos de brazos y piernas, relajó la mandíbula. Dejó que los vasos sanguíneos de su cuerpo extendiesen la dulce droga que había tomado y que poco a poco iba aplacándole.

Minutos más tarde, los temblores habían desaparecido y se vio con ánimos de levantarse y meterse en la ducha. Cuando bajó al comedor, encontró a la abuela escribiendo la lista de la compra.

—¡Buenos días! —Miró el papel en el que Teresa lentamente anotaba palabras—. ¿Todo eso tienes que comprar? ¿Ya vas a poder con tanto peso?

—¡Que soy vieja, no inválida, cojones! Además, llevo el carro. No te preocupes tanto por mí, hijo. ¿Ya te vas?

—Sí, estos días tenemos mucho trabajo. Te llamo más tarde y te digo algo, ¿vale?

—¿Y no desayunas nada? A ver si te va a dar un jamacuco.

—¿Tú sí puedes preocuparte por mí pero yo no por ti? Pues menudo trato es ese. —Le plantó un beso en la mejilla antes de salir corriendo—. Te quiero, preciosa.

Teresa sonrió. Ya se le había alegrado el día.

Mientras iba al volante de su coche camino a Falset, Sagi repasaba toda la información acumulada en su cerebro. Pruebas, sospechosos, relaciones, datos. Le seguían perturbando la llave con la «R» forjada y el símbolo grabado a cuchillo en la víctima y con pintura en el cementerio. Le vino a la mente el triángulo de su sueño, primero con un ojo en su interior, luego con una «T». Pensó que quizá Dios tenía algo que ver con esa letra. Pero ¿qué pintaba Dios en este caso? Recordó la escalera que Francesc subía en su pesadilla y que conducía al triángulo. «¿Una escalera que lleva a Dios?». Creyó estar volviéndose loco. Aun así, tenía la extraña sensación de que su subconsciente estaba llamando a la puerta de su cerebro para que le dejase entrar. Y nadie le abría.

Necesitaba relajarse, ver las cosas con perspectiva, enfriar los datos que le bullían en la cabeza. Así que decidió dejar Falset atrás e internarse en la carretera que llevaba a Escaladei. Cuando llegó, aparcó en el camino que conducía a la cartuja y paseó por las pocas calles que formaban el núcleo urbano. Observó las bodegas que ocupaban edificios antiguos. Advirtió rostros en algunos balcones, de vecinos que habían nacido en el pueblo y jamás lo habían abandonado. Pensó en las raíces de la gente de Escaladei, tan íntimamente ligadas a la tierra cultivada durante siglos y al monasterio en ruinas que daba nombre a la aldea. Y pensó en sus propias raíces.

Pensó en su distante padre. Siempre tan exigente, tan frío. Desde niño le había resultado incongruente que la riqueza y el estatus fueran inversamente proporcionales al cariño y el afecto.

Pensó en su sumisa madre, toda su vida a la sombra de Francesc. Amelia jamás le había plantado cara y había permitido que su carácter despótico y autoritario la fuese empequeñeciendo hasta dejarla en un perpetuo segundo plano.

Y pensó en su abuela Teresa. Desde donde le alcanzaba la memoria, siempre la había considerado una persona extraordinaria, que le leía cuentos, le enseñaba nuevos juegos y le contaba secretos. Sagi había crecido en una casa con un padre y una madre, pero en realidad se sentía huérfano. Y sentía que Teresa era su verdadera familia. Que, con sus atenciones y su ternura, ella había construido su verdadero hogar.

Sumido en estos pensamientos, el inspector se dio cuenta de que sus pasos le habían llevado a la cartuja de Escaladei. Ya desde fuera del recinto enrejado pudo apreciar la belleza del entorno que rodeaba el antiguo monasterio, ubicado a los pies del Montsant, y notó cómo la paz se filtraba irremediablemente por los poros de su piel. Recordó haber estado en ese mismo lugar de niño, hacía décadas, cuando el monumento seguía abandonado y olvidado y las administraciones públicas todavía no habían mostrado ningún interés por restaurarlo. Cuando la gente de la comarca iba hasta allí a celebrar picnics y a curiosear entre las ruinas.

Entró en el centro de visitantes y pagó una entrada. Avanzó por el patio, dejando a su derecha la zona de los huertos, la capilla de San Bruno y la hospedería, según pudo leer en los paneles informativos. Los cipreses acompañaban al visitante a ambos lados de la amplia senda, invitándoles a adentrarse en ese lugar cargado de historia.

Sagi se paró frente a la fachada del Ave María, un impresionante frontispicio del siglo XVII de estilo clasicista en cuyo eje central, sobre una gran portalada de medio punto, se hallaba una hornacina con la figura de Nuestra Señora de Escaladei, elaborada en alabastro. El inspector vio cómo un poco más adelante se congregaba un grupo de personas alrededor de una guía que les explicaba las particularidades de cada espacio. Sagi siguió caminando y se unió a ellos en la plazuela de la iglesia.

—Esta plaza era el centro neurálgico de la cartuja porque permitía ordenar el espacio y daba acceso a diferentes estancias —detallaba la mujer—. A su izquierda podrán adivinar unas escaleras que conducían a la biblioteca y el archivo del monasterio, que contaba con innumerables libros manuscritos, legajos y documentos. Algunos trataban de medicina, farmacia o teología, pero la inmensa mayoría estaban relacionados con las propiedades de la Orden de la Cartuja aquí, en el Montsant, y también en otras zonas sobre las que ejercía de señor feudal. Esta documentación era básica para los monjes porque les servía para defender los intereses de la cartuja en los numerosos pleitos que a lo largo de su historia mantuvieron con nobles y otras órdenes religiosas por disputas sobre derechos o propiedades. A su derecha encontramos el pasillo que nos lleva al claustro menor, que como verán fue reconstruido recientemente y que da acceso a las diferentes zonas comunitarias del monasterio: la iglesia, la sala capitular, el refectorio o algunas de las capillas.

Sagi siguió a la comitiva y entró en los espacios señalados por la guía, que no dejaba de aportar datos. Cuando volvieron a salir a la plazuela, accedieron a la zona eremítica.

—A partir de aquí, los monjes dejaban de vivir en comunidad. Si en los lugares que acabamos de visitar compartían actividades como el rezo, la comida de los domingos y festivos o las reuniones en la sala capitular, en la zona de clausura vivían apartados de todo y de todos. No mantenían contacto entre ellos. Cada padre tenía una celda a su disposición, separada de las demás por altos muros, y allí pasaban unas dieciocho horas diarias, catorce de las cuales sumidos en la oración, la lectura, la meditación y la contemplación.

El grupo paseó junto al claustro mayor, un amplio espacio delimitado por los restos de lo que fueron unos muros y unas columnas, y todo cubierto de hierbas. Al fondo y en el centro, una moderna cruz de hierro recordaba que se encontraban ante la que fue la necrópolis de la cartuja.

—Este claustro data del siglo XIII y, en un primer momento, estaba rodeado por doce celdas. Sin embargo, como ya les he comentado antes, la cartuja de Escaladei sufrió varias reformas arquitectónicas y estructurales a lo largo de su historia. A partir del siglo XV, ya contaba con las treinta celdas definitivas... —seguía explicando la guía.

Sagi se separó de la comitiva y entró en la única celda

del monasterio que se había reconstruido para que los visitantes pudiesen comprender mejor cómo era la vida de los monjes en soledad. El inspector se sorprendió con la amplitud del espacio. Se trataba más bien de una especie de ermita con diferentes habitaciones. «Es más grande que mi piso», pensó. Subió en silencio los peldaños del recibidor que daban a la sala del Ave María, señoreada por una imagen de la Virgen. Desde ahí se asomó al oratorio-estudio, caminó por el porche, contempló los tres niveles del jardín, subió al mirador, fisgó en el taller y la leñera y se plantó en el *cubiculum*, la sala donde los monjes de Escaladei comían y dormían. Le sorprendió encontrar, sobre unas baldas, un reloj de arena y una calavera que, para los cartujos, simbolizaban la pequeñez humana y la brevedad de la vida terrenal.

Pese a la vastedad de la celda, los muebles y los elementos decorativos o de uso diario para quienes la moraron eran escasos. Sagi se imaginó permaneciendo allí dieciocho horas al día, encerrado, en total silencio y sin compañía alguna. Entregado a la lectura y a la oración. Buscando a Dios en cada cosa. Sintió cierta claustrofobia y admiró a los hombres que durante siglos habían dedicado su vida a esa causa. Mientras dejaba la celda, los turistas empezaron a desfilar por la estrecha puerta tras la guía, que continuaba aportando datos de la visita:

—Deben comprender que los monjes que consagraban su vida a Dios tanto aquí, en Escaladei, como en el resto de las cartujas, no vivían el silencio y la reclusión como un castigo, sino como un regalo. Para ellos, la felicidad más absoluta residía en este recogimiento que los acercaba al Señor y se sentían totalmente afortunados de poder entregarse a Él.

El inspector bajó por la línea de celdas que daban al este

y quedaban tras la capilla del Sagrario. Descubrió a una mujer de espaldas a él que paseaba pausadamente admirando las ruinas de la cartuja. La coleta deshecha y el bolso en bandolera le resultaron inconfundibles.

—¿También usted por aquí? —preguntó el *mosso*.

Lara se dio la vuelta sorprendida.

—¡Menuda coincidencia, inspector! He venido a la cartuja a buscar un poco de sosiego e inspiración. ¿Y usted?

—Yo busco respuestas.

—Imagino que eso lo hace siempre, y no solo aquí.

—De hecho, me ha apetecido visitar el monasterio porque me parecía un sacrilegio estar trabajando en Escaladei y no hacerlo.

—¡Es que Dios no se lo hubiese perdonado! —le riñó, divertida—. Ni usted tampoco, ¿a que no? ¿No cree que es un sitio mágico?

—Yo no sé si lo diría así. Esta cartuja tiene algo que ni sé cómo explicar. Es como si pudieses tocar con las manos los siglos de historia que atesora. Como si los hombres que la habitaron siguiesen vivos entre estos muros, en los claustros, en las celdas. Como si nunca se hubiesen ido del todo. Y el paisaje es maravilloso. Fíjese en las vistas al Montsant… No me extraña que los monjes escogiesen este sitio. Aquí todo es calma y quietud. Parece que uno esté mucho más en contacto con la tierra y la naturaleza. Es todo más intenso. Eso es lo que me transmite la cartuja de Escaladei.

—Vaya, inspector, no le hacía tan sensible.

—Usted ha preguntado —dijo Sagi.

—Simplemente no me esperaba una respuesta así, pero me ha gustado —repuso la periodista.

—Me alegra saberlo. ¿Así que busca inspiración?

—Algo parecido.

—¿Sobre mi caso?

—Sobre el asesinato de Jaume Folch, sí. Puede que haya descubierto algo, pero no lo sé seguro.

Sagi se detuvo y se puso serio.

—Sabe que si averigua algo sobre el caso debe comunicárnoslo inmediatamente, ¿verdad?

—Solo he dicho que quizá tenga algo, pero por el momento nada concluyente. ¡No se me altere, inspector!

—¿De qué se trata?

—Hasta que no tenga más información…

—Señorita Peña, esto no es un juego —la interrumpió—. ¿Qué tiene?

Lara resopló y pateó una piedra.

—Solo sé que Folch visitaba un prostíbulo muy chic de Barcelona, digamos que bastante asiduamente.

—¿Y?

—Y ya está. Ya le he dicho que no tengo mucho. —Evitó explicarle que frecuentaba a una prostituta en concreto, aún no sabía si podría tirar de ese hilo.

—Pero también ha dicho que quizá lo tendrá.

—Y si lo hago, no dude en que le llamaré. ¡Palabra! —Lara se puso la mano derecha en el corazón, simulando un solemne juramento.

Sagi movió la cabeza para infundirse paciencia.

—No vaya por libre. Si descubre alguna cosa o ve algo raro, llámeme. —Le tendió su tarjeta—. Vigile por dónde va y no se meta en líos, por favor.

—Haré todo lo posible.

El inspector siguió su camino hacia la salida, poco convencido de las últimas palabras de la periodista. Lara cambió de dirección y volvió hacia el claustro mayor.

Cuando Sagi regresó al centro de visitantes, se presentó al

chico que había tras el mostrador y le preguntó por el responsable de la cartuja.

—Es Laura, la gerente. Ahora está haciendo una visita guiada.

—Ah, sí, ya la he visto. Voy a esperarla, si no te importa.

El inspector observó los productos que tenían a la venta expuestos en vitrinas. Libros, postales, cuadernos, imanes... Todos ellos con imágenes de la cartuja y del Montsant. Tampoco faltaban botellas de vino de las bodegas de la zona. Al cabo de unos minutos apareció la mujer que había hecho de guía unos instantes antes. Se acercó al joven de recepción, con quien mantuvo una breve charla, y este le señaló al inspector.

—Hola, soy Laura Boí, la gerente de la cartuja. Me comenta mi compañero que quiere hablar conmigo —dijo la mujer, algo desconcertada.

—Soy el inspector Víctor Sanz Gimeno, de los Mossos d'Esquadra. Tan solo quería hablar un segundo con usted. Imagino que sabe que un vecino de La Morera, empresario de Escaladei, ha sido asesinado.

—Sí, claro, Jaume Folch. Lo sabe todo el pueblo. Estamos muy impresionados, la verdad.

—Lo que me interesa saber es si el señor Folch tenía alguna relación con la cartuja. Me refiero a una relación laboral, personal o familiar con algún trabajador. Y si visitaba el recinto a menudo.

La gerente seguía sorprendida.

—Pues... no sé qué decirle... Tenía la misma relación que cualquier otro vecino de Escaladei o de La Morera. Solía venir a las actividades que organizamos y poco más. En ocasiones su bodega nos ayuda a financiar algún acto. También vendemos sus vinos, igual que hacemos con otras bodegas del pueblo. Y ninguno de los que trabajamos aquí somos familiares ni amigos íntimos suyos ni nada parecido, si es eso a lo que se refiere. Le conocíamos porque aquí nos conocemos todos, pero ya está.

—De acuerdo. Muy amable, gracias por su atención.

Sagi salió de la cartuja y caminó deprisa hasta llegar a su coche. Cuando arrancó para dirigirse a la comisaría de Falset, llamó con el manos libres a la central.

—Soy Sagi. Investigad al personal que trabaja en la cartuja de Escaladei. No creo que haya nada, pero, por si acaso, quiero saber si alguien tiene algún vínculo, del tipo que sea, con Jaume Folch.

Estaba casi seguro de que la gerente había sido sincera con él, pero desde el principio tenía la mosca detrás de la oreja y malpensaba de todo y de todos. Su instinto le decía que las respuestas que tanto buscaba se encontraban en Escaladei.

22

La Morera de Montsant,
11 de octubre de 2019

Lara no dejaba de darle vueltas a su encuentro con el inspector Sanz Gimeno. No había sido del todo sincera con él y un impertinente remordimiento le gritaba por dentro, aunque sus ansias por descubrir la verdad y contribuir a la resolución del crimen lo acallaban a manotazos.

Antes de volver a su piso de Reus, la periodista condujo hasta La Morera de Montsant y buscó la casa de Fina. La vecina chismosa se sorprendió al verla de nuevo delante de su puerta.

—¡Qué sorpresa, niña! ¿Qué te trae por aquí? Pasa, pasa.

—No, gracias, tengo un poco de prisa —se excusó la periodista antes de ser absorbida por el agujero negro de la labia de Fina—. Estoy buscando a Katya. ¿Está aquí?

—Hoy no, reina. ¿Qué día es? ¿Viernes? Pues hoy estará en casa de Antoni y Carme, un matrimonio que vive cerca de la entrada del pueblo. No los molestes mucho porque no se encuentran muy bien de salud, ¿me entiendes? Ella tiene osteoporosis, artrosis, la tensión por las nubes y está sorda como una tapia, la pobre. Y él es diabético y hace poco sufrió un ictus, aunque casi se recuperó del todo. Solo tiene un poco paralizado el brazo derecho. Ay, nena, que no nos podemos hacer mayores...

—¿Me podría indicar dónde viven, por favor? —la frenó Lara, que veía que su verborrea se desbordaba.

Fina no pudo disimular su pena por no poder explicarle más cosas sobre esos pobres vecinos —que bastante tenían con soportarla, pensó la reportera— y le detalló dónde podría encontrar a Katya.

Fue la misma ucraniana quien abrió la puerta.

—¿Qué *hases* aquí otra vez, *ninia*? ¿Tú me persigues? —dijo con aspereza.

La reportera ignoró el tono receloso de la mujer y entró en materia:

—Vengo a explicarte lo que he descubierto sobre Jaume Folch.

Esas palabras activaron de inmediato el interés de Katya, quien agarró del brazo a Lara y la arrastró al zaguán. La periodista oyó voces en la casa y miró a la mujer con las cejas en alto.

—No preocupes. Podemos hablar, no problema. Ella sorda y él no mueve su culo más que para ir al *banio*. Dime qué sabes de nuevo.

Lara le explicó lo que había averiguado en su viaje relámpago a Barcelona. Se centró en su visita al Kairaku y en la breve conversación con la prostituta japonesa.

—No pude conseguir que me dijese más, pero ella sabía algo, Katya. Jaume era asiduo del local. Quizá se metiese en líos. Puede que tuviese algún roce con algún otro cliente. Y si Miquel iba a menudo a pasar los fines de semana con su tío a Barcelona, igual Jaume también le llevaba allí. Y su novia Mireia se enteró y culpó a Jaume por...

Katya estalló en carcajadas.

—Pero ¿qué dices, *ninia*? ¡Para unas cosas mucha *intuisión* y para otras muy *siega*! *Parese* mentira que no te enteras de nada.

—¿Qué he dicho que sea tan gracioso? —preguntó Lara haciéndose la ofendida.

—A Miquel no gustan las mujeres. Es clarísimo.

—¿Cómo dices? Pero si tiene novia.

—¿Y? Eso no quiere *desir* nada. ¿Cuántos hombres son casados y tienen hijos y es todo para tapar verdad? Miquel gustan hombres más que tú y yo juntas. ¿Por qué piensas que iba a *Barcelona* con Jaume? Porque él comprendía, él sabía cómo Miquel es en verdad y quería ayudar que fuese libre. Sin esconder nada, sin *vergüensa* por qué *dise* gente. Miquel quería mucho a Jaume porque era único que sabía todo y que quería que fuese *felis* por fin, a vivir su vida.

Lara se sintió estúpida por no haber atado cabos antes.

—Entonces, Mireia...

—Mireia no ve cosas como son. O no quiere ver. Ella *tosuda* por casarse con Miquel y juntar dineros. Ella quiere ser como Lola. Mucha *admirasión* a ella. Con su novio quiere ser otros Reyes Católicos del Priorat. Mireia gusta las *apariensias*, qué piensa la gente y toda la mierda así. Yo te digo: ¡Mireia como Lola! No importa si Miquel quiere de verdad o no. Solo busca dinero, tierras y *negosios*.

—Entonces tendría un buen motivo para matar a Jaume. Si Miquel cada vez estaba más ausente, si acababa por irse definitivamente a Barcelona, adiós a sus sueños de grandeza y abundancia.

—No creo que Mireia mata a Jaume.

—¿Por qué no?

—Es mala, alma oscura como Lola, pero no creo asesina.

—Mucha gente mata por bastante menos.

La mujer frunció el entrecejo.

—Tú *dises* lo que quieres, pero cuesta que yo crea. Tú investiga más y encontrarás verdad. Ahora tengo que volver a trabajo.

Katya casi empujó a Lara a la calle y cerró la puerta. Sin duda, era una mujer peculiar. Directa, tan sincera que llegaba a ser grosera, sin pelos en la lengua, pero la periodista creía que estaba hecha de buena pasta.

De camino a su coche, sacó una tarjeta del interior de su bolso y marcó un número en su teléfono móvil.

—¿Sí?

—¿Inspector Sanz Gimeno? Soy Lara Peña. Tengo algo que contarle.

Sagi y Vidal salieron de Di-Vino hacia la plaza del Priorat, donde se encontraba el único bar abierto de la localidad. La dependienta de la bodega les había indicado que Miquel Folch había salido a tomar un café y que sería ahí donde podrían encontrarle.

El chico ocupaba una de las pocas mesas de la terraza, con la única compañía de su teléfono móvil, que no dejaba de toquetear mientras el café se enfriaba en la taza y un cigarrillo se consumía en el cenicero.

—Buenas tardes, Miquel. ¿Te importa que te acompañemos? —preguntó Vidal mientras él y Sagi tomaban asiento junto a él, sin esperar su respuesta.

El joven suspiró y dejó el móvil en la mesa.

—¿Qué queréis ahora?

—Verás, hemos sabido algunas cosas sobre tu tío y sobre ti que nos tienen un poco desconcertados. Queremos aclarar dudas.

—¿Es así como buscáis al asesino de mi tío? ¿Entreteniéndoos con nuestras vidas? ¿Qué tal si dejáis de molestarnos a mi familia y a mí y os ponéis las pilas de una puta vez? ¡Nosotros no lo hemos matado! No sé quién lo habrá hecho, pero estáis perdiendo el tiempo buscando en el lugar equivocado. Vuestro trabajo es encontrar al hijo de puta que lo hizo y, en vez de eso, solo os dedicáis a mortificarnos y a hacernos sentir como culpables, y no como víctimas, que es lo que somos.

—¿Has acabado ya? —preguntó Vidal, impertinente. Quería sacarle de quicio y conseguir que estallase de una vez. Hasta la fecha, Miquel había sido el único en mostrarse tan conmocionado que apenas había hablado, y los inspectores opinaban que ya era hora de que manifestase lo que pensaba de verdad.

—¿Creéis que no tengo derecho a estar cabreado? —preguntó furioso.

—La verdad es que es la primera vez que te vemos alterado. Siempre estás como absorto. Ido. ¿Tomas muchas pastillas? —inquirió Sagi.

Miquel, enfurecido, hizo amago de levantarse de la silla, pero Vidal lo agarró por la pechera de la camiseta y volvió a sentarle.

—¡Quieto, machote!

—No te pongas nervioso —dijo Sagi en tono calmado—, si yo te entiendo. Debes haber sufrido mucho con la muerte de tu padre. Y ahora, cuando el tiempo empezaba a mitigar el dolor, te quitan a Jaume.

El chico le miró con los ojos enrojecidos y permaneció en silencio. La rabia del principio se fue acompasando al ritmo de su respiración, hasta casi desaparecer. Sagi comprendió que estaba delante de un chiquillo que tenía mucho miedo y demasiado peso a sus espaldas.

—¿Qué ansiolítico tomas? ¿Lorazepam? ¿Diazepam?

—Alprazolam —reconoció al fin Miquel. Sagi calló y le animó a continuar hablando—. Llevo unos meses con la medicación. Pero estoy mal desde que murió mi padre hace tres años. Estábamos muy unidos y su muerte fue un *shock* muy grande. No esperaba perderle en el quirófano. Caí enfermo, y después de un tiempo mi madre me obligó a ir a una psiquiatra de Reus. Todavía me visita.

—Y al morir tu padre, tu tío y tú os unisteis más —apuntó Vidal.

—Claro. Los dos le perdimos. Era mi padre, pero también era su único hermano. Los dos lo pasamos fatal. Yo era un crío y Jaume se esforzó porque no me volviese loco del todo, porque continuase con mis estudios y siguiese adelante. Y yo le animaba a él. Nos ayudamos mucho. Si antes ya le quería, imaginaos entonces. Se convirtió en algo así como un segundo padre para mí. Y ahora… —Las palabras se le atragantaron con la amargura que brotaba de su interior.

—Hemos sabido que algunas veces os ibais los dos a pasar los fines de semana a Barcelona.

—Sí, es verdad. ¿Y qué? —preguntó molesto.

—¿Por qué le acompañabas?

—Pero ¿qué cojones os importa eso?

—Miquel, anda, que ya habíamos hecho las paces —suplicó Vidal.

El chico resopló, intentando evitar que la rabia volviese a fluir.

—Nos íbamos de fiesta. ¿Qué hay de malo en eso?

—Nada. Pero nos sorprende. ¿Y tu novia? ¿Y tus amigos del pueblo?

—Esto es una mierda, inspectores —aseguró con rotundidad. Extendió un brazo, mostrándoles las casas que los rodeaban y la plaza vacía—. Aquí cada vez vive menos gente.

—¿Y qué? Muchos lo verían como una bendición. Se está de lujo con tanta tranquilidad, en contacto con la naturaleza... Además, aquí tienes a tu madre, a tu novia, a tus amigos... —insistió Vidal.

—No entendéis nada —afirmó pasándose las manos por la cara en señal de cansancio—. ¡Yo no soy feliz aquí! ¡Yo no quiero esta vida para mí!

«Bien. Empezamos a despertar», pensó Sagi.

—¿Cómo? No te entiendo —dijo Vidal con una fingida sorpresa.

—¡Que yo quiero irme de aquí! Que no quiero seguir en este pueblo, estoy harto de todo esto. Cuando mi tío me llevó por primera vez a Barcelona, se abrió ante mí un mundo nuevo, lleno de oportunidades, de opciones, de experiencias por vivir. Lejos de las miradas de los vecinos, de que te examinen a cada momento, de si haces o dejas de hacer. Allí puedo ser quien realmente soy.

—¿Y tu familia?

—Jaume me animaba a hacerlo. Ya os digo que él solo deseaba verme feliz y sabía que aquí no lo soy. Mi madre... tendrá que entenderlo.

—¿Aún no lo sabe?

—No le he explicado nada, aunque imagino que lo supone. Es mi madre, me conoce bien. Es consciente de que las tierras y el vino no son lo mío, aunque a ella le gustaría que continuase con la tradición familiar. Por eso quiere que cada día asuma más responsabilidades en la empresa y me va dando más peso en el negocio. Pretende que me quede aquí para siempre. El día que se lo cuente le daré un buen disgusto, pero espero que me apoye. Se supone que todas las madres buscan lo mejor para sus hijos, ¿no?

—¿Y Mireia?

Miquel sonrió con indiferencia.

—Lo de Mireia no va a ningún sitio. No la quiero, nunca la he querido. Y dudo que ella me quiera a mí. Empezamos a salir porque nuestros padres nos animaron a hacerlo. Mireia vive en su mundo de fantasía, en el que el príncipe se casa con la princesa y se convierten en los amos y señores del reino. Pero eso no va conmigo.

—Has dicho que en Barcelona puedes ser quien realmente eres —intervino Sagi—. ¿A qué te refieres?

Miquel sonrió con amargura.

—Este es mi pueblo y siempre estaré unido a él, pero necesito escapar de aquí. No me gusta la vida que han preparado para mí ni tampoco la persona con quien me han obligado a vivirla en un futuro. No soy ningún actor que tenga que seguir un guion. Quiero ser yo quien lo escriba.

—Cualquiera que te oiga diría que estás enjaulado… Puede que no sea para tanto. Muchos desearían para sí todo lo que tú tienes la suerte de tener —sugirió Vidal.

—Si estuvieses en mi piel, no hablarías así. Ansío ser libre y, por mucho que me duela, en Escaladei nunca lo seré. Ya sabéis cómo son los pueblos pequeños: todo el mundo está pendiente de los demás. Qué haces, cómo vistes, cómo hablas, a quién amas. No quiero que me señalen con el dedo el día que me vean de la mano de un chico. No quiero que mi madre se avergüence de mí cuando me convierta en la comidilla de los vecinos.

Los dos inspectores guardaron silencio. No debía ser nada fácil para Miquel confesarles sus anhelos e inquietudes. Aun así, intuyeron que el muchacho se estaba desahogando y que eso le haría bien, pues por fin hablaba de algo muy importante para él que llevaba demasiado tiempo silenciando y le estaba quemando por dentro.

—Mi tío sí que me veía como realmente soy y me apoyaba en todo. Por eso me iba con él a Barcelona. Él me alentaba a ser libre. Estoy harto de tantos secretos y mentiras. Yo no pretendo hacer daño a nadie. Hablaré con Mireia. No estoy siendo justo con ella. Pero con mi madre... Aún no hemos asimilado la muerte de Jaume y no quiero causarle más dolor. Cuando pase un tiempo, se lo explicaré todo. Todavía la oigo llorar a escondidas. El asesinato de mi tío ha sido un golpe durísimo. Por favor, dejad de hurgar en la herida y buscad a quien lo haya hecho.

—¿Quién crees que ha podido ser, Miquel?

—No tengo ni idea. Vosotros sois los polis.

—Pero tú eres su sobrino y le conocías bien. Puede que tengas en mente a alguien capaz de cometer el crimen. ¿Sabes si alguna persona, un trabajador, un cliente o proveedor, quizá alguna amante, se la tenía jurada?

—Que yo sepa, no. Pero a saber... Hay mucho zumbado suelto.

—Hemos sabido también que tu tío frecuentaba un prostíbulo de Barcelona. El Kairaku. ¿Te suena?

—Sé que se iba de putas de vez en cuando, pero no me extraña. Tenía dinero y una mujer a quien no quería tocar ni con un palo. No veo nada malo en ello. Pero a mí no me llevaba con él, si os referís a eso.

—¿Nunca te habló de ello? ¿Puede que se metiese en algún lío?

—Ni idea. Si lo hizo, nunca me dijo nada.

—Otra cosa más. ¿Sabes si Jaume llevaba alguna cadena o colgante en el cuello?

—Sí, una cadena de oro. Siempre le asomaba por el cuello de la camisa, pero no sé si era una simple cadena o si también llevaba algún colgante o joya.

—Está bien, gracias.

—Por favor, no les digáis nada de lo que hemos hablado ni a mi madre ni a Mireia. Quiero ser yo quien lo haga.

—No te preocupes, lo entendemos.

Sagi y Vidal se despidieron de Miquel y volvieron a su coche. De camino a Falset, se instaló entre ellos un silencio que ambos agradecieron y que les permitió procesar toda la conversación que habían mantenido con el chico. Aunque no lo expresaron en voz alta, los dos creían que Miquel había empezado a caminar por esa senda de libertad que tanto ansiaba.

Mientras Vidal aparcaba delante de la comisaría, Sagi le preguntó qué impresión le había causado Miquel.

—Creo que ya es hora de que eche a volar, y, por lo que he visto, está resuelto a hacerlo. Luchar contra tantos prejuicios requiere valentía. Aun así, pienso que da por sentado que en su pueblo van a mirarle mal o a hacerle el vacío por ser gay, cuando no tiene por qué ser así. Me gusta creer que, si sus vecinos le quieren, lo respetarán. Por otro lado, no le veo asesinando a su tío. Era la única persona que le conocía de verdad y que le ayudaba a sentirse libre.

—Opino lo mismo que tú. Pero esta conversación nos deja muchos otros interrogantes.

—Desde luego. Tenemos que hablar con Mireia y Elvira. Quizá no estén tan en el limbo como Miquel cree…

Cuando Sagi dejó a su compañero en comisaría, puso rumbo a Móra d'Ebre, con las palabras de Miquel aún revoloteando en su mente. Debía de ser muy doloroso no poder mostrarse tal y como uno es. No poder sentirse libre ni hacer con su vida lo que de verdad quería. El pobre muchacho llevaba meses saliendo con una chica por quien no sentía nada, y trabajaba en un negocio que no le hacía feliz. Todo por contentar a su madre. Y además tras sufrir el trauma de perder a su padre. Sagi había empatizado con el chico enseguida. Quizá porque, en cierto modo, se veía reflejado en él.

Todavía no había oscurecido, y decidió que no quería pasar esa noche en soledad. Hizo un cambio de sentido mientras llamaba a Teresa para avisarla de que dormiría en Barcelona. Luego marcó otro número.

—Hola, Marta. ¿Tienes planes para esta noche?

23

La Vilella Baixa,
11 de octubre de 2019

Lara había hecho las paces con su conciencia después de haber llamado al inspector Sanz Gimeno para informarle sobre lo que había averiguado acerca de Miquel Folch. Sabía que los Mossos irían de inmediato a hablar con él y no pensaba entrometerse. Aun así, seguía empecinada en escribir un buen reportaje sobre el asesinato del empresario vinícola y, para ello, debía avanzar en sus pesquisas. Decidió quedarse en el Priorat por unas horas más y se acercó hasta el pueblecito de La Vilella Baixa, situado a pocos kilómetros de La Morera y de Escaladei. La carretera era muy estrecha y serpenteante y hacía que el trayecto pareciese mucho más largo de lo que era.

La infalible Katya le había explicado con pelos y señales quién era Mireia Camps, la novia de Miquel Folch, y cuál era la bodega de sus padres, en la que la joven trabajaba. La periodista buscó el edificio por las calles de la aldea, ubicada sobre unos riscos que obligaban a levantar la vista para observar algunas de sus casas. El municipio se había erigido donde convergían el río Montsant y el riachuelo de Escaladei y se encontraba rodeado de laderas que refulgían con sus cultivos de vides.

Lara entró en la bodega de los Camps y se asombró por lo diferente que era de Di-Vino. El establecimiento, de techos altísimos, parecía no haber sido reformado desde su construcción, y era notorio que de eso hacía ya muchos años. Las paredes y el suelo eran de un cemento reluciente, bruñido por el tiempo. Pocos muebles había para un espacio tan grande, y todos de un gusto rancio. En cuanto a la tienda, quedaba unida a la zona de elaboración del vino por la inexistencia de tabiques o mamparas que dividiesen el edificio. El alcohol que flotaba en el aire azotó la nariz de Lara cuando se abrió paso hacia la zona administrativa de la bodega.

Una chica joven miraba fijamente la pantalla de un aparatoso ordenador de mesa y tecleaba lentamente con un solo dedo de cada mano. Era una muchacha con el cabello oscuro y ondulado y el rostro redondo. Llevaba unas gafas con una gruesa montura de pasta. No era especialmente hermosa, pero sus ojos, de un azul celeste, la hacían atractiva. Se percató de la presencia de Lara y se acercó a ella.

—¿Puedo ayudarte en algo?

—¿Eres Mireia Camps?

La chica se extrañó de que la recién llegada la conociese e intentó hacer memoria, pero estaba segura de que no la había visto nunca antes.

—Sí. ¿Y tú quién eres?

—Me llamo Lara Peña, soy periodista.

—Vaya, así que tú eres quien encontró muerto a Jaume —espetó la joven—. ¿Y qué te trae por aquí?

Lara percibió en ella cierta prepotencia y desdén. Sintió la misma mala vibración que cuando conoció a Lola Grau. En verdad, Katya tenía un ojo clínico con las personas, y con Mireia había vuelto a dar en el clavo.

—Me gustaría poder hablar contigo sobre el asesinato de Jaume Folch —le dijo yendo directa al grano.

Mireia giró sobre sus talones y volvió al escritorio.

—Yo no tengo nada que decir sobre ese asunto. Siento que hayas hecho el viaje en balde.

—Era el tío de tu novio. Imagino que algo sí tendrás que decir —insistió la reportera, que fue tras ella hacia la mesa.

—Yo no hablo con la prensa.

Su actitud de diva irritó a Lara, pero se armó de paciencia e intentó convencerla.

—Yo no soy «la prensa». Soy la periodista que iba a entrevistar a Jaume y que se lo encontró degollado en el suelo.

—Me da lo mismo. No pienso hablar contigo. ¿Podrías irte? —dijo señalándole la puerta.

Lara pensó que ninguna niñata con ínfulas de marquesa la iba a echar de ninguna parte y decidió pasar al ataque.

—Pues es una pena. Yo pensaba dedicarte un artículo bien largo con un buen titular, de esos que salen en todas las portadas de los diarios digitales y en papel. Y con fotos enormes. Mañana te hubiesen llovido las peticiones de amistad en las redes sociales —le soltó mientras empezaba a deshacer el camino hacia la calle.

Los delirios de grandeza de Mireia pudieron más que su orgullo.

—¿Y cómo sé que no me estás engañando? ¿Cómo puedes asegurarme que mañana saldré en los telediarios y en internet? —preguntó con desconfianza.

—No puedo. Tendrás que confiar en mí.

Mireia claudicó, pensando en los followers y los likes que podría ganar en un solo día. Además, sopesó que la prensa llama a la prensa, y que podrían ser muchos más los medios de comunicación que acudiesen a su encuentro. Soñaba con ver su cara en las noticias de la tele. Aun así, no dejó de lado su tono arrogante y engreído:

—¿Qué quieres saber? ¿Si le maté yo? Pues ya te adelanto que no.

—Bueno, la verdad es que no iba a ser tan directa, pero gracias por aclararlo desde el primer momento —ironizó Lara—. Mireia, sé que últimamente Miquel se iba muchos fines de semana a Barcelona con su tío y que a ti eso no te gustaba ni un pelo porque te dejaba al margen.

—¡Menudo descubrimiento! —dijo con sorna—. Pues claro que no me gustaba. Se marchaban los dos y yo me quedaba aquí sola, cuando se supone que Miquel tiene que estar conmigo, ¿no? Somos novios y tenemos un futuro juntos. No veo bien que en una relación cada uno vaya por su lado. Creo que merezco un poco más de atención por su parte. Pero de eso a matar a Jaume... No estoy tan loca.

—La rabia lleva a la gente a cometer locuras.

—Yo no he hecho nada. Aunque si me preguntas si estoy triste por lo que ha ocurrido, la verdad es que no. Tampoco me alegro, pero creo que Jaume quería llevar a Miquel por mal camino. Ahora podrá volver a su rutina, con su familia y conmigo. Se acabaron los pájaros en la cabeza.

Lara sintió una mezcla de aversión y desprecio hacia la muchacha por la frialdad con la que se expresaba. Decía no disfrutar con la muerte de Jaume, pero no se le quitaba la sonrisa de la boca mientras hablaba.

—¿Tú estás segura de lo que realmente quiere Miquel? —preguntó sin poder evitar que su repulsa se reflejase en su tono de voz.

Mireia entró en cólera.

—Pero ¿tú quién te crees que eres para venir a mi casa a decirme si conozco o no a mi novio? ¡Yo sé lo que es mejor para él! ¡Para los dos!

—Te las das de lista, pero no te enteras de nada —la retó la periodista.

—¡Lárgate de aquí! ¡Fuera! —le gritó Mireia, ya fuera de sí, plantándose delante de Lara con la barbilla levantada, desafiante.

En ese instante, el inspector Vidal apareció por la bodega y se interpuso rápidamente entre las dos. Sorprendido, las separó con los brazos para evitar que la cosa fuese a más.

—¡Ey, ey, basta! ¡Haya paz! Pero ¿esto qué es? ¿El patio de una cárcel?

—¡Ha empezado ella! —bramó Mireia—. ¡Se ha atrevido a venir a mi bodega a faltarme al respeto! Yo solo...

—¡Me da igual! ¡Déjenlo ya, por favor! —Respirando hondo se giró hacia Lara—. ¿Sería tan amable de irse de aquí, si no le importa? Necesito estar a solas con la señorita Camps para poder hacerle unas cuantas preguntas.

Lara se tragó el orgullo y cedió. Salió de la bodega dejando que el inspector iniciase el interrogatorio que ella no había podido hacer. No se esperaba que Mireia tuviese un carácter tan egocéntrico y endiosado. Lola Grau podía no tener hijos, pero sin duda tendría en Mireia Camps a una digna sucesora.

El sol empezaba a ponerse cuando Sagi tomó la Ronda Litoral para dirigirse a su piso. Si estaba solo, le era imposible desconectar del caso. Había pasado todo el viaje con la mente ocupada. Le intrigaba sobremanera la llave encontrada en la caja fuerte del piso de la víctima en Barcelona, con esa «R» forjada. Agentes del equipo de Vidal habían registrado el domicilio de Jaume Folch en La Morera, y habían revisado de arriba abajo la bodega, pero no habían encontrado ninguna cerradura en la que encajase. Además, se preguntaba a qué respondía la «R». ¿Un nombre? ¿Un apellido? ¿Algo que ni siquiera imaginaban? También le preocupaba que no hubiese aparecido el arma del crimen. Sabían que se trataba de un arma blanca, probablemente un cuchillo de filo liso, pero quién sabía dónde estaría. El asesino podía haberlo tirado en cualquier contenedor de basura o al fondo de un río. Podía haberlo enterrado en cualquier lugar o podía tenerlo consigo. La negativa de la jueza a autorizar los registros en las casas de los sospechosos les había impedido comprobar si el arma se encontraba en alguna de ellas, pero Sagi entendía que necesitaban una evidencia más clara para entrar en los domicilios y revolverlo todo para quizá no encontrar nada.

También sentía curiosidad por la herida abrasiva que la víctima presentaba en la nuca. Miquel les había confirmado que Jaume llevaba una cadena de oro. Si el asesino se la había arrancado, ¿qué le impulsó a hacerlo? ¿Y dónde estaba? Ni en la escena del crimen ni en las propiedades de Folch habían encontrado ninguna cadena que se correspondiese con el patrón dejado en la piel del cadáver.

Sin embargo, lo que más perturbaba a Sagi era la incisión en el pecho con el símbolo de la «T» dentro del triángulo. Le inquietaba la relación entre esa imagen, la figura de Dios y una letra que no sabían a qué respondía. Por más que lo intentaba, no acertaba a ver con claridad qué nexo las unía. El agente Durán seguía indagando acerca del símbolo y su posible relación con el mundo del vino, la sierra del Montsant y el pueblo de Escaladei. Había encontrado el escudo de la aldea, que representaba a dos ángeles situados a ambos lados de una escalera en cuya cumbre se hallaba una cruz y, rematando el conjunto, una corona. El triángulo y la letra «T» no aparecían por ningún lado. Durán continuaba trabajando en ello, aunque por el momento no había hallado ningún resultado que les dejara satisfechos.

Por otro lado, en el trayecto hasta Barcelona había recibido dos llamadas de interés. La primera, de la central de Egara, para confirmarle que el personal que trabajaba en la cartuja de Escaladei no tenía ninguna relación familiar ni profesional con el empresario asesinado. Aunque ya lo había intuido, le alegraba cerrar esa puerta. La segunda, de su compañero Robert Vidal, que le resumió su visita a la bodega de los Camps y el encontronazo entre Mireia y Lara. Conforme le relató, cuando las aguas volvieron a su cauce, había podido interrogar a la novia de Miquel y no había sacado ninguna información de utilidad. Únicamente había constatado que la joven, según las propias palabras de Vidal, «es una cría presuntuosa e inmadura que cree ir mil pasos por delante de todos cuando en realidad no se entera de la misa la mitad». Sagi sonrió al imaginar que si Mireia había hecho saltar a Lara y había generado tal opinión en su compañero, seguramente debía ser un mal bicho.

Casi sin darse cuenta ya estaba en el aparcamiento de su edificio, maniobrando para evitar las endiabladas columnas que limitaban las estrechas plazas. Subió a su piso, se dio una ducha rápida, se arregló con esmero y partió ligero hacia el piso de Marta, donde habían quedado para cenar y charlar. La joven artista le esperaba con la mesa puesta y una deliciosa selección de comida tailandesa que olía maravillosamente bien.

Sagi decidió disfrutar de la compañía de Marta y arrinconar por unas horas el caso. Bebieron vino tinto y comieron la ensalada picante *som tum* y el típico *pad thai*, entre muchas otras *delicatessen*. Conversaron sobre temas muy variados y rieron con miles de anécdotas. Las horas fueron pasando a la vez que iban abriéndose más el uno al otro y conociendo más detalles de sus vidas. Sagi escuchaba embelesado cómo Marta recordaba el día en que, con tan solo quince años, se marchó con lo puesto de la casa de su madre, dejando atrás a una familia desestructurada que no hacía otra cosa que faltarse al respeto entre ellos, cuando no pasaban directamente a los maltratos psicológicos y físicos. Gesticulaba mucho, narraba la historia con infinidad de aclaraciones, sonreía incluso en las partes más desgarradoras. Sagi reafirmó su idea de que Marta era una mujer fuerte y valiente, que se había atrevido a dejar atrás un pasado indigno que no le hacía justicia en busca de un futuro más benevolente, por muy incierto que se le plantease. El inspector la creía capaz de todo lo que se propusiese, de superarse día a día, y a cada segundo que pasaba fue dejándose atrapar en la telaraña de su encanto.

En los últimos días se había sorprendido en varias ocasiones a sí mismo pensando en ella y, a la vez, en su vida sin ella. Porque era plenamente consciente de que no le convenía. No podía plantearse tener una relación estable con Marta o algo similar. Era un espíritu libre, ella misma así lo reconocía. Sus mundos eran opuestos. Si él quería estabilidad, ella le ofrecía improvisación. Mientras Sagi era un tipo organizado hasta la extenuación, Marta suponía el caos más absoluto, pues un día podía estar pintando un lienzo en Barcelona y al otro, organizando una *performance* en Madrid.

Marta era la antítesis de Anabel, la única persona de quien, hasta la fecha, Sagi se había enamorado. La artista detestaba las ataduras. En cambio, su exmujer solo soñaba con casarse y tener hijos, y le estuvo insistiendo incansablemente en formalizar su relación hasta que Sagi cedió a la presión y pasaron por la capilla. Craso error. Sagi pronto descubrió en su trabajo en los Mossos una verdadera vocación, y se centró tanto en ello que dejó de lado a Anabel, a quien se sentía cada vez más encadenado, como en una condena, rompiendo en mil pedazos sus ansias de formar una familia. Ya habían pasado siete años desde que firmaron los papeles de divorcio.

Tal vez por eso, por lo diferentes que ambas eran, Marta había atraído tanto a Sagi. Pero ahora empezaba a darse cuenta de que se había ido de un extremo al otro. Del blanco al negro. Del todo al nada. Y se culpaba a sí mismo por haberse vuelto a desviar del justo medio aristotélico que regía su filosofía de vida, de hombre prudente y cauto, porque cuando lo apostaba todo a un color, sabía que perdería sin remedio. No había funcionado con Anabel y tampoco funcionaría con Marta, pero se sentía irremediablemente atraído por la artista y se negaba a dejar caer del todo la venda que tan placenteramente cubría sus ojos.

La conversación fue volviéndose más íntima. De ahí pasaron a las caricias. De las caricias a los besos. Y el resto de la noche estuvieron entre esas sábanas que a Sagi ya le sabían a otros hombres pero que esa noche serían solo para él. Porque, en esos momentos, Marta era completamente suya. Ella le besaba, le mordía, le atrapaba entre sus piernas. Le hacía sentirse único, como si no hubiese nadie más sobre la faz de la Tierra, y él se entregaba a ella con ímpetu, rindiéndose a su merced. Y entonces Sagi se olvidaba de los extremos, del término medio y hasta de su nombre. Disfrutaba de cada instante porque desconocía si volvería a repetirse. Ansiaba capturar esas sensaciones como en una fotografía que llevar siempre consigo, aunque en realidad se tratase de intentar retener un copo de nieve entre las manos. Porque sabía que más tarde, con la perspectiva que da la distancia, percibiría las cosas de otro modo, lejos del dulce aroma de Marta y de su hechizo. Vería en ella a ese animal indómito que quería correr libre, sin ataduras ni riendas que la frenasen. Sin nadie a quien esperar ni por quien ser esperada. Sagi era consciente de que ella no querría caminar a su lado por el marcado camino de baldosas amarillas, que lo llevaba a su destino con algún que otro sobresalto, pero siempre pisando suelo firme. Marta era de las que se salían de la senda señalada para enfrentarse cara a cara a los peligros, que, como por arte de magia, transformaba en oportunidades. Y Sagi tampoco querría acompañarla en esa maraña de azares e imprevisibilidad. Sentía que en la placidez de la cama de Marta, rozando su piel, se hallaba en la engañosa calma del ojo del huracán, y sabía que, más temprano que tarde, ambos caerían de lleno en los torbellinos de viento impetuoso que los lanzarían sin piedad a polos opuestos del planeta.

El ruido del agua resbalando por el sumidero de la ducha despertó a Sagi. Al darse cuenta de dónde estaba, recordó las contradicciones que la noche anterior lucharon en el cuadrilátero de sus pensamientos. El inspector volvía a ser ese hombre pragmático y objetivo, consciente de la realidad. De lo posible y de lo inviable. Aunque en esos momentos se sentía más cobarde que sensato.

Marta se le acercó con el cabello mojado y goteando sobre una camiseta de mil colores.

—Me tengo que ir ya —le dijo—. Anoche ya te comenté que hoy he quedado para tomar un *brunch*. Lo que no te dije es que estarán dos famosos grafiteros polacos que quieren montar una muestra urbana en su país... ¡y me han ofrecido participar como artista invitada! Quieren recordar el Holocausto y remover conciencias homenajeando a las personas que vivieron y murieron en el gueto judío de Varsovia a manos de los nazis, y pintaremos allí mismo. Hoy empezaremos a hablar de cómo organizarlo todo. ¿Por qué no me acompañas? ¡Será una pasada!

El inspector se desperezó en la cama.

—Marta, parece un proyecto muy interesante, pero yo... —titubeó buscando las palabras—. No es mi rollo, ¿sabes? No entiendo nada de arte, y mientras vosotros estaréis ilusionados con el montaje, a mí me parecerá que habláis en chino.

—¡No importa que no seas un experto! Vente y da tu opinión. Haz tus aportaciones. Tal vez creas que no son nada, pero igual nos das buenas ideas.

—El problema es que no me apetece, Marta —reconoció al fin.

La joven cambió de ánimo y borró la sonrisa de su rostro.

—Oh, vaya... Eso ya es otra cosa.

—Lo siento... Además, tengo trabajo, he de volver a...

—No pasa nada. Lo entiendo —le dijo, risueña de nuevo.

Le dio un beso de despedida en los labios, cogió su bolso y salió corriendo del apartamento.

—¡Cierra de golpe al salir! —le gritó desde la escalera.

Sagi se levantó y se aseó. Cuando ya estuvo preparado para salir del piso, la curiosidad pudo más que la prudencia y se lanzó a fisgonear los muebles y cajones del estudio de Marta.

Encontró mil papeles guardados sin ningún tipo de orden, bocetos de proyectos, dibujos a medio terminar. Dio con un armario donde Marta conservaba una moderna cámara réflex y un pequeño trípode. Al lado, en perfecto desorden, se apilaban fotografías artísticas en blanco y negro en las que se apreciaban siluetas y formas abstractas, así como lo que parecían autorretratos de la artista. Las repisas del armario estaban repletas de álbumes de fotos y Sagi cogió un par al azar.

Empezó a pasar las páginas del primero y descubrió a una Marta adolescente rodeada de amigos y amigas en diferentes situaciones. De camping, en una fiesta de estilo disco, en un viaje a Londres. Pasó al segundo álbum y vio fotos más recientes de ella. También con colegas, pero distintos a los de las fotografías anteriores. Hacia el final, las imágenes pasaron a ser individuales. El inspector apreció los rostros de diferentes hombres, todos ellos fotografiados por Marta, supuso. Eran escenas mucho más íntimas. Sagi empezó a poner cara a quienes habían pasado por su vida antes que él. Algunos eran realmente atractivos, otros no tanto. Unos jóvenes, otros más maduros. Pensó que quizá algunos de ellos eran quienes la ayudaban a financiar sus proyectos y a mantenerse económicamente.

Cerró los álbumes y los devolvió al armario. Salió a la calle con la sensación de que algo había acabado antes de empezar. Él no quería pintar grafitis en Varsovia, de la misma forma que Marta no estaría dispuesta a pasar los domingos yendo al cine y comiendo palomitas. Se cuestionó si entre ellos había algo más que risas y sexo. Todavía no sabía cómo, habían iniciado una relación en la que ninguno querría dar su brazo a torcer. Ninguno iba a cambiar por el otro. De hecho, no sería sano que alguno de los dos lo propusiese. ¿Adónde los llevaba todo eso?

Subió al coche convencido de que debía dejar ir a Marta, desterrarla de su vida por el bien de los dos, y de que él mismo debería esforzarse por escapar de la telaraña en la que tan plácidamente se había dejado atrapar.

24

Falset,
12 de octubre de 2019

Llegó a la comisaría de Falset resuelto a cumplir con la decisión que acababa de tomar, pero a la vez temeroso de hacerlo. Se sentía como un adicto que sabía que la droga le hacía daño, pero a quien le costaba horrores dejarla. Se veía al mismo tiempo como víctima y verdugo. Ahora el inspector no adivinaba en cuál de los ordenados compartimentos de su cabeza debía colocar a Marta. No sabía si ubicarla en la sección de agua pasada, la de temas aún pendientes o la de imperdonables errores propios. De todas formas, se obligó a apartarla de sus pensamientos y a centrarse en la resolución de un caso que no había imaginado tan enrevesado.

Al salir de Barcelona, había llamado al comisario Bonet para ponerle al corriente del estado de la investigación. Por su parte, su jefe le había comunicado que la jueza Samaniego había autorizado el registro de las llamadas y mensajes de texto de los teléfonos de Lola Grau y Santi Roig. Obvió a Sebastián Garrido, y eso enervó a Sagi, pero sabía que más le valía no rechistar. Por el momento, solo habían conseguido eso, dijo el comisario, pero ya era un paso adelante. Bonet le informó, además, de que acababan de enviarle los registros a Vidal y que en breve se los pasaban a él mismo. En unos segundos, Sagi sintió el pitido del móvil que así lo confirmaba.

También había llamado a su compañero para decirle que estaba en camino y preguntarle si había alguna novedad.

—Ningún avance significativo. Una patrulla acaba de visitar el Kairaku y no ha sacado nada en claro. La *madame* no se ha mostrado muy colaborativa, como podrás imaginarte. Se ha quejado de la invasión de su intimidad, ha amenazado con no sé cuántas denuncias... Lo típico. Al final, los agentes han tenido que ponerse chulos y le han advertido que o colaboraba o le cerraban el chiringuito. En resumen, que le han enseñado la foto de Jaume Folch y lo único que han conseguido es que reconociese que durante una temporada fue un cliente bastante habitual. Según ha dicho, empezó a frecuentar el prostíbulo hace unos dos años y dejó de ir al cabo de unos meses. Ningún altercado, ninguna bronca. Un cliente ejemplar.

—Pues menuda ayuda.

—Los agentes también han pedido hablar con las chicas que trabajan allí, pero la jefa no les ha querido dar nombres ni teléfonos. He solicitado que hagan seguimiento de noche y de madrugada y que intenten acercarse a ellas. A ver si sacamos algo.

Cuando Sagi aparcó junto a la comisaría, su teléfono empezó a pitar como un loco. Lo miró y se encontró con siete llamadas perdidas de Vidal. «Mierda de cobertura», maldijo, recordando el cerro por el cual había tenido que circular para llegar a la capital del Priorat. Entró corriendo en el edificio y se topó de bruces con el sargento Moreno.

—Buenos días. ¿Dónde está Vidal? Tengo varias llamadas...

—Está en Escaladei —le cortó Moreno, sofocado—. A primera hora de la mañana ha habido un incendio en Di-Vino y ha salido pitando hace un buen rato, cuando se lo han comunicado. Se ha llevado a su equipo y a una de mis patrullas. Nos ha pedido que te avisásemos cuando vinieses, porque no podía contactar contigo. Los bomberos y la ambulancia han sido los primeros en llegar. Por lo visto, ya está la cosa bastante controlada. Ahora me iba hacia allá.

—Voy contigo.

El fuego había arrasado la parte trasera del edificio de Di-Vino. La zona de oficinas había quedado prácticamente calcinada. El incendio se había extendido hasta el almacén y había quemado una parte, aunque, por fortuna, otras zonas de la bodega como la cava, los depósitos, la prensa y la tienda se habían salvado de las llamas por la rápida intervención de los bomberos. Cuando llegaron, Sagi vio cómo seguían remojando la parte más afectada para evitar que el fuego se reavivara. El personal sanitario estaba atendiendo en la ambulancia al encargado de la bodega, Jordi Castells, que tenía quemaduras en la cara y ambos brazos. Vidal se aproximó a Sagi para informarle de la situación.

—El encargado ha sido el primero en llegar —dijo—. Al amanecer, vio el humo desde su casa cuando se levantaba para ir a correr y voló hacia aquí mientras llamaba a los bomberos y a las propietarias. Por lo poco que ha podido explicarnos, porque se lo llevaban los sanitarios, lo gordo estaba en las oficinas. Cogió un extintor de la tienda e intentó evitar que el fuego se propagase a otras áreas del edificio. De no ser por él, se habría quemado mucho más. Impidió que las llamas llegasen a unos bidones de gasoil y a aparatos eléctricos. Es el único que ha resultado herido, pero se recuperará. Dice que cuando ha llegado no ha visto a nadie merodeando por aquí.

Detrás del precinto policial, Sagi vio a Lola Grau mirando con asombro lo sucedido. También estaba Elvira Sentís, que lloraba sin parar, y Miquel Folch, abrazando a su madre con cara de rabia.

—Joder, Vidal. Dime que no crees en las coincidencias.

—Nunca lo he hecho.

—¿Piensas que se querían cargar a alguien más?

—Lo dudo. El incendio se ha declarado muy temprano. Aunque hoy es festivo, están en plena vendimia. Castells ha explicado que iban a venir a trabajar, pero más tarde. Todavía no había nadie en la bodega.

—Entonces ¿qué sentido tiene?

El inspector sopló y miró al suelo.

—No lo sé, Sagi. Esperemos a que acaben los bomberos y a ver si sacamos algo en claro. Mientras, hagamos unas cuantas preguntas.

Se acercaron a donde estaban los miembros de la familia Folch, que observaban angustiados las labores de extinción del incendio. El sargento Moreno habló con Elvira, que aseguró que se encontraba en casa durmiendo cuando recibió la llamada de Jordi Castells. Vidal hizo un aparte con Miquel, quien dijo estar en casa con su madre y le relató lo mismo. Por último, Sagi se acercó a Lola y le preguntó por el incendio. La viuda dio la misma versión que su cuñada, aunque ella afirmó haber estado sola en su domicilio cuando también recibió la llamada del encargado y detalló que llegó más tarde que el resto a la bodega porque tenía que desplazarse desde

La Morera, y no desde el mismo Escaladei, como Jordi, Elvira y Miquel. De la misma manera que había pasado con el asesinato de Jaume Folch, nadie se explicaba el suceso y nadie sospechaba quién podía ser el culpable del incendio, que sin duda era provocado. Y todos coincidían en una cosa: alguien iba a por ellos.

Los inspectores y el sargento volvieron a reunirse para intercambiar información e impresiones. Estaban valorando la situación cuando el jefe de guardia de los bomberos de Falset se unió al grupo.

—Hemos encontrado una ventana rota, cuyos cristales están en el interior de la oficina —explicó—. También hay restos de un trapo y una botella de vidrio en el suelo. El olor a gasolina es evidente, así que juraría que alguien ha tirado un cóctel molotov desde fuera para prenderle fuego a esta zona. Ya estamos acabando nuestro trabajo. Ahora os toca a vosotros.

En poco más de una hora, tres agentes de la Unidad Central de Incendios Estructurales, de la Policía Científica de Egara, se encontraban en Di-Vino examinando los restos del incendio y buscando las pruebas o indicios que ayudasen a aclarar lo sucedido y que, a su vez, les resultasen útiles a los Mossos en la investigación. Estuvieron hasta el mediodía analizando las oficinas, donde centraron más esfuerzos por ser el lugar en el que se había originado el incendio, y las zonas cercanas que también habían resultado dañadas por el fuego. Una vez hubieron recogido los restos del cóctel molotov, una muestra del combustible y demás rastros, permitieron la entrada de los dos inspectores en los despachos arrasados por las llamas.

Sagi y Vidal pasaron con cuidado, fijándose bien en dónde pisaban. Las estanterías con documentación parecían el

292

esqueleto de una ballena. Los escritorios, las sillas y demás mobiliario mostraban únicamente su estructura metálica, ennegrecida por el fuego. En el suelo había dos dedos de agua sobre la que flotaban documentos a medio calcinar y una espesa pasta formada por cenizas, trozos de plásticos y papeles mojados. Las paredes estaban completamente negras. Las placas de yeso del techo, también quemadas, se habían resquebrajado y algunas de ellas se habían desprendido. Los ordenadores de los escritorios estaban completamente destruidos.

Vidal soltó un largo silbido al ver semejante desastre, mientras empezaba a notar cómo el agua se le colaba en los zapatos y mojaba sus calcetines. Maldijo no llevar puestas sus deportivas impermeables.

—Espero que tengan copias de seguridad de toda la documentación y de los discos duros porque, si no, están apañados —manifestó.

—Este incendio lo ha provocado alguien que quería dañar a la empresa, no a la familia. Sabía perfectamente que la bodega estaba vacía —afirmó Sagi, que seguía observando minuciosamente el escenario.

—Puede que hayamos estado dando palos de ciego desde el principio y el asesinato de Jaume Folch tenga que ver con su negocio y no con su vida personal.

—No encontramos nada en su teléfono ni en su ordenador que nos indicase que debíamos investigar en esa dirección. Su familia y los trabajadores de Di-Vino nos han repetido una y otra vez que no tenía enemigos entre sus clientes o proveedores.

—¿Y la competencia? Igual algún otro empresario se lo quería quitar de en medio.

—No tenemos ningún indicio de algo así.

—Joder, Sagi, yo solo pongo posibilidades encima de la mesa. ¿Quién ha quemado esto, entonces? A ver, ilústrame.

—No te me pongas susceptible, Vidal, y sigamos revisando.

Sagi sacó de su bolsillo una potente linterna y acompañado por Vidal, que se situó junto al haz de luz todavía refunfuñando, empezó a escudriñar lo que quedaba de la oficina de Di-Vino. Enfocó el que fuera el escritorio de Jaume Folch. La mesa estaba chamuscada y el *buc* de tres cajones que había debajo no presentaba mejor aspecto. Conservaba su estructura metálica, pero estaba ennegrecido por las llamas. Sagi se aproximó e intentó abrir el primer cajón. Tuvo que esforzarse, porque el fuego había derretido algunos bordes y habían quedado atascados en las juntas.

—Ayúdame, Vidal.

Entre los dos consiguieron abrirlo y comprobaron que dentro solo había papeles quemados y mojados y material de oficina abrasado. Tiraron el cajón vacío sobre una montaña de desechos e iluminaron el siguiente. Para su sorpresa, el aluminio quemado del fondo del cajón mostraba una zona mucho más oscura en el centro. Sagi apuntó mejor con la linterna y, estupefactos, acertaron a descubrir el símbolo que mostraba el metal ennegrecido. Una letra «T» dentro de un triángulo, que a simple vista había pasado inadvertida a todos, pero que el fuego había revelado como por arte de magia.

—Así que se trataba de una cajonera metálica de oficina… —reconoció Vidal mientras se ponía un guante de látex y pasaba suavemente los dedos por encima del símbolo—. La impronta es tan minúscula que apenas se nota.

—Saquémoslo —sugirió Sagi.

Maniobraron con pericia y consiguieron liberar el cajón de la estructura de aluminio. Al cogerlo, oyeron un ruido sordo procedente de su interior.

—¿Qué ha sido eso? —preguntó Sagi con asombro.

Vidal sacudió levemente el cajón y volvieron a oírlo.

—¡Fíjate! Parece que tiene un doble fondo.

Los inspectores forzaron el cajón y lograron levantar la tapa, dejando al descubierto un espacio oculto. En él reposaba una caja metálica de aproximadamente el tamaño de un folio. Era como un prisma cuadrangular, con un grosor de unos diez centímetros. Vidal cogió la misteriosa caja y descubrió que pesaba más de lo que había imaginado.

La observaron con curiosidad y detenimiento, dándole vueltas para examinar cada una de sus caras. Con estructura de hierro y completamente lisa, parecía estar hecha de una sola pieza ya que no tenía aristas visibles. No era del todo hermética puesto que en uno de los laterales había una hendidura que la atravesaba de un lado al otro. Pese a ello, no podía abrirse porque, en el centro, dos ojos de dos cerraduras lo impedían. Sagi y Vidal se miraron con el ánimo exaltado, como si hubiesen descubierto la tumba perdida de un faraón egipcio. Vidal movió con cuidado la caja y algo rebotó en su interior.

—Necesitamos dos llaves para abrirla.

—Y estoy seguro de que ya tenemos una de ellas.

25

Cartuja de Scala Dei,
año 1436

El prior Ferran había asistido a las Cortes Generales de Cataluña y Aragón celebradas en Monzón, convocadas con carácter urgente por la reina consorte María de Castilla después de que los genoveses apresaran al rey Alfonso V el Magnánimo, y que se habían prolongado durante meses. El monarca estaba enfrascado en la conquista de Nápoles cuando, en su intento por sitiar la ciudad de Gaeta, fue derrotado por la flota genovesa, que había acudido en ayuda de los napolitanos. El rey y sus dos hermanos, Juan y Enrique, fueron entregados al duque de Milán, Filippo Maria Visconti, soberano de la República de Génova. La petición de rescate ascendía a 30.000 ducados, una suma muy elevada, de manera que la reina convocó a las Cortes para obtener dichos fondos y poder liberar a Alfonso y a los infantes.

Las sesiones se inauguraron en noviembre de 1435 y no finalizaron hasta la primavera del año siguiente. Mientras estas se sucedían, el rey Alfonso consiguió ganarse la confianza del duque de Milán y poco después fue puesto en libertad.

De ser enemigos, pasaron a ser aliados, y ambos firmaron un acuerdo por el cual al rey Alfonso se le permitía volver a conquistar las ciudades de Capua y Gaeta y sitiar Nápoles. Por ello, las Cortes pasaron de debatir la concesión de fondos para el rescate del rey a discutir la dotación de más recursos destinados a continuar la guerra contra los napolitanos.

Como prior de Scala Dei y máxima autoridad de la Orden de la Cartuja en el reino, Ferran estaba llamado a acudir a la reunión del órgano legislativo de la Corona, que congregaba a los tres brazos de poder: el noble, el militar y el eclesiástico. Aunque consideraba que estos asuntos trascendían a sus inquietudes y capacidades, se veía obligado a participar de las decisiones de las Cortes y a ser cómplice de las numerosas intrigas y comadreos palaciegos. Tras meses de disquisiciones y debates que se le habían hecho eternos, y a menudo soporíferos, por fin Ferran arribaba a la cartuja montado en su brioso pollino, que había demostrado ser un buen compañero de viaje con su dócil carácter y su inagotable energía.

Dos días atrás, un mensajero había anunciado que la llegada del prior al monasterio estaba prevista para esa mañana de primavera. Oleguer esperaba a Ferran a las puertas de la casa baja. Pese a los ruidos de los trabajos que se realizaban en el interior del edificio, donde los frailes y donados construían nuevas herramientas de labranza para sustituir las que habían quedado oxidadas y estropeadas por el uso, el padre procurador se mostraba abstraído y tan solo deseaba el regreso de su amigo. Los meses de separación habían supuesto un escollo para su misión y el monje creía imperativo avanzar cuanto antes en su plan.

La montura del prior asomó al fin por el sendero que se adentraba hacia la procura. Oleguer sonrió al verlo llegar y aceleró el paso hacia su encuentro. Ferran frenó a su asno y, todavía entumecido por los largos días de viaje, se dejó ayudar por su compañero a bajar de la montura. Sin mediar una palabra, se fundieron en un breve aunque afectuoso abrazo.

—¡Por fin en casa, Ferran! —exclamó Oleguer, quien intentaba que su dicha no le obligase a alzar la voz—. ¿Cómo te han tratado en las Cortes?

—¡Que el Todopoderoso me libre de quejarme de las atenciones que he recibido!, pues me han dado más de cuanto necesitaba —repuso el prior—. Sin embargo, han sido unos meses muy duros para un hombre de Dios como yo, deseoso de volver a mi rutina en la cartuja. Por otro lado, entiendo la urgencia y el interés de la reina, pues desconocíamos qué suerte correría nuestro monarca. Por fortuna, todo se resolvió sin mayores perjuicios y el soberano vuelve a guerrear. Y, como era de esperar, las Cortes aprobaron dotar a su causa de más fondos. ¡Que Dios lo proteja! Mas no sabes bien cuánto he añorado esta casa nuestra y la espiritualidad que aquí vivimos... ¡Yo no soy hombre de política, Oleguer!

El procurador asintió a las palabras de su amigo, quien se frotó los ojos, visiblemente agotado.

—Si me dispensas, regresaré a mi celda para guardar mis polvorientos fardos y descansar por un tiempo. Te buscaré más tarde para que me cuentes las nuevas que tengas para mí.

Oleguer le ayudó a montar de nuevo y lo vio alejarse por el camino que llevaba a la monjía.

Ya en su celda, Ferran dejó las bolsas de viaje en el recibidor y se arrodilló frente a la figura de la Virgen que presidía la sala del Ave María, para rezar y darle las gracias por haberle guardado en su periplo. Después se dirigió al lavabo y se aseó. Tomó una cogulla limpia y se acostó en su lecho, que sintió más confortable que nunca tras tantas horas montado sobre el burro. Se abandonó durante unos minutos al sueño que lo invitaba, zalamero.

Las campanas que llamaban a vísperas lo sacaron de su dulce siesta y se levantó diligente, sintiéndose todavía un poco desorientado, para asistir al oficio. Cuando este finalizó, se unió a Oleguer en su paseo hacia la procura.

—No quisieras asistir a Cortes, amigo. Resulta sumamente tedioso no poder dedicar a la oración y la meditación tanto tiempo como deseas —se quejó el prior—. Desesperé perdiendo tanto tiempo en charlas insustanciales y redundantes. Por no mencionar a los nobles y los militares... Sé que cada cual tiene su función en este mundo, pero no puedo evitar que me incomoden sus actos rudos y mundanos y que me hagan partícipe de las frivolidades que les inquietan. Imagino que ya no estoy habituado a esa vida tan veleidosa y voluble. Tan solo deseaba regresar y volver a sentir que estaba en mi hogar, sirviendo al Creador, notando su presencia en cada pequeña cosa que me rodea. Aun así, lo he aceptado como una carga que debo asumir por ostentar honorablemente el cargo de prior de Scala Dei. Mas dejémonos de asuntos tan vanos y ponme al corriente de lo que aquí ha acaecido durante este tiempo.

Se sentaron en uno de los bancos de piedra situados a lo largo del camino que unía las dos casas de Scala Dei. Durante más de media hora, el padre procurador refirió todas las nuevas que afectaban a la cartuja y a sus habitantes, como siempre intentando ser escueto y preciso. El prior se mostró conforme con su exposición y agradeció a su compañero todo el trabajo llevado a cabo en su ausencia. Cuando Ferran ya se levantaba para dirigirse a la monjía y descansar de nuevo en su celda, se volvió hacia Oleguer y susurró:

—¿Cómo se encuentran las muchachas?

—Todo sigue sin contratiempos. Nadie las ha descubierto ni importunado.

—Me alegra saberlo —dijo Ferran con sinceridad. Luego lanzó una intensa mirada a su amigo—. No debemos demorarlo por más tiempo, Oleguer. Hoy reposaré para recuperarme de la larga travesía, mas será mañana por la noche. Sin falta.

El procurador permaneció unos segundos en silencio, recapacitando sobre el alcance de esa exigencia. Finalmente, asintió con total sumisión. El prior partió presto, dejando a su compañero debatiéndose entre la culpa y la responsabilidad por lo que se avecinaba.

Ya hacía semanas que el alma de Oleguer se mortificaba por estar cometiendo un pecado tan execrable como el del latrocinio, cuando falseaba las cuentas del monasterio y desviaba fondos para su causa, aunque comprendía y compartía los argumentos de Ferran, quien insistía en que hurtar propiedades y caudales a la orden era una infracción justificada e imprescindible para poder garantizar la supervivencia de la alianza protectora de Scala Dei. Pero ahora veía inminente la comisión de una nueva falta, que en su fuero interno consideraba la mayor de todas, y se atormentaba por ello. Pronto rompería uno de los votos más sagrados para cualquier monje. Sabía que él era mucho más débil que el prior y temía su propia reacción a lo que estaba por venir.

Sin embargo, era en esos momentos de flaqueza cuando se repetía una y mil veces lo que Ferran le había enseñado: que el Señor les perdonaría todos los actos impíos que tuviesen que llevar a cabo para alcanzar su glorioso plan. Que el Todopoderoso los veía como a sus más fieles siervos, pues estaban renunciando a algunos de sus principios más esenciales en pro de un bien mayor. Y era la seguridad de Ferran la que le ayudaba a seguir adelante con su objetivo, de la misma manera que su amigo le socorrió, tantos años atrás, cuando vio tambalearse su fe en su vocación religiosa. Ferran se había convertido en un verdadero líder espiritual para Oleguer, y estaba dispuesto a seguirle hasta el fin del mundo.

La oscuridad amparó cómplice a los dos monjes mientras abandonaban el monasterio de madrugada para ir al Mas del Oliver Gran. Pese a la serenidad de la noche y la agradable temperatura, Ferran y Oleguer temblaban tanto en cuerpo como en alma. Entendían que, para asegurar la pervivencia de Scala Dei, necesitaban de hombres y mujeres píos que velasen por la cartuja y sus tierras. Que protegiesen y defendiesen su escalera hacia el cielo. Ellos iban a ser los primeros en cumplir con ese propósito, pero eran conscientes de que necesitarían herederos que continuasen su labor. Ya habían dispuesto todo lo necesario para que así fuera; sin embargo, ahora que había llegado el momento de iniciar ese linaje de protectores de la cartuja, no podían evitar sentirse a la vez angustiados y exaltados por los actos que estaban a punto de llevar a cabo.

La masía apareció ante ellos como un oscuro monstruo cuyo interior refulgía con el fuego del hogar. Ferran lo tomó como un negro augurio y se santiguó. A pesar de ello, no se dejó amedrentar y encaró el trance con determinación. Oleguer frenó el paso y miró hacia delante con una mezcla de pavor y retraimiento. El padre prior encorajó a su compañero, asiéndolo del brazo y arrastrándolo hacia la casa. Una vez hubieron llegado a la puerta, Ferran llamó con los nudillos y enseguida abrió Elisenda, que con la cabeza gacha los invitó a entrar. Los dos monjes observaron cómo la muchacha cerraba la puerta y la aseguraba con un tablón de madera, como hacía cada noche para evitar la entrada de desconocidos. Elisenda se situó al lado de Joana, que estaba colocando más leños en el hogar para evitar que el fuego se apagase y conservar así el calor en la estancia que hacía las veces de salón, cocina y dormitorio. Cuando acabó, se irguió y permaneció inmóvil junto a su hermana. Las muchachas intercambiaron miradas con los dos monjes, que se percataron de que estaban mucho más serenas que ellos y resueltas ante lo que iba a suceder.

A un gesto de Joana, Elisenda se acercó a Oleguer, lo tomó de la mano y lo llevó a un camastro situado junto a la zona de la cocina. El procurador se dejó guiar como un niño pequeño y ambos desaparecieron en la penumbra del recoveco. Ferran empezó a sentirse excitado por la situación que estaban viviendo y sucumbió a la desafiante mirada de Joana, que parecía retarle. El prior no quiso parecer intimidado por la muchacha y se situó frente a ella con fingida determinación, junto al fuego. Entonces se dio cuenta de que la joven había puesto su jergón cerca del hogar, en el lado opuesto a donde ya se acurrucaban Oleguer y Elisenda.

Joana se sentó en el colchón de paja y el prior se acomodó frente a las llamas, que lentamente iban consumiendo los troncos. La muchacha advirtió el rubor en las mejillas de Ferran, que de repente sentía un inmenso calor, no sabía si por la proximidad de la lumbre o por la cercanía de la bella joven. Quizá por ambas cosas. Joana pensó que, por poca experiencia en estos lances que ella tuviese, ya sería mucha más de la que seguramente gozase el monje.

Recordó con cariño a Arnauet, un chico de su aldea con quien había intercambiado en su corral unos cuantos besos a escondidas, con más ganas que pericia, en un momento de aprendizaje lleno de caricias y divertidos juegos. También evocó el día en que perdió la virginidad, cuando acudió a mendigar harina a un molino de la comarca. El joven que atendía el negocio primero coqueteó con ella, que, halagada, se dejó galantear, pues el muchacho le resultaba atractivo. Joana creyó que el molinero únicamente querría besarla y tocarla como había hecho Arnauet. La llevó al almacén y empezaron a besuquearse y a rozarse con las ansias propias de la juventud, pero el chico empezó a subirle la saya y Joana reparó en que el apuesto mozo no se conformaría solo con unos minutos de retozo. Aunque intentó escabullirse, él la arrastró hasta unos sacos, la tumbó de espaldas y se echó encima de ella. Joana le suplicó que parase. Le gritó que debía partir de inmediato para que su padre no la reprendiese por la tardanza, pero el molinero estaba encendido de pasión y no atendía a razones. La golpeó para retenerla y la forzó contra su voluntad. La joven sintió un enorme dolor en las entrañas cuando la embistió y las lágrimas rodaron por sus mejillas. No pudo hacer otra cosa que cejar en su infructuosa lucha y esperar a que acabase. Recordaba que, cuando se hubo desahogado, el molinero la echó con malos modos, reprochándole que no se hubiese mostrado más complaciente. Joana regresó a casa con un pequeño saco de harina, numerosos cardenales en la piel y una herida en el alma mucho más profunda que las de su cuerpo.

Días después, cuando habló con una amiga sobre lo sucedido, conoció que esa conducta era un tormento que las mujeres debían sufrir a menudo y que no le quedaba más remedio que resignarse a tal suerte. De hecho, en sus diecinueve años de vida, había tenido que soportar unos cuantos abusos por parte de hombres a cambio de comida o ayuda para su familia. O a cambio de nada, pues no había podido impedirlos debido a la fuerza física de sus agraviadores. Lo mismo había sucedido con su hermana Elisenda, quien nunca había conocido el amor pero a quien un pastor robó la inocencia. Por eso, cuando Joana supo por boca de su padre de la propuesta de los monjes, vio abiertas las puertas a una vida mucho más digna y honrosa para ella y su hermana y no dudó en acceder.

Desde que llegaron al Oliver Gran, Joana y Elisenda vivían apaciblemente. A pesar de la prohibición de salir de la finca y de la supervisión continua de Ferran y Oleguer, que a menudo se escapaban del monasterio para comprobar que todo funcionaba como debía en la aislada masía, se sentían mucho más libres que en toda su vida. Cuidaban del huerto, de los cultivos y de los animales. No tenían que soportar injurias ni humillaciones. Eran dueñas de sus propias vidas y, pese a las limitaciones que sufrían, hacían lo que les placía. Por todo ello, las hermanas se sentían en deuda con los dos monjes que las habían sacado de la miseria y las habían salvado de una muerte más que probable.

Ferran la observaba mientras, absorta frente al hogar, recordaba sus amargas experiencias anteriores. Joana volvió de tan penosas evocaciones y devolvió la mirada al padre prior. A la tenue luz le pareció un hombre agraciado, robusto pero vigoroso. Su cabello ondulado y negro como el carbón, tonsurado en la coronilla, envolvía un rostro amable que en esos momentos se mostraba azorado. Sus ojos verdes decían lo que él no expresaba con palabras: que no sabía cómo proceder y que le invadía una extraña mezcla de resolución y vergüenza.

Por su parte, Ferran admiraba la sencilla belleza de Joana. Era una muchacha de piel morena, si cabe aún más bronceada por trabajar la tierra bajo el sol, con largos cabellos oscuros y unos grandes ojos castaños. Pese a su juventud, veía en ella las marcas del esfuerzo y de la dureza de una vida para nada regalada. Precisamente eso, pensó el religioso, había dotado a la joven de la determinación y arrojo que sugerían su porte y modales.

Ambos permanecieron unos minutos observándose, más bien examinándose, intentando desentrañar lo que pasaba por sus mentes en esos instantes de incipiente intimidad. Al fin, Joana desabrochó el lazo que ceñía su fina blusa y poco a poco sus senos fueron asomando, redondos y firmes. Miró fijamente al prior, concediéndole permiso para mancillar su cuerpo. Ferran acercó su mano, temeroso, y empezó a acariciarlos. El monje notó un cosquilleo en su entrepierna y se sintió abrumado por los remordimientos. Aun así, centró sus pensamientos en la necesidad de cometer ese pecado si quería alcanzar su divino propósito. Se forzó a continuar y se quitó el hábito y las calzas. Con una palpable impericia, acabó de desnudar a la muchacha y, encendido de lujuria, sucumbió a su joven cuerpo.

Joana se infundió ánimos, repitiéndose que era un trámite que debía cumplir, y deseó pasarlo cuanto antes. Por ello, tumbó al prior de espaldas y se sentó encima de él, permitiendo que entrase en ella, moviéndose con desenvoltura. Ferran creyó rozar el cielo. Notó cómo un instinto hasta ese momento desconocido para él se apoderaba de su ser. Un impulso irracional, casi animal, que se imponía a la razón. Por momentos se dejaba llevar por el placer carnal, entre las sinuosas y danzantes caderas de Joana, aunque su mente le recordaba que simplemente estaban cumpliendo con una parte del trato. Se sintió en un éxtasis terrenal, muy distinto al espiritual pero igual de deleitoso. Disfrutó del momento más mundano de su existencia como si se tratase de un regalo de Dios por la obra que él y Oleguer le daban en ofrenda. Mientras oía los lejanos suspiros del procurador, el prior de Scala Dei derramó su simiente en el vientre de Joana, entre gemidos y espasmos. Cuando su respiración se moderó, la muchacha se levantó y volvió a vestirse. Poco a poco, el monje fue volviendo en sí e, incorporándose, se colocó de nuevo el hábito. Cuando hubo recuperado el aliento, susurró a Joana un tímido agradecimiento y ella le respondió con una inclinación de cabeza. Si todo salía según lo previsto, y con la ayuda de Dios, dentro de unos meses se iniciaría el linaje de protectores de Scala Dei y la deuda estaría saldada.

Ya en su celda, Ferran creyó enloquecer. Caminaba de un lado a otro, intranquilo y con sentimientos contradictorios. Por su mente pasaban raudas imágenes de Joana desnuda encima de él, de su mano en su sexo, del fuego que crepitaba junto a ellos. Pensaba en el placer que había sentido al yacer con ella y se reconcomía por dentro. Recordaba que su semilla se alojaba ahora en su vientre y se sentía a la vez dichoso y culpable. «Era necesario para alcanzar nuestro objetivo, Señor. Solo así podremos cuidar de Scala Dei. Perdóname por haberme entregado al éxtasis corporal, pero bien sabes, oh, Señor, que era ineludible. Acógeme en tu seno, perdona mis pecados y abraza nuestra ofrenda», decía en sus oraciones mientras sentía el dedo acusador de Dios cernido sobre él.

Sin embargo, cuando volvía a sentirse cerca del Creador, cuando notaba su presencia y su gracia, su mente le devolvía la figura de Joana. Sus curvas y sus pechos, sus manos en su cuerpo. El padre prior cayó de rodillas en el frío suelo de la celda y lloró por haber sido débil. Cuando tramaron el plan, Oleguer y él se mostraron convencidos de que yacer con las dos muchachas sería algo mecánico, obligado. Que en nada los trastornaría. Y ahora se hallaba sumido en la inquietud de reconocer que la experiencia le había cautivado, que era un simple mortal más que se había entregado al placer de la carne. Le roía la desazón al suponer que el deseo seguiría vivo en él, que querría más, que desearía estar con Joana de nuevo. Por un momento pensó que había sido un ingenuo al creer que Oleguer y él mismo podrían regalar a la cartuja y a Dios una perdurable protección, una obra de tal envergadura, cuando ahora veía que no eran más que dos simples hombres. Dos pecadores a merced de la compasión del Señor.

Se acercó a su camastro y se desvistió con prisas. Tiró el hábito al suelo, cogió el flagelo y empezó a azotarse con fuerza mientras rezaba en silencio. Apenas podía acallar los gritos de dolor que ascendían por su garganta. La sangre empezó a brotar, mojándole la espalda y ensuciando el suelo del *cubiculum*. Ferran se golpeaba sin cesar mientras su mente seguía orando y recordando a la vez. «Perdóname, Señor. Perdona mi lujuria, pues me he rendido al gozo más bajo e indigno de los hombres. Perdona mi avaricia, pues he estado sustrayendo bienes materiales a una comunidad de hombres de Dios por un propósito demasiado ambicioso. Perdona mi soberbia, pues he creído que nuestro objetivo nos convertía en tus elegidos. Perdóname, Señor, y acepta nuestro regalo, nuestra ofrenda, nuestra obra. Somos pecadores, mas todo es por ti, Dios mío. Todo es por Scala Dei».

Pasadas unas semanas, Ferran entró ligero en el despacho del padre procurador, quien, a través de uno de los frailes, le había enviado recado para que acudiese presto a visitarlo a la casa baja. Oleguer lo recibió apesadumbrado.

—¿Qué sucede, hermano? ¿Por qué me has hecho llamar con tanta premura? —inquirió el prior.

—Las dos muchachas han sangrado —susurró abatido.

La decepción se apoderó de Ferran. Estaba convencido de que el Señor los ayudaría en su misión e intercedería para que consiguiesen su objetivo a la mayor brevedad posible. No pudo ocultar su frustración a Oleguer, que compartía su desilusión. Aun así, no quiso que su amigo interpretase esa circunstancia como una señal de que debían cejar en su empeño.

—No debemos desanimarnos. Tan solo es un contratiempo que hay que afrontar y proseguir con nuestro cometido.

El procurador suspiró con pesar.

—Me desagrada tanto como a ti, Oleguer, mas no podemos desfallecer. Estamos cerca de nuestro fin —le insistió—. Habla con las hermanas y tenlas prevenidas. Dentro de dos semanas volveremos a visitarlas.

La determinación del prior persuadió al procurador, que se despidió de su compañero con un leve asentimiento de cabeza. Su propósito seguía en pie y nada impediría que lo alcanzasen.

Los dos monjes volvieron al Mas del Oliver Gran treinta y dos noches después de la primera visita, y en esta ocasión ya sabían lo que les depararía el encuentro. Sin embargo, la angustia y el desasosiego también quisieron acompañarlos, aunque esta vez se les sumó la excitación de imaginarse de nuevo entre las piernas de las muchachas.

Joana y Elisenda los recibieron resignadas a cumplir con

su obligación. Pocos minutos después de haber entrado en la masía, cada pareja estaba situada en su rincón, los cuatro desnudos, y las jóvenes se mostraban predispuestas a ofrecerles un placer rápido y diligente, al que los religiosos se entregaron con gozo.

De regreso a la monjía, ambos rezaron porque su derramamiento en ellas surtiese al fin el efecto deseado. Sin embargo, en las horas de soledad en su celda, siguieron castigándose con la mortificación de la carne y orando contra los demonios de la lujuria que pugnaban por apropiarse de sus almas.

Unas jornadas más tarde, las dos muchachas se despertaron en tesituras muy distintas. Elisenda se levantó con un horrible mareo y corrió hasta la cocina para tomar un balde, en el que vomitó lo poco que había cenado. Cuando se apresuró a asistirla, Joana sintió cómo la cálida sangre surgía de su vientre y se le escurría por la pierna.

—¡Estás encinta, Elisenda! —se alborozó—. ¡Qué afortunada! Me alegro mucho por ti.

Elisenda se giró hacia su hermana mayor y advirtió el reguero carmesí en la parte interior de su muslo.

—Lo lamento —dijo, sinceramente afligida.

Joana se encogió de hombros.

—Por lo menos tú lo has logrado. Ahora deberás cuidarte bien, pues este hijo que crece en tu interior tiene que salir adelante —la animó—. Cuando vuelva el padre procurador le daremos la buena nueva. A mí no me queda más remedio que volver a yacer con el prior. Espero poder engendrar pronto; de lo contrario, tendré que buscar algún remedio de viejas para favorecer el embarazo.

La visita de Ferran a la vieja masía no se hizo esperar.

Cuando apenas le quedaban unos pocos metros para llegar, suplicó al Todopoderoso que Joana se quedase al fin embarazada. El prior tenía dos motivos para ello. El primero y primordial era conseguir iniciar la estirpe de protectores de Scala Dei, pues con un solo vástago no podrían alcanzar tal objetivo. Y el segundo, el que más lo atormentaba, era poner fin a sus encuentros carnales con la bella muchacha, ya que lo atribulaban de un modo difícil soportar. Cuando se abandonaba a ella, pasaba jornadas enteras viéndola en todas partes, percibiendo el dulce olor de su cuerpo, recordando su voluptuosidad. Sabía que no debía hacerlo, que era un hombre de Dios y a Él debía entregar todo su ser, pero temía que si esas visitas nocturnas se prolongaban más en el tiempo, acabase cediendo a la mundanidad que lo tentaba y se perdiese en ella. Le inquietaba no superar la prueba a la que el Señor le estaba sometiendo, y fallarle a Él y a Oleguer. «Ayúdame, Dios mío», rogaba. «Concédeme tu gracia y bendice mis actos».

Vio a Elisenda sentada en un poyo junto a la entrada de la masía, disfrutando del frescor de la noche. La saludó con un gesto de la cabeza y entró. Joana ya había empezado a desnudarse en cuanto el religioso entornó la puerta. El prior notó cómo su deseo se desbocaba enseguida, de modo que se quitó el hábito con premura y corrió a abrazarla y a besarla. Joana lo condujo a su lecho y se situó encima de él. El monje creyó delirar mientras notaba cómo se adentraba en ella, que ya empezaba a moverse sensualmente. «Ayúdame, Señor», se repetía el prior. «Ayúdame, Dios mío», suplicaba la joven. Ferran eyaculó rodeado por los fuertes brazos de Joana mientras los dos imploraban con todas sus fuerzas, y por motivos muy distintos, que esa fuese la última vez que se tocaban.

Siete meses más tarde, de forma prematura, Elisenda dio a luz a una niña a la que llamaron Blanca, por tener la piel tan pálida como la de su madre. Unas semanas después, Joana parió a un niño rollizo a quien dieron el nombre de Guifré. La saga de protectores de Scala Dei empezaba a convertirse en una realidad.

26

Falset,
12 de octubre de 2019

Los dos inspectores miraban fijamente la enigmática caja de hierro, sentados frente a ella en un despacho de la comisaría, como si esperaran que se abriera por arte de magia. Sagi había ido a buscar la llave con la «R» forjada que habían descubierto en la caja fuerte del piso que la víctima tenía en Barcelona. Los dos sentían que se encontraban a las puertas de un hallazgo histórico. Se veían como el intrépido arqueólogo Indiana Jones ante el Arca de la Alianza, esperando que, al ser abierta, salieran despedidos miles de destellos cegadores y empezase a sonar una música celestial cantada por cientos de querubines. O el *We Are the Champions* de Queen.

—¡Mete la llave de una vez, joder! —le urgió Vidal, que ya no aguantaba más con tanta intriga.

Sagi la introdujo en la cerradura de la izquierda, la giró y ambos oyeron un clic que indicaba que el paletón se había retraído, permitiendo así su apertura. Los dos saltaron de alegría, pero enseguida moderaron su júbilo al darse cuenta de la situación. Sin la otra llave, la caja seguía sellada.

—Podemos probar a abrirla de otro modo. Forzarla con alguna herramienta o cortarla con una radial —propuso Vidal.

—El problema es que no sabemos qué hay en su interior. La caja parece tener muchos años. Si contiene un documento antiguo o alguna pieza de valor, podríamos dañarlo. Vete a saber... Igual tiene algún mecanismo que destruya lo que haya dentro si no se abre como es debido.

—Creo que ves demasiadas películas, Sagi —bromeó Vidal.

—Lo digo en serio. Podríamos echar a perder lo que sea que haya en el interior, y no estamos como para ir cargándonos las pocas pruebas que tenemos. Además, todo el simbolismo de la «T» dentro del triángulo y el hermetismo que hay tras él me hacen pensar que este caso puede conducirnos por un camino que no estamos acostumbrados a transitar. Algo muy distinto a cuanto hemos visto hasta ahora. Es todo tan complejo... El triángulo que puede simbolizar a Dios, la «T» que aún no sabemos a qué hace referencia... También pondría la mano en el fuego a que la cadena desaparecida, la que arrancaron a Jaume Folch del cuello, llevaba colgando la llave que nos falta.

—Yo también había pensado en esa posibilidad, pero hasta que no la encontremos todo son especulaciones —coincidió Vidal—. Entonces ¿qué hacemos? ¿Aviso para que nos abran la caja o no?

—Yo esperaría un poco. Presiento que esa llave no debe de andar demasiado lejos —le pidió Sagi, que empezó a buscar su teléfono móvil al oír que alguien le llamaba.

Miró la pantalla y puso cara de sorpresa.

—Buenas tardes. ¿En qué puedo ayudarla, señorita Peña?

Sagi salió hacia Reus, donde recogió a Lara delante del portal de su casa para viajar juntos a Barcelona. El inspector estaba sorprendido con el buen trabajo de investigación que había hecho y por cómo se las había ingeniado para dar con la información que le había explicado primero por teléfono y después, de forma más extensa, en el trayecto en coche. Sagi ya no la veía como a una periodista con ganas de publicar una exclusiva para recibir de su jefe una palmadita en la espalda, y quizá un aumento de sueldo, y poder celebrarlo con los amigos y unas cervezas. Lara se había ganado su respeto porque tenía las mismas ganas que él de encontrar al asesino de Jaume Folch y estaba esforzándose por conseguirlo.

—Cuando me dijeron que era una periodista quien había encontrado el cadáver me temí lo peor —le confesó Sagi—. Me imaginaba detalles de la investigación en todas las portadas y creí que entorpecería nuestro trabajo. Pero ha resultado ser una persona íntegra, señorita Peña. Y tiene buen instinto.

—Gracias por los cumplidos, pero solo he hecho lo que he creído que era correcto. Y, por favor, ¿podríamos tutearnos de una vez?

—Está bien —cedió el inspector.

El viaje les había servido para constatar que ambos tenían el objetivo común de resolver el caso, y también para limar asperezas. El pequeño habitáculo del coche había contribuido a un acercamiento entre los dos. Hablaron con más sinceridad y sin tantos rodeos. Expusieron sus ideas con más libertad y confianza.

—No deberías haberte arriesgado tanto, Lara —le había reñido Sagi mientras conducía por la autopista—. Podría haberte pasado cualquier cosa, y ninguna buena.

—¡No exageres, anda! Que solo fui a preguntar a un puticlub. ¿Qué podía pasarme? O bien que me echaran, que fue lo que pasó, o bien que me ofrecieran trabajo —bromeó—. ¿Qué esperabas? ¿Que me diesen una paliza? ¡Esto no es el Bronx, hombre!

—Pero te avisé de que no fueras por tu cuenta. Y me ocultaste información.

—Te he llamado en cuanto he sabido más —había protestado Lara, que acalló de golpe sus quejas al escuchar la canción que había empezado a sonar en la radio—. ¡Me encanta este tema! ¡Sube el volumen, por favor!

Las guitarras eléctricas y el doble bombo de la batería retumbaron dentro del vehículo. Una voz rota cantaba en inglés sobre un desamor. Sagi sonrió ante el frenesí que poseyó a la reportera, que empezó a mover la cabeza de arriba abajo como una loca, despeinándose de tan emocionada que estaba. El inspector se asombró con la coincidencia. También era una de sus canciones favoritas.

Continuaron el viaje hablando de música, series de televisión y política. Sin embargo, cada dos por tres recordaban el motivo por el cual se dirigían a Barcelona y entonces el ambiente, antes distendido, se enrarecía. Los dos ansiaban llegar y conocer más sobre Jaume Folch.

Caminaban por el barrio de Poble Sec rumbo a la dirección que le habían facilitado a Lara. Cuando por fin llegaron al modesto portal que buscaban, llamaron al interfono y la puerta se abrió. Subieron en el ascensor hasta el cuarto piso y tocaron el timbre del apartamento indicado. Una preciosa joven les abrió la puerta. Era alta, de piel tostada y larga cabellera oscura. En su mirada había miedo y tristeza. Sonrió con timidez y les invitó a entrar. El piso era humilde pero confortable. Los muebles se veían bastante nuevos y era evidente que detrás de la decoración había una mano femenina.

—Eres Gabriela, ¿verdad? —preguntó Lara con amabilidad.

Tanto ella como Sagi sabían que era fundamental que la muchacha se sintiese segura y protegida en todo momento. Si no, podía cerrarse en banda y no conseguirían lo que habían ido a buscar. Y tampoco podrían ayudarla.

La joven asintió con la cabeza, y Lara siguió hablando. Habían acordado que fuese ella quien empezase con las preguntas para que Gabriela sintiese una mayor empatía y predisposición a hablar.

—Antes que nada, queremos agradecerte que hayas accedido a charlar con nosotros. Entendemos que para ti no debe de ser nada fácil, pero, como te dije por teléfono, estamos aquí para averiguar lo que ha sucedido y ayudarte en todo lo que podamos.

Gabriela volvió a sonreír con aflicción mientras miraba a Sagi de reojo.

—Si te parece bien, empecemos por el principio. Tu amiga, la muchacha japonesa, me ha explicado que trabajabas en el Kairaku con ella. ¿Fue en ese lugar donde conociste a Jaume?

—Sí. Empecé a trabajar allí con veintitrés añitos —explicó con un marcado acento sudamericano—. Al principio fue horrible, como siempre, pero por lo menos en el Kairaku nos cuidaban más que en otros clubes. Dentro de lo malo, allí vigilaban que nos tratasen bien. Jaume empezó a ir al Kairaku cuando yo ya llevaba un par de años trabajando. Primero acudía de vez en cuando y cada noche estaba con una chica diferente. Como ya saben, todas las muchachas de ese club son bellísimas. Yo enseguida me fijé en él. Era muy atractivo y siempre me preguntaba por qué era un cliente habitual, cuando seguro que podía tener a todas las mujeres que quisiese. Hasta que llegó el día en que pidió estar conmigo.

Gabriela se sonrojó y, al comprobar que sus visitantes la escuchaban con atención, siguió recordando:

—Bueno, imagínense. Como a mí me resultaba hermoso, esa vez no lo pasé tan mal. Yo creo que él me lo notó y antes de irse me miró con una expresión que jamás olvidaré. Me miró con respeto. Una cualidad que muy pocos demuestran en los clubes, pueden hacerse una idea. Y ya empezó a ir con mayor frecuencia y a pedirme solo a mí. Yo no sabía qué pensar. En verdad, estaba encantada porque a mí el señor me gustaba. Y me trataba bien, parecía incluso mimarme, preocuparse por mí. Jaume fue como una bendición después de tantos años de suplicios y amarguras. Llegué a España con solo diecinueve años, creyendo que iba a trabajar de camarera, y fíjense ustedes cómo me engañaron, igual que a muchas otras. Desde entonces fui de club en club, de mano en mano, y me creía poco más que basura.

Gabriela intentaba contener el llanto mientras narraba su aciaga vida. Lara empatizó con ella desde el primer momento. Intentaba meterse en su piel y se le erizaba el vello con tan solo imaginar todo lo que habría tenido que soportar la pobre muchacha. Tantas vejaciones, tantos vilipendios. Tanto sufrimiento. Por su parte, Sagi atendía con desazón a un relato que no era la primera vez que escuchaba y que, muy a su pesar, seguramente tampoco iba a ser la última.

—Pero no quiero aburrirles con mis desventuras. Jaume llegó a mi vida para salvarme. Cuando iba al Kairaku no solo teníamos sexo. También hablábamos de nuestras vidas, de nosotros, de lo que queríamos para el futuro, de lo que deseábamos y lo que sentíamos. Y así fue como poco a poco nos fuimos enamorando, casi sin darnos cuenta. Yo le amaba mucho, pero estaba atada al club. Tenía pendientes aún muchas deudas de mi viaje a España, mi pasaporte y manutención. Todo eso que nos cuentan para que no dejemos de trabajar y ellos puedan quedarse con la plata.

Los tres callaron. Sagi y Lara esperaron unos segundos a que Gabriela cogiese aire y ánimos para continuar hablando.

—Cada día doy gracias a Dios porque he sido más afortunada que muchas otras —dijo—. Porque conocí el verdadero amor con Jaume, y él conmigo. Hace un año me sacó del club. Nunca quiso decirme cuánto pagó, aunque debió de ser mucho. No dejan a las muchachas irse así de fácil. Pero él me quería y me quitó de ahí. Me cuidó como nunca nadie lo había hecho. Me dio todo lo que necesitaba para seguir adelante y dejar atrás esa repugnante vida. Jaume era cariñoso, alegre, bondadoso. Me alquiló este piso y me encontró un trabajo en una tienda de ropa, aquí, en el barrio. Quiso regalarme una libertad que no tenía desde niña. Aunque jamás me lo dijo, me imagino que también quiso asegurarse de que lo nuestro era real. Que yo no fingía solamente para conseguir que me sacase de esa esclavitud. Pero no se lo reprocho porque lo comprendo. Como ya les he dicho, yo nunca le engañé y cada día que pasaba le amaba mucho más. Hablamos de vivir juntos, pero todavía no podíamos hacerlo acá en Barcelona, porque su sobrino venía a veces a pasar los fines de semana con él, ni en su pueblo, porque él quería hacer las cosas bien. Primero iba a divorciarse de esa mujer y luego ya empezar una nueva vida conmigo allá. Pensaba llevarme a Escaladei. Parece como sacado de una telenovela, pero estas cosas pasan. A mí me ha pasado.

—¿Quién sabe que estás aquí? —preguntó Sagi.

—Nadie. Jaume me hizo jurarle que no lo diría a nadie. También me compró un celular nuevo para que solo hablase con él, y él se compró otro. No nos comunicábamos con nuestros teléfonos habituales, solo con esos. Mi amiga Kumi, la chica japonesa, sabe que estoy en Barcelona, pero no conoce mi dirección. Solo he mantenido el contacto con ella mediante mi antiguo celular. Es una buena niña, y sé que no ha dicho nada a nadie.

—¿Y tu familia? —se interesó Lara.

—En Bogotá solo dejé a mi mamá y a mi hermana. Ellas creen que desde que llegué a España trabajo como camarera. No les expliqué nunca a qué me dedicaba en realidad —confesó avergonzada—. Mi mamá padece del corazón y no quise darle un disgusto que le pudiese costar un infarto. Pero sí les conté que me había enamorado y que era feliz. Porque en verdad lo era.

—Gabriela, me ha dicho Lara que te ha explicado lo que le ha pasado a Jaume. Imagino que no sabías nada hasta que hablaste con ella.

La hermosa colombiana cogió un pañuelo de papel y se enjugó las lágrimas, manchándolo del negro del rímel.

—Hacía días que no tenía noticias de él y estaba muy preocupada. Hablábamos cada día, sin falta. Yo me suponía que alguna desgracia habría sucedido porque no era normal. Pero jamás pude imaginar esto. Parece que estoy condenada a la tristeza. Ahora que éramos felices, que íbamos a crear nuestra familia, me lo arrebataron.

Gabriela se acarició la barriga y la miró con cariño. Lara y Sagi la imitaron. Su vientre abultado mostraba un avanzado embarazo.

—Estoy de siete meses. Es un niño. Y no podrá conocer a su padre.

Un gélido silencio se instaló en la sala de estar del cálido piso de Gabriela. Nadie sabía cómo continuar la conversación después de que la joven constatase en voz alta una circunstancia tan dura como esa.

—Has dicho que Jaume planeaba divorciarse de su mujer —intervino Lara para que la muchacha continuase hablando.

—Sí. No podía soportarla más. Me explicó mil veces que nunca había amado a Lola, pero que no se había separado de ella porque nunca tuvo esa necesidad. Hasta ahora. Quería divorciarse y llevarme con él a Escaladei, para que siguiésemos juntos con la bodega y las tierras, y quería ver crecer allí a nuestro hijo. Él amaba su pueblo y no deseaba renunciar a él. Ni yo se lo hubiese pedido nunca, así que decidimos que seguiríamos nuestra vida allí. Pero me decía que tenía unos temas pendientes y que, cuando los resolviese, me podría mudar por fin.

—¿Qué temas eran esos? —preguntó Sagi con interés.

—Nunca me lo quiso explicar, pero creo que tenían que ver con algo de su familia. Alguna vez le escuché hablar por teléfono sobre la venta de una finca. También sé que su sobrino tiene problemas y que Jaume quería ayudarle. Pero él nunca me habló mucho de esas cosas. Me decía que más adelante, cuando estuviésemos en Escaladei, me lo explicaría todo.

—¿Crees que alguien de la familia de Jaume sabe de tu existencia?

—Estoy segura de que no. Él siempre insistía en que tenía que solucionar esos asuntos antes de presentarse en el pueblo conmigo y con su hijo. Imagino que lo primero era divorciarse de su esposa.

—¿Podría ser que ella se hubiese enterado de que iba a tener un hijo contigo?

—No se lo hubiese explicado sin decírmelo antes. Era muy discreto y quería hacer las cosas lo mejor posible para causar el menor conflicto. Imagínense: llegar de repente al pueblo con una colombiana a quien casi le dobla la edad y embarazada de su primer hijo...

—Gabriela, sé que no conocías a nadie del entorno de Jaume, pero piensa bien la respuesta a esta pregunta porque es muy importante. Con todo lo que Jaume te había contado, ¿crees que alguno de ellos tendría motivos para matarle? —inquirió Sagi.

La colombiana reflexionó en silencio durante unos segundos.

—No lo sé, inspector —respondió—. No los conozco personalmente. Pero si ellos hubiesen sabido de mí, estoy segura de que a más de uno no le hubiese gustado nada que Jaume fuera a ser padre y que estuviese enamorado de una chica joven y extranjera. Nuestra aparición iba a trastocar sus tranquilas vidas. Su esposa podría pensar que soy una aprovechada que solo busca su plata, o que me quedé embarazada para asegurarme un futuro acá en España...

—¿Sabes si Jaume llevaba una cadena de oro colgada del cuello?

Tanto Lara como Gabriela se extrañaron ante esa pregunta.

—Sí. Llevaba una cadena de oro con una llave. ¿Cómo lo sabe? —se sorprendió la joven.

—¿Podrías decirme cómo era esa llave? —pidió Sagi obviando la pregunta de Gabriela.

—La verdad es que era muy extraña. No era como las llaves normales de un piso o una taquilla. Tenía su inicial dibujada, una «J» muy bonita. No se la quitaba nunca.

Sagi sacó un pequeño bloc de notas y un bolígrafo y dibujó un triángulo con una letra «T» en su interior. Luego se lo mostró a Gabriela.

—¿Has visto a Jaume alguna vez con un dibujo como este? ¿O tal vez le hayas oído hablar de este símbolo?

La muchacha lo miró con perplejidad a la vez que Lara alargaba el cuello para no perder detalle de lo que había dibujado el inspector.

—No. No sé qué es esto. No lo había visto en la vida.

—Yo tampoco —le recriminó Lara.

—¿Qué es? —quiso saber Gabriela mientras la periodista aguzaba el oído.

—Lo siento, no puedo decírtelo —respondió Sagi—. Forma parte de la investigación. Necesito que me apuntes el número de teléfono de Jaume, por favor. El que solo conocíais vosotros dos.

Gabriela arrancó una hoja del cuaderno del inspector y anotó unos dígitos. A su vez, Sagi dejó sobre la mesa una tarjeta con su número de teléfono. Se levantó y le indicó a Lara que hiciese lo mismo.

—Muchas gracias por tu ayuda, Gabriela.

—Inspector, tengo miedo. A Jaume le han quitado la vida, pero a mí también me la han destrozado. No sé qué monstruo le ha hecho eso, pero temo que alguien sepa de mí y venga a hacerme lo mismo. ¿Y ahora qué va a ser de nosotros? ¿Qué va a ser de mi hijo?

—No te preocupes, Gabriela. Lo único que tienes que hacer es no hablar con nadie ni salir del piso bajo ningún concepto hasta que no hayamos encontrado y detenido al asesino de Jaume. Pediré que pongan una patrulla a vigilar tu portal y estaremos en contacto continuo contigo para saber que estás bien. No te va a pasar nada. Y no vas a estar sola. Cuando esto acabe, tu hijo y tú estaréis a salvo. Te lo prometo. Confía en mí, ¿de acuerdo?

Gabriela asintió, conforme con la respuesta del inspector. La periodista lo miró con una mezcla de admiración y ternura, y abandonaron el piso.

Sagi y Lara dejaron Barcelona con el alma encogida. Cierto era que habían resuelto algunas dudas, pero ahora también tenían la cabeza llena de ideas que era preciso ordenar.

—Eso de la llave que le has preguntado...

—No preguntes, Lara. No puedo decirte nada.

—Y el dibujo ese...

—Lara... No puedo —repitió Sagi encogiéndose de hombros.

La periodista se enfurruñó y volvió la cabeza hacia la ventanilla del coche. El paisaje de la zona del Penedès, rebosante de viñedos como el Priorat, pasaba ante sus ojos.

—Lo siento. Sabes que por ahora no puedo darte detalles. Pero en cuanto sea posible, serás la primera en conocerlos —le prometió, en un intento de sacarla de su mutismo.

—Ya, pero me revienta perderme cosas. Yo encontré muerto a Jaume, he localizado a Gabriela... No soy poli, pero también me muero de ganas de pillar a quien lo mató —le reprochó.

—Lo sé. Y no te preocupes. Lo encontraremos.

Lara miró a Sagi dubitativa. Tras unos segundos de indecisión, le dijo:

—Echaron sangre sobre mi coche.

El inspector apartó por unos instantes la mirada de la carretera y la fijó en su copiloto.

—¿Cómo dices? —preguntó, con los ojos muy abiertos y semblante de incredulidad.

—El miércoles por la mañana, cuando fui a Escaladei en busca de Miquel Folch, después de que el inspector Vidal me cortase el paso hacia su casa, encontré el parabrisas de mi coche cubierto de sangre, en el lado del conductor.

—¡¿Y por qué no nos avisaste?! —exclamó Sagi, enfadado.

—¡Porque no quería que me obligaseis a dejar de investigar!

—Joder, Lara...

—¿Te das cuenta? Alguien quiere que pare. ¡Eso significa que estoy cerca!

—¡Te estás poniendo en peligro! Deberías habérnoslo explicado el mismo día que pasó. ¿Viste a alguien que hubiese podido hacerlo?

—No, no había nadie.

—Está bien —continuó el inspector intentando calmarse—. A partir de ahora, limítate a preparar tu reportaje, busca información por internet y mortifícame moderadamente por teléfono, pero nada de ir por ahí tú sola y por libre. ¿Está claro?

Lara asintió cabizbaja, como una niña a quien están regañando por haberse portado mal.

—Y no te preocupes, que te mantendré informada de cuanto vayamos descubriendo —le dijo para compensar el rapapolvo.

Sagi dejó a Lara en la esquina de su calle de Reus y no prosiguió hacia Falset hasta que la vio cruzar el portal de su edificio.

Nada más entrar en casa notó el peso de los remordimientos. El inspector Sanz Gimeno tenía razón. Estaba jugando a ser Sherlock Holmes sin pararse a pensar que quizá el asesino querría ir a por ella, en el caso de que, como suponía, se estuviese acercando demasiado a la verdad. Se metió en la ducha cargada de culpabilidad, angustia y preocupación. Esperaba que el agua caliente las arrastrase todas por el sumidero.

Aunque ya era tarde, Sagi avisó a Vidal para que le esperase en la comisaría de Falset y poder relatarle el encuentro con Gabriela, así como el susto sufrido por Lara. También llamó al número del móvil de Jaume Folch que le había facilitado la joven colombiana. No le sorprendió escuchar el mensaje que decía que el dispositivo estaba apagado o fuera de cobertura. Dudó sobre si hacer una última llamada. Esta vez a Marta. Aunque ansiaba hacerlo, se contuvo.

Mientras conducía, volvió a pensar en Gabriela y en su aparición en escena. Si Lola Grau hubiese descubierto que ella existía y, encima, le iba a dar un hijo a Jaume, podría haber visto amenazado su imperio. Además, la impertérrita viuda parecía mucho más sospechosa ahora que Sagi había descubierto en qué se había gastado la víctima ingentes cantidades de dinero. Por otro lado, con Gabriela de por medio y sin la influencia de Lola, Santi Roig tal vez vio peligrar su gratificación. Y en cuanto a Elvira, pudo ver con malos ojos cómo una extraña entraba en su familia de la mano del hombre a quien ella también amó. Las sospechas volvían al círculo más cercano a la víctima.

Sin embargo, lo que no dejaba de martillear en la mente del inspector era esa llave con la «J», la llave desaparecida. Arrancada del cuello de la víctima tras ser asesinado. «J» de Jaume. Si había dos llaves, y la «J» respondía a la inicial de su nombre, la llave que encontraron en su caja fuerte, con la letra «R», debía de ser la de su hermano Raimon.

27

La Morera de Montsant,
13 de octubre de 2019

Lola Grau abrió la puerta visiblemente irritada porque la molestasen, y fue a más al comprobar que quienes la buscaban eran los dos inspectores que investigaban la muerte de su marido. La viuda se había maquillado excesivamente, intentando camuflar sin éxito unas manifiestas ojeras. Lo único que había conseguido era que el cosmético aplicado en el contorno de ojos la hiciese parecer un mapache con un anaranjado antifaz. Apenas quedaban restos del pintalabios granate que se había aplicado.

—¿Es que no descansan ni en domingo? —espetó a modo de saludo.

—Buenos días a usted también, señora Grau —respondió Vidal con una espléndida sonrisa en la boca ignorando su descortesía—. No le importará regalarnos unos minutos de su valioso tiempo, ¿verdad?

La mujer dejó la puerta abierta y echó a andar escaleras arriba. Los dos *mossos* la siguieron hasta el salón de la casa y permanecieron de pie mientras ella se acomodaba en un sillón y recurría a sus imprescindibles cigarrillos de tabaco negro. A su lado, un vaso vacío con huellas granate del pintalabios. La estancia olía a alcohol.

—Ustedes dirán.

—Hemos sabido que su marido tenía una relación estable con una mujer en Barcelona —le informó Sagi yendo directo al grano.

—No me sorprende —dijo Lola con una indiferencia mucho menos postiza de lo que quiso representar.

—¿No sabía nada? —insistió Vidal.

—Ya les expliqué el otro día que Jaume y yo no hablábamos de nuestros rollos. ¿Que tenía una novia en Barcelona? Pues vale, me alegro por él.

Lola apagó el cigarrillo con dedos temblorosos.

—¿Alguna vez hablaron sobre el divorcio?

—Nunca. Este matrimonio nos iba bien a los dos. Nos convenía económicamente. No creo que estuviese tan enamorado de esa... quien sea, ¿no creen? —preguntó con un deje de victoria.

—Ahora que habla de dinero, hemos revisado las cuentas de su marido. Las que tenía individualmente y las que compartía con usted por la bodega y otras propiedades. ¿Sabe que hace un año sacó una elevada cantidad en efectivo? Cien mil euros en total.

La viuda pareció realmente asombrada. Si conocía los movimientos bancarios de su marido, disimulaba muy bien.

—Supongo que se refieren a su dinero, no al de los dos. Porque nuestras cuentas siguen como estaban. Las compruebo a menudo, y concienzudamente, se lo aseguro.

—No lo dudamos —apostilló Sagi.

—Sí, hablamos de sus cuentas personales —confirmó Vidal.

—Entonces ¿por qué tendría que saberlo yo?

—Porque estamos hablando de una suma muy considerable.

—Era su dinero y hacía con él lo que le venía en gana, igual que hago yo. El Priotast era solo suyo. Los beneficios eran para él. Tenía algunas fincas solo de su propiedad, acciones en bolsa... Yo no le controlaba. Ni él a mí.

—Pero, siendo su mujer y sin testamento, en caso de fallecimiento usted pasa a ser su heredera.

—¿Intenta decirme algo, inspector? —preguntó situándose frente a Sagi y lanzándole un hálito que hedía a lingotazo.

—Son preguntas rutinarias. Entienda que para la investigación es importante la cuestión económica.

—Pues a mí me ha parecido que insinuaba que yo maté a Jaume por haberse gastado un dinero que era solo suyo.

—No hemos dicho eso, señora Grau —terció Vidal.

—Sí, sí lo han dicho, y empiezo a estar harta de esta fijación que tienen hacia mi persona. Así que les agradecería que hagan su trabajo y encuentren a quien asesinó a Jaume de una puñetera vez. Si me disculpan... ¿para qué inventarme una excusa? Ya se me han acabado las ganas de hablar con ustedes —concluyó señalando la puerta.

—Perdone, pero hay algo que no está entendiendo: seguimos investigando la muerte de su marido y seguiremos llamando a su puerta cuantas veces creamos necesarias —replicó Sagi.

—Ya nos vamos, no se preocupe. Pero antes díganos si reconoce este objeto —le pidió Vidal mostrándole la caja de hierro encontrada en las oficinas de Di-Vino después del incendio.

Lola la miró y negó con la cabeza.

—Sabemos que esta caja era de su esposo y necesitamos saber dónde están las llaves que la abren.

—Es la primera vez que la veo. No puedo ayudarles.

Vidal le mostró la llave con la «R» forjada.

—Esta es una de ellas. Buscamos la otra. Podría tratarse de una igual pero con una «J» en lugar de la «R».

—No sé a qué viene tanto misterio con esta caja y unas llaves que...

Lola paró en seco y enmudeció. Por su expresión, parecía haber caído en la cuenta de algo importante.

—¿Qué pasa, señora Grau? ¿Hay algo que quiera explicarnos?

La viuda se sirvió un whisky y dedicó un par de minutos a saborearlo, ante la impaciencia de Sagi y Vidal, que intuyeron que no era el primero que se tomaba, ni sería el último.

—Creo que no. No me hagan mucho caso, creo que empiezo a estar un poco borracha —dijo mientras forzaba una amplia sonrisa—. Ya es hora de que se vayan. Me gustaría emborracharme del todo.

Los inspectores la dejaron en su incipiente orgía etílica y salieron a la calle. Volvieron a Falset decepcionados, pues la llave con la letra «J» seguía sin aparecer. La apertura de la caja iba a tener que esperar.

Desde primera hora de la mañana, Lara buscaba en los fondos digitalizados de varias bibliotecas archivos o documentos antiguos que le permitiesen indagar en la historia familiar de los Folch. La conversación con Gabriela y las insólitas preguntas del inspector Sanz Gimeno acerca de una llave y un extraño símbolo la habían convencido de que detrás de esa familia había algún misterio que se esforzaban en ocultar. Un secreto que el asesinato del empresario había sacado parcialmente a la luz, como si de la punta de un iceberg se tratase.

El silencio del *mosso* cuando Lara quiso profundizar en el asunto acabó de confirmarle que iba por buen camino.

Sabía que la saga de los Folch llevaba siglos asentada en Escaladei, así que empezó a explorar en esa dirección. Tras horas de búsqueda infructuosa, consiguió localizar documentación acerca de las familias que heredaron la cartuja del Montsant y sus propiedades tras el abandono y saqueo de estas. Según pudo verificar, después de la desamortización de 1836, los bienes de la Orden de la Cartuja en Scala Dei fueron comprados por cuatro familias acomodadas de Barcelona, que se repartieron las tierras, los inmuebles e incluso hasta el mismo recinto del monasterio, y se instalaron en la villa. La gran mayoría de los vecinos que habían trabajado para los monjes no llegaron a un acuerdo satisfactorio con los nuevos propietarios y abandonaron sus respectivos municipios. Fueron pocos los que permanecieron en el feudo de Scala Dei, fieles a la tierra y a los nuevos dueños.

En el fragmento que hacía referencia a ellos, una frase llamó la atención de la periodista. «Y así los Guardianes de la Escalera pudieron perpetuarse y persistir en su labor divina», leyó. Se trataba tan solo de una mención, sin más detalle, pero su instinto de periodista le decía que ese era un importante hilo del que tirar.

Reflexionó sobre ese texto. Scala Dei, Guardianes de la Escalera, labor divina… Los desordenados engranajes mentales de Lara empezaron a encajar y sintió un escalofrío. Recogió sus cosas y salió corriendo hacia Escaladei. Quería confirmar sus sospechas. Quería cerrar el círculo de la historia que había tejido en su cabeza. Y sabía exactamente con quién tenía que hablar.

La pizarra de la sala de reuniones de la comisaría de Falset estaba cada vez más llena de datos y fotografías, pero también de interrogantes. Sagi repasaba una y otra vez las anotaciones que había en las distintas columnas mientras Vidal pedía a unos agentes que fuesen a buscar algo para comer.

—¿Por qué crees que actúa así Lola Grau? —preguntó Vidal—. Nos está enseñando caras opuestas. Por un lado, se muestra distante e impasible, como si todo le resbalara, y, por el otro, parece demasiado trastocada, como si todo se le estuviese yendo de las manos...

—Creo que esto le está afectando mucho más de lo que quiere hacernos creer, y que la Lola que hemos visto hoy es la de verdad: la que sufre, la que ve que su vida se tambalea...

El móvil de Vidal los interrumpió. Vio quién le llamaba y alzó las cejas.

—Hablando del rey de Roma...

Sagi se acercó rápidamente hasta él y le pidió que pusiese el altavoz.

—Buenos días de nuevo, señora Grau. ¿Qué se le ofrece? —respondió Vidal en tono cordial.

—Creo que antes no me he comportado como es debido, inspector. Le... le pido disculpas. Tampoco he sido sincera del... del todo con ustedes —confesó la mujer balbuceando. Parecía que había hecho una pausa en su fiesta particular y ahora se daba cuenta de la actitud que había tenido y de las consecuencias de sus omisiones.

—¿Qué es lo que no nos ha explicado?

—Verá, cuando me ha preguntado por la caja y esa llave, primero he pensado que era otra de sus tonterías para hacerme perder el tiempo y la cordura, pero luego he recordado algo que quizá tenga relación con todo esto —expuso, ya más serena—. Hace unos años, cuando mi cuñado Raimon murió,

Elvira me preguntó si Jaume tenía una llave que pertenecía a su marido. Yo no le di importancia y le dije que no tenía ni idea, que de hecho era la verdad. Pero ahora han venido ustedes preguntando por una llave y me han mostrado otra con una «R», que precisamente podría responder a la inicial de mi difunto cuñado. Puede que sea una casualidad, pero yo no suelo creer en las casualidades —aseguró—. Perdónenme por no habérselo comentado antes, pero no estaba en mi mejor momento.

—No pasa nada. Gracias por llamar para darnos esa información —la tranquilizó Vidal.

Colgó y miró a Sagi sonriendo.

—¿Qué te parece?

—Al final resultará que la abnegada Elvira tiene muchos más secretos que su hijo Miquel.

28

Escaladei,
13 de octubre de 2019

Venancio Caballé disfrutaba del día en su balcón, notando cómo los rayos del sol bañaban su rostro y respirando un aire limpio que sus viejos pulmones agradecían. Oyó el sonido de unos pasos en la calle y al asomar la cabeza vio a una mujer joven caminando decidida hacia su casa.

—¿Tú no descansas, chiquilla? El domingo es el día del Señor. ¡Está prohibido trabajar! —le gritó desde su minúscula terraza.

Lara miró hacia arriba y sonrió al verle.

—Esto no es trabajo, Venancio. Es que me he acordado de usted y he pensado que igual le apetecería tomarse un vinito conmigo. Traigo algo para picar —le persuadió mostrándole una bolsa de la compra.

—Sube, anda. Que yo nunca le hago ascos a un aperitivo.

Colocaron la mesa del comedor junto al ventanal y se sentaron bajo el cálido sol de octubre. Venancio sirvió dos copas de un vino joven de Escaladei y Lara repartió en varios cuencos aceitunas rellenas, berberechos en vinagre y patatas fritas. Bebieron y comieron disfrutando de su compañía.

—Si esto es guerra, que no venga la paz —dijo el anciano, que jugaba con un palillo entre los dedos.

La periodista no quiso romper la magia del momento. Dejó que Venancio disfrutase de la complacencia que sentía y se sumó a ella. Permanecieron en silencio un buen rato, mirando el pueblo que los había unido de una forma tan fortuita como cruel.

—Venga, pregúntame lo que hayas venido a preguntarme.

Lara sonrió por la perspicacia del hombre. Estaba convencida de que pocos jóvenes de su generación, o puede que ninguno, llegarían a los noventa y un años con la misma lucidez y vitalidad que Venancio.

—He estado leyendo y buscando información y me he topado con un dato que me ha despertado la curiosidad. En un documento he encontrado una mención a algo llamado los Guardianes de la Escalera. ¿Sabría decirme a qué se refiere?

Venancio sonrió.

—Algunos dicen que es una leyenda sobre un grupo de personas que cuida de la cartuja, el pueblo y sus tierras para protegerlos de sus enemigos. Y que sobre todo custodian la escalera que une el cielo y la tierra, que desde hace siglos se cuenta que se encuentra donde ahora está el altar de la iglesia de la cartuja, aunque solo unos pocos afortunados han podido verla.

—¿Y usted qué opina?

—Que no es una leyenda. Es la pura verdad.

La reportera dio un brinco de sorpresa.

—Nadie sabe quiénes son, pero los Guardianes siguen aquí. Defendiendo nuestros bosques y cultivos, guardando el Montsant y nuestra cartuja. Vigilando que nadie destruya el lugar elegido por Dios para situar la escalera celestial. Es tan cierto como que me llamo Venancio.

—Si no sabe quiénes son estos Guardianes, ¿cómo está tan seguro de que esta especie de hermandad secreta sigue existiendo?

—Porque durante siglos nadie ha destruido lo que es nuestro. Ha habido guerras, incendios, epidemias, inundaciones, incluso la desamortización, pero Escaladei sigue en pie. Tenemos a nuestros ángeles de la guarda que velan por todo ello. Por eso estoy tranquilo. Sé que, cuando me muera, los que aquí se queden estarán bien. El pueblo tirará adelante, aunque cada vez le cueste más, como a todos los pueblos.

—Perdone, Venancio, pero yo no tengo tanta fe como usted. Puede que solo sea eso, una leyenda, y que Escaladei haya pervivido como muchos otros pueblos y zonas rurales gracias al esfuerzo de su gente.

—Tienes razón, pero hay una gran diferencia. Esas otras aldeas no tienen el halo divino de la nuestra. Estamos a los pies del Montsant, mi niña. Es un lugar señalado por Nuestro Señor, y de la misma manera que por todo el mundo se guardan con celo reliquias como los huesos de santos o las espinas de la corona de Jesucristo, también se debe preservar la escalera hacia el cielo. Ya sé que nosotros no la vemos, pero está aquí. En el altar de la iglesia de una cartuja que nunca ha llegado a ser destruida del todo. Solo unos pocos elegidos la han visto. Yo sí tengo fe y entiendo que alguien, hace muchos años, se viese en la obligación de protegerla y de garantizar su pervivencia. Jamás he preguntado a los vecinos del pueblo si eran o no los Guardianes. Y en lo que me quede de vida jamás lo haré. Comprendo que es necesario que se mantengan en el anonimato porque siempre habrá alguien con mala sangre que quiera destruir nuestro hermoso paisaje, o arrasar los cultivos, o qué sé yo, y ese alguien lo primero que procurará hacer será quitarse de en medio a los protectores de Escaladei.

—Pero, insisto, ¿cómo puede estar tan seguro? —Lara se mostraba reacia a creer lo que el anciano le estaba explicando—. Podrían ser solo habladurías. Algo habrá tenido usted que ver para convencerse de todo esto.

—La fe mueve montañas, o eso es lo que dicen. Yo siempre lo he creído. Desde chico, cuando mis padres me lo explicaron. No como un cuento, sino como algo real. Pero de nuevo aciertas. Hubo un suceso que confirmó mis creencias. Yo era un crío, debía de tener seis o siete años, cuando se cometió un crimen en el pueblo. Encontraron muerto a un loco que vivía en otro pueblo de la comarca, no te puedo decir cuál porque no lo recuerdo. Era un enfermo, estaba chalado, y se dedicaba a prender fuego a todo lo que pillaba: masías, fincas, monte... Le atraparon con las manos en la masa en dos ocasiones, pero le dejaron ir porque las autoridades de entonces vieron que era un pobre demente. Aun así, el chaval volvió a las andadas y quemó un campo de olivos, creo recordar. Cuando los vecinos vieron el humo, fueron hacia allí, pero al llegar se encontraron el fuego apagado y al loco muerto en el camino. Lo habían matado a cuchilladas. Y al lado del cuerpo, en la tierra, hallaron un dibujo de una figura con letras, o algo así, como un símbolo raro. Yo no lo vi, pero la gente habló de ello durante meses y todos dijeron que ese era el sello de los Guardianes.

Lara sintió un ligero mareo. No por el crimen que Venancio había relatado, sino por la mención a un símbolo, que inmediatamente relacionó con el extraño dibujo que el inspector Sanz Gimeno había mostrado a Gabriela.

—Los que lo encontraron lo enterraron allí mismo, y aquí paz y después gloria. Por eso te digo que sé que los Guardianes de la Escalera han subsistido durante siglos, porque al chalado lo mataron ellos para que dejase de amenazar nuestra tierra. Yo no quiero saber quiénes son. Me contento con saber que están aquí.

Venancio miró con preocupación a Lara.

—¿Te pasa algo, hija? Se te ha puesto mala cara.

—Creo que algo no me ha sentado bien. Pero descuide, que yo soy de reponerme rápido. Mejor me voy para casa. Gracias por todo, Venancio.

Salió corriendo hacia su coche. Cogió el teléfono y marcó el número de Sagi.

—¿Estás en la comisaría de Falset?

—Sí, ¿por qué?

—¿Y Vidal?

—También. ¿Qué ocurre?

—No os mováis. Es urgente. Voy para allá.

Sagi y Vidal habían procesado absortos todo lo que Lara les había explicado. Habían sumado uno más uno y el resultado era inequívoco. Los inspectores habían decidido desvelar a Lara algunos detalles de la investigación, para ponerla al corriente de lo que aún desconocía e intentar desentrañar entre los tres la trama tejida tras el asesinato de Jaume Folch.

La misteriosa hermandad de los Guardianes de la Escalera seguía existiendo. Así lo demostraba el símbolo que habían grabado en el cadáver y que había aparecido pintado posteriormente en el cementerio de La Morera. Por lo tanto, Sagi, Vidal y Lara habían llegado a la conclusión de que el asesino del empresario era uno de esos Guardianes. Aun así, seguían teniendo dudas porque también podría tratarse de una pista falsa.

—Si quien mató a Jaume Folch es un miembro de la hermandad, ¿qué relación tiene con la víctima?

—¿Es que no lo veis? Se lo han cargado para proteger Escaladei. Jaume iba a vender la finca, se construiría el complejo hotelero y adiós paisaje, adiós paz. Adiós Escaladei —conjeturó Lara.

—No me convence. Gabriela nos aseguró que Jaume quería vivir aquí con ella y con su hijo, y continuar con su negocio, con sus tierras... Siempre se había mostrado reacio a vender la finca —recordó Sagi.

—Igual su mujer le había convencido con su amenaza de contar a Miquel la historia sobre su posible paternidad. Podía vender la finca y seguir con su negocio en Escaladei. No es incompatible —planteó Vidal.

—Pero Jaume amaba esta tierra. Y Garrido estaba muy desesperado.

—Su prioridad eran Gabriela y su hijo, ¿no? Entonces, igual optó por el mal menor. Vender y seguir con lo suyo —insistió Lara.

—Si partimos de la base de que esta sociedad secreta realmente sigue existiendo, creo que estamos pasando por alto varias cosas. Primera: ¿quiénes pueden ser esos Guardianes? Segunda: si el incendio en la bodega también fue obra de los Guardianes, ¿por qué lo provocaron si Jaume ya estaba muerto? Tercera: ¿por qué estaba el sello de los Guardianes en la cajonera del escritorio de Jaume Folch? Y cuarta: ¿qué tienen que ver las llaves y la caja misteriosa con todo esto? —preguntó Vidal.

—No olvidemos lo que Lola Grau os dijo sobre el interés que mostró su cuñada por una llave a la muerte de Raimon —recordó la reportera.

—Estaba un poco ebria... Puede que tan solo le preguntase por las llaves del almacén, de una furgoneta de la bodega o de su casa, y que Lola, en su nube de embriaguez, haya querido verter las sospechas sobre Elvira. Salta a la vista que, con alcohol o sin él, las dos cuñadas no se tragan. De todas formas, le preguntaremos a Elvira por ese hecho.

Los tres se sumieron en sus pensamientos. Sabían que tenían el puzle completo ante ellos aunque estuviese desordenado, pero no encontraban la manera de hacer encajar todas las piezas.

—¿Y si los Folch eran los Guardianes? —exclamó Lara, triunfal—. Eso explicaría el sello en la cajonera de la víctima.

—No tiene sentido —apuntó Vidal—. Entonces ¿quién ha matado a Jaume? ¿Y qué pretendían con el incendio? Esto cada vez es más confuso. ¡No entiendo nada!

—¡El heredero! —gritó Sagi.

Lara y Vidal intercambiaron miradas sin saber a qué se refería.

—Si Raimon era un Guardián, al morir tuvo que dejar un heredero.

—¡Miquel! —gritaron Vidal y Lara al unísono.

Los tres empezaron a recoger sus cosas para salir de la comisaría.

—Lara, lo siento, pero no puedes venir con nosotros.

—Por favor... ¡Prometo no abrir la boca!

—Da igual. Eres una civil y, por mucho que nos estés ayudando, cosa que te agradecemos, tenemos que dejarte al margen —se disculpó Sagi.

—Brrrr... —gruñó Lara—. Está bien. Me voy para casa. Llamadme cuando hayáis hablado con él, por favor.

—Te lo prometo. Te lo has ganado —le dijo Sagi guiñándole un ojo.

Las mesas de la terraza del bar estaban vacías. Tras ellas, Miquel Folch fumaba un cigarrillo sentado en la acera de la plaza del Priorat. La taza de café vacía descansaba en el suelo, junto a sus pies, y le servía de cenicero. Vio llegar a los inspectores y chascó la lengua para demostrarles que le incordiaba su visita.

—Lo siento, chaval. Es fácil encontrarte —se justificó Vidal.

—¿Entendéis ahora por qué quiero largarme de aquí? Ni un café puedo tomarme tranquilo.

—No te preocupes, que pronto te dejaremos en paz.

Miquel alzó las cejas y se puso de pie.

—¿Sabéis ya quién mató a mi tío?

—Estamos así de cerca —aseguró Vidal, juntando sus dedos pulgar e índice hasta casi tocarse.

—¿Qué sabes de los Guardianes de la Escalera? —le preguntó directamente Sagi.

—¿De los qué?

—Los Guardianes de la Escalera —repitió el inspector—. Dinos qué sabes de ellos.

Miquel se quedó pasmado, sin saber qué responder.

—Ahora sí que no sé de qué vais. ¿Qué es eso? ¿Una peli nueva o algo así? —dijo riéndose. Al ver la seriedad de los inspectores, pasó de la broma a la extrañeza—: Os juro que no tengo ni puta idea de lo que me estáis hablando.

—Es una hermandad de protectores de Escaladei —respondió Sagi—. De sus tierras y su cartuja. Existe desde hace siglos. Los miembros de esa especie de sociedad secreta han ido transmitiendo su misión de generación en generación. Hasta la actualidad. Vamos, Miquel, que os tenemos. Suéltalo ya.

El chico abrió los brazos en señal de ignorancia. Su rostro manifestaba perplejidad.

—¿De qué cojones estáis hablando? ¿Una hermandad secreta en Escaladei? Estoy flipando, en serio. ¿Y qué es eso de que «nos tenéis»?

Los inspectores se miraron. Ambos habían llegado a la misma conclusión. Miquel en verdad no sabía nada del asunto.

—Creemos que tu familia es la heredera de la hermandad. Es decir, que tu padre y tu tío han sido los últimos Guardianes. Los últimos de un largo linaje de personas que han protegido y defendido Escaladei de los diferentes peligros y contingencias que se han ido sucediendo a lo largo de los siglos.

Miquel empezó a reírse a carcajadas, incrédulo.

—No sé qué os habréis fumado, tíos, pero estáis delirando.

—Parece una historia de leyenda, pero es cierta, Miquel. Y tu familia está relacionada con ella de forma muy directa. Creíamos que estarías al tanto de todo, siendo ahora tú el heredero.

El muchacho siguió desternillándose hasta que empezó a reflexionar sobre las explicaciones de los dos *mossos*, que continuaban formales, sin la menor señal de estar tomándole el pelo.

—¿En serio? ¿Es verdad?

Ambos asintieron. Miquel volvió a sentarse en el suelo y dejó la mirada perdida. Después de varios minutos en silencio, lanzó un largo suspiro.

—Nadie me había hablado de esto. Nunca.

—Pues igual ya es hora de que alguien te lo explique. Creo que deberías preguntarle a tu madre —le animó Vidal.

—Entonces ¿yo soy el heredero de una hermandad secreta que tiene que proteger el pueblo?

—Algo así.

—Joder...

Sagi y Vidal aún estaban haciéndose a la idea de que sus teorías disparatadas parecían ser ciertas. No era de extrañar, pues, que Miquel siguiese tan confundido y sorprendido como ellos mismos.

—¿Y por qué yo no sabía nada?

El muchacho se tapó la cara con las manos y las apoyó en sus rodillas. Los inspectores le miraron sin saber cómo continuar esa conversación. Estaba claro que no iban a sacar nada del chico, que estaba más alucinado que ellos con el descubrimiento de los Guardianes de la Escalera.

De repente, Miquel se levantó con determinación en la mirada.

—Yo no sé qué cojones se espera de mí con toda esta mierda que me habéis contado, y que, de paso, no acabo de creerme, pero no voy a quedarme aquí. Me voy a largar ya. No puedo más.

Empezó a caminar dando vueltas, con los nervios descontrolados.

—Tranquilízate, Miquel. Habla con tu madre y...

—Que no, que me voy. Me voy ya. Esto es una locura. Yo no voy a hacer de superhéroe o lo que coño sea ese cuento. Me voy a Barcelona.

—Miquel, espera. Piensa en frío —le pidió Vidal.

—¿Cómo queréis que me calme? Ya os lo expliqué. Esto no es para mí. Yo ya he decidido irme. No voy a quedarme ahora porque algún pirado diga que tengo que ser el salvador del pueblo o algo así. Que vayan a otro con ese cuento. Cada día crece más esta montaña de mierda. ¡Cualquier historia es buena con tal de retenerme aquí! —dijo muy alterado. Pegó una patada a una silla de la terraza y la tiró al suelo—. ¿Sabéis quién provocó el incendio en la bodega? ¡Fui yo!

Sagi suspiró. Vidal miró al suelo resoplando.

—¡Yo! Estoy harto de esto. Hace tiempo que quiero largarme. Y tan solo dos días después de que matasen a Jaume, ¿sabéis cuál fue la gran ocurrencia de mi madre? Que yo me encargue de las exportaciones. Que asuma el trabajo de mi tío. Por eso le metí fuego a Di-Vino. Para quemar toda la oficina y cargarme el negocio. Para asustar a mi madre y convencerla de que me dejase ir. ¡Para tener la excusa y poder desaparecer de una vez por todas! —gritó mientras lloraba de rabia.

Los inspectores esperaron pacientemente a que la ira del joven fuese apagándose. Una ira que dio paso a un total abatimiento. Miquel empezó a temblar y a jadear.

—¡Me ahogo! ¡No puedo respirar bien! —gimió mientras, mareado, buscaba apoyo en una mesa de la terraza.

Sagi corrió a sujetarlo.

—Estás teniendo una crisis de ansiedad. Tranquilo. No pasa nada.

Mientras Sagi intentaba que dejase de hiperventilar y le ayudaba a controlar su angustia, Vidal hizo unas llamadas telefónicas. Cuando Miquel empezó a serenarse, lo llevaron al coche y los tres se dirigieron hacia la comisaría de Falset.

El sargento Moreno los esperaba junto a una ambulancia para hacerse cargo del muchacho. Unos técnicos sanitarios atendieron a Miquel antes de hacerle pasar a las dependencias policiales. Sagi y Vidal se quedaron en la calle.

—Miquel pudo incendiar la bodega, pero él no mató a su tío. Está claro que no sabía nada sobre la hermandad —afirmó Sagi.

—Si damos por bueno que Raimon y Jaume eran los Guardianes, y los dos están muertos, y el supuesto heredero no tenía ni idea del asunto, ¿quién mató a Jaume?

—La pregunta es: ¿quién más puede conocer a los actuales miembros de la hermandad?

Sus reflexiones se vieron interrumpidas por el tono de llamada del teléfono móvil de Vidal, quien estuvo hablando en voz baja y con monosílabos menos de un minuto.

—Era la jueza Samaniego —informó a su compañero—. Está al tanto de todo el misterio de las llaves y la caja que encontramos en la cajonera. Nos ha autorizado a registrar las casas de Lola Grau y Elvira Sentís.

—Pues no perdamos más el tiempo.

29

Mas del Oliver Gran, Montsant,
año 1441

El sol cegaba a Joana mientras recogía coles del huerto y echaba un ojo a los dos niños, que jugaban cerca del corral. Con la
mano a modo de visera, distinguió cómo se perseguían el uno
a la otra entre los reproches de Queralt, la muchacha que vivía
con ellos en la masía desde hacía más de cinco años. En cuanto Ferran y Oleguer supieron que las dos hermanas estaban en-
cintas, se preocuparon por garantizar su buen estado de salud y comprendieron que iban a necesitar ayuda tanto en sus
quehaceres diarios como en el momento del parto. Oleguer se
puso manos a la obra y durante semanas buscó a quien pudiera
auxiliar a las futuras madres.

Cuando Elisenda y Joana estaban en su quinto y cuarto
mes de preñez, acudió a la procura en busca de limosna una
harapienta huérfana que erraba de aldea en aldea y sobrevi-
vía con las más dispares tareas que se le pudiesen ofrecer. En
una breve conversación con ella, el padre procurador supo
que durante dos primaveras había ejercido de ayudante de
una partera en la ciudad de Tarragona, hasta que la mujer la

despachó por conocer que su esposo se amancebaba con la joven, por más que fuera sin el consentimiento de esta. Así las cosas, Queralt acabó de nuevo en la indigencia y siguió vagando por las aldeas de la zona, trabajando por pocos cuartos en labores ocasionales y vendiendo su cuerpo a hombres repugnantes por una hogaza de pan duro. Oleguer le ofreció techo, sustento y tranquilidad en el Oliver Gran a cambio de convertirse en la criada de Joana y Elisenda y atenderlas en cuanto precisasen. También le insistió en la imposibilidad de salir de la finca ni de tener contacto con otras gentes. Con tantos aciagos sucesos a sus espaldas, la muchacha vio en el monje a su salvador y de inmediato se convirtió en compañera de las dos hermanas. Ahora, Queralt corría detrás de los niños, que ya habían cumplido los cinco años, riñéndoles por asustar a los animales con su alboroto y, al mismo tiempo, disfrutando de unos juegos de los que ella nunca pudo gozar en su desdichada niñez.

Mientras Elisenda regresaba del pozo con dos baldes llenos de agua, Joana recogió su canasto repleto de verduras y se encaminó a la masía.

—Guifré, Blanca, parad de molestar a las gallinas. Si están inquietas, no pondrán huevos. ¿Os gustaría dejar de comerlos? —los amonestó Joana. Los dos niños negaron al unísono con rapidez—. Pues entonces acercaos y dejad que Queralt prepare la comida.

Joana entregó a la criada el cesto de verduras y esta siguió a Elisenda hacia el interior de la masía. Ambas empezaron a limpiar coles, cebollas y zanahorias para cocinarlas. Queralt había cazado dos liebres el día anterior, de manera que en unas horas los cinco podrían disfrutar de un buen guiso.

A las puertas de la casa, Joana tomó a Guifré y a Blanca de la mano y los llevó hacia la linde de la parcela. Frente a un frondoso pinar, la mujer se sentó sobre una roca y alentó a los chiquillos a imitarla. Los arrimó a ella con ambos brazos y se arrebujaron en sus costados. Joana cogió tierra con una mano, la cerró en el puño y, como si se tratase de un truco de hechicería, actuó con teatralidad para regocijo de los pequeños y dejó caer la arena lentamente, entreabriendo ligeramente sus dedos. Los niños no cabían en sí de gozo.

—Esta es nuestra tierra, hijos —les dijo—. Debemos defenderla, pues nos permite vivir en paz y abastecernos de sus frutos. Debemos protegerla, porque siempre habrá alguien que quiera arrebatárnosla. Nuestro bienestar depende de nosotros mismos. Aquí disponemos de todo cuanto necesitamos. El Montsant nos regala su agua, sus alimentos y su calma. Aquí moramos y aquí moriremos el día que Nuestro Señor decida que nuestra hora ha llegado. Tenéis que aprender a aprovechar esta tierra y a vivir de ella, pero también a respetarla y amarla, pues vuestro sino está unido al suyo.

Los niños escuchaban con atención las palabras de Joana mientras la emulaban acariciando la tierra que tenían a sus pies. Blanca, de talante curioso, preguntó:

—Tía, ¿cómo estás tan segura de que siempre viviremos aquí? ¿Nuestros cultivos no morirán? ¿Siempre podremos cazar animales y beber agua del pozo?

Joana sonrió ante la sagacidad de la pequeña.

—La naturaleza es sabia y percibe lo que debe y no debe otorgarnos. Nosotros la cuidamos y ella nos corresponde con sus fuentes de vida. Nadie conoce lo que nos depara el futuro, pero tened por seguro que Dios proveerá. Además, cuando seáis mayores podréis salir de la finca y conocer a otras gentes, y deberéis casaros y tener hijos para continuar con nuestro cometido en esta vida. Mas eso queda aún muy lejano.

—Pero ¿cómo puedes estar tan segura? —insistió Guifré, mucho más inquieto e impetuoso que su prima.

—Hijo, bien os lo han explicado centenares de veces el prior y el procurador de Scala Dei. Residimos en el Montsant, el monte santo. Tenemos la inmensa fortuna de habitar en un lugar señalado por el Creador y hemos sido llamados a preservarlo. Guifré, debes comprometerte y asumir que Él nos ha elegido para custodiarlo. Así lo haremos durante toda nuestra existencia y así lo transmitiremos a nuestros descendientes. Scala Dei es un lugar sagrado que debe perdurar por los siglos venideros.

Blanca asintió con alegría, pues se sentía especial cada vez que escuchaba esas argumentaciones de boca de su tía, de su madre o de los dos monjes de la cartuja que a menudo los visitaban. En cambio, Guifré se mostraba más receloso, pues todavía no alcanzaba a comprender cómo él, un niño de solo cinco años, podría llevar a cabo una obra de tal magnitud.

El prior Ferran salía de la iglesia de Scala Dei seguido por la comitiva de monjes, con el padre Joan Fort a la zaga. Por el estrecho pasillo, que desembocaba en una plaza lindante con la zona de estricta clausura, Ferran notaba tras él los pasos del monje que en los últimos años había aumentado su fama de santo por obra de nuevos milagros. Sin ir más lejos, hacía tan solo unos meses, mientras la comunidad celebraba misa, Joan Fort advirtió al resto de los religiosos de que acababa de tener una visión. Según relató, la mula y el donado que habían viajado a Tarragona para comprar pescado acababan de sufrir un infortunio en su camino de vuelta a la cartuja. La acémila, cargada con las provisiones, se había despeñado por un risco cercano al monasterio aunque, aseguró el prodigioso monje, el animal no había perecido y solamente sufría algunas heridas. La congregación se desconcertó ante tal presagio y esperó noticias que confirmaran los hechos vaticinados por el hermano Fort. Horas más tarde, el donado apareció en la procura con el rostro demudado por el espanto y explicó a Oleguer lo sucedido. El procurador le informó de que la comunidad ya conocía la situación y lo consoló explicándole la visión del monje. Pocos minutos después, la mula se presentó en la procura sana y salva, acarreando la carga de pescado intacta.

No era de extrañar, pues, que los milagros del padre Fort hubiesen corrido de boca en boca por todo el reino, llegando incluso a la corte de Barcelona. Pese a que el rey Alfonso V el Magnánimo seguía centrado en la conquista de Nápoles, que continuaba resistiendo a pesar de los avances de las tropas catalanoaragonesas, los monarcas no habían dejado de tener contacto y de mostrar su favor hacia Scala Dei, donando periódicas limosnas. La misma reina, María de Castilla, mantenía correspondencia con el afamado Joan Fort y a nadie escapaba la curiosidad que este y sus prodigios despertaban en la soberana, quien, según destacados miembros de la corte, había mostrado su interés en visitar la cartuja y conocer al padre Fort en persona.

El prior Ferran ya había dejado atrás los celos que lo asaltaron con los primeros milagros del religioso. En cambio, no había ocurrido lo mismo con el deseo de volver a yacer con Joana, que lo atormentó profundamente durante los meses posteriores a sus encuentros en el Oliver Gran. Aunque con el paso de los años el padre prior había logrado moderar tan bajos instintos, jamás acabó de desprenderse del todo de los pensamientos lujuriosos que la joven le generaba.

En un vano intento por despojarse definitivamente de

ellos, Ferran se esforzaba en entregarse por completo a sus labores como superior de la cartuja del Montsant. Desde su ingreso en el monasterio, había aspirado a ostentar algún día el cargo de prior. Sabía que debían pasar por lo menos tres años desde que hubiese profesado los votos. Aun así, antes de presentar su candidatura, había preferido dejar pasar un tiempo más prolongado, durante el cual se centró en aprender del prior Enric y en auxiliarle en cuanto necesitase, para sentirse capacitado y saberse merecedor del puesto en el momento de optar a él. Finalmente, Ferran fue escogido superior de la cartuja a la edad de treinta y nueve años. La elección, realizada por sus compañeros de comunidad, fue confirmada por el Capítulo General de la Gran Cartuja de Grenoble, tal y como establecían las normas de la orden. Dichas votaciones se repetían cada dos años, cuando el prior podía ser reelegido o bien se escogía a otro monje para desempeñar tales funciones. Sea como fuere, siempre debía ser ratificado por el Capítulo General. Por fortuna, debido al buen hacer en su cargo y a la confianza que el resto de la congregación había depositado en él, hasta la fecha Ferran había ido renovando honrosamente el cargo de prior, y no tenía intención alguna de dejarlo mientras su cuerpo y su alma aguantasen y, claro está, siguiese contando con el apoyo de los demás monjes.

Asimismo, el superior de la cartuja dedicaba otra parte de sus esfuerzos a la educación de Guifré y Blanca, futuros continuadores de la alianza de protectores de Scala Dei. Por el momento, pese a las eventuales épocas de guerras y a las esporádicas epidemias, todo seguía su cauce y la cartuja del Montsant continuaba expandiéndose en tierras y aumentando su riqueza. Pero Joana seguía en su mente como la sanguijuela que se aferra a la piel de su presa, lo cual lo torturaba como ninguna otra cosa había hecho en su vida.

Cuando los monjes salieron a la plaza de la iglesia, fueron dispersándose en dirección a sus respectivas celdas. Puesto que la del prior se encontraba muy cercana al templo, Ferran fue el primero en llegar a su estancia para disfrutar de unas horas en soledad. Después de leer los textos sagrados y rezar en el oratorio, se dirigió al jardín para contemplar los rosales y los lirios que cuidaba con mimo. Tras pasear alrededor de las plantas, alzó la vista hacia la parte del risco mayor del Montsant que se divisaba desde su celda. En la quietud de su clausura, respiraba con júbilo el aire puro de la sierra, hinchando sus pulmones y alzando sus brazos al cielo, deleitándose con el confortante silencio.

De repente, una angustia asaltó la mente de Ferran. Sus cinco sentidos se pusieron en alerta cuando llegó a él un olor a humo. Intentó atisbar más allá de los muros de la monjía para localizar el origen del fuego, pero desde el mirador de su celda no consiguió distinguirlo. Corrió raudo al claustro mayor para observar el entorno del monasterio con mayor perspectiva. Al fin percibió una humareda a lo lejos, hacia el sur, donde se ubicaba la casa baja.

El prior dio la voz de alarma.

—¡Fuego! ¡Fuego! ¡Tomad todos los baldes y barreños de que dispongáis y acudid prestos a la procura para llenarlos de agua! —ordenó a los monjes, que salían apresurados de sus celdas.

Cuando llegaron, todos atenazados por el pánico, comprobaron que Oleguer ya se encontraba en la casa baja, pues hacia allí se había encaminado al finalizar la misa, y estaba dirigiendo a frailes y donados, que salían apremiados con tinas y cubos rebosantes de agua en dirección a unos cultivos de vid cercanos, situados al oeste de la procura, de donde procedía el fuego. El procurador recibió a los monjes de la cartuja ayudándolos a llenar sus barreños y detallándoles el camino que debían tomar para acceder a la finca afectada por las llamas. Ferran permaneció junto a Oleguer hasta que partieron todos. Cargaron un carro de barricas con agua, lo ataron a dos asnos y marcharon presurosos hacia la columna de humo. A pocos metros de distancia, contemplaron con pavor cómo ardían con fuerza las cepas alineadas a lo largo del terreno dispuesto en unas pocas terrazas. Además, las vides situadas en el margen oriental rayaban con unas higueras que también habían empezado a prenderse.

Todos los miembros de la comunidad de Scala Dei, monjes, frailes y donados, se afanaron en los trabajos de extinción del incendio. Los baldes iban de mano en mano por una larga cadena humana formada con intención de apagar el fuego con más rapidez. Los donados corrían de vuelta a la procura para rellenar los cubos y las tinas. Ferran y Oleguer coordinaban las maniobras a la vez que se adentraban en la finca para evitar que el incendio se extendiese a los bosques cercanos.

Algunos religiosos sufrieron quemaduras de diversa gravedad por acercarse demasiado al fuego. Todos ellos se esforzaban en cuerpo y alma para poner fin a ese infierno desatado en las cercanías del monasterio, y si fuera necesario, sacrificarían sus vidas por salvar las tierras de Scala Dei de la devastación. Al cabo de un par de horas, el prior y el procurador dieron el fuego por extinguido, aunque ordenaron a los donados más jóvenes que continuasen remojando la zona quemada durante toda la noche para evitar que reavivara. Los hermanos y padres heridos fueron trasladados a sus celdas, donde el padre farmacéutico los atendió uno a uno, aplicándoles cataplasmas calmantes sobre las ampollas y suministrándoles tisanas de hierbas curativas del Montsant procedentes de la ingente botica de la cartuja. Ferran y Oleguer permanecieron en la procura, cubiertos de cenizas y hollín. Sentados en el suelo, exhaustos por el esfuerzo, hicieron un balance de la tragedia.

—Por fortuna, el fuego solo ha afectado a un viñedo y a los árboles más cercanos del bosque anejo —resumió el padre procurador intentando minimizar la desgracia—. Este año menguará un poco la producción de vino, pero debemos dar gracias al Señor porque, si no hubiésemos actuado con celeridad, a buen seguro estaríamos ante una catástrofe.

—Lo sé, Oleguer. Podría haber sido mucho peor —repuso el padre prior—. Pero lo que me aflige e inquieta es pensar que sin duda este incendio ha sido intencionado. ¿Cómo, si no, se originó el fuego? En las últimas semanas no ha habido ni una sola tormenta ni han caído rayos en esta zona. ¿O es que acaso alguien ha dormido al raso en nuestras tierras y ha encendido una hoguera que ha causado el incendio? —se preguntó angustiado.

—No con nuestro conocimiento. Si hubieran llegado hasta nuestras propiedades forasteros o menesterosos, los donados o siervos que trabajan las tierras los habrían encontrado y me lo habrían comunicado de inmediato.

—Me desasosiega, Oleguer. ¿Quién puede querernos mal? ¿Quién ha sido el causante de esta calamidad? Además, el viñedo incendiado no está muy alejado del Mas del Oliver Gran. No podemos arriesgarnos a que alguien descubra a las mujeres y los niños que allí viven.

Ambos quedaron en silencio, sumidos en las elucubraciones que rondaban sus cabezas. Tras unos minutos, Ferran se levantó para encaminarse hacia su celda en la monjía. Antes de cruzar el umbral de la puerta, se giró hacia su amigo con el semblante enrojecido por la ira contenida:

—Debemos encontrar al culpable de esta fechoría. Somos

los guardianes de Scala Dei. No lo olvidemos jamás. Nos comprometimos a proteger la cartuja y su escalera divina, y así lo haremos. Por otro lado, es vital que velemos por nuestros herederos, para que puedan vivir en paz y continúen nuestra gloriosa misión sin ser descubiertos. Los defenderemos hasta las últimas consecuencias. Encontraremos a quien haya osado profanar estas sagradas tierras y nos aseguraremos de que no vuelva a hacerlo.

30

La Morera de Montsant,
13 de octubre de 2019

Sagi miraba de reojo a Lola Grau, quien, desde el sillón del salón, observaba malhumorada cómo varios agentes de los Mossos registraban su domicilio de arriba abajo. El inspector no pudo evitar sentirse malévolamente complacido por el evidente fastidio de la viuda, a quien se le había complicado una tarde que quería destinar a beber, fumar y mirar la televisión. A su incipiente resaca se le había sumado la ruidosa presencia de cinco policías que inspeccionaban armarios, cajones y estanterías sin prestar atención al estrépito que causaban. Cada portazo y cada arrastre de un mueble eran minúsculas cuchillas que se clavaban en lo más profundo del cerebro de la señora Grau, que maldecía la hora en que había decidido emborracharse ese domingo. Sagi aborrecía a esa mujer estirada y soberbia, y por eso mismo fue uno de los que intencionadamente tuvo menos cuidado con los golpes y los trompazos que dio por toda la casa en las horas que duró el registro. Un registro que, *a priori*, parecía infructuoso, ya que no encontró ninguna cadena de oro con ninguna llave con una «J» forjada. Los agentes se llevaron documentación diversa y el ordenador portátil de la empresaria para examinarlos detenidamente, así como una serie de cuchillos que bien podrían tratarse del arma homicida. Una primera inspección no mostró restos evidentes de sangre, pero aún tenían que analizarlos en el laboratorio.

Los Mossos del equipo de Vidal dejaron la casa y partieron hacia la comisaría de Falset, donde etiquetarían y guardarían todos los objetos requisados. Sagi y Vidal se quedaron con Lola Grau para volver a interrogarla. Incluso bajo los efectos del alcohol, la mujer los miraba con arrogancia y desdén.

—¿Están ya satisfechos? Han pasado aquí toda la tarde para no encontrar nada. Otra pérdida de tiempo. Debería darles vergüenza.

—Señora Grau, háblenos de los Guardianes de la Escalera —le pidió Vidal ignorando su menosprecio.

—¿Los Guardianes de la Escalera? ¿A qué viene eso? Ahora resulta que en vez de investigar el asesinato de Jaume se dedican a recopilar mitos y leyendas —dijo riéndose.

—Conteste a la pregunta, por favor.

Lola reprimió nuevos insultos, tragó saliva y se resignó a responder.

—Es un cuento que desde hace siglos se explica en el pueblo —reafirmó—. Habla de unos supuestos protectores de la cartuja que generación tras generación se han encargado de su custodia. Si quieren más detalles, busquen en algún libro de fábulas y fantasías del Priorat.

—¿Usted cree que es solo un mito?

La mujer los miró como si se hubiesen vuelto locos.

—Pues claro. ¡Menuda tontería! No hay quien se lo crea. Es una historia viejísima, pero casualmente nadie ha conocido nunca a ninguno de esos Guardianes. Vamos, por favor...

—Tenemos pruebas que nos hacen pensar que su marido pudo ser uno de ellos —terció Vidal con timidez, consciente de lo disparatada que sonaba esa afirmación. Jamás hubiese imaginado que se enfrentaría a un caso relacionado con hermandades secretas y misterios antiquísimos.

La viuda paseó la mirada de uno al otro y se echó a reír a carcajadas. Su estado etílico hizo que en su cabeza se potenciase la absurdidad del relato de los inspectores. Intentó responder en dos ocasiones, pero las risotadas se lo impedían. Sagi y Vidal se mantuvieron serios para aplacar el ataque de risa de la mujer, aunque en su interior reconocían que la historia a la que habían llegado en sus averiguaciones era del todo inverosímil.

—No puedo creerlo. Discúlpenme, pero me resulta inconcebible que dos inspectores de Investigación Criminal me estén diciendo que mi esposo asesinado era miembro de una logia o algo así —aseguró cuando por fin pudo volver a hablar.

—Imagínese que es verdad.

—Pues si es verdad, me alegro de no haberlo sabido antes, porque me hubiese reído en su cara por semejante chorrada. Una sociedad secreta para defender Escaladei... Pero ¿quién se creía que era? ¿Superman? ¿Y de quién hay que protegerlo? ¿De unos extraterrestres que vienen a robarnos el vino?

Lola estalló en risas de nuevo, regocijándose en unas mofas que solo a ella le hacían gracia. Sagi y Vidal se hartaron de su actitud. Estaba claro que no podían hablar con ella en esas condiciones, de modo que optaron por dedicar lo que quedaba del día a otros trabajos más productivos. Se despidieron y bajaron las escaleras hacia la calle mientras de fondo seguían oyendo las ebrias carcajadas de una mujer que creía tenerlo todo pero que, en lo más recóndito de su ruin alma, era amargamente consciente de que siempre había estado sola y en la estacada.

Elvira Sentís se hallaba sola en casa. Todavía no sabía que habían detenido a su hijo Miquel por el incendio de la bodega. Los inspectores prefirieron no contárselo hasta que hubiesen finalizado el registro de su casa y el posterior interrogatorio. La mujer los atendió solícita y se mostró amable, aunque su rostro seguía testimoniando su congoja.

Los mismos *mossos* que antes habían examinado el domicilio de Lola Grau se esforzaban ahora en comprobar todos los rincones de la casa de Elvira y Miquel en Escaladei. Como se había hecho tarde y la vivienda era más pequeña que la anterior, los inspectores decidieron dejarse de preámbulos e ir al grano.

—¿Ha oído hablar alguna vez de los Guardianes de la Escalera? —preguntó Sagi a bocajarro.

Elvira palideció al instante e intentó sonar convincente.

—Pues no. ¿Debería?

—Nos han contado que es una hermandad secreta que, según se dice en el pueblo, existe desde hace siglos en Escaladei para proteger la aldea y la cartuja de eventuales amenazas.

—Ah, eso. Sí, algo he oído, pero es una leyenda, como las hay en todos los pueblos. Nunca le he hecho mucho caso —afirmó con un forzado desinterés.

—Tenemos indicios de que esa hermandad no es tan ficticia como usted dice.

Vidal le mostró a la mujer la caja de hierro.

—¿Sabe qué es esto?

Elvira negó con la cabeza. Intentaba mantenerse entera, pero parecía a punto de echarse a llorar.

—Esta caja era propiedad de su cuñado Jaume. Se abre con dos llaves antiguas. Tenemos una de ellas. La guardaba Jaume en una caja fuerte en su piso de Barcelona. Nuestra investigación nos ha llevado a pensar que esa llave había sido de su esposo. Nos falta la otra.

—No sé de qué me hablan —dijo con labios temblorosos.

—Cuando su marido murió, usted le preguntó a su cuñada Lola si Jaume tenía una llave que era de Raimon. ¿Lo recuerda?

—Pues no. Hace ya mucho tiempo.

—¿Qué llave estaba buscando, señora Sentís?

—Les digo que no lo recuerdo.

Sagi y Vidal sacaron toda la artillería:

—¿Le quitó usted a Jaume la cadena que llevaba en el cuello? Tenía colgada una llave con una «J» forjada en su cabeza.

Elvira calló y desvió la mirada.

—¿Vamos a encontrarla aquí, en su casa?

—No sé de qué me hablan —repitió como un autómata.

—¿Sabe que hemos detenido a su hijo? —le informó Sagi.

La mujer salió de su apatía y le miró con odio.

—¿Cómo dice? —preguntó con ira contenida.

—Pues eso. Que lo tenemos en la comisaría de Falset.

—¿Por qué han detenido a Miquel? ¡Él no ha hecho nada! —saltó Elvira, presa de un ataque de cólera.

Desde la puerta del dormitorio de Elvira, un agente llamó la atención de sus superiores:

—Inspector Vidal, hemos encontrado algo.

La mujer frenó su rabia y Sagi se quedó en silencio frente a ella observando y analizando cada uno de sus gestos. El inspector no sabía definir si en esos momentos Elvira sentía más odio, nerviosismo o angustia. Tal vez todo a partes iguales.

Vidal fue a la habitación y descubrió que sus compañeros habían levantado una baldosa medio suelta, oculta bajo la cama. En el hueco que había debajo habían hallado un teléfono móvil apagado. A su lado había también una reluciente cadena de oro de la cual pendía una llave con una preciosa letra «J» de estilo gótico.

Vidal corrió a mostrárselo a Sagi. Elvira, al saberse descubierta, los miró con altivez.

—Señora Sentís, tiene usted que acompañarnos a comisaría. Tenemos mucho de lo que hablar —le ordenó Vidal.

—Antes que nada quiero ver a mi hijo —replicó.

—Disculpe, pero no sé si se da cuenta de que se encuentra en una situación muy complicada. No está en condiciones de exigir nada —le recordó Sagi.

La mujer calló y tragó saliva. Vidal la tomó por el brazo y la guio de camino hacia la calle. Tras ellos, dos *mossos* cargaban con las cajas que contenían los objetos de interés que habían encontrado en el domicilio. Los agentes las depositaron en el maletero de un vehículo logotipado y Vidal ayudó a Elvira a subir a los asientos traseros del coche. Luego indicó a sus compañeros que la condujesen a la comisaría de Falset y la fichasen antes de que él y Sagi acudieran a interrogarla. Vidal volvió hacia donde estaba Sagi, que tenía el móvil pegado a la oreja.

—Lara, perdona que te llame tan tarde, pero creo que deberías venir pitando hacia Falset. No vas a querer perdértelo.

31

Falset,
13 de octubre de 2019

El sargento Moreno todavía interrogaba a Miquel Folch, que estaba relatando con sumisión y sin omitir detalle cómo incendió las oficinas de Di-Vino. El personal médico había suministrado tranquilizantes al muchacho, que había apaciguado a su hidra interior y ahora parecía un manso corderito. Conociendo la dimensión de sus actos, que habían causado la destrucción de parte de la bodega y quemaduras de primer grado a uno de sus trabajadores, desde el minuto uno se había mostrado colaborativo como nunca, además de sinceramente arrepentido. Otros dos agentes se encontraban en el despacho anejo clasificando los objetos y documentos que habían recogido en el registro domiciliario. Y Elvira se hallaba en otra sala custodiada por un *mosso*, a la espera del interrogatorio.

Lara había batido el récord en hacer el trayecto Reus-Falset y ya estaba plantada delante de la mesa de la sala de reuniones junto a Vidal y Sagi. Frente a ellos, tres objetos: una caja de hierro y dos llaves con dos iniciales. Una «J» y una «R».

—¡Venga, inspectores, que yo no puedo más con tanto misterio! —exigió la periodista.

Las manos de Vidal, enfundadas en guantes de látex, cogieron la llave con la letra «R» y procedieron a abrir la primera cerradura. Todos sabían que lo haría sin problemas. Tomó la llave con la letra «J» e hizo lo propio con la otra. El clic que sonó hizo que Lara saltase de alegría y que Sagi se abalanzase sobre la caja para descubrir de una vez por todas qué contenía.

Vidal sacó de su interior un pliego de hojas manuscritas que confesaban su antigüedad por su coloración amarillenta y su palpable fragilidad. Estaban cosidas entre sí mediante un hilo que parecía estar a punto de quebrarse. Junto a él había un moderno sobre cerrado, de un blanco impoluto. Después de comprobar que la caja no guardaba ningún otro tesoro, depositó con diligencia el viejo códice y el sobre encima de la mesa. Con toda la escrupulosidad que merecía el valioso objeto que tenía delante, abrió el pliego por la primera página. Seis ojos observaron con curiosidad su contenido. A modo de presentación, un enorme triángulo con una «T» en su interior ocupaba todo el pergamino. Lara sintió un escalofrío. Vidal y Sagi se miraron inquietos. Pasaron a la siguiente hoja y vieron que estaba repleta de nombres y apellidos, además de unos años. En algunas ocasiones, debajo de esos datos aparecía un breve texto. Eso mismo fueron encontrando con cada página que pasaban. Todo el códice era igual: nombres, fechas y algunos párrafos manuscritos. Buscaron la última inscripción, tras la cual quedaban cuatro páginas en blanco. Pero el pliego de hojas cosidas acababa rematado por una serie de rayas que cruzaban el papel de izquierda a derecha.

—Este libro es viejísimo. Parece medieval —certificó Lara.

—Es una especie de registro —dijo Vidal mientras hojeaba las páginas al azar, con sumo cuidado.

—Nombres y fechas. Y solo algunos de ellos acompañados de pequeñas anotaciones. No más de cuatro líneas —observó Sagi—. Mirad esta, por ejemplo. «Felip Reig, Josep Reig y Pau Reig. 1796. Pago de mil reales al alguacil de La Morera para garantizar el ingreso en el presidio de Tarragona del ateo y revolucionario Joan Puigmajó, que ha manifestado públicamente y en cuantiosas ocasiones su deseo de ver arder la cartuja de Scala Dei. El riesgo probable y elevado exige de nuestra acción».

—Y mirad esta otra: «Simó Moliné y Tomeu Moliné. 1601. Ejecución secreta del ciudadano Bernat Martí, culpable de estrangular hasta la muerte a tres féminas del feudo emparentadas por consanguinidad con nos, los Guardianes, poniendo en grave peligro la continuidad del sacro linaje».

—Es una lista —afirmó Sagi—. Este último texto dice «nos, los Guardianes». Por lo que podemos deducir que lo escribieron quienes fueron los Guardianes de la Escalera en 1601.

—Es decir, que Simó y Tomeu Moliné mataron en secreto al tal Bernat Martí por poner en riesgo la hermandad. Represaliaron al enemigo de la saga para protegerla —supuso Vidal.

—Pero fijaos en las demás anotaciones —terció Lara—. Todas incluyen nombres y fechas, que por sí solos no nos dicen nada. Lo verdaderamente revelador son las explicaciones, porque nos desvelan qué fue lo que hicieron esas personas que anotaron el texto en el códice.

Durante unos minutos, los dos inspectores y la periodista siguieron leyendo y analizando con detenimiento los datos y relatos hallados. En algunas ocasiones les costó interpretar el contenido de los comentarios, pues la caligrafía con la que habían sido escritos era demasiado sinuosa y enmarañada.

Aun así, forzaron la vista hasta conseguir descifrar línea a línea lo que ese pergamino antiquísimo les iba revelando.

—Creo que este libro contiene la relación de todos los Guardianes de la Escalera que ha habido hasta el presente —concluyó Sagi—. Pero no solo eso. Por lo que dicen los apuntes, parece que este registro también detalla los delitos y acciones que estos han llevado a cabo a lo largo de los siglos para cumplir con su misión y asegurar la subsistencia de Scala Dei. Asesinatos, compra de voluntades, robos...

Los tres se estremecieron ante su descubrimiento. Tenían delante de ellos siglos de la historia de Escaladei. Los nombres y apellidos de las personas que probablemente más habían amado al pueblo, la cartuja del Montsant y la escalera que unía el cielo y la tierra. Los nombres y apellidos de quienes habían cometido crímenes horribles bajo el pretexto de un propósito divino.

—Tendríamos que leerlo con calma, pero creo que son todos hombres. No he visto el nombre de ninguna mujer. ¿No os parece significativo? —señaló la periodista.

—Y a medida que avanzan las fechas se observan diferentes caligrafías. Este documento ha pasado de mano en mano engrosando la lista con sus aportaciones —conjeturó Vidal.

—Vuelve a la primera página, por favor —le pidió su compañero.

El inspector obedeció y todos se fijaron en la línea que iniciaba el libro.

—«Padre prior Ferran Vila y padre procurador Oleguer Ferrer, 1441» —leyó Lara en voz alta.

Los tres clavaron la mirada en la primera anotación del códice y, cuando asimilaron lo que allí se había escrito, se miraron perplejos. No daban crédito a lo que leían sus ojos. Sagi y Vidal silbaron a la vez.

—¡Esto es muy fuerte! —gritó Lara, estupefacta.

—Y fijaos en estas pequeñas manchas oscuras... —apuntó Vidal.

—Vuelve a la última hoja —le pidió de nuevo Sagi, ya repuesto de la impresión que le había producido el relato de los monjes.

El inspector volvió a pasar las páginas hasta las últimas anotaciones.

—El penúltimo es Salvador Folch —apuntó la reportera.

—El padre de Raimon y Jaume. Y los anteriores tienen que ser sus antepasados. Abuelos, bisabuelos... Algunos apellidos cambian aunque coincidan en las fechas. Serán diferentes ramas del linaje. Con tantos siglos a sus espaldas, la sangre de los Guardianes debe de haberse dispersado mucho.

—Sí, pero en según qué épocas puede que muchos muriesen a causa de guerras, enfermedades u otras eventualidades —apuntó Lara.

—Buena observación.

—Los últimos nombres confirman nuestra teoría. «Raimon Folch y Jaume Folch, 1994». Los últimos Guardianes —remató Vidal.

—No les sigue el nombre de Miquel.

—Porque ni tan siquiera conocía la existencia de la hermandad. A Jaume no le dio tiempo de pasarle el testigo. O quizá tampoco deseaba hacerlo porque conocía bien a su sobrino y sabía que no querría representar a esta especie de clan de los horrores —concluyó Sagi.

—Se acaba aquí.

—Pero no hemos abierto el sobre. Veamos qué dice —los apremió Lara.

Vidal lo rasgó con cuidado y extrajo un único folio, doblado en dos. Era un papel actual, de tamaño A4. El extenso texto que lo llenaba estaba escrito a mano con bolígrafo. Los tres lo leyeron con un patente nerviosismo. Esperaban que les ayudase a conocer al fin cuál era la situación de los Guardianes de la Escalera en la actualidad. Pero lo que descubrieron los pilló desprevenidos.

—¡Vaya...! ¡Esto sí que no me lo esperaba! —reconoció Lara.

—Es el testamento de Jaume Folch. Le deja a su sobrino Miquel su piso de Barcelona y una buena suma de dinero.

—Pero es mucho más que eso. Es una manifiesta declaración de intenciones. Y una condena inapelable.

—Jaume Folch tenía mucho que explicar.

—Y parece que ha regresado de su tumba para ayudarnos a resolver su asesinato.

32

Mas del Oliver Gran, Montsant,
año 1441

Guifré y Blanca atendían con interés a las explicaciones del prior Ferran. Tras el incendio ocurrido una semana atrás, el monje enfatizaba con brío la trascendencia de la misión que los pequeños y sus madres deberían cumplir cuando el prior y el procurador faltasen. Argumentaba que ese reciente infortunio demostraba la necesidad de proteger la cartuja y sus tierras de las fatalidades que estuviesen por venir, ya fuera por azar o a manos de ocasionales enemigos. Para Ferran, se trataba de una señal divina que le alentaba a continuar con su labor.

—Soy consciente de que el haber sido elegidos para custodiar Scala Dei es a la vez un honor y una gran responsabilidad. Pero... ¿veis qué sucede si no estamos vigilantes? Siempre habrá algún pecador que por envidioso, indigno o cruel nos quiera desfavorecer —adoctrinaba a los pequeños, que seguían atentamente sus palabras y admiraban sus gestos resueltos—. La cartuja está creciendo mucho. Cada vez posee más tierras y vasallos, y eso no gusta a algunas gentes de mal corazón. Dios creó el Montsant como un lugar de reposo y alimento para las ánimas. Fue justamente aquí donde situó la sagrada escalera que une el cielo y la tierra, aunque nosotros no hayamos sido llamados a vislumbrarla. En cambio, Nuestro Señor sí nos ha regalado una encomienda suprema, y nadie más que nosotros deberá llevarla a cabo.

Ferran se levantó de la silla que había colocado frente a la masía, a resguardo del sol del mediodía. Ante las miradas de Joana y Queralt, que entraban y salían de la casa cargando fardos de ropa, el prior tomó a los niños de la mano y se dirigieron al sendero que se internaba en el pinar contiguo a la finca. Antes de adentrarse entre los árboles, se cruzaron con Elisenda, que regresaba del pequeño viñedo que cultivaban en el extremo sur de la propiedad.

—¿Vamos a salir de casa? —preguntó animado el pequeño Guifré, que cada día mostraba un carácter más enérgico.

Ferran miró a su hijo, alborotó sus oscuros cabellos ondulados y le sonrió.

—Tan solo vamos a curiosear entre los pinos.

Caminaron unos pocos minutos, atentos para no lastimarse con las ramas caídas y las raíces que salían juguetonas a la superficie. Los piececitos de Blanca, que andaba más torpemente, se hundían entre la pinaza y la niña se lamentaba de los pinchazos que sufría. El padre prior la tranquilizó asegurando que ya llegaban a su destino. Escondidos entre la espesura, se acurrucaron junto a un arbusto y los dos pequeños miraron en la dirección que el monje señalaba con su dedo índice. El alto risco del sur del Montsant se alzaba majestuoso ante ellos en la lejanía. La erosionada roca calcárea se mostraba desnuda sin pudor, cobijando simas y barrancos y presidiendo una sierra que se había ganado la reconocida fama de santa. Nubes blancas y espesas coronaban el acantilado en un cielo de un azul limpio y luminoso. El monje y los niños quedaron impresionados ante tan bella estampa y permanecieron en silencio unos momentos, cada uno de ellos sumido en sus propios pensamientos.

Para estupefacción de Ferran, Guifré se postró en la hojarasca, cerró los ojos, juntó sus manitas y empezó a rezar. Blanca se situó a su lado e imitó a su primo. El prior no salía de su asombro. Se sentía conmovido por el espontáneo gesto de los chiquillos. Estaba fascinado por comprobar que sus enseñanzas no habían caído en saco roto y que los futuros sucesores de la alianza protectora de Scala Dei ya albergaban en sus corazones amor, respeto y veneración por la tierra que los había visto nacer y que los vería morir. La tierra que tendrían que defender y salvaguardar en los años venideros. La emoción empañó los ojos del monje al constatar que Guifré y Blanca se habían comprometido ya con su deber y empezaban a implicarse en él de forma manifiesta y sincera. Ellos eran los herederos de la hermandad de los Guardianes de la Escalera, como la habían llamado en las últimas semanas Ferran y Oleguer, y el prior se sobrecogía al descubrir que los niños amaban con semejante intensidad a Dios, Scala Dei y el Montsant.

Ferran se unió a los dos pequeños e hincó sus rodillas en la maleza para sumarse a las oraciones que musitaban al unísono. Después de santiguarse, los tres emprendieron el camino de regreso al Oliver Gran, donde ya les esperaba el almuerzo. Blanca se iba parando a recoger algunas florecillas silvestres de vivos colores. Guifré andaba al lado de su padre con la cabeza gacha y la mirada apesadumbrada. El prior se extrañó.

—¿Hay algo que te aflija, Guifré?

—Veréis, padre prior... Estoy preocupado desde que ese

desconocido vino a la masía. Madre dice que no tenemos nada que temer, pero yo creo...

Ferran abrió los ojos de par en par y cortó la charla del niño rápidamente.

—¿De qué desconocido hablas, hijo?

—Del hombre que entró en nuestras tierras hace tres o cuatro días, no lo recuerdo. Madre y tía Elisenda lo echaron enseguida, pero tengo miedo de que vuelva y nos quiera mal, como vos decís a menudo. ¿Y si se trata de uno de nuestros enemigos? Yo no haré otra cosa que defender a mi familia lo mejor que pueda y...

El niño continuó hablando, pero Ferran ya no le escuchaba. ¿Quién había llegado hasta el Mas del Oliver Gran? ¿Qué motivos le habrían llevado a hacerlo? ¿Y por qué las mujeres no se lo habían comunicado? En estas cavilaciones andaba el monje cuando llegaron a la masía.

Ferran ignoró a Queralt y a Elisenda, que estaban fuera de la casa, y entró raudo buscando a Joana, a la que encontró junto al hogar, removiendo el contenido de un puchero del que emanaba un delicioso aroma.

—¿Qué es eso de que un hombre ha estado aquí? —le inquirió con enojo en su voz—. Guifré acaba de decirme que tuvisteis la visita de un forastero, y ni Oleguer ni yo sabíamos de este hecho. ¿Por qué lo habéis ocultado?

La joven se amedrentó ante el arrebato del monje. Dejó la cuchara de madera encima de un paño y se excusó:

—No fue nada, padre prior. Me refiero a que no le dimos ninguna importancia a esa visita. Hace unos pocos días vimos a un hombre que entraba en la finca y se dirigía hacia aquí. Nosotras nos encontrábamos laborando en el huerto y cuidando de los niños, que jugaban a esconderse. Era un forastero que únicamente nos pidió un poco de agua para beber. Hablaba de forma extraña. Explicó que venía de muy lejos y que se había perdido buscando la cartuja, adonde se dirigía para pedir caridad. Un viajero errante que marchaba hacia tierras valencianas, según nos dijo —aseguró quitando hierro al asunto—. Le ofrecimos un poco de agua del pozo y le invitamos a irse para poder continuar con nuestras labores. Para prevenirnos por si albergaba alguna mala intención, también le dijimos que nuestros esposos no demorarían su regreso. Le explicamos que eran pastores y agricultores y que, al volver, no les placería encontrar en su hogar a un desconocido.

Ferran frunció el ceño y Joana insistió:

—Tan solo era un hombre, un tanto singular, eso sí, pero se marchó en cuanto apuró el agua que le dimos. No hemos vuelto a verle. Elisenda, Queralt y yo misma hace días que nos aproximamos a las lindes de la finca para cerciorarnos de que nadie nos observa ni se acerca. Desde entonces no hemos vuelto a advertir ni un alma. Quedad tranquilo, padre prior —manifestó la mujer, con una infinita seguridad en su semblante.

Ferran desvió la mirada hacia la lumbre y suspiró.

—Aunque lo que me explicas sea cierto, y no tengo por qué dudar de tus palabras, no puedo evitar que esa visita me inquiete. Hasta ahora nadie os había descubierto ni importunado. ¿Estás segura de que era forastero? ¿Cómo era ese hombre?

—De baja estatura y cuerpo enjuto. Sus ropas eran viejas. Toda su apariencia revelaba que se trataba de un errante. Le faltaban casi todos los dientes y tenía una barba que recordaba a la de un chivo. Pero ya os digo, padre, que no debéis alarmaros. Jamás diría que ese hombre pueda suponernos una amenaza. Partid tranquilo.

Ferran asintió resignado y pidió a Joana que continuasen con su vigilancia durante unas semanas más, para garantizar que el extraño no volvía a aparecer. Cuando se dirigía hacia la puerta, ambos quedaron paralizados por un grito procedente del exterior. Ferran y Joana se precipitaron hacia el patio y encontraron a Elisenda descompuesta por el espanto. Los niños estaban abrazados a Queralt, quien, al igual que la otra mujer, miraba hacia el cielo con miedo.

—¡Fuego! ¡Fuego! ¡Otra vez! —gritaba Elisenda señalando una estrecha columna de humo que surgía de alguna zona tras los bosques aledaños al Mas del Oliver Gran.

Ferran corría desesperado en pos del lugar donde se había originado el fuego. Atravesó los pinares que lo separaban de la humareda que se avistaba desde la masía. Portaba dos baldes rebosantes de agua, que por el presuroso andar del monje se habían derramado en parte entre el follaje. El padre prior había ordenado a las tres mujeres que lo siguiesen con más cubos de agua y había conminado a los niños a permanecer encerrados en casa hasta que regresaran los adultos.

Tras bajar por una pendiente y cruzar entre unas frondosas higueras, Ferran salió a una estrecha senda. Desde allí pudo confirmar la cercanía del incendio. Apretó la marcha mientras las primeras cenizas se enredaban en sus cabellos y en unos pocos minutos desembocó en otro camino, este más ancho, que conectaba con la procura, que se hallaba a una distancia próxima a una legua. Frenó el paso para observar las llamas que ante él se alzaban hacia el cielo. Igual que la semana anterior, el fuego empezaba a devorar otra finca de vides, esta vez cultivada en terreno llano. Las cepas ardían como pequeños demonios alineados. El prior se introdujo entre las llamaradas con la intención de sofocar las últimas parras encendidas, que propagaban el fuego a las contiguas a causa de la leve brisa que soplaba. Por fortuna, Ferran había llegado al lugar al poco de iniciarse el desastre, pues todavía no eran muchas las plantas afectadas.

Mientras se zafaba de las llamas y salía de nuevo al camino, vio llegar a Joana cargando con dos nuevos baldes prácticamente llenos gracias a la destreza de la joven. Enseguida aparecieron también Elisenda y Queralt, que sagazmente habían arreado al asno de Ferran para acudir solícito a auxiliar a su dueño, cargado con tinas de agua. Las muchachas traían también telas y paños húmedos.

Entre los cuatro consiguieron extinguir el fuego en menos de una hora, aunque el esfuerzo y las prisas los dejaron agotados. Por suerte, gracias a la larga distancia y a su rápida intervención, era improbable que alguien hubiese avistado la estrecha columna de humo desde la cartuja. El monje agradeció a las mujeres su ayuda y las despachó de vuelta a la masía, para reposar y cerciorarse del bienestar de los pequeños.

Cuando Joana, Elisenda, Queralt y el borrico desaparecieron de su vista, Ferran se dejó caer exhausto en el suelo de la vereda junto a un pedrusco que servía de mojón. Lanzó un largo suspiro, dobló las rodillas y las agarró con las manos. «Otra vez un incendio provocado. De nuevo acechan quienes nos quieren agraviar», pensaba el clérigo mientras un torrente de rabia volvía a inundar su alma. Pero un ruido entre los matorrales lo sacó de sus cuitas.

Se levantó con sigilo y buscó con la mirada el lugar de donde procedía el crujido. Creyó que podría tratarse de una liebre o una raposa, tan comunes por esos lares, mas un chasquido de ramas rotas lo puso más aún en alerta. Caminó hacia una zona de maleza y distinguió una silueta. Agazapado entre la broza, vio cómo un hombre flaco con barba de cabrito e indumentaria ajada se sobresaltaba al verse descubierto. Por su aspecto, Ferran comprendió que se trataba del mismo mendigo que había visitado el Oliver Gran días atrás.

—¿Quién eres? ¿Y qué haces ocultándote aquí? —demandó el prior con una mezcla de cautela y enojo.

El hombrecillo se puso en pie y se sacudió las hierbas y el polvo que habían quedado prendidos a sus ropas.

—Excusadme, vuestra merced. Yo... Lo cierto es... Buen padre, me he escondido por temor al fuego, mi señor —balbució con su boca desdentada—. Ruego me perdonéis, ya mismo prosigo mi camino.

El menesteroso gesticulaba con rapidez, de forma inconexa y exagerada. Parpadeaba continuamente y los músculos de su cara se contraían en pequeños espasmos involuntarios. El religioso pronto se percató de que el hombre no estaba del todo en sus cabales. Esa era la extrañeza en la que Joana había reparado, sin llegar a catalogar al forastero como un demente.

Ante el silencio del monje, el errante intentó huir, pero Ferran lo asió de un brazo e impidió que se escabullera.

—No seas tan raudo, buen hombre. Tú que has contemplado cómo prendían las viñas de Scala Dei, bien podrás decirme quién es el causante de tamaño ultraje —requirió el prior.

Durante unos segundos, el pordiosero pareció meditar y movió los labios hablando sin voz. Ferran lo observaba con curiosidad, deseando saber cómo acabaría la conversación con semejante personaje.

—Es el demonio, eminencia, padre, mi señor. Él es el culpable de todos los males de este mundo. Quiere traer el fuego de sus calderas a la tierra de los mortales —aseguró con los ojos muy abiertos y gesticulando en exceso.

El hombre empezó a sollozar y a reír a la vez. Ferran se quedó pasmado ante tan perturbado comportamiento. Jamás había conocido a una persona con ese grado de enajenación y no sabía cómo reaccionar ante él. Aun así, quiso profundizar en el asunto que le angustiaba:

—Dices que este incendio ha sido obra del diablo, mas ¿quién ha sido su mano ejecutora? ¿O es que el mismo maligno se te ha aparecido?

—No, mi señor —afirmó el errante mostrando al prior los utensilios que guardaba en las manos.

El prior vio entonces que el hombre enseñaba una yesca y un pedernal, delatándose así como causante del incendio. Ferran notó cómo le hervía la sangre y agarró por la pechera al hombrecillo, que, aterrorizado, escuchó las palabras del monje:

—¿Has sido tú quien ha incendiado nuestras fincas? ¿Qué pretendes? Este es un territorio divino, señalado por el Creador. ¿También quemaste el otro viñedo? ¡Estás ofendiendo a Dios, estás actuando contra Él y su voluntad! —bramó con los ojos enrojecidos de rabia y las venas del cuello a punto de reventar.

—Pero, buen padre, no he sido yo. ¡Es el diablo! Es él quien trae el fuego a estas tierras para purificar nuestros espíritus. Si nos interponemos en su obra, ahogará nuestras almas en sus tinieblas —lloriqueó el hombre mientras caía de rodillas al suelo suplicando el perdón del monje.

Preso de una ira descontrolada, Ferran lo empujó con fuerza hacia los matorrales y empezó a golpearle con brazos y piernas.

—¿Cómo osas atacar las tierras de Nuestro Señor por cumplir un encargo del maligno? ¿Cómo te atreves a causar tanto daño por unas voces que tan solo tú oyes en tu cabeza?

El vagabundo intentaba protegerse de los golpes doblando su cuerpo y anteponiendo sus brazos, pero la fuerza del prior era superior a sus defensas. Empezó a manar sangre de su nariz y las patadas en el torso le cortaron la respiración.

—¿Cómo te atreves a enfrentarte a la cartuja sin temer la ira de Dios? —Ferran seguía desbocado. Cogió una piedra grande que había junto a ellos y se dirigió hacia el hombre que, aovillado en el suelo, estaba a su merced—. Dile a tu amo que nadie puede atacar a Scala Dei sin recibir un castigo. Que nadie logrará jamás destrozar el legado divino del Montsant.

El padre prior, fuera de control, impactó el canto de la piedra contra la cabeza del mendigo en repetidas ocasiones. La sangre salpicó sus manos, su cara y su hábito, ennegrecido por el hollín. Cuando las fuerzas ya le abandonaban, lanzó la piedra entre la espesura, junto al cuerpo inerte del menesteroso. Contempló la sangre chorreando en sus manos temblorosas y gritó. Gritó como nunca lo había hecho. Gritó todos los quejidos reprimidos durante tanto tiempo. Todos esos años de silencio se rompieron con un aullido que salía de lo más hondo de sus entrañas. Gritó cayendo de rodillas en el polvo del camino, reparando en la enormidad del crimen que acababa de perpetrar. Porque se había convertido en un asesino. Había sido poseído por los más bajos instintos del hombre y le había arrebatado la vida a un semejante. Había cometido un pecado mortal.

Volvió a mirarse las manos ensangrentadas y las alzó al cielo resplandeciente para solicitar el perdón del Todopoderoso. Sin embargo, esa luz celestial le hizo volver a tomar conciencia de quién era. Ferran la contempló en silencio durante unos minutos y se sintió invadido por la gracia divina. Se encontró en unión con Él. Se vio renacer al percatarse de que no era un criminal, sino el mayor siervo del Creador. Se reafirmó más que nunca en su gloriosa misión y se enorgulleció de haber cumplido con el designio de defender lo que más amaba cuando había sido atacado por un loco que creía obedecer al diablo. Porque el prior había prometido a Dios y a sí mismo que jamás nadie destruiría la sagrada obra en el Montsant.

—¡Todo es por ti, Señor! ¡Has puesto a prueba mi fe y mi voluntad de servirte, oh, Dios, y te he obedecido! Ahora ya sabes que siempre os defenderé a ti y a esta bendita tierra. ¡Estoy dispuesto a todo, oh, mi Señor, para no defraudarte y ser digno de tu gracia! —gritó con los brazos en alto, preso del éxtasis, mientras gotas sangrientas manchaban la tierra sobre la que se postraba.

Cuando volvió en sí, se levantó y sacó una navaja de uno de los bolsillos, que siempre llevaba consigo para cortar las viandas en sus salidas de la cartuja. Rasgó la camisa del indigente y grabó en su pecho una letra «T» enmarcada en un triángulo. «Nuestra Tierra es sagrada. Nadie destruye lo que Dios nos ha dado», musitó para sí. Luego guardó el cuchillo y dirigió sus pasos hacia el Oliver Gran. El cadáver del hombre se quedó entre los matorrales cercanos a la senda. Pronto sería pasto de los carroñeros.

Elisenda ahogó un grito al ver llegar al prior ensangrentado. Cuando se acercó para auxiliarle, temiendo que estuviese herido, este la apartó con un brusco gesto de sus brazos y ordenó que le trajera un balde con agua. Joana y Queralt salieron de la casa al oír su voz y se estremecieron al verle. Los niños las siguieron y se quedaron inmóviles. Elisenda volvió del pozo con un cubo lleno y lo depositó en el patio, frente a Ferran, que empezó a limpiarse la sangre de la cara y las manos. A continuación, remojó el polvo del suelo, tomó barro y lo restregó por encima de las manchas de su hábito, para disimular las salpicaduras de sangre. Cuando acabó, miró a las tres mujeres y a los dos niños, que permanecían petrificados en la entrada de la masía.

—Ya no habrá más incendios en Scala Dei —sentenció.

El prior subió a su asno y emprendió la marcha hacia la cartuja. Queralt, Elisenda y Blanca le observaron partir todavía sobrecogidas. Joana y Guifré le vieron alejarse luciendo determinación en sus rostros, sintiendo un inmenso orgullo y una profunda admiración por el prior de Scala Dei.

Tras dejar el pollino en la caballeriza, Ferran se dirigió rápidamente a su celda. Al estar situada al inicio de la zona de clausura, ningún otro monje le vio entrar. Allí se desvistió y se dirigió al jardín. Puso el sucio hábito en un barreño y lo cubrió de agua para remojar y ablandar las manchas. Luego fue hacia el *cubiculum* y se puso ropa limpia. Después entró en el estudio y se sentó frente a su escritorio.

Tomó un pergamino en blanco, mojó la pluma en tinta y dibujó el mismo símbolo que había grabado en el cadáver del demente. A continuación, escribió dos nombres y una fecha, y resumió en tres líneas el honroso y laudable acto que creía haber llevado a cabo en defensa de la gloria y la custodia de la cartuja de Scala Dei.

33

Falset,
13 de octubre de 2019

Elvira Sentís dejó vagar su mirada por el despacho en el que esperaba a ser interrogada. Era una sala prácticamente desnuda, pero los ojos de la mujer se fijaban hasta en el más nimio detalle. Una mancha de café en la mesa, un minúsculo desconchón en un tabique, una hoja seca entre los pliegues de la persiana. El *mosso* que la vigilaba vio llegar a los dos inspectores y salió a su encuentro en el pasillo.

—No ha abierto la boca —les dijo—. Le hemos ofrecido un vaso de agua y lo ha rechazado. Lleva horas mirando las paredes.

—¿Cómo está de ánimos? —se interesó Vidal.

—Pues no sé qué decirle, inspector. Parece ausente. Es como si estuviese lejos de aquí. No se la ve nerviosa o cabreada. Tampoco angustiada por lo que le espera. Está como si nada.

El agente se retiró y Vidal y Sagi entraron en la sala. Encontraron a Elvira con los brazos cruzados frente al pecho. Su rostro empezaba a acusar el agotamiento y la tensión acumulados durante el día.

—Señora Sentís, ¿cómo se encuentra? ¿Quiere un vaso de agua? ¿Un café? —preguntó Vidal amablemente.

La mujer negó con la cabeza y continuó impasible.

—Sabe por qué está aquí, ¿verdad?

—No pienso decir nada hasta que no me expliquen por qué han arrestado a mi hijo —dijo en un tono neutro.

—Sabe también que tiene derecho a un abogado, ¿no? —le recordó el inspector.

—Lo único que quiero es saber por qué tienen aquí a mi hijo.

—Miquel está detenido porque ha confesado ser el autor del incendio en Di-Vino. Pero de eso hablaremos más adelante.

Elvira soltó una pequeña exclamación de sorpresa y se peinó el cabello hacia atrás con las manos. Suspiró profundamente y asintió.

—Hemos encontrado en su casa la cadena de oro y la llave de Jaume Folch que le fueron arrebatadas en el momento de su asesinato. También tenemos un teléfono móvil que estamos seguros de que pertenecía a su cuñado. Las huellas dactilares que hemos hallado en él nos lo confirmarán —resumió Vidal.

—¿Por qué mató a su cuñado? —preguntó Sagi, sin más preámbulos.

—No lo hice.

—¿Y cómo explica entonces que hayamos encontrado esos objetos debajo de una baldosa de su dormitorio?

—Los encontré encima de la mesa de Jaume, en la oficina. Creí que se los había dejado olvidados. Los cogí para devolvérselos cuando le viese, pero alguien lo mató y ya no pude hacerlo. Por eso los guardé en mi casa.

—¿Y suele guardar las cosas que encuentra debajo de una

baldosa bajo su cama? ¿Y por qué nos ocultó ese hallazgo? Además, su relato tiene un pequeño fallo, señora Sentís. La cadena que hemos encontrado coincide a la perfección con el patrón de la herida abrasiva que Jaume Folch tenía en su nuca cuando le hicimos la autopsia. Una herida *perimortem*, es decir, que se produjo en el momento del crimen. Jaume no pudo dejársela olvidada en su despacho.

Elvira calló y miró hacia la ventana.

—¿Por qué le mató? —insistió Sagi.

La cuñada del empresario asesinado seguía sin soltar prenda. Volvió a cruzar los brazos y miró fijamente a Sagi, instalada en el silencio.

—Por cierto, en su cocina hemos encontrado un cuchillo grande con restos de sangre —apuntó Vidal como si acabase de recordar ese dato—. Aunque lo lavó a conciencia, la sangre humana es muy difícil de eliminar del todo, señora Sentís. En breve, el laboratorio nos confirmará que esa fue el arma con la que asesinó a su cuñado.

La mujer volvió a suspirar y su labio inferior empezó a temblar ligeramente, un gesto que los dos inspectores advirtieron.

—¿Quiere oír algo fascinante? —preguntó Sagi sin esperar respuesta alguna—. La llave que encontramos en su casa, la de la letra «J», nos ha permitido abrir la magnífica caja de hierro que Jaume ocultaba en la cajonera de su oficina. —Elvira le miró con desconfianza. El inspector prosiguió con sus explicaciones—: Sí, sí, la tenía delante de sus narices. En su despacho de Di-Vino, en un cajón con doble fondo. Pues, como le decía, hemos podido abrir la misteriosa caja, ¿y sabe qué hemos descubierto? Que los Guardianes de la Escalera existían. Y que han existido hasta nuestros días. Tenemos el códice que detalla los nombres y las fechas de todos los que han ostentado ese cargo, así como las maldades que han cometido a lo largo de seis siglos con la excusa de perseguir un objetivo sagrado. ¿No le parece precioso? ¿Incluso poético? Una leyenda que resulta ser realidad. Un pueblo protegido por unas personas que darían su vida por él. Que harían cualquier cosa por él. Comprometidos a velar por la pervivencia de la cartuja, de la escalera al cielo. De Scala Dei. Pero usted todo esto ya lo sabía, ¿verdad?

Elvira bajó la mirada hacia sus manos y luchó por evitar que la emoción tomase el control de su cuerpo. Un combate que perdió, pues sus ojos se anegaron de unas lágrimas que pronto empezaron a resbalar por las mejillas y que ella rápidamente se limpió, intentando permanecer comedida. Sagi se sentó junto a ella y acercó su rostro al suyo para hablarle con voz queda:

—Su marido y su cuñado eran los Guardianes de la Escalera. Y cuando Raimon falleció, usted lo quiso sustituir hasta que Miquel estuviese preparado para asumir esa responsabilidad, porque todavía era demasiado joven. Una especie de regencia. Lo que no sabía era que su esposo, previendo la posibilidad de morir en la mesa de quirófano, ya le había entregado a su hermano la llave con la «R» para que asumiese la misión de la hermandad en solitario y la transfiriese a Miquel cuando estuviese listo. Porque las mujeres pueden y deben engendrar Guardianes, pero les está prohibido ejercer como tales, ¿no es cierto? Jaume cumplió con la voluntad de Raimon, pero ese momento de pasar el testigo nunca llegó. Hasta hoy, Miquel ni siquiera conocía la existencia de la sociedad secreta, ya que Jaume sabía de primera mano que no iba a querer comprometerse con ese encargo. Porque Miquel quería dejar el pueblo para no volver. Jamás sería un Guardián.

Mientras Sagi hablaba, Elvira seguía esforzándose por mantenerse serena, aunque su empeño fue en vano. Hizo varios intentos de parecer imperturbable, incluso orgullosa, pero sus recuerdos y sentimientos, ahora tan expuestos, se lo impidieron. Siguió llorando en silencio, sin poder mantener la compostura.

—Hubo un tiempo en que usted y Jaume se amaron. Y mucho —prosiguió el inspector—. Pero ese momento pasó rápido y cada uno continuó su camino por separado. Jaume se olvidó de su historia y acabó casándose con Lola Grau por los intereses económicos de ambas familias. Después fue de flor en flor, vivió su vida, inició nuevos proyectos... Pero usted nunca le olvidó. Siempre lo quiso y al final acabó con su hermano... ¿por pena? ¿Por su insistencia? Yo creo que lo hizo para seguir cerca de los Guardianes y de Jaume. Y le veía feliz siendo independiente, con su piso en Barcelona, con sus viajes, y ansiaba formar parte de esos planes, pero él ya estaba a años luz de usted. Y ya sabe lo que dicen, que del amor al odio hay tan solo un paso. El mismo paso que usted dio. Empezó a odiarle por alejarse de usted, por ser feliz sin usted, porque para él tan solo era su cuñada, con quien vivió un fugaz primer amor, y nada más. Pero por todo eso no se mata, Elvira. Por todo eso se sufre, y mucho, pero no se le corta el cuello a nadie. Hubo una gota que colmó el vaso. O más bien dos. La primera, que Jaume se llevase a Miquel a Barcelona. Que le ayudase, o incluso animase, a abandonar el nido. A echar a volar. Miquel, su hijo. Lo más preciado para usted. Y Jaume también se lo quiso arrebatar, igual que hizo con su felicidad, porque por mucho que haya querido a Raimon, nunca fue tan feliz con él como lo había sido con Jaume. Y la segunda, que Jaume quisiese poner punto y final a la hermandad de los Guardianes de la Escalera.

Elvira puso los ojos como platos, asombrada de que los inspectores conociesen las intenciones de Jaume.

—Sí, lo sabemos todo. Él mismo lo explicó en el testamento ológrafo que conservaba con celo en la caja metálica, junto al pliego de pergaminos. Ese que usted ha querido encontrar desde que murió su marido.

Sagi le tendió a Elvira una fotocopia del texto que Jaume Folch había escrito de su puño y letra bajo las disposiciones testamentarias referentes al legado de su sobrino Miquel, y a Gabriela y al hijo al que no conocería, a quienes instituía como sus únicos herederos. La mujer lo leyó con ansia.

Yo, Jaume Folch Vives, soy el último heredero de la hermandad de los Guardianes de la Escalera y estoy decidido a que nadie más ocupe este cargo que tanto peso me ha hecho llevar sobre mis hombros. Ser un Guardián no ha sido para mí ningún honor ni privilegio, como sí lo fue para la mayoría de mis antepasados. Ser un Guardián ha sido una maldición y una vergüenza. Hoy, en pleno siglo XXI, bajo mi punto de vista y, con certeza, el de la inmensa mayoría de mis coetáneos, la hermandad de los Guardianes no es más que una saga de abominaciones y pecado, y ya es hora de que se le ponga fin. No puedo hacer más que condenar todos estos años de delitos, crímenes y actuaciones ignominiosas perpetrados por mis antecesores en nombre de Dios. El Señor es bondad, generosidad, honradez, pureza de alma, y desde sus inicios los Guardianes han representado todo lo contrario. Siempre ha sido un linaje maldito, a pesar de su pretendida misión divina, porque solo nos ha traído desgracias, deshonra y culpa. Estoy convencido de que, precisamente por ser Guardianes, mi hermano Raimon y yo hemos sido condenados a una vida de dolor y mala suerte. Buen ejemplo de ello es la enfermedad con la que nacimos, que se llevó a mi hermano hace pocos años. Estoy cansado y avergonzado por todos los actos de esta hermandad de perturbados que durante siglos se ha amparado en la voluntad divina para cometer atrocidades, y no deseo otra cosa que zanjar esta longeva locura liberando al hijo que pronto tendré de semejante carga, una carga de la que no he querido hacer cómplice a mi sobrino Miquel porque bien sé que le hubiese causado la misma cólera y humillación que a mí mismo, y he querido evitarle más sufrimientos de los que ya padece. Así que hoy y ahora, con estas palabras, doy por acabada la hermandad de los Guardianes de la Escalera. Nadie más debe seguir sus horribles pasos ni escribir una sola letra más en el centenario libro de la infamia que durante décadas he guardado secretamente en esta caja, junto a estas palabras, y que hoy he finalizado matándolo con varias líneas, para dejar bien claro que jamás nadie debe anotar ningún sinsentido más.

En Escaladei, a 27 de agosto de 2019.

JAUME FOLCH VIVES

Elvira soltó el papel invadida por la estupefacción y la ira. Sagi seguía a su lado observando sus reacciones de cerca. Le dio unos minutos para que asimilase todo lo que acababa de leer y prosiguió con su monólogo:

—La hermandad tenía las horas contadas, Elvira. Y usted por ahí ya no pasaba, ¿verdad? Así que decidió cortar por lo sano, y nunca mejor dicho. Si mataba a Jaume, Miquel se quedaría en Escaladei, con usted. Como heredero de Di-Vino y de los Guardianes de la Escalera. Cumpliendo con las obligaciones que le corresponden por ser hijo de quien es. Todo seguiría como debía ser. ¿Qué excusa le dio a Jaume para que aceptase quedar con usted a hurtadillas, a medianoche, en la bodega? ¿Que estaba muy preocupada por el distanciamiento de Miquel? ¿Que se sentía intranquila porque Jaume se había relajado en su misión de Guardián? ¿O tal vez quería decirle que seguía queriéndole y que podían intentarlo de nuevo? Que podían ser felices juntos una vez más.

—¡Basta! ¡Basta! ¡Pare ya! —gritó Elvira en medio de un llanto ya descontrolado.

Sagi calló y se alejó de ella. Se apoyó contra una pared, junto a un Vidal que continuaba asombrado por la diatriba que su compañero había lanzado sin piedad contra Elvira para hacerla saltar, lo cual había logrado con creces.

—¡Deje de hablar, por favor! —suplicó la mujer, sin más fuerzas para enfrentarse al inspector.

Se sabía descubierta. Sagi había horadado su alma y había dispuesto ante sus ojos todas las verdades que ella era incapaz de admitir. La había abierto en canal y la había despellejado hasta convertirla en una mera transparencia. La había situado ante un espejo y ella no había podido soportarlo.

Los inspectores le dieron unos minutos de tregua, durante los cuales Elvira acabó de limpiarse las lágrimas y de sonarse la nariz. Pidió un vaso de agua. Se esforzó por calmarse, pero le costaba hacerse a la idea de que todo había salido a la luz y de que ya no había marcha atrás. Le mortificaba pensar en la cárcel, pero lo que más le angustiaba en esos momentos era que se había firmado la sentencia de muerte de una hermandad que había perdurado durante siglos. Y, resignada a las consecuencias de sus actos, se decidió a hablar.

—Yo siempre he querido a Jaume —empezó—. Le he amado incondicionalmente hasta su último aliento. Cuando lo maté, seguía queriéndole. Sé que no van a creerme, pero es la verdad. Pero también amo a mi hijo y a mi pueblo. Usted lo ha dicho, inspector. Por un hijo se hace lo que sea. Miquel lleva en su sangre las luchas y el sudor de sus antepasados para conseguir cumplir una misión divina, y debe atenerse a sus responsabilidades. Un capricho de adolescencia no puede echar por tierra siglos de compromiso. Pero Jaume le alentaba a seguir en las nubes. Le llenó la cabeza de unas ideas que para los jóvenes como él, tan sugestionables, tan persuasibles, son como agua de mayo. Miquel cree ahora que Barcelona es una especie de paraíso terrenal en el que podrá encontrar la felicidad y prosperar, pero no es más que un espejismo en mitad de un desierto. Las ciudades no son mejores que los pueblos. Solo encierran maldad, egoísmo, vicios y crueldad. El lugar de Miquel es Escaladei.

—Esa es una simplificación muy subjetiva e inexacta, señora Sentís —la interrumpió Vidal—. No todo es blanco o negro. Bueno o malo. Parece que se niegue al progreso y que le atribuya todas las vilezas de nuestra sociedad. Las ciudades solo son nocivas cuando la gente las hace nocivas. En los pueblos también suceden cosas horribles. Somos las personas las que construimos nuestros propios caminos, y Miquel ya había hecho su elección.

—Su futuro está en la bodega y las fincas familiares, al lado de Mireia, y, sobre todo, custodiando el tesoro que sus ancestros guardaron antes que él —replicó Elvira—. Miquel es lo único que me queda en la vida, inspectores, y Jaume quería arrebatármelo. Igual que ya hizo con Raimon. Pero también quería robarme Escaladei y aquello que defendieron con uñas y dientes nuestros antepasados. Les he dicho que quiero a mi hijo y a mi pueblo, pero también amo a la sociedad secreta cuya sangre llevo en las venas. Yo también soy descendiente de esos primeros Guardianes, pero solo he podido parir un heredero, y no ejercer como uno de ellos.

Los inspectores asintieron a las explicaciones de Elvira, que les sirvieron para entender mejor lo que habían imaginado al leer el códice.

—Cuando mi suegro murió —prosiguió—, Raimon y Jaume asumieron el cometido que les correspondía. Raimon siempre estuvo mucho más comprometido con la causa, igual que yo. Por eso me casé con él. Para apoyarle en su responsabilidad y darle un sucesor a la hermandad. Pero mi marido murió y, desde hacía un par de años, Jaume había empezado a desentenderse de su objetivo. Cada vez se ausentaba por más tiempo y resultaba imposible que respondiese con rapidez si surgía algún problema en el pueblo o las tierras. Si alguien nos atacaba. Además, se había vuelto avaricioso. Iba a vender esa finca para permitir la construcción del hotel. Nuestra tierra iba a ser destruida, ninguneada, masificada con ociosos turistas que nada saben de las verdaderas riquezas de este territorio. Como si los siglos de sacrificio y esfuerzo para su protección no importasen. Nosotros nos debemos a Escaladei y juramos protegerlo con todas sus consecuencias. Y eso es justamente lo que yo hice. No me quedó más remedio que tomar el control de la situación y desempeñar las funciones que él había abandonado. Sé que soy mujer, pero creo que el Altísimo no me culpará por haber sido yo quien llevase a cabo el trabajo de un heredero indigno. Alguien tenía que reaccionar con contundencia ante esta traición antes del nombramiento del nuevo sucesor.

—¿Por qué está tan segura de que su cuñado iba a vender la finca? —preguntó Vidal.

—Lola me dijo que le había convencido y, cuando a ella se le mete algo entre ceja y ceja, no para hasta que lo consigue. Además, las veces que le preguntaba a Jaume por este asunto, cuando le pedía que no lo hiciera para no dar alas a los enemigos de nuestra tierra, siempre me contestaba con evasivas. Él, que era el único heredero, se había convertido en la principal amenaza, y yo no iba a permitir que tan preciado legado desapareciese. Por eso le cité en la bodega a medianoche.

Escaladei,
7 de octubre de 2019, 00.06 horas

Las luces encendidas de la oficina indicaron a Jaume que su cuñada le esperaba allí. Abrió la puerta y la encontró sentada frente a su escritorio, con la mirada perdida y el chaquetón todavía puesto.

—¿Se puede saber a qué vienen estas prisas? —le reprochó Jaume sentándose en su silla y dejando el teléfono móvil sobre la mesa—. ¿Qué es eso tan importante que tienes que decirme que no pueda esperar a mañana? Me has asustado, es muy tarde.

Elvira se levantó y lo tomó del brazo.

—Ven, vamos a dar un paseo por las viñas. Me gusta conversar en la tranquilidad de la noche.

Recorrieron las instalaciones de Di-Vino hasta salir a la parte posterior del edificio. Una potente farola iluminaba la puerta trasera y su entorno. A medida que iban avanzando en silencio entre las cepas, la oscuridad se fue adueñando de la tierra que pisaban, y Elvira sacó una linterna del bolsillo de su abrigo.

—Joder, Elvira, háblame ya, por Dios. Me tienes preocupado.

—Me ha dicho Lola que vas a vender la finca a Garrido.

—¿Qué? Eso no es cierto. En ningún momento le he dicho a nadie que fuese a hacerlo.

—Pero ¿lo harás? ¿Venderás?

—No estaba entre mis planes, pero este asunto me está

tocando tanto las narices que me lo estoy replanteando. Igual al final tampoco es tan mala idea lo del hotel. Ya hay otro complejo parecido en la comarca y todos sabemos que está funcionando bien. Trae a turistas, pero en grupos pequeños. Visitan el Priorat y conocen nuestra historia, nuestro paisaje y sus riquezas. Y el edificio está muy integrado en el entorno. Apenas se distingue.

—No puedes hacerlo.

—Todavía no lo he decidido y, perdona que te lo diga así de claro, pero no te corresponde a ti hacerlo. Ya veré qué hago.

—Ese otro hotel no está en Escaladei.

—¿Y?

—Pues que aquí no sería lo mismo, Jaume. Estas tierras son sagradas. ¡No podemos venderlas para que se construya algo que tal vez no sea lo que tú imaginas! ¡No sabemos cuál sería la afectación real del proyecto! Tienes el deber de preservarlas.

Jaume resopló.

—No me vengas otra vez con eso, Elvira. Estamos en el siglo XXI, joder. Tenemos una historia familiar muy especial, pero ya no somos unos siervos analfabetos temerosos de la ira de Dios. Ya sabes que amo a mi pueblo y que nunca le querré mal. Incluso lo defenderé, si hace falta. Pero no me pidas que actúe como un Guardián desquiciado porque no lo haré. No pienso robar, amenazar o matar por nada. Ni siquiera por Escaladei.

Llegaron a un claro junto a una alberca.

—¡Es tu deber, Jaume! Eres el heredero y debes comprometerte.

—¿Para eso me has citado aquí a estas horas de la noche? ¿Para echarme en cara que no soy digno de ser el último eslabón de esta mierda de dinastía? Déjalo ya, por favor. Es por tu bien. Si no, acabarás tan loca como nuestros antepasados.

—Pero ¿cómo te atreves? ¡No es una elección! ¡Es tu obligación! ¡Muchos matarían por haber sido distinguidos con ese honor! —gritó la mujer, presa de una desmedida cólera.

Jaume rio ante su ira.

—¿Ah, sí? ¿Quién mataría por ser Guardián? ¿Acaso tú lo harías? ¿Llegarías a matar por la hermandad y por Escaladei? Igual me he equivocado y ya has perdido la cordura.

Elvira sacó un cuchillo del bolsillo interior de su chaquetón y lo clavó con rabia en el vientre de Jaume, que no esperaba la puñalada y cayó al suelo desconcertado, sintiendo un enorme dolor en el abdomen.

—Esto no es locura. Esto es justicia.

Mientras el empresario se llevaba las manos a la herida y llamaba a Elvira entre gemidos, ella se situó a su espalda. Le agarró la cabeza y, con una fuerza estimulada por la rabia, le rajó el cuello de lado a lado. Jaume empezó a sangrar a borbotones. Boqueaba como un pez fuera del agua mientras se ahogaba en su propia sangre. Elvira se plantó frente a él para verle morir. Le arrancó la cadena que colgaba del cuello y miró la llave que pendía de ella. Se la mostró a Jaume en su agonía.

Elvira se agachó y rasgó su camisa de arriba abajo. Con el mismo cuchillo, grabó en la piel de su pecho el símbolo que los primeros Guardianes eligieron para representar a la hermandad. El triángulo de Dios con la «T» de «Tierra» en su interior. Las dos cosas más preciadas para ellos.

Guardó el arma en el bolsillo del abrigo y se limpió la sangre de las manos en los pámpanos de unas vides. Enfocó con la linterna al suelo y vio que un pequeño teléfono móvil y la cartera de Jaume se le habían caído de los pantalones.

Cogió el dispositivo y dejó en el suelo la cartera. Luego deshizo el camino hacia su casa, abandonando a Jaume en medio de un oscuro charco mientras la vida se le escapaba por la garganta.

Falset,
13 de octubre de 2019, 21.47 horas

Sagi y Vidal contemplaban a Elvira pasmados. Había confesado el crimen con una frialdad que jamás hubiesen imaginado. La mujer que tenían delante distaba mucho de la Elvira Sentís de hacía seis días. Asustada, destrozada, afligida. Ahora se mostraba fuerte y resoluta.

—Oculté la llave y el teléfono debajo de la baldosa, bajo mi cama. Por la mañana, fui la primera en llegar a la bodega y vi que Jaume se había dejado otro móvil en su mesa. Lo guardé en un cajón de su escritorio. No sabía que tenía dos teléfonos.

—¿Tuvo usted algo que ver con lo sucedido en el cementerio?

—Quise confundirlos y alejarlos de nosotros. Necesitaba que buscasen donde no era para mantener a la hermandad libre de sospechas.

—¿Y la sangre en el coche de la periodista?

—Estaba metiendo demasiado las narices. Tenía miedo de que encontrase a los Guardianes e intenté asustarla para que dejase de preguntar, aunque creo que no funcionó…

—¿De dónde sacó esa sangre?

—No solo tengo tierras. También soy dueña de tres granjas de cerdos y de dos explotaciones avícolas.

—¿No la oyó Miquel cuando salió la noche del crimen?

¿No le preguntó nada al respecto? —quiso saber Sagi—. Si era tan tarde, pudo haber desconfiado de usted...

—Mi hijo no se enteró de nada. Los tranquilizantes que toma para ayudarle a dormir lo dejan totalmente grogui. No me oyó cuando me fui ni tampoco cuando regresé. Ahora por fin conocerá la historia de su familia. Confío en que entienda el motivo de mis actos y que acepte convertirse en el sucesor de los Guardianes.

—Habla mucho de lo que necesita Miquel, pero ¿alguna vez le ha preguntado a él qué es lo que realmente desea?

—Yo sé qué es lo mejor para mi hijo y está aquí, en Escaladei. Junto a mí, junto a Mireia. En los viñedos, en el Montsant y en su cartuja. Al frente de la hermandad.

—Su hijo no quiere nada de todo eso, Elvira —respondió Sagi—. Desde luego, tienen una conversación pendiente.

—Miquel pasará un tiempo en la cárcel, pero cuando salga todavía será joven y podrá rehacer su vida. Usted se tirará unos cuantos años más. Sin ver a su hijo y alejada de esta tierra que tanto ama —sentenció Vidal.

Elvira escondió su rostro entre las manos y lloró sin reparo ni consuelo. La tierra que lo había sido todo para ella acababa de abrirse bajo sus pies y la había engullido hasta el fondo. La tierra de Scala Dei castigaba así a quien había pretendido ejercer de Guardián y cumplir con una misión sagrada, pero que tan solo había enloquecido y había asesinado en nombre de Dios a una de las personas a quien más había querido en su vida.

34

Falset,
14 de octubre de 2019

Sagi encontró a Vidal al teléfono. Estaba ultimando detalles con la jueza Samaniego antes de poner a los dos detenidos a disposición de su juzgado. Mientras esperaba que acabase de hablar, se paseó por el pasillo de la planta superior de la comisaría. Entró por última vez en la sala de reuniones y admiró la cresta del municipio que ostentaba la capitalidad del Priorat, con los edificios replegados bajo la grandeza de su castillo, ahora convertido en museo.

—Cualquiera diría que te está costando volver a Barcelona —bromeó Vidal a su espalda.

Sagi se dio la vuelta y sonrió.

—La verdad es que, gracias a este caso, me han entrado ganas de salir más de la ciudad. En cada investigación aprendemos algo, qué te voy a contar a ti, pero esta vez se me ha removido algo por dentro. Estoy acostumbrado al ruido y las prisas, y este lugar es la antítesis más absoluta de todo eso. Escaladei y La Morera son pura calma. Me voy del Priorat con ganas de volver más a menudo, para recargar pilas y reconectarme con esta tierra y su gente. Creo que lo necesito mucho más de lo que creía.

—Te voy a contar un secreto —le soltó Vidal acercándose a él—. Yo vivo y trabajo en Tarragona. No es tan grande como Barcelona, pero no deja de ser una ciudad. Aunque me gusta mi vida y no la cambiaría por nada, los fines de semana me monto en mi bicicleta y salgo disparado a hacer kilómetros para poder respirar aire puro y comerme un bocadillo bien tranquilo bajo la sombra de un pino. Así que te entiendo a la perfección, compañero.

Bajaron las escaleras y salieron a las puertas de la comisaría. Sagi le tendió la mano y Vidal se la estrechó con fuerza.

—Ha sido un placer trabajar con usted, inspector —dijo Sagi.

—Lo mismo le digo, inspector. ¿Quién sabe? Quizá volvamos a coincidir en un caso.

—Estoy seguro de ello. Y me alegrará que así sea.

Vidal vio cómo se alejaba el coche de quien se había convertido en un inesperado compañero de trabajo. El inspector que venía a colaborar por imposición de la central. A todos les había molestado su presencia incluso antes de que llegase al Priorat por venir con el cartel de «enchufado» en la frente, por ser hijo de quien era. Todo el equipo, incluso él, le había prejuzgado sin conocerle. Ahora, después de una semana de trabajar codo con codo con él, estaba convencido de su profesionalidad e intuición. Porque esas dos cualidades ningún apellido las regalaba.

Barcelona

Gabriela abrió las puertas de su piso y, apenas dejó entrar a Sagi y a Lara, se lanzó a abrazarlos.

—Gracias, gracias, mil gracias por encontrar a quien me robó a Jaume. Mi pobre Jaume... —dijo visiblemente emocionada—. Nadie elige a quien le ama, ni a quien le odia. Ni a quien hace las dos cosas a la vez.

Lara se deleitó en el abrazo, un tanto incómodo por la enorme barriga de la colombiana. Por su parte, Sagi no estaba acostumbrado a esas muestras de efusividad y se limitó a quedarse quieto mientras daba leves palmaditas en la espalda de Gabriela.

Los tres se sentaron en el sofá. El inspector y la periodista le informaron sobre los Guardianes de la Escalera y le relataron a grandes rasgos los actos delictivos plasmados en el códice que Jaume Folch había custodiado durante largo tiempo. La muchacha los escuchó con atención. Primero, sorprendida; luego, conmocionada. Sagi puso sobre la mesa una carpeta y Gabriela lo miró con gravedad cuando sacó de ella una copia del texto encontrado dentro del sobre, en la caja metálica.

—Esta es una reproducción del testamento de Jaume. Como comprenderás, el original está bajo custodia policial, pues, al igual que el códice, es una de las pruebas más importantes del caso y será llevada a juicio. Quizá, cuando todo haya pasado, puedas recuperarlo. Pero no queríamos que desconocieses su contenido.

La joven asintió.

—Ahora ya dispones de toda la información. Cuando tu hijo sea mayor, podrás hablarle de sus antepasados, pero deberás educarlo para que no cometa ninguno de sus errores.

La colombiana cogió las fotocopias con manos trémulas y las apretó contra su pecho.

—Así lo haré.

Lara intentaba seguir el hilo de la película, pero no podía dejar de pensar en todo lo vivido esa última semana. El asesinato de Jaume Folch y las circunstancias que habían creado la tormenta perfecta para acabar conduciendo a ese crimen habían hecho que algo cambiase en su interior. Pese a los palos que le había dado la vida, ella se consideraba una optimista nata y confiaba en la bondad humana, pero ahora le resultaba innegable que, a veces, las personas sobrepasan sus propios límites y nadie sabe cómo esa situación les puede afectar. Hasta qué extremo pueden llegar. Y eso le producía pavor.

Su situación personal no era fácil, como tampoco lo había sido la de Jaume Folch. Aunque las circunstancias de ambas familias fuesen muy dispares, las dos habían sufrido pérdidas que habían abierto heridas todavía sin cicatrizar. Lara no quería que Ernesto descendiese a sus propios infiernos dejando a Martín en el abandono y provocándole aún más dolor. Así que iba a ayudarle a escapar de la fuerza gravitatoria que, con sus cantos de sirena, lo llamaba a sucumbir a la depresión. Haría cuanto estuviese en su mano para sacarlo de ahí.

Pensó también en Miquel Folch, que había perdido a sus dos padres. No quería que a ella le pasase lo mismo. Lara quería conservar a Ernesto y tomó la determinación de encontrar a Luis. Quería saber quién era, cómo era y, sobre todo, por qué las abandonó. Solo tenía un nombre y un par de fotos antiguas, pero si había conseguido descubrir a la asesina de Jaume Folch, estaba convencida de que podría localizar a su padre.

Teresa abrió la boca de asombro al ver aparecer a su nieto con una maleta enorme.

—Pero ¿dónde releches vas así de cargado? ¿Te ha echado tu casero?

—Me he cogido una semana de vacaciones y quiero pasarla aquí, contigo —le explicó mientras dejaba la maleta en el suelo del salón.

—¡No sabes qué alegría me das, hijo! Además, tienes que descansar, que se te ve *agotadico*.

—Mañana te llevaré de excursión. ¿Qué te parece una cata de vinos en el Priorat? —le preguntó entusiasmado.

La abuela le miró como si le hubiese propuesto volar en parapente.

—Pero ¡qué cata ni qué niño muerto! A mí llévame al delta del Ebro, a meternos un buen arroz entre pecho y espalda.

Sagi sonrió.

—Para paellas, las tuyas. Nadie podrá superarte jamás.

—Eso ya lo sé yo, pero algún día tendré que darles fiesta a mis fogones, ¿no?

Sagi la abrazó y subió a su cuarto a ordenar la ropa. Se sentó en el borde de la cama, escuchó el tono de llamada de su teléfono móvil y lo cogió con cansancio.

—Acabo de empezar mi merecida semana de desconexión. ¡No sabes la alegría que me da volver a escucharte! —respondió a su jefe.

—Déjate de sarcasmos, anda, que no está el horno para bollos —replicó el comisario Bonet—. Si te llamo es para informarte de que el códice ha desaparecido.

Sagi perdió de golpe cualquier atisbo de jocosidad y tensó todos sus músculos.

—Perdona, creo que no te he entendido…

—Que se lo han llevado, te digo.

—¿Cómo que se lo han llevado? Estaba bajo custodia…

—Mira, Víctor, no me preguntes porque no sé qué contestarte. La cuestión es que no está. Solo quería que lo supieses.

El comisario colgó sin más, como si no acabase de lanzar una bomba atómica en la mente de su subordinado. Sagi se tumbó en la cama y permaneció inmóvil, atónito por la noticia que acababa de recibir. De repente pensó en los Guardianes de la Escalera y un escalofrío recorrió su espina dorsal. Mil preguntas acudieron sucesivamente a su cabeza, como si la chispa de una encendiese la siguiente. Aunque algo le decía que, esta vez, todas ellas quedarían sin respuesta.

Tras unos minutos de deleite, en los que creyó dormitar, volvió a coger su smartphone y marcó el número de Marta. Colgó de inmediato, antes de que el dispositivo diese señal. El inspector suspiró. Llevaba días nadando en un mar de dudas, que tan pronto estaba en calma como súbitamente desataba una tormenta que lo dejaba a merced de sus tempestuosas corrientes. Había estado evitando a Marta. En las últimas horas, la joven le había llamado en dos ocasiones, pero él había dejado sonar el teléfono, sin devolverle la llamada. Sin embargo, por otra parte, algo le empujaba a dar el paso y volver a verla. Como si no supiese que eran polos opuestos. Como si nada hubiese pasado. Porque, de hecho, ¿qué había pasado?, se preguntaba. Notaba que esa indecisión estaba provocando que perdiese el control de sus emociones, lo que hacía que aún se sintiese más angustiado. Era un agobiante bucle sin fin.

Su respiración empezó a acelerarse. Su pulso temblaba. Cerró los ojos e intentó en vano mantener al monstruo dormido. Le sobrevino una arcada y corrió a coger el blíster de pastillas. Cuando iba a sacar una, escuchó a la abuela gritar por el hueco de la escalera:

—¡Venga, presumido, baja a ayudarme con la cena!

Dudó. Inspiró y espiró lentamente. Se propuso no ceder al pánico. Plantarle cara. Lanzó sobre la cama el teléfono y las píldoras azuladas y bajó corriendo. La mujer de su vida le esperaba en la cocina entre cazuelas, aceite de oliva y sal. Teresa le mandó que empanase la ternera mientras ella removía con un cucharón un caldo de pollo y verduras que olía a gloria y vigilaba que no se quemasen unas alcachofas que tenía en el horno de leña. Sagi se concentró en la rutina que su abuela le había marcado. Harina, huevo y pan rallado. Harina, huevo y pan rallado. Y vuelta a empezar. Las manos dejaron de temblarle y su estómago se reajustó. Podía respirar sosegadamente y el sofoco desapareció. La ansiedad se fue por donde había venido. Miró a Teresa y la quiso más que nunca. Su abuela, que se había convertido en su mejor medicina, envejecía a marchas forzadas, y él lamentaba haber perdido tanto tiempo alejada de ella. Sabía que no podía recuperarlo, pero sí podía esforzarse por no desperdiciarlo más.

Cenaron sin prisas, hablando de todo y de nada, con el sonido de fondo de una vieja televisión siempre encendida. Jugaron a cartas y Teresa le reprochó las trampas que hacía. Vieron una película que aburrió sobremanera a Sagi y que la abuela entendió a medias. Era ya tarde cuando se desearon buenas noches y cada uno desapareció en su dormitorio. El *mosso* cogió el teléfono y comprobó que no tenía mensajes ni llamadas perdidas.

Dudó si enviarle un mensaje de texto a Lara, pero no sabía con qué excusa. Así que lo descartó. Tras pensarlo unos instantes, marcó un número de su agenda de contactos.

—Pero ¿tú sabes qué hora es, Víctor? Más te vale llamarme para decirme que sabes dónde está el puñetero libro —se quejó el comisario Bonet.

—Lo siento, no voy a poder darte esa satisfacción. Quiero pedirte algo.

Oyó cómo su jefe refunfuñaba a través de la línea telefónica.

—Quiero que a partir de ahora me envíes a colaborar en todos los homicidios que se investiguen cerca de Móra d'Ebre.

Bonet, soñoliento, suspiró con cansancio.

—Si diciéndote que sí, me dejas dormir, dalo por hecho.

Epílogo

Escaladei,
seis años más tarde

El despertador del móvil obligó a Gabriela a abrir los ojos. Comprobó la hora y saltó del sofá de un ágil brinco. Las siestas eran más dulces que nunca. Sin el ruido del tráfico, sin los gritos de los vecinos, sin las sirenas de las ambulancias. Se lavó la cara y se peinó rápidamente antes de bajar a la calle. Saludó a Venancio Caballé, que como cada tarde salía al sol de su balcón. El anciano le respondió agitando el brazo. Llegó a la entrada del pueblo en el preciso momento en que el minibús del transporte escolar frenaba la marcha hasta detenerse.

La puerta se abrió y asomó por ella un precioso niño de piel morena y cabellos castaños. El pequeño vio a Gabriela y la saludó con su manita antes de bajar con cuidado. La joven se acercó a él y le dio un fuerte abrazo y un beso en los labios.

—¿Cómo fue el colegio, mi amor?

—Bien, mami. Hoy traigo deberes de restas. Primaria es mucho más difícil que preescolar.

—Ya, mi vida, pero es que ya eres muy mayor y tienes que esforzarte mucho más para aprender todo lo que te enseñen.

Madre e hijo dieron un paseo por el camino que llevaba a la cartuja. El niño jugaba a saltar las piedras que obstaculizaban sus pasos, al mismo tiempo que evitaba pisar los insectos y las lagartijas que recorrían la senda. Gabriela lo observó y se estremeció de amor.

Estaba satisfecha con la decisión que había tomado años atrás, cuando se aventuró a mudarse a Escaladei, comprar su parte de Di-Vino a Elvira Sentís y Lola Grau, y ofrecerle al hasta entonces encargado, Jordi Castells, entrar como socio. Este había demostrado conocer a la perfección el oficio y la gestión de la bodega y era el mejor compañero de negocios que podía tener.

Sin embargo, lo más importante para Gabriela era que su hijo era feliz en Escaladei y ella se sentía inmensamente afortunada por tenerle. No dejaba de pensar en el padre del pequeño ni un solo día. Sentía que Jaume estaba allí, con ella, y que ahora vivía en su hijo. Algunas veces aún lloraba al recordarle. Pero el tiempo es sabio y poco a poco había ido anestesiando su corazón.

—¡Jaume, ten cuidado, no vayas a caerte! —le gritó al ver que resbalaba con la gravilla del camino.

—¡Tranquila, mami! —respondió el niño, que ya se acercaba a la entrada de la cartuja.

Gabriela se apresuró tras él y se adentraron en el centro de visitantes. Laura Boí, la gerente, despedía a unos turistas franceses que habían finalizado su visita al monasterio. Sonrió al verlos llegar.

—¡Pero bueno…! ¿Quién es este niño tan grandullón? —los saludó tomando al pequeño Jaume en volandas y haciéndolo girar—. Tendréis que venir a verme más a menudo, porque parece que este hombrecito crece unos cuantos centímetros cada día que pasa.

—Eso es porque como muchas lentejas —aseguró el crío.

—Estoy convencida de que así es —convino Laura aguantando las ganas de reír.

La gerente de la cartuja abrió la puerta que daba acceso al recinto y los invitó a pasar. Gabriela le guiñó un ojo y echó a andar tras Jaume, que había salido corriendo y ya se acercaba a la fachada de Santa María. Al pequeño le encantaba pasear por la cartuja y, aunque solo tenía seis años, sabía que ese lugar era especial y siempre lo recorría con calma y prudencia, sin molestar a los visitantes y al personal que allí trabajaba.

Cuando Gabriela llegó a él, le dio la mano y lo guio hacia el claustro menor, donde el chorro de agua de la fuente central rompía el silencio que imperaba en el monasterio.

—Vamos a ver la iglesia, mami —le pidió.

Hacía unos pocos años que se habían iniciado las obras de rehabilitación del templo de la cartuja. La reforma avanzaba a buen ritmo y el templo del monasterio del Montsant empezaba a parecerse a lo que antaño fue. Los operarios habían conseguido eliminar la maleza que se había adueñado del suelo y habían dotado a sus muros de una mayor consistencia. Las numerosas y gruesas vigas metálicas que desde hacía años habían sostenido el ábside y el atrio habían disminuido, y ahora eran unas pocas las que sujetaban la techumbre, para reforzar y equilibrar la reconstruida bóveda de la nave central, desaparecida desde hacía décadas.

Gabriela y Jaume se asomaron al interior de la iglesia por la única puerta que daba acceso y que impedía el paso a los visitantes mediante unos tablones de madera situados en vertical al pie de la entrada.

—¡Qué ganas tengo de que acaben las obras, hijo! Así por fin podremos entrar en la iglesia y admirarla como era cuando los monjes vivían aquí —dijo Gabriela.

Pero Jaume no la escuchaba, pues estaba mirando hacia el ábside del templo, absorto y con una gran sonrisa en el rostro. Con su manita derecha, saludaba hacia el vacío del hemiciclo. Su madre le observó extrañada.

—¿Qué haces, Jaume?

—Saludo a los ángeles, mami —le reveló, alegre—. Si no lo hago, seré un maleducado. Son bonitos, ¿verdad? Ellos suben y bajan, suben y bajan... ¡Y mira cuánta luz!

Gabriela se quedó petrificada y notó cómo su cuerpo empezaba a temblar. Allá donde miraba su hijo, ella no veía más que el hueco vacío del ábside de la iglesia, donde más adelante se colocaría el altar.

Al cabo de unos segundos, Jaume dejó de saludar.

—Vaya, ya se han ido —se lamentó con tristeza—. ¿Podremos volver pronto, por favor? ¿Podremos?

Gabriela abrazó con fuerza a su hijo e intentó recomponerse.

—Claro que sí, mi vida. Cuando tú quieras.

Nota de la autora

Todos los pueblos y ciudades que aparecen en esta novela son reales. También lo es la cartuja de Escaladei (Scala Dei), situada en el municipio del mismo nombre. Tal y como se explica en esta obra, la leyenda cuenta que el primer monasterio de la Orden de la Cartuja de España se situó en el Montsant por decisión del rey Alfonso el Casto, tras conocer el testimonio de un pastor de la zona que aseguró haber contemplado un pino desde el cual emergía una escalera que conectaba el cielo y la tierra, por la cual ascendían y descendían una serie de ángeles, en similitud con el sueño de Jacob que narra la Biblia en su Génesis.

La cartuja de Escaladei empezó a construirse a finales del siglo XII y durante seiscientos años fue creciendo en propiedades y riqueza, hasta llegar a gobernar una extensa zona entre las provincias de Tarragona y Lleida. En 1836, con la desamortización de Mendizábal, el Estado decretó la supresión de todos los monasterios de órdenes monacales y, posteriormente, la venta de su patrimonio. La cartuja de Escaladei y sus propiedades fueron adquiridas por cuatro familias acomodadas de Barcelona, que se repartieron el largo inventario de bienes de la Orden de la Cartuja en el Montsant. Se centraron en rentabilizar las tierras y otros inmuebles, fomentando el cultivo de vides y la elaboración del ahora afamado vino del Priorat, y dejando al antiguo monasterio en el abandono. Fue saqueado y olvidado hasta que ya en los años ochenta del siglo xx, y por iniciativa de una de las herederas de los propietarios, la Generalitat de Catalunya decidió proteger y restaurar el conjunto monumental.

Actualmente, la cartuja de Escaladei sigue en su mayoría en ruinas, aunque ya se han llevado a cabo varias obras de reconstrucción, como las del claustro menor y una de sus treinta celdas, gracias a las cuales el visitante puede imaginar con más detalle cómo era la vida de los monjes que la habitaron. En mayo de 2020 se iniciaron los trabajos de rehabilitación de su iglesia y del claustro mayor.

Pese a que todos los datos históricos y referentes a la cartuja de Escaladei son reales y están documentados, los hechos y personajes de la trama situada en el siglo xv son invención de la autora, a excepción del padre Joan Fort, que realmente vivió en el monasterio del Montsant en esa época y a quien se atribuyen los milagros que, en parte, se relatan en estas páginas.

Por otro lado, la hermandad de los Guardianes de la Escalera y todas sus actividades y crímenes son pura ficción. Jamás ha existido ningún documento conocido que impute a los monjes de Escaladei hechos tan execrables como los aquí narrados. Al contrario: insisto en destacar la fama de devotos, piadosos y caritativos que adquirieron los monjes que durante seis siglos moraron en Escaladei.

Los hechos y personajes de la trama del asesinato de Jaume Folch son también invención de la autora. Cualquier parecido con la realidad es pura coincidencia.

Móra d'Ebre,
octubre de 2019-junio de 2021

Agradecimientos

A los Mossos d'Esquadra del Àrea d'Investigació Criminal i Policia Científica en Camp de Tarragona; a los médicos forenses de la división en Terres de l'Ebre del Institut de Medicina Legal i Ciències Forenses de Catalunya; a Ezequiel Gort, el mayor conocedor de la historia de Escaladei; al Ayuntamiento de La Morera de Montsant-Escaladei, en especial a su concejal-alcaldesa Meritxell Martorell; a Vanessa Sànchez; al Celler Pasanau de La Morera de Montsant, y a Ricard Pasanau, *in memoriam*; al señor Benito Porqueres, extrabajador de las tierras que antaño fueron de los monjes de Escaladei; al doctor Albert Duran, cardiólogo del Hospital de Sant Pau de Barcelona; al abogado Rodrigo Fernández; a Galyna Tkachova; a mi gran amigo Jordi Solé; y al personal de la cartuja de Escaladei, en especial a Marta de Rialp, que lleva su historia en la sangre. Gracias a todos por asesorarme y ayudarme en la nueva aventura que he emprendido con esta novela. Sin vosotros, todo esto no hubiese sido posible.

A mi agente, Sandra Bruna, y a todo su equipo, por haber creído en mí y en mi obra, por haber visto ese «duende» que nos ha traído hasta aquí. Querido lector, tienes este libro en las manos gracias a ellos.

A Lluc Oliveras, por haber ejercido de lazarillo y haberme guiado tan diligentemente con el cincel de sugerencias y observaciones que ha pulido esta novela.

A mis editoras de Penguin Random House, Cristina Castro y Ana María Caballero, y a todo el equipo de mi editorial por haber apostado por mí y por mi primera novela con tanta ilusión como yo. Y porque sigamos trabajando juntas por muchos años más.

A mi amigo y escritor Miquel Esteve, por sus consejos y su entusiasmo por mi ópera prima, por haberme abierto las puertas al mundo editorial y haberme acompañado por la alfombra roja.

A mi familia y amigos, porque todos os habéis ilusionado con mi proyecto y habéis confiado en que lograría sacarlo adelante. Sois un pilar básico de mi vida. Y en especial:

A Sandra Biarnés, Míriam Jiménez y Cristina del Pino, por tantos años de amistad inquebrantable, en las buenas y en las malas, y por haber aportado a mi obra vuestros valiosos granitos de arena.

A Pepa Labrador, porque sin su inestimable ayuda, ilusión y sabiduría, esta novela hubiese sido muy diferente.

A Hortensia Bielsa, ya que gracias a sus relajantes y terapéuticos masajes, sin saberlo, hizo que en mi cabeza brotasen muchas de las ideas que dieron forma a esta historia.

A mi prima Ester, mi hermana, mi amiga, por compartir conmigo el amor por la literatura y regalarme tantas horas de lectura. Esta novela también es tuya.

A mi hermano David, porque ha sido un verdadero orgullo y privilegio crecer a tu lado y compartir tantos años de vida contigo. Eres el mejor y conseguirás siempre todo lo que te propongas. Y a Sara y a Sergi, por alegrarme la vida. Os amo infinito a los tres.

A mis padres, Salvador y Cristina, por su apoyo incondicional, por alentarme a luchar por mis sueños, por dármelo siempre todo sin pedir nada a cambio, por inculcarme sus valores y hacer de mí la persona que soy. Sois mi ejemplo a seguir.

A Josep, mi compañero de vida, por su confianza ciega, por aguantarme en mis «neuras» y animarme en mis flaquezas, por tantos momentos de felicidad. Y por esperarme siempre con la luz encendida.

A mi hijo Roger, por ser mi fan número uno, por estimularme con sus sabias palabras, por quererme tanto en mis virtudes y en mis defectos. Porque eres mi fuerza y lo eres todo para mí.

A mis abuelos Cristina y Gabriel, que siempre preguntaban por mi novela y se fueron sin tiempo de leerla. Os guardo en mi corazón. Sagi estaría orgulloso de llevar vuestros apellidos.

Y a mi abuela Teresa, musa y fuente de inspiración. Por tanto que me quisiste y tanto que te echo de menos. Porque, estés donde estés, vivirás para siempre entre estas páginas.